Essa dama é minha

Também de Francine Rivers

A esperança de uma mãe

O sonho de uma filha

A ponte de Haven

Uma voz ao vento

Um eco na escuridão

Tão certo quanto o amanhecer

Amor de redenção

No caminho do amor de redenção

FRANCINE RIVERS

Essa dama é minha

Tradução
Sandra Martha Dolinsky

1ª edição
Rio de Janeiro-RJ / São Paulo-SP, 2024

VERUS
EDITORA

Design de capa
Renata Vidal, com base no design original de Tyndale House Publishers

Imagens de capa
Casal © Magdalena Russocka / Trevillion Images
Glitter © CASEZY / Getty Images
Moldura © Ttatty / Shutterstock

Título original
The Lady's Mine

ISBN: 978-65-5924-322-8

Copyright © Francine Rivers, 2022
Todos os direitos reservados.
Publicado mediante acordo com Browne & Miller Literary Associates, LLC.

Tradução © Verus Editora, 2024
Direitos reservados em língua portuguesa, no Brasil, por Verus Editora. Nenhuma parte desta obra pode ser reproduzida ou transmitida por qualquer forma e/ou quaisquer meios (eletrônico ou mecânico, incluindo fotocópia e gravação) ou arquivada em qualquer sistema ou banco de dados sem permissão escrita da editora.

Verus Editora Ltda.
Rua Argentina, 171, São Cristóvão, Rio de Janeiro/RJ, 20921-380
www.veruseditora.com.br

CIP-BRASIL. CATALOGAÇÃO NA FONTE
SINDICATO NACIONAL DOS EDITORES DE LIVROS, RJ

R522d

Rivers, Francine
 Essa dama é minha / Francine Rivers ; tradução Sandra Martha Dolinsky. - 1. ed. - Rio de Janeiro : Verus, 2024.

 Tradução de: The lady's mine
 ISBN 978-65-5924-322-8

 1. Romance americano. I. Dolinsky, Sandra Martha. II. Título.

24-92249
CDD: 813
CDU: 82-31(73)

Gabriela Faray Ferreira Lopes - Bibliotecária - CRB-7/6643

Revisado conforme o novo acordo ortográfico.

Seja um leitor preferencial Record.
Cadastre-se no site www.record.com.br e receba informações sobre nossos lançamentos e nossas promoções.

Atendimento e venda direta ao leitor:
sac@record.com.br

*Ao meu melhor amigo e amor da minha vida, Rick Rivers.
Nossa vida é sempre uma aventura.*

*Para Deus, o Pai, a religião pura e verdadeira é esta:
ajudar os órfãos e as viúvas nas suas aflições e não se manchar
com as coisas más deste mundo.*

TIAGO 1:27

I

Norte da Califórnia, 1875

COM OS OLHOS TURVOS, toda dolorida, Kathryn se segurou mais uma vez com o chacoalhar da diligência, que passava por um trecho acidentado da estrada. Viajar de segunda classe pela ferrovia transcontinental havia sido bem mais confortável em comparação a essa viagem irritante que a levava aos solavancos rumo a um futuro desconhecido. Dois dias de tortura, dois pernoites com nada mais que um pedaço de madeira como cama, e um único cobertor bem surrado, algo parecido com um ensopado para o jantar — e ambas as vezes os estalajadeiros não se dispuseram a lhe dizer que carne haviam usado — e aveia pura no café da manhã.

Teria sido mais sensato passar alguns dias em Truckee, onde ela havia desembarcado do trem, em vez de apressar a etapa final da viagem. Mas suas opções se limitaram a tomar aquela carruagem ou esperar uma semana pela próxima; e ficar mais tempo naquela cidade selvagem, com mais saloons que hotéis, teria sido muito caro. Além disso, aquele lugar a chocara. A população predominante era de mineiros, madeireiros e ferroviários; a escassez de mulheres era assustadora. Ela nunca havia visto um chinês, mas havia lido que cruzaram o Pacífico aos milhares, dispostos a receber salários mais baixos pelo perigoso trabalho de explodir e esculpir túneis através das montanhas de pedra de Sierra Nevada para a construção da ferrovia. Agora que o gigantesco projeto estava concluído, os desprezados imigrantes buscavam outras maneiras de ganhar a vida. Vários abordaram Kathryn no momento em que ela descera do trem. Ela contratara um para transportar seu baú até as acomodações adequadas. Embora pequeno e rijo, o homem colocara os pertences dela em seu frágil carrinho e partira em um ritmo difícil para ela acompanhar.

Correndo atrás dele, Kathryn contornara pilhas fumegantes de esterco de cavalo e poças, nervosa com a atenção que estava atraindo. Os homens a encaravam. Vira poucas mulheres, e nenhuma tão bem vestida como ela. E elas também a encaravam. Kathryn alcançara seu carregador quando ele entrara em um hotel à beira do rio. Assim que ela passara pela porta, um silêncio caíra sobre o saguão cheio de homens. Ignorando-os, ela fora direto para a recepção e se registrara, ansiando privacidade, um banho, uma boa refeição e uma cama. Passara sete dias no vagão de passageiros de um trem, mal aguentando a agressão do barulho constante das rodas rangendo sobre os trilhos de ferro. Para piorar, as cinzas que saíam da chaminé da locomotiva que arrotava brasas entravam pela janela e abriam pequenos buracos em seu conjunto de cambraia verde-escuro. O trem parara apenas para se abastecer de carvão e água, mal lhe dando tempo para comer em um café local.

O carregador arrastara o baú para o andar de cima e o deixara dentro de um quartinho com uma cama, uma mesa e um jarro de água. Oprimida pela decepção e cansada demais para descer e pedir um quarto melhor, Kathryn desamarrara as fitas do chapéu e o tirara, e se esparramara na cama para tentar um sono revigorante. Sonhara que estava novamente em Boston, na mansão Hyland-Pershing, à porta de uma suíte no andar de cima. Sua mãe, radiante de felicidade, cantava para o filho recém-nascido, enquanto o padrasto de Kathryn estava sentado à beira da cama com dossel exibindo um sorriso orgulhoso naquele rosto normalmente carrancudo. Kathryn falava com eles, mas nenhum dos dois prestava atenção. Ela se levantara — a filha recentemente deserdada — observando a alegria do casal. Acaso já a haviam esquecido?

Acordara em lágrimas, o sol já brilhando. Grogue e desorientada, sentara-se com as roupas amarrotadas e o cabelo desfeito. O estômago roncava, o que a fizera lembrar que não comera nada desde o almoço do dia anterior. Vertera água gelada em uma tigela e lavara o rosto. Ah, como desejava um banho! Mas quanto custaria conseguir uma banheira e água quente naquele lugar? Depois de se despir do conjunto de viagem e dobrá-lo, colocara um vestido Dolly Varden que lhe havia sido entregue pouco antes de ser informada de que seria mandada para a Califórnia.

O salão do hotel estava aberto e quase vazio. Kathryn pedira ovos mexidos, bacon, batatas fritas e biscoitos com geleia. De barriga cheia, falara com a recepcionista, que dissera que Kathryn poderia encontrar os serviços que desejava no balneário ao lado. Mas, uma vez diante da fila de homens esperando, entendera que não era um lugar muito seguro para uma dama. Consternada, voltara para a estação de trem para providenciar transporte para Calvada. Havia uma diligência estacionada na frente e os cavalos estavam sendo arreados.

— Calvada? — O atendente sacudira a cabeça. — Nunca ouvi falar.

Kathryn sentira uma onda de pânico.

— Tem serviço de correio.

— Deve ter mais de uma centena de cidades mineiras nas Sierras, senhorita. Algumas nem têm nome. Calvada parece uma cidade de fronteira, mas a senhorita precisa saber se fica ao norte ou ao sul.

A carta de apresentação que acompanhava o testamento de seu tio Casey mencionava outras duas cidades. Ela entregara a carta ao atendente, que a lera rapidamente e assentira.

— Sul, e levará três dias para chegar lá, isso sem acidentes na estrada. A senhorita está com sorte; a carruagem sai em uma hora. Se perder essa, terá que esperar uma semana até a próxima.

A diligência saltou mais uma vez, fazendo Kathryn bater o traseiro já sensível no banco. O condutor era um montanhês de um metro e oitenta e barba cheia chamado Cussler que praguejava contra sua equipe de seis cavalos baios enquanto a carruagem corria pela estrada da montanha. Ela se perguntou o que a esperava em Calvada.

Enquanto era sacudida para todos os lados, Kathryn recordou a noite anterior à sua partida de Boston. A mãe e o padrasto tinham ido ao teatro com amigos. Kathryn jantara na cozinha com os empregados. Estava triste por ter que dizer adeus às pessoas que amava. Sua esperança de que a mãe mudasse de ideia morrera na manhã seguinte, quando o juiz se encontrara com ela no saguão de entrada e lhe informara que a acompanharia até a estação de trem. Kathryn tivera a sensação de que ele queria ter certeza de que ela não perderia o trem e ficaria nele.

Lawrence Pershing não falara com ela até quase chegarem à estação, quando ele tirara um envelope do bolso interno do casaco.

— Este documento transfere para você os direitos de sua mãe sobre a herança. Todas as propriedades que seu tio possuía são suas. Suspeito que não seja muita coisa. Coloquei dinheiro suficiente para você se estabelecer. Se for frugal e sábia — acrescentara com uma pitada de sarcasmo —, durará até que consiga um bom ofício. Paguei sua passagem para Truckee. De lá, você terá que descobrir como chegar a Calvada.

Um ofício. O que poderia ser? Ela tinha mais estudos que a maioria das mulheres, em grande parte pelo hábito de se infiltrar na biblioteca do juiz e surrupiar livros. Mas nada do que havia aprendido lhe daria um meio de se sustentar.

A diligência saltou abruptamente, fazendo Kathryn voltar às suas atuais circunstâncias. Sentiu o vácuo entre seu corpo e o banco, e então aterrissou com um baque forte que provocou um grunhido nada feminino. Cussler gritou insultos profanos aos cavalos e estalou o chicote. A carruagem balançou, e Kathryn teve que se segurar. O conjunto de saia e terninho azul-escuro que usava estava coberto de poeira, e os dentes ásperos de areia. A cabeça coçava, apesar do chapéu que protegia o cabelo. Quanto tempo faltava até a próxima parada? Morrendo de sede, ela tentou não pensar no prazer de um copo de água límpida e fresca.

Quatro pessoas haviam viajado com ela no primeiro dia, mas foram desembarcando pelo caminho. Henry Call, um cavalheiro de óculos e de trinta e poucos anos, tomara a carruagem na última estação. Acompanhara Kathryn durante uma das refeições de ensopado questionável. O estalajadeiro tinha jurado que era frango, mas Cussler dissera que o gosto era de cascavel. Kathryn preferia não saber, faminta demais para se importar. Após a refeição, o sr. Call e ela voltaram para a carruagem, onde a conversa cessara, pois ambos entendiam que qualquer tentativa poderia resultar em encher a boca de poeira. Ele abrira sua maleta e retirara uma pasta. De vez em quando, tirava os óculos e limpava.

Cussler gritou e a carruagem parou. Ele continuou gritando, usando palavras que Kathryn não entendia, mas que deixaram o rosto do sr. Call vermelho.

— Seu idiota! O que acha que está fazendo, pulando no meio da estrada desse jeito?

Uma voz rouca e risonha respondeu:

— De que outra forma vou conseguir uma carona?

— Compre uma passagem, como todo mundo!

— Vai me deixar entrar ou vai me largar aqui como isca de urso?

Kathryn olhou alarmada para o sr. Call.

— Há ursos por aqui?

— Sim, senhorita. Há muitos ursos pardos nestas montanhas.

Como se a proporção entre homens e mulheres já não fosse preocupação suficiente! Agora tinha que se preocupar com a vida animal também?

A porta da diligência se abriu e um homem de chapéu surrado e manchado de suor subiu a bordo. Ao erguer o rosto barbudo e riscado de cinza, ele viu Kathryn.

— São Josafá! Uma dama!

O rosto corado e envelhecido se abriu em um sorriso. Ainda curvado, o homem tirou o chapéu.

— Ora, eu não esperava ver alguém como a senhorita!

Kathryn poderia ter dito o mesmo.

A carruagem partiu mais uma vez, jogando o velho para trás. Esparramando-se ao lado do sr. Call, ele soltou um palavrão que ela ouvira centenas de vezes Cussler dizer nas últimas quarenta e oito horas. Ele colocou a cabeça para fora da janela.

— Ei, Cussler, quando vai aprender a conduzir? Está tentando me matar?

— Eu deveria ter passado por cima de você e deixado sua carcaça na estrada — gritou Cussler.

O recém-chegado riu, nem um pouco ofendido, e se recostou no banco.

— Desculpe, senhorita, ele não falou sério. Cussler e eu temos uma longa história.

Kathryn lhe deu um sorriso aflito e fechou os olhos. Estava com dor de cabeça, além das dores da viagem. Na última parada, precisara usar toda a força de vontade que tinha para não massagear as nádegas quando descera da carruagem.

O homem coçou a barba e disse:

— Sempre pego carona antes que a estrada fique perigosa. Tentei ir a pé uma vez, mas tive que me pendurar em uma árvore para não ser atropelado.

Kathryn olhou pela janela e se recostou, suspirando.

— Se olhar por cima da margem na próxima curva, verá uma carruagem lá embaixo. O condutor estava com muita pressa. Acontece de vez em quando.

Cussler estalou o chicote mais uma vez, incitando os cavalos a irem mais rápido. Kathryn engoliu em seco.

— Nunca se sabe quando vamos morrer — disse o velho em tom de filósofo. — Mas vamos sobreviver, dependendo...

— Dependendo de quê? — Kathryn ousou perguntar.

— De quanto Cussler bebeu na última parada.

Kathryn olhou para Henry Call. Ele deu de ombros. O que será que havia naquela grande caneca que o dono da estação dera a Cussler? Ela se segurou quando a carruagem fez outra curva; não pôde evitar olhar para fora. A carruagem deu um solavanco e a porta se abriu. Enquanto gritava, Kathryn foi lançada para a frente. Então sentiu alguém agarrar sua saia e puxá-la para trás. O velho trancou a porta. Os três ficaram se olhando. Kathryn não sabia a quem agradecer e tinha medo de saber.

Henry Call limpou a garganta.

— Disseram-me que Cussler é o melhor condutor da linha. Não temos o que temer.

O velho bufou e enfiou algo na boca. Suas mandíbulas se movimentavam como as de um cervo ruminando, enquanto ele observava Kathryn, desde as botinhas de botão até a aba de sua boina com as duas plumas empoeiradas.

— Que tipo de pássaro perdeu essas penas?
— Um avestruz.
— Um o quê?
— A-ves-truz. É um pássaro africano.
— Deve ter sido caro.

Ele se inclinou para a janela e cuspiu um jato de caldo marrom.

Kathryn quase teve uma ânsia de vômito. Mas o velho não tinha terminado de analisá-la. Irritada, ela também o observou por inteiro: o chapéu sujo, a camisa xadrez gasta, o casaco de couro puído pelo tempo, as calças de lona azul desbotada, as botas empoeiradas. O homem cheirava a rato-almiscarado, ou ao que ela imaginava ser o cheiro desse animal. Mas quem era ela para torcer o nariz? Não tomava um banho completo desde que saíra de Boston. O corpete a apertava e, pior, a pele coçava. A anquinha parecia um tronco na base de sua coluna.

A diligência passou a rodar suavemente e Kathryn relaxou. Até que Cussler gritou:

— Cuidado, pessoal! Tábua de lavar roupa à frente!

Antes que ela pudesse perguntar ao condutor o que ele queria dizer, o velho plantou as botas sujas na beirada do assento dela e se segurou. A carruagem deu um pulo, e Kathryn pulou com ela. A boina decorada foi o que impediu que fraturasse o crânio. Ela aterrissou com um baque doloroso e um *uuff*. A seguir, houve uma sucessão de saltos.

— Ai... ai... ai... ai...

Ela se segurava no batente da porta; parecia que estava levando uma surra. E rápido como começou, os maus-tratos acabaram.

As plumas de avestruz balançavam entre seus olhos. A anquinha havia saído do lugar. Kathryn se remexeu, mas só piorou a situação. Os dois homens perguntaram se ela estava bem.

— Sim, claro. Quanto falta para chegarmos a Calvada?

— Creio que não muito. Antes do pôr do sol, com certeza. Cussler está fazendo um bom tempo.

Kathryn se resignou a sofrer.

Henry Call guardou seus papéis.

— É uma longa viagem para uma jovem sozinha, srta. Walsh. Deve sentir falta de Boston.

— De fato.

Até aquele momento, a viagem servira apenas para lhe fazer recordar o alto custo de seguir suas convicções.

O velho se iluminou.

— Boston! Eu sabia que era do Leste. Você tem esse ar grandioso. Não tem muitas damas do seu tipo por aqui. — Ele parecia hipnotizado pelas penas amassadas e quebradas. — Mas mulheres do outro tipo tem um monte.

Henry Call limpou a garganta.

O velho olhou para ele, ruminando, e continuou:

— Ela vai acabar descobrindo isso por si mesma, não é? — Voltou-se para Kathryn. — Por que veio para cá?

— Para cuidar dos negócios da família, senhor.

Como se fosse da conta dele.

O velho ergueu as sobrancelhas e a fitou mais uma vez.

— Nunca fui chamado de *senhor*. De muitos outros nomes, sim, mas não desse. Não, sem dúvida, não temos ninguém como a senhorita em Calvada. Não se ofenda por eu lhe dizer isso, é um elogio.

— Também não há muitos como você de onde eu venho, senhor...

— Nada de senhor. Simplesmente Wiley. Wiley Baer.

O sr. Call tirou os óculos e os limpou mais uma vez antes de guardá-los no bolso do paletó.

— Tem família em Calvada, srta. Walsh?

— Eu tinha um tio. Ele morreu e deixou uma herança.

— Em Calvada? — bufou Wiley mais uma vez. — Boa sorte. — Estreitou os olhos. — Se vale alguma coisa, alguém já deve ter se apropriado dela.

— Talvez eu possa ajudar — interveio Call. — Sou advogado. Se precisar de ajuda para fazer o trâmite legal, não hesite em me procurar.

— É muito gentil de sua parte, sr. Call.

Wiley colocou mais um pouco de tabaco na boca, olhando para Henry Call.

— Pode dar meia-volta agora, não perca tempo tentando se estabelecer em Calvada. O lugar tem mais advogados que pulgas em cães. E são quase tão bem-vindos quanto elas.

— Já estou empregado, Wiley. Ficarei em Calvada alguns meses e voltarei para Sacramento.

— Para quem trabalha? Morgan Sanders? — Wiley apoiou a bota no banco mais uma vez. — Ele é um... — olhou para Kathryn — perdigueiro.

— Não tenho liberdade para dizer.

— O que sei é que tem apenas dois homens em Calvada que teriam dinheiro para mandar vir um advogado caro de Sacramento ou de onde você veio. Sanders ou Beck, e eu não gostaria de ficar entre esses dois.

— Quem são eles, Wiley?

Kathryn queria saber algo sobre a cidade que logo se tornaria seu lar.

— Morgan Sanders é dono da mina Madera. Aluga barracos para seus trabalhadores, é dono da loja onde eles têm que comprar suas coisas. Matthias Beck chegou recentemente, fez sociedade com Paul Langnor. Homem bom. Nunca batizava o uísque. Beck está indo bem com o saloon e o cassino desde que Langnor morreu. E com o hotel. Beck viu o elefante, mas cansado de enfrentar o tigre, foi esperto e arranjou outra coisa para fazer e ficar rico.

— Elefantes e tigres? — Kathryn sentiu sua ansiedade aumentar.

Henry Call sorriu.

— Ver o elefante significa aprender com a vida da maneira mais difícil, srta. Walsh. E enfrentar o tigre significa jogar Faro, um jogo que se originou na Europa, cujas cartas têm fotos de faraós egípcios no verso.

— Jogo desde que vim para o oeste, em 1849 — confessou Wiley.

— Joga não; aposta — disse Kathryn, entendendo por que o homem parecia não ter nada além de roupas puídas e botas de cano curto.

— A vida é uma aposta, não é? Há risco em tudo que fazemos. Wiley Baer, o sábio.

— O que pode me dizer sobre Calvada?

— Bem, sem dúvida, não é Boston! — Deu uma gargalhada. — É tudo que posso dizer.

— Você trabalha na Mina Madera, Wiley?

— Para Sanders? Eu não sou tolo. Uma vez que você entra nesses poços, nunca mais sai. Tenho uma mina, trabalho sozinho nas montanhas. A mina é minha desde 1852; tenho os documentos para provar. Ainda bem, porque o cartório de registros pegou fogo em 1854. E mais uma vez em 1858. Eu escavo só o que preciso para viver; assim, o minério vai durar minha vida inteira. — Ele olhou para Henry Call com desconfiança. — Ninguém sabe onde fica.

Ficou ruminando por um momento e cuspiu novamente pela janela.

— De vez em quando, um homem só precisa de uma cidade maior. — Deu uma piscadinha para Henry. — O problema é que acho que peguei piolhos...

— Piolhos? — A mera menção fez Kathryn se coçar.

— Pode apostar. Alguns de dois centímetros de comprimento.

O sr. Call sacudiu a cabeça.

— Não é verdade, srta. Walsh.

— Quem disse? — Wiley Baer encarou Call antes de dar a Kathryn um sorriso inocente. — Vai acreditar em um advogado, e não em um homem honesto que vive nestas montanhas há mais de vinte anos? Estou dizendo, temos carrapatos tão grandes que se podem selar e montar. Os mosquitos carregam tijolos debaixo das asas para afiar seus ferrões. Mas não precisa se preocupar, senhorita. Há uma maneira infalível de se livrar deles. Eu divido meu cabelo ao meio, raspo todo um lado, encharco o outro com querosene e acendo um fósforo. Os bichos correm para o lado calvo e eu os acerto com minha faca de caça.

Ele puxou a faca da bainha que levava à cintura e a ergueu para que ela pudesse ver a lâmina de mais de vinte centímetros.

Ela olhou para o homem de um jeito divertido.

— Espero que sua mira seja boa.

Wiley riu.

— Pode apostar — disse, e piscou para ela.

— Há muitas mulheres em Calvada, Wiley?

— Mulheres? Sim, senhor. Cerca de vinte, suponho, se a última contagem for válida. Mas não muitas damas, e ninguém como a senhorita, com certeza. — Ele a olhou de novo. — Já é de alguém?

— Como disse? — Kathryn corou, surpresa diante de uma pergunta tão pessoal.

— É noiva ou casada? — disse ele, erguendo a voz, como se ela não houvesse ouvido sua pergunta por causa do barulho dos arreios e cascos.

— Não.

— Ora, essa boa notícia vai se espalhar como fogo. — Ele sorriu. — Se quiser um marido, ao anoitecer já pode ter um.

É assim que se pede uma mulher em casamento na Califórnia?

— Não, obrigada.

— Os homens aqui anseiam por esposas, e a senhorita parece uma excelente candidata.

Ela supôs que ele dissera aquilo como um elogio, mas sentiu-se como um bife suculento.

— Eu não vim aqui para encontrar um marido. Vim para tomar posse de uma herança e cuidar de minha própria vida.

— Vai precisar de proteção.

Acaso ele estava se oferecendo?

— Comprarei uma arma.

A diligência balançou bruscamente e Kathryn se segurou na moldura da janela. Cada músculo de seu corpo rezava por alívio.

— Acordem! — gritou Cussler. — Entramos na estrada para Calvada.

O sr. Call checou sua maleta.

— Alguém irá recebê-la, srta. Walsh?
— Devo entrar em contato com o sr. Neumann quando chegar.

Wiley cuspiu o tabaco pela janela.

— Herr Neumann?
— Sim. Conhece o cavalheiro?
— Quase cortou minha orelha da última vez que fui à barbearia dele.

A julgar pelo comprimento do cabelo de Wiley Baer, isso devia ter acontecido muitos anos atrás.

— Péssimo barbeiro, mas um bom homem. Quando está sóbrio. Se ele não estiver na barbearia, poderá encontrá-lo no Beck's Saloon.

Kathryn se encolheu ao ouvir vários estrondos.

— Isso foi um tiroteio?
— Sim. — Wiley coçou a barba. — Parece uma Smith & Wesson. Tiroteios não são raros em Calvada. Os homens ficam meio indisciplinados com a cabeça cheia de uísque. — Ele se inclinou para fora da janela quando a carruagem fez uma curva. — Não vejo nenhum corpo estendido na rua. — Sentou-se. — Poderia ser pior. Certa vez, vi seis homens perseguindo um cachorro pela rua Chump. Estavam tão bêbados que nenhum o acertou. Mas um homem que cuidava da vida em sua mercearia levou um tiro na cabeça.

Kathryn não sabia se acreditava ou não. Mas Henry Call não disse que era mentira. Que tipo de lugar era Calvada?

— O xerife prendeu os homens?
— Não temos nenhum xerife.
— Certamente há algum tipo de lei...
— Sim. Os homens se reuniram no saloon para discutir o assunto. Decidiram que a morte foi um ato de Deus. É uma pena, mas todos nós partiremos um dia.

Kathryn olhou fixo para ele.

— E isso foi tudo que fizeram pelo falecido?
— Não. Tomaram uns drinques em homenagem a ele, arrecadaram dinheiro e o enterraram com um terno novo no dia seguinte.

Kathryn ia fazer um comentário, mas foi atingida por um fedor tão fétido que sentiu engulhos. Cobriu o nariz e a boca.

— Que cheiro horrível é esse?

O meio sorriso de Wiley Baer se tornou pesaroso.

— Como eu disse, Calvada não é Boston. Em poucos dias, vai se acostumar com o cheiro.

Ouviram mais três tiros e a carruagem parou. Acaso uma bala perdida teria atingido Cussler ou um dos cavalos? Wiley abriu a porta e pulou. Olhou em volta e explicou.

— Deve ter chovido de novo. A lama passou dos meus tornozelos. Melhor descer pelo outro lado, senhorita. Esta cidade tem dolinas tão profundas que homens desaparecem e viram parte da estrada.

O ar pesava com o cheiro de água de esgoto, lama e esterco de cavalo. Mais um tiro. Vidro estilhaçado. Homens gritando. Aparentemente, havia um tumulto no saloon do outro lado da rua.

Wiley patinava na lama.

— Vem do saloon de Beck. Aposto que o tiroteio acabou.

O sr. Call desceu da carruagem, parou no calçadão e ofereceu a mão a Kathryn. Tremendo, com os joelhos fracos, ela saltou para o estrado, onde Wiley Baer estava raspando quilos de lama gosmenta e fedorenta de suas botas. Do outro lado da rua, as portas de vaivém se abriram e um homem saiu voando. Passou do calçadão e derrapou no meio da rua. Um homem alto, de ombros largos e cabelos escuros, saiu depois dele.

— Esse aí é Matthias Beck, e não me parece muito feliz.

Kathryn observou o homem caminhar pelo calçadão, ir até o meio da rua e puxar o outro da lama. Ela se encolhia cada vez que ele socava o pobre sujeito: uma, duas, três vezes antes de soltá-lo. Homens saíram do saloon e ficaram no calçadão ovacionando. Agarrando o homem pela nuca, ele o arrastou até um cocho de cavalos e o jogou dentro. O homem se levantou cambaleante, cuspindo. Beck o empurrou para dentro de novo. O pobre subia e descia, como se seu agressor estivesse lavando roupa.

Kathryn assistia horrorizada.

— Por que aqueles homens estão rindo? Um deles não deveria deter esse valentão antes que ele afogue aquele pobre homem?

Henry Call sacudiu a cabeça.

— Melhor não se meter quando não se sabe o que aconteceu.

Ela olhou para Wiley, que ergueu as mãos.

— Não olhe para mim! Eu não vou me meter.

— Homens! — murmurou Kathryn, exasperada, enquanto ia até a beira da calçada.

— *Pare com isso agora mesmo! Deixe esse homem em paz!*

Chamou a atenção de todos os homens em frente ao saloon, mas Matthias não parou nem olhou em sua direção. O homem agitou os braços quando Matthias Beck o empurrou para baixo mais uma vez, e depois o puxou para cima e o jogou de lado, fazendo o outro vomitar. Quando o homem esvaziou o estômago, Beck o agarrou pela camisa e falou com ele nariz com nariz.

O homem conseguiu sair do cocho, mas seus pés escorregaram e ele se esparramou na lama mais uma vez. Rolou e saiu rastejando em direção ao calçadão. Neste momento, Beck se virou e olhou diretamente para Kathryn.

Oh, céus! Ela engoliu em seco.

— Deus do céu! — gemeu Wiley. — Aí vem ele. Boa sorte, foi um prazer conhecê-la.

Rindo, ele pulou na rua lamacenta para ajudar um jovem a desatrelar os cavalos.

O coração de Kathryn batia mais rápido a cada passo que Matthias Beck dava em direção a ela. Instintivamente, Kathryn recuou quando ele subiu no calçadão, lembrando a si mesma que havia enfrentado o juiz Lawrence Pershing muitas vezes ao longo dos anos. Matthias não disse nada; apenas a fitou. Ela sentiu os pulmões se contraírem e levou a mão ao estômago. Aturdida com essas sensações desconhecidas, voltou-se depressa, procurando seu baú.

— Ora, ora, Henry — disse Beck com um profundo sotaque sulista. — Você não me disse que viria com sua senhora.

Enrijecendo, Kathryn se voltou e ergueu os olhos.

— Não sou a senhora dele.

— Melhor ainda. — Beck sorriu de uma maneira que a fez querer dar-lhe um tapa no rosto, especialmente porque isso lhe causou uma onda de calor.

Henry limpou a garganta:

— Matthias, esta é a srta. Kathryn Walsh. Ela veio para se estabelecer...

— Tenho certeza de que o sr. Beck não está nem um pouco interessado em *meus* negócios.

— Ah, tudo a seu respeito me interessa.

Kathryn o ignorou.

— Ela é de Boston — disse Wiley.

— Parece mesmo.

Beck a olhava de cima a baixo; demorou-se nas penas de avestruz caídas diante do rosto dela. Kathryn controlou a vontade de usar a boina para bater no homem.

— Ela recebeu uma carta de Herr sobre uma herança — soltou Wiley.

— Wiley Baer! — protestou ela.

Por que seus dois companheiros de carruagem achavam que a vida dela era problema de Beck?

— Lamento dizer, mas Herr Neumann não está em condições de falar de negócios ou de qualquer outra coisa no momento — disse Beck.

Kathryn ergueu o queixo.

— E como sabe disso, senhor?

— Ele desmaiou em meu bar há uma hora; eu o levei para casa. Ele vai dormir até de manhã. Enquanto isso, talvez eu possa lhe ser útil — disse com tom sério.

— Obrigada, mas creio que não.

— Parece que não me aprova, Vossa Senhoria.

Esse título a irritou.

— Não sei nada a seu respeito, além de que possui esse saloon do outro lado da rua; e que bateu naquele pobre homem e quase o afogou no cocho.

— Ele sentiu vontade de comemorar sua vitória na mesa de Faro e começou a atirar. Por sorte, não matou ninguém.

Essa informação mudava as coisas, mas ela ainda não aprovava uma surra pública como solução.

— Não teria sido melhor entregá-lo a um policial por perturbar a paz?

— Boston — disse Wiley.

— Já arranjou um xerife, Matthias?

— Ainda não.

Wiley coçou o peito.

— Foi bom viajar em sua companhia, senhorita, mas vou tomar uma bebida forte, um banho, fazer uma boa refeição e visitar a Casa de Bonecas.

Ele deu meia-volta e foi para o Beck's Saloon.

Kathryn franziu a testa. Casa de bonecas?

— Walsh. — Beck franziu a testa. — Não acredito que seja parente de City Walsh.

Kathryn olhou para ele.

— City? O nome de meu tio era Casey Teague Walsh.

Casey Teague. CT. Talvez essas pessoas o conhecessem como City.

Não havia mais nenhuma sombra de humor no rosto do homem.

— Lamento dizer, mas não há nenhum pote de ouro no final do arco-íris.

Ela pestanejou, sentindo o estômago revirar. Lá se foram seus grandes sonhos... Não que houvesse tido algum; o juiz não lhe entregaria uma mina de ouro.

— Bem, o que sobrou terá que servir. — Ela acenou para Henry. — Foi um prazer conhecê-lo, sr. Call. Com licença, cavalheiros.

Ela entrou no escritório da estação para perguntar se podia deixar seu baú e onde poderia encontrar um hotel.

— O meu, do outro lado da rua, é o melhor da cidade — disse Beck, indo atrás dela.

O pulso de Kathryn disparou. Ela manteve os olhos colados no gerente da estação.

— Deve haver outro hotel...

— O Sanders Hotel fica a poucos quarteirões à direita, mas eu não o recomendaria a uma dama como a senhorita — disse Beck, ainda à porta.

— E acha que um saloon seria apropriado?

— O saloon fica embaixo, Vossa Senhoria. Os quartos ficam no andar de cima, totalmente mobiliados, cada um com uma tranca na porta. Uma dama como a senhorita estará segura sob meu teto.

O calor que ela via naqueles olhos a fez pensar o contrário.

— Não, obrigada, sr. Beck.

Ela pegou a bolsa e se dirigiu à porta. Ele não se mexeu.

— Vou tomar providências para que Herr fique sóbrio enquanto a senhorita se instala.

O estômago de Kathryn roncou alto, e ela corou.

Ele deu um sorrisinho torto.

— Vou lhe indicar um bom lugar para comer.

— Por favor, afaste-se, senhor.

A expressão dele endureceu.

— Você não vai para o Sanders Hotel.

Seu padrasto costumava usar esse tom imperioso com ela, o que sempre despertava seu temperamento irascível. Ela lhe deu um sorriso falso.

— É assim que consegue clientes, sr. Beck, abordando mulheres na estação?

Beck se afastou de lado e fez uma reverência debochada. Ela pôde sentir o calor do corpo dele quando o contornou cautelosamente.

— Você ficaria melhor na casa de seu tio — disse ele quando ela se afastou alguns passos.

A esperança renasceu dentro dela.

— Ele tinha uma casa?

— Não exatamente.

— Poderia fazer a gentileza de me dizer onde fica?

— É o que eu mais gostaria. — Ele apontou com o queixo. — À esquerda, entre o Bear's Head Saloon e o Barrera's Fandango Hall.

Ela o fitou, engoliu convulsivamente e deu um leve aceno de cabeça.

— Obrigada, sr. Beck.

Kathryn sentiu que ele a observava enquanto ela seguia as indicações.

— Diga olá para Scribe por mim — gritou ele.

Kathryn parou e se voltou.

— Scribe?

— O garoto que trabalhava para seu tio. Ele está morando lá desde que City morreu. Não tem para onde ir. Diga a ele para ir ao meu saloon.

Ele voltou-se para Henry, disse algo baixinho e o escoltou pela rua.

2

APRUMANDO OS OMBROS, KATHRYN continuou descendo o calçadão. O cheiro do lugar fazia seu estômago revirar. Exausta e toda dolorida, lançou olhares furtivos ao redor. Aquela cidade seria seu novo lar. *Por favor, Deus, me ajude.* Talvez tudo parecesse melhor depois de uma boa noite de sono.

As penas quebradas do chapéu balançavam diante de seu rosto enquanto ela caminhava. Passou por uma loja de botas. Do outro lado da rua havia três saloons: o Crow Bar, o Iron Horse e o What the Diggings. Um letreiro anunciava "One Thing Ore Another", depois vinha o escritório de um avaliador de minérios e uma casinha com uma lanterna vermelha na janela. Um homem a cavalo que passava olhou para ela e colidiu com dois homens que atravessavam a rua. Estourou uma briga. Ao passar na frente do Bear's Head Saloon, ouviu alguém maltratando um piano e deu uma olhadinha para dentro. O local estava lotado. Um homem a viu.

— São Josafá! Deem uma olhada nisso!

Eles foram olhar. Empurraram as cadeiras para trás e as botas batiam no chão de madeira como uma debandada de bisões pelas planícies.

Kathryn apertou o passo, tentando ignorar o som da porta de vaivém se abrindo atrás dela e as vozes dos homens.

— *De onde ela veio?*

— *Só pode ser do Paraíso!*

— *Talvez Fiona tenha trazido uma boneca nova.*

— *Você tem cérebro de lebre, Cody. É uma dama.*

Logo depois do Bear's Head havia um edifício de madeira atarracado e degradado, com duas janelas na frente, tão sujas que Kathryn não conseguia ver o interior. Felizmente, a porta parecia sólida. Um olhar nervoso para trás confirmou que havia uma multidão crescente de homens no calçadão, todos olhando para ela e conversando entre si. Kathryn se sentia como uma raposa diante de uma matilha de cães. Bateu três vezes à porta, rezando para que o garoto abrisse a porta depressa para poder entrar.

Ninguém atendeu. Não se ouvia um único som vindo lá de dentro.

— Ele está aí! — gritou um homem.

Outros homens haviam atravessado a rua para ver o que estava acontecendo. O pânico de Kathryn aumentou e ela bateu mais uma vez, tão rápido quanto um pica-pau abrindo um buraco na árvore. Encostou o ouvido na porta e quase caiu quando ela se abriu. Endireitando-se rapidamente, viu um garoto poucos anos mais novo que ela, mas vários centímetros mais alto. Magro, com uma leve penugem macia no rosto, olhos castanhos injetados, ficou parado na frente dela vestindo apenas ceroulas vermelhas. Ele abriu a boca, surpreso. Pestanejou, esfregou o rosto e olhou para ela mais uma vez.

— Sr. Scribe? — disse ela debilmente.

— Quem é você?

— É o que todos nós queremos saber! — gritou um homem.

Furiosa, Kathryn se voltou para o grupo.

— Voltem para o bar, rapazes, e me deixem cuidar dos meus negócios.

— É mesmo uma dama.

A maioria recuou.

Respirando fundo, ela encarou o jovem, corada por causa da nudez dele.

— Poderia vestir algo mais apropriado?

Ele ficou vermelho.

— Oh... desculpe!

Ele pegou um macacão amassado e enfiou uma perna dentro. Apoiando-se na mesa, enfiou a outra perna e subiu a roupa. Quando ajustou as alças, o estalo do elástico quase o derrubou.

Envergonhada, Kathryn percebeu que havia assistido a tudo sem pestanejar.

Scribe fez um amplo gesto de boas-vindas.

— Entre, diga quem é, quando chegou aqui, o que posso fazer por você e de onde veio.

— Sou Kathryn Walsh, sobrinha de Casey Teague Walsh. Vim de Boston para tomar posse de minha herança.

Scribe olhou para ela por um momento. Em seguida, curvou os ombros.

— Isto é tudo que ele tinha. Todo o trabalho de uma vida de City se resume a este buraco.

Ele estendeu a mão para mostrar tudo que ela podia ver, além da miséria escorrendo do corpo dele, saturado de álcool.

— É tudo seu, srta. Walsh.

Kathryn entrou, passou por cima de uma garrafa de uísque quebrada e da poça do pouco líquido que restara antes de ter sido arremessada. Sentiu ânsia de vômito de novo. Aquele lugar cheirava a uísque, suor masculino e penico cheio. Havia caixotes de maçãs transbordando de papel empilhadas contra uma parede. A mobília do escritório era um sofá com uma manta amarrotada, uma grande escrivaninha de carvalho, uma cadeira de pinho de espaldar reto e uma escarradeira. Em um dos cantos, havia algo enorme coberto com uma lona. Nos fundos, uma porta aberta dava para outro aposento, provavelmente um pequeno quarto. Aquela teria sido a casa do tio? Kathryn apertou a bolsa na frente do corpo, precisava de algo para se segurar.

— Que tipo de negócio meu tio tinha?

— Não importa; não era ofício de mulher. — Scribe indicou com a cabeça a porta aberta. — Quer ver o resto? Tudo que City possuía está lá atrás.

Kathryn seguiu Scribe até um aposento frio, úmido e empoeirado que cheirava a tabaco e uísque. Seu coração disparou ao ver uma estante cheia de livros. A cama estava desfeita e não tinha lençóis, apenas duas mantas de fabricação indígena e um penico enfiado embaixo, felizmente coberto com uma tampa justa. Um armário tosco de tábuas revelava uma pobre coleção de trajes masculinos: camisas, calças, um casaco pesado, botas gastas e uma velha boina irlandesa de tweed. Do fogão a lenha Potbelly cheio de cinzas não saía nem um pingo de calor. Duas cadeiras de espaldar reto, uma de frente para a outra, circundavam uma mesinha em que um jogo de paciência jazia aberto. Havia panelas e pratos sujos empilhados em um balcão encardido, e um balde vazio ao lado da porta dos fundos.

— Enterrei City com seu melhor terno de domingo e as botas boas.

Os olhos de Scribe ficaram marejados e ele desviou o olhar, esfregando o nariz com as costas da mão. Limpou a garganta:

— Gostaria de ficar com a boina, se não se importar.

Kathryn a tirou do armário e a entregou solenemente ao garoto. Tentou parecer calma enquanto conhecia o lugar sombrio que seria sua casa. Mesmo com Scribe diante dela, parecia vazio. Ela viveria ali, sozinha. Seus olhos ardiam por causa das lágrimas.

— Nota-se que está exausta, srta. Walsh. — Scribe puxou uma cadeira para ela. — Sente-se, por favor.

Kathryn se sentou, deixando a bolsa cair no chão. Demorou um pouco para conseguir falar:

— Você trabalhava para o meu tio?

— City me acolheu quando eu tinha sete anos. Ele me ensinou tudo que sei.

— Quantos anos você tem agora, Scribe?

— Dezesseis. — Ele olhou para ela. — Você não parece muito mais velha.

Ela deu um sorriso pálido; não pretendia revelar a idade.

— O que aconteceu com seus pais, se me permite perguntar?

— Não tenho nada a esconder. Minha mãe morreu de febre. Meu pai, em um acidente de mineração.

Um órfão, e ela o estava tirando do único lar que conhecera. Acaso as coisas poderiam piorar?

— Lamento.

Por que seu tio não dera essa casa a Scribe?

— Foi há muito tempo. Eu mal me lembro deles — disse Scribe, e desviou o olhar mais uma vez, com os lábios apertados.

Ele não precisava dizer mais nada. Kathryn viu a tristeza gravada no rosto do jovem. O tio que ela nunca conhecera havia sido a única família dele.

— Scribe é seu nome verdadeiro?

— É o único que uso.

— Como Wiley — murmurou ela.

Scribe deu uma risada de surpresa.

— Onde conheceu aquele velho idiota?

— Na carruagem. O sr. Cussler o pegou na estrada.

— Ele tem uma mina por aqui, em algum lugar.

O garoto parecia cansado e doente.

— Eu deveria ter esperado até amanhã em vez de ter vindo hoje. — Kathryn se levantou e segurou a alça de casco de tartaruga de sua bolsa. — Vou passar a noite em um hotel e volto pela manhã. — Ela mordeu o lábio, sentindo a culpa a sufocar. — Não quero ser indelicada, mas...

— Não posso mais morar aqui — ele concluiu por ela.

Ela pestanejou para conter as lágrimas.

— O sr. Beck disse que você poderia ficar no hotel dele.

— Espero que ele me dê um emprego também.

— Sinto muito por colocá-lo para fora, Scribe.

Ele aprumou os ombros.

— Não se preocupe comigo, vou me virar.

Parada à porta, ela olhou para o jovem desamparado.

— Por favor, pode me chamar de Kathryn. Somos praticamente uma família. Espero que possamos conversar sobre meu tio um dia. Nunca tive o privilégio de conhecê-lo. Você poderia me contar tudo sobre ele.

Ela nem sabia que tinha um tio até que o juiz lhe informara sobre a inesperada herança.

Scribe olhou para ela desolado.

— Não sei muito mais que qualquer um. A maioria dos homens não fala sobre onde esteve antes de vir para a Califórnia. Tudo que sei é que City veio em 1949, como milhares de outros, à procura de ouro. Trabalhou nos córregos durante alguns anos; dizia que não gostava da vida solitária e extenuante. Então, instalou-se aqui. Dizia que um homem tinha que ter um propósito, caso contrário, não valia nada. — Ele deu uma risada suave e trêmula. — Se havia algo que City adorava era um propósito e uma boa briga.

Kathryn sorriu. Talvez ela tivesse algo em comum com City Walsh.

O queixo de Scribe tremeu.

— Eu tinha ido buscar mantimentos e precisava falar com um amigo meu. Quando voltei, encontrei City caído no chão, bem ali. — O garoto indicou o local com a cabeça.

— Então foi uma morte súbita?

— Tão súbita quanto um assassinato pode ser.

— Assassinato? — Ela levou a mão à boca.

— Não sabia? — Ele praguejou baixinho. — Ora, como poderia? Desculpe por falar assim.

Emoções diferentes cintilavam no rosto dele: tristeza, raiva, frustração, medo.

— Pegaram a pessoa que fez isso?

— Não — disse o garoto, deixando a raiva endurecer seu rosto jovem. — Se eu soubesse quem foi, tomaria providências! — A dor o fez parecer um garotinho. — Ninguém mais fala sobre isso. City fez alguns inimigos... Ele estava procurando saber sobre um homem, mas nunca disse quem era. Disse que precisava coletar todos os fatos antes de dizer qualquer coisa.

Kathryn estava tão triste quanto Scribe, mesmo sem nunca ter conhecido City Walsh.

— Deveria haver lei e ordem aqui.

— É, City dizia a mesma coisa, mas isso não vai acontecer tão cedo. O pessoal quis justiça durante uma semana, mais ou menos. Muita gente fez perguntas, mas ninguém tinha respostas, ninguém viu ninguém entrar ou sair daqui. — Scribe passou os dedos pelo cabelo sujo e emaranhado.

— Também, ao cair da noite a maior parte da cidade já está bêbada...

— Ele se sentou com os ombros curvados. — Vou fazer as malas e sair daqui até amanhã de manhã.

A última coisa que Kathryn queria era expulsar o pobre garoto, mas que escolha tinha? Esperava que Matthias Beck fosse um homem de palavra.

— Obrigada, Scribe.

Ela saiu da casa, fechando a porta silenciosamente atrás de si.

Do Bear's Head ouvia-se o som do piano, além do barulho de homens conversando. Endireitando os ombros, Kathryn se preparou para o que teria que enfrentar.

Matthias entrou no saloon com Henry Call e o acompanhou até uma mesa da frente, perto de uma janela. Estava impaciente para que ele chegasse, ansioso para começar a traçar os planos para o projeto que haviam discutido em Sacramento. Um encontro casual e um descontentamento comum os haviam unido, ambos veteranos de guerra. Mas agora ele estava mais interessado no que a sobrinha de City faria. Fez um sinal para Brady, o barman, e olhou pela janela.

— Ela está reunindo uma multidão — comentou Henry. — Não sei se este é um lugar seguro para uma garota como a srta. Walsh.

— Não é.

Brady se aproximou com uma garrafa de uísque e dois copos. Curvando-se, espiou pela janela e soltou um assobio.

— Estava tentando adivinhar o que você estava olhando — disse Brady, mas ao ver o olhar de Matthias, voltou para o bar.

Scribe atendeu a porta de ceroulas. Matthias deu uma risadinha, esperando que a srta. Walsh recuasse. Mas ela se manteve firme. E voltando-se, disse algo aos homens. Seja o que for que ela disse, fez a maioria voltar para o Bear's Head.

— Parece que a srta. Walsh sabe se cuidar — comentou Henry.

— Duvido. — Matthias a observou entrar na casa. — O que você sabe sobre ela?

— Tanto quanto você.

— Não conversaram na viagem?

Henry riu.

— Estávamos muito ocupados tentando não morrer. Ela perguntou a Wiley Baer sobre Calvada. Ficou bem chocada quando chegamos. O tiroteio, você fazendo justiça na rua...

A porta de City se abriu, mas não foi Scribe que saiu. Foi Kathryn Walsh, e ela estava se dirigindo ao escritório da estação. Quando ela passou, Matthias praguejou baixinho.

— Vai atrás dela?

— Eu ofereci a ela um lugar seguro — ele serviu uísque —, mas algumas pessoas só aprendem da maneira mais difícil.

Os homens saíam dos saloons e a olhavam boquiabertos. E por que não? Ele mesmo não estava boquiaberto? Ela era uma belezura, tão deslocada quanto uma égua puro-sangue entre uma manada de mustangs.

— Aposto cinco dólares que ela voltará à estação amanhã de manhã para comprar uma passagem de volta.

Henry sacudiu a cabeça.

— Não creio que ela vá embora tão cedo.

— Por que diz isso?

— É só um palpite. Acho que ela não veio para cá por escolha própria. Foi enviada.

— Um telegrama e a família dela a mandará voltar para casa. Devem ter pensado que City era dono de um hotel e tinha uma mina de ouro.

— Mas por que mandar uma mulher?

Uma mulher desacompanhada. Não se fazia uma coisa dessas. Por isso Matthias estava especulando.

Henry a observou.

— Não estou aqui há tempo suficiente para afirmar, mas acho que Calvada precisa de uma dama como a srta. Walsh.

— Um dia, pode ser; mas não agora. Calvada é pouco mais que um campo de mineração com toda sua miséria inerente.

Matthias se perguntava o que aquela dama havia encontrado dentro da casa de City. Scribe estava de luto desde a morte do homem, e alguém estava lhe fornecendo uísque para afogar as mágoas. Ele podia imaginar o rosto dela quando entrara naquela choupana; podia ver aqueles incríveis olhos verdes se arregalarem, aquela pele macia empalidecer ainda mais, a decepção pousar naqueles lábios doces. Se uma noite no Sanders Hotel não a fizesse sair correndo, alguns dias naquela casinha entre um saloon e um salão de fandango o fariam. Ela então ficaria disposta a vender tudo e sair daquela cidade infernal. Só havia uma parte da propriedade de City que Matthias queria, e ele ofereceria a Kathryn Walsh o suficiente para que ela pudesse ir a Sacramento ou a São Francisco, onde algum empresário se casaria com ela.

Kathryn Walsh havia se afastado bastante, de modo que ele não mais podia vê-la, a não ser que saísse do saloon. Ele bebeu seu uísque e ficou onde estava. Ela era teimosa, assim como o tio. Matthias estava curioso; City nunca mencionara ter família, muito menos uma sobrinha em Boston. Como um imigrante católico irlandês acabou parente de alguém da elite protestante de Boston? Era o que ela parecia ser, com suas botinhas de botão e roupas caras, e até aquele chapéu ridículo que devia custar mais de um ano de salário dos mineiros de Sanders. Mas ele tinha que admitir que ela também tinha uma notável semelhança com seu amigo. City e aquela garota eram parentes? Havia uma história ali e ninguém para lhe dar os detalhes, exceto Sua Alteza, que estava passeando em um lugar onde ele não tinha como saber o que ela poderia ver ou ouvir.

Matthias se levantou, mas se sentou de novo. Ela havia recusado; já estava decidida. Ele já vira aquele olhar antes. Sua mandíbula se contraiu enquanto observava o desfile de homens descendo a rua. Matthias reprimiu o instinto protetor que crescia nele. Ela não era sua responsabilidade. Mas City havia sido um de seus amigos mais próximos. Ele teria que correr para alcançá-la, mas e depois? Acaso podia jogá-la por cima do ombro e levá-la de volta ao hotel?

Henry riu.

— Ela realmente o impressionou, não é? — Matthias ficou sério. — O Sanders Hotel é tão ruim assim?

— Ela provavelmente vai conhecer o proprietário assim que se registrar.

Sanders era solteiro, como a maioria da população de Calvada, e estava na idade de procurar uma bela jovem esposa para lhe dar um herdeiro para seu império. Se Sanders soubesse logo de sua chegada, poderia investir nisso. E Matthias apostava que saberia.

Henry tomou um gole de uísque e ergueu as sobrancelhas.

— Que beleza de bourbon do Kentucky!

— Eu dou aos clientes o que eles pagam, não bebida batizada. Essa é uma das razões de meus negócios irem tão bem.

Ele indicou com a cabeça o bar cheio de homens comprando bebidas. E as mesas de Faro e pôquer também estavam cheias.

— O melhor uísque, mesas honestas e boas acomodações.

— Só lhe falta um restaurante.

— Pensei seriamente nisso, mas desisti.

Os negócios de Ronya Vanderstrom sofreriam se ele abrisse um restaurante, e ele fazia suas refeições naquele estabelecimento desde que chegara à cidade, seis anos atrás. Boas mulheres devem ser ajudadas, não prejudicadas por concorrência desnecessária.

O que sobrou terá que servir. O que Kathryn Walsh quisera dizer com isso? Não parecera uma observação espontânea de alguém que tinha outras perspectivas. O que uma garota como aquela faria para ganhar a vida em uma cidade como essa? As profissões eram limitadas para as mulheres. Havia poucas crianças, portanto professoras não eram necessárias. A esposa do reverendo lecionava para as poucas que havia.

Se Herr soubesse de alguma coisa, Matthias teria ouvido falar no bar.

De uma coisa Matthias tinha certeza: City Walsh nunca entregaria seus negócios a uma jovem. Perguntava-se por que City não havia deixado tudo para Scribe. O garoto era o mais próximo de um filho que City tinha. Mas City sempre tinha seus motivos para agir.

Havia apenas uma posse de City que Matthias queria, e pretendia comprá-la no dia seguinte. Terminando seu uísque, ele deixou o copo na mesa.

— Vamos registrar você, Henry. Podemos jantar mais tarde e falar de negócios amanhã.

Matthias atravessou a rua para falar com Scribe. O garoto atendeu à segunda batida. A casa estava uma bagunça, pior do que Matthias esperava. Limpar a casa poderia ser demais para uma garota que parecia mais acostumada a dar ordens aos criados que a fazer o trabalho deles. Ótimo.

— Deixe tudo como está e venha. Tenho um quarto e um emprego para você.

— Obrigado. — Scribe parecia mais resignado que grato.

— A srta. Walsh disse alguma coisa sobre suas habilidades domésticas?

— Não, mas disse que somos praticamente uma família.

O garoto já estava apaixonado pela menina.

— Não crie expectativas. — Matthias abriu a porta e sacudiu a cabeça. — Vamos, Don Juan.

O extremo sul de Calvada mostrou não ser melhor que o norte. Kathryn havia passado por um saloon atrás do outro, e, felizmente, também vira um mercado, uma mercearia, uma casa de banhos, uma loja de grãos, uma agência de correios, uma farmácia, uma oficina de estanho e um mercado de carnes. Erguendo a saia, atravessou a rua lamacenta até o Sanders Hotel. Fez uma careta enquanto limpava suas botinhas de botão antes de entrar. À sua esquerda havia um bar, ofuscado por uma foto enorme de uma mulher vestindo apenas um sorriso provocante. Havia duas moças sentadas embaixo dela, ambas com vestidos até os joelhos, escandalosos de tão reveladores e decotados. Com o rosto em chamas, Kathryn desviou rapidamente o olhar. Por um instante, arrependeu-se de não ter aceitado um quarto no hotel de Matthias Beck, mas presumiu que o estabelecimento dele seria igual a esse.

Um atendente jovem e barbudo a encarava, em silêncio, enquanto ela se aproximava da recepção.

— Tem um quarto disponível, senhor?

— Temos. — Ele a olhou de cima a baixo. — Três dólares por noite. Mais um dólar pelo jantar.

Ele virou o livro de registro e pegou uma pena e um tinteiro.

Ela estava cansada e deprimida demais para reclamar dos preços.

— Suas acomodações têm banheira?

— Não, mas podemos mandar subir uma. Vai demorar um pouco para aquecer a água para enchê-la, e vai custar mais.

— Quanto a mais?

Ele a olhou de novo.

— Um dólar.

Depois de uma semana dentro de um trem e três dias em uma diligência, ela queria um banho mais que comida. E além de uma casa de banho pública em uma cidade superpovoada por homens, que escolha tinha? Assim que Scribe saísse de sua humilde casinha e ela se mudasse, compraria uma banheira no mercado.

O atendente leu o nome dela.

— Walsh! — Ele ergueu as sobrancelhas. — É parente de City Walsh?

— Sobrinha.

Ele riu como se ela tivesse contado uma excelente piada.

— A sobrinha de City Walsh está hospedada aqui? O sr. Sanders vai querer que tenha o melhor quarto da casa. Provavelmente virá lhe dar as boas-vindas. — O jovem indicou algo à esquerda. — O restaurante fica depois daquelas portas, mas só abre às seis. Tem bagagem?

Ele estalou os dedos e um garoto negro e miúdo apareceu e pegou a bolsa dela.

O "melhor quarto da casa" não tinha lareira — apenas uma cama, cômoda, lampião de querosene e uma cadeira perto de uma janela que oferecia uma vista nada inspiradora da rua principal de Calvada. Ela viu o garoto atravessar a rua correndo e subir a colina, onde havia várias casas grandes enfileiradas. Aparentemente, até Calvada tinha um bairro rico. Fechando as cortinas, Kathryn levantou a saia e as anáguas, desamarrou as fitas e tirou a anquinha. Aquela gaiola deformada parecia irrecuperável.

Quando a banheira chegou, ela mal cabia sentada. Dois baldes de água fumegante a encheram até a metade. Não vendo toalha ou sabonete, ela desceu para pedir. O atendente cobrou dois centavos por uma toalha áspera e suja e dez centavos por um sabonete sem cheiro muito usado. A água já estava fria quando ela voltou para o quarto. Batendo os dentes, ficou de pé na banheira e se lavou rapidamente. Quase revigorada, vestiu roupas íntimas limpas, uma saia e uma blusa. Nem o fedor que provinha da rua conseguiu obliterar sua fome.

Um cavalheiro bem vestido estava sentado a uma mesa escondida no canto do fundo. Ele se levantou como se a estivesse esperando.

— Srta. Walsh, sou Morgan Sanders. Seria uma honra se me permitisse ser seu anfitrião esta noite — disse ele puxando uma cadeira para ela.

Surpresa com a presunção daquele homem, ela quase recusou, mas a curiosidade a fez se aproximar. Ele era alto como Matthias Beck, não tão musculoso, mais perto dos quarenta anos do que dos trinta, olhos escuros e cabelos castanho-claros grisalhos nas têmporas. Sua autoconfiança beirava a arrogância, fazendo-a lembrar de outros homens bonitos e mais jovens que conhecera em Boston. Havia rejeitado mais de uma proposta de casamento porque achava essa atitude repugnante.

— Me disseram que o senhor é dono deste hotel e da Mina Madera.

— Sim, assim como de outros negócios da cidade. — Ele inclinou os lábios num sorriso amargo. — Ouvi dizer que a senhorita conheceu Matthias Beck quando chegou.

— Não foi o sr. Beck quem me contou — disse ela, mas não mencionou Wiley enquanto aceitava a cadeira que Sanders lhe oferecia. — Trata todos os seus hóspedes com tanta generosidade?

— Não, de modo algum.

Sanders levantou a mão e um garçom apareceu.

— Champanhe. No gelo. — Ele sorriu para ela quando o garçom saiu. — Para celebrar sua chegada. Sobrinha de City Walsh... percebo a semelhança. Ele era um homem muito respeitado nesta cidade. — O homem assumiu uma expressão solene: — Meus pêsames. Deve ter sido uma grande dor para sua família.

— Eu não o conhecia.

Nem sabia que ele existia.

— Uma perda ainda maior, então.

— Suponho que ele era seu amigo.

— Mais um adversário amigável que amigo. Nem sempre concordávamos, mas nos respeitávamos. Ele se considerava um homem do povo, e eu possuo e opero uma grande mineradora, na qual emprego cem homens. Também tenho um armazém, bem como outros negócios lucrativos. Acho que seu tio me via como os ingleses imperialistas que detêm a supremacia na Irlanda. City veio para a Califórnia em 1849. Eu vim depois, em 1865.

— Lutou na guerra?

Ele hesitou.

— Não, mas abasteci o Exército da União com o que necessitava.

Ela sentiu que havia mais coisas por trás daquela afirmação.

— Conquistou grandes feitos por aqui, sr. Sanders.

— É verdade. Principalmente por sorte e habilidades que ganhei ao longo do tempo. E por saber o que quero da vida.

Kathryn já havia visto aquele mesmo olhar. Aparentemente, os homens sempre mediam o valor de uma mulher por sua beleza.

— É uma jovem adorável, srta. Walsh. Imagino que tenha chamado bastante atenção desde que desceu da carruagem.

O garçom voltou, tirou a rolha do champanhe, encheu duas taças de cristal e deixou a garrafa no balde de gelo. A um leve movimento do queixo de Sanders, o garçom saiu sem dizer uma palavra. Sanders ergueu a taça para brindar.

— Bem-vinda a Calvada, srta. Walsh.

— Obrigada, senhor. — Cautelosa, ela bebeu um pequeno gole.

— Não há outra mulher como a senhorita em minha cidade.

Sua cidade?

— E que tipo de mulher acha que sou, sr. Sanders?

— Uma dama com classe e estirpe. Educada, provavelmente acostumada às coisas boas da vida. Mas eu me pergunto: por que uma jovem seria enviada para Calvada, desacompanhada, para tomar posse da herança de um tio que nunca conheceu?

Para um estranho, ele sabia muito sobre ela. Mas Kathryn não tinha intenção de acrescentar mais informações. Seus problemas não eram da conta de ninguém.

Ele esperou um momento e sorriu.

— Espirituosa, também. Tem o cabelo ruivo de seu tio. Talvez tenha o mesmo temperamento apaixonado. — Ele ergueu uma sobrancelha. — City tinha espírito e convicções, mas nem sempre demonstrava bom senso.

— Por isso ele foi assassinado?

A pergunta dela o surpreendeu. Ele bebeu um gole de champanhe.

— Ninguém sabe por que ele foi morto. O assassinato dele não foi a primeira morte violenta em Calvada, e receio que nem a última.

— Considerando seus negócios, não seria de seu interesse trazer a lei e a ordem para cá?

Sanders riu.

— City dizia a mesma coisa. Não somos Sacramento nem Placerville, srta. Walsh, mas também não somos Bodie. Não há muitos homens aqui que queiram ser xerife. Lei e ordem não são muito populares entre os homens em cidades como a nossa. Mas a justiça tende a prevalecer.

— Pelo que entendi, a justiça não prevaleceu no caso de meu tio.

— É triste, mas é verdade.

Ele chamou o garçom mais uma vez e pediu carne de veado.

— Nunca comi carne de veado — disse Kathryn, irritada por ele ter escolhido por ela.

Ele disse que ela ia gostar, e suas palavras soaram mais como uma ordem que uma constatação.

A refeição não estava à altura dos padrões de Hyland ou Pershing, mas foi mais que suficiente para satisfazer sua fome. E ela ainda comeu uma fatia de bolo de sobremesa. Morgan falou sobre muitas coisas, mas, profundamente, sobre nenhuma. Sempre que ele oferecia mais champanhe, ela recusava. No fim da refeição, Sanders havia terminado a garrafa, mas o álcool parecia ter pouco efeito sobre ele.

— Esta cidade não é adequada para uma dama de sua sensibilidade, Kathryn. Posso lhe oferecer um preço justo pelos bens de City, se estiver considerando ir embora.

E se ela aceitasse, para onde iria? Voltaria para Truckee? Iria a Sacramento ou São Francisco? Deus parecia tê-la jogado bem ali, no meio daquela cidade selvagem e confusa. Talvez Calvada fosse uma penitência por se tornar "uma desgraça pública" aos olhos do padrasto. Não importava a justiça da causa que lhe provocara tantos problemas. Se pudesse voltar no tempo, acaso teria feito as mesmas escolhas?

Sua mãe estava certa; ela era impetuosa. Passional.

Senhor, faça-me sábia. Ajude-me a aprender a falar a verdade no amor, não na raiva.

— Obrigada pela oferta, sr. Sanders, mas eu gostaria de saber mais sobre meu tio antes de tomar qualquer decisão.

Ela queria saber por que Casey Teague Walsh havia deixado tudo para sua mãe, uma mulher que o desprezava.

Morgan Sanders se levantou.

— Nesse caso, espero que possamos nos conhecer melhor.

Ele puxou a cadeira para ela e a acompanhou até a escada, onde lhe desejou uma noite tranquila.

A noite foi tudo, menos tranquila. A porta do quarto ao lado do dela se abriu e fechou com regularidade. A chuva batia no telhado. Gelada, Kathryn se aninhou nos cobertores, puxando-os sobre os ombros. Pensou na lareira de seu quarto em Boston. Um dos criados sempre a acendia com antecedência para que o quarto estivesse quente quando Kathryn entrasse. Não havia lareira ali, nem o som reconfortante do calor crepitando. Quando finalmente adormeceu, sonhou que estava agarrada à porta de uma carruagem, pendurada sobre um penhasco.

3

O céu estava cinzento, o ar mais frio que no dia anterior. Uma camada de gelo cobria a lama, tornando a travessia de Kathryn traiçoeira. O Bear's Head estava vazio. Mulheres em trajes humildes andavam pela cidade, algumas com crianças logo atrás delas. Era um dia de semana e já passava das nove. Não havia escola naquela cidade?

A porta da casa de seu tio estava entreaberta, e Kathryn ouviu vozes masculinas: Matthias Beck, Scribe e mais um homem, desconhecido. Bateu e esperou.

Beck abriu a porta.

— Parece que não teve uma boa noite de sono, srta. Walsh.

Acaso ele estava sorrindo? Kathryn passou por ele e entrou na casa, largou sua bolsa e ficou olhando para Scribe, que enchia uma caneca com café fumegante.

Beck apresentou Herr Neumann. O cabelo comprido e escuro do homem estava molhado, repartido ao meio e recém-penteado. Pálido, com suor escorrendo pela testa, ele estava um trapo.

— Desculpe por não estar na estação ontem para recebê-la, madame.

Ela estendeu a mão, esperando diminuir o constrangimento dele.

— O senhor não sabia o dia nem a hora em que eu chegaria. Eu não esperava vê-lo lá.

O pobre tremia.

— Disseram-me que estava indisposto. Espero que esteja se sentindo melhor hoje.

Ele corou.

— Estou vivo.

Scribe convidou Kathryn a se sentar no sofá e lhe ofereceu o café, que ela aceitou. Mas, ao olhar para a cor escura do líquido, ela hesitou. Duvidando que tivesse leite ou açúcar, tomou um gole um pouco a contragosto. A bebida era forte o bastante para derreter uma pedra. Segurou a caneca levemente sobre os joelhos, grata pelo calor que se espalhava por sua saia e as camadas de anáguas.

Beck se apoiou na mesa de City e cruzou os braços, observando-a.

— Não precisa ficar, sr. Beck. Tenho certeza de que tem negócios a cuidar.

— Meus negócios podem esperar.

Ah, esse homem não entendia indiretas...

— Pois vou esperar para discutir meus assuntos até o senhor sair.

— Quero comprar a prensa.

Ela o encarou inexpressivamente.

— Que prensa?

— Aquela ali do canto, coberta com uma lona.

Ela olhou para aquele grande volume, então de novo para ele e depois para Scribe, enquanto sua cabeça se enchia de perguntas como uma tempestade. Ninguém parecia ansioso para lhe explicar nada.

— Isso não tem utilidade para você — disse Beck.

Irritada e curiosa, Kathryn deixou o café de lado e se levantou, com a intenção de descobrir o que havia escondido debaixo daquela lona.

— Só saberei o que é útil ou não para mim quando tiver tempo para...

— Seu lugar não é aqui, srta. Walsh.

Kathryn olhou para ele. Estava cansada de homens lhe dizendo qual era seu lugar e o que deveria fazer de sua vida. O juiz havia sido o primeiro, seguido por pretendentes que pareciam ter a vida dela toda planejada.

— Você não é o primeiro homem a me dizer isso, e provavelmente não será o último. — Ela se dirigiu à porta e a abriu. — Tenha um bom-dia, senhor.

Matthias Beck não se mexeu. Nem ela. Depois de um momento, ele se aprumou, foi até a porta e ficou olhando para ela com os olhos em chamas.

— Ainda não terminamos.

O pulso dela se acelerou.

— Ah, terminamos sim.

Por que era tão difícil respirar quando aquele homem olhava para ela?

— Não aposte nisso.

Ela fechou a porta e se voltou para Scribe e Herr, ambos parados como estátuas naquele escritório pequeno.

— Agora, sr. Neumann, gostaria de saber o que pode me dizer sobre meu tio e o que ele tinha em mente quando nomeou minha mãe como herdeira de suas posses.

Ele empalideceu.

— Sua mãe?

— A herança foi passada para mim por razões que prefiro não discutir. — Ela se sentou e cruzou as mãos no colo. — O que ele esperava que fosse feito com sua propriedade?

Se ele conhecesse a mãe dela, jamais teria esperado que ela atravessasse o país para chegar a esse lamaçal fedorento que eles chamavam de cidade.

Neumann olhou para ela com os olhos esbugalhados.

— Ele não disse. Apenas me deu um envelope e disse para enviá-lo se algo acontecesse com ele. Algo aconteceu e eu enviei o envelope. Só isso.

— O último contato que minha mãe teve com meu tio foi antes de eu nascer, por meio de uma carta que informava que meu pai, irmão dele, havia se afogado no rio Missouri a caminho das minas de ouro da Califórnia. Depois disso, ele nunca mais nos procurou.

Scribe deu de ombros.

— Ele só falou de um irmão uma vez, que eu me lembre. E estava bêbado e sentimental, falando coisas sem muito sentido — disse Scribe.

Quanto mais Kathryn descobria, menos otimista se sentia.

— Então, esta casa e a prensa são minha herança?

— E uma mina nas colinas — acrescentou Neumann. — City trabalhava nela só o suficiente para manter a concessão ativa.

— Esqueci que havia uma mina — disse Scribe, coçando a cabeça. — Ele não ia lá havia semanas.

— Uma mina? — Kathryn sorriu, esperançosa. — Vale alguma coisa?

— Duvido, srta. Walsh. City nunca falou muito sobre isso. Desaparecia por alguns dias a cada duas semanas, geralmente quando criava problemas. Não deve valer muito, se é que vale alguma coisa. Deve haver informações nos arquivos dele em algum lugar. — Neumann apontou para os caixotes de maçã cheios de papéis e foi em direção à porta. — Gostaria de ter mais para lhe contar, srta. Walsh.

Ele abriu a porta e saiu antes que Kathryn pudesse fazer mais perguntas.

— Boa sorte, senhorita.

Colocou o chapéu e foi direto para o Beck's Saloon.

Kathryn comentou com desconfiança.

— Ele está nervoso demais para um homem que não sabe nada.

— A senhorita é uma dama. Isso é o suficiente para fazer o homem mais forte deste lugar suar frio.

Matthias Beck não suava. Kathryn mal entrara pela porta e ele começara a discutir com ela. Quem ele pensava que era para lhe dizer qual era seu lugar?

Kathryn foi até o canto do fundo e puxou a lona para ver o que Beck tanto queria. Embaixo, havia uma máquina gigante e preta.

— É uma prensa manual Washington — disse Scribe. — Veio pelo cabo Horn há 25 anos. Não sei como City a conseguiu.

Surpresa, Kathryn olhou em volta mais uma vez.

— Este lugar era o escritório de um jornal?

— Sim, do *Calvada Voice*. A cidade inteira esperava por ele. City estava sempre desenterrando alguma coisa, pegando no pé de alguém. Bateu de frente com quase todo mundo, inclusive com Matthias. Mas eles eram amigos. City passava muito tempo no Beck's relembrando a guerra.

Kathryn desdenhou.

— Imagino que o sr. Beck lutou pelo Sul.

O sotaque sulista dele seria encantador se o homem não fosse tão irritante.

— Não, ele lutou pelo Norte — disse Scribe, recostando na mesa como Matthias ficara. — Ele não gosta de falar sobre a guerra. — O garoto olhou para a prensa. — City me ensinou a compor os tipos e a manter a prensa limpa e com tinta. Ele escrevia editoriais contundentes. Sempre se apegava à verdade. Jamais distorcia um princípio, independentemente do que custasse. Acho que foi isso que deixou alguém com muita raiva a ponto de vir aqui e espancá-lo até a morte com o cabo da prensa.

Tremendo, Kathryn caminhou pela sala, notando a mancha cor de ferrugem que havia encharcado a madeira. Será que City Walsh havia dado os papéis da herança a Herr Neumann porque sabia que algo aconteceria? Será que tinha esperanças de que alguém de sua família se importasse a ponto de ir até Calvada para descobrir por que fora morto, e por quem? Mas não havia nada na carta de apresentação de Herr que indicasse que Casey Teague Walsh tivera um fim violento.

Scribe suspirou.

— Vou sair para que possa fazer o que quiser com este lugar.

Kathryn olhou para ele.

— O sr. Beck lhe deu abrigo?

— Sim. Tenho um quarto nos fundos e trabalho na limpeza.

Ele olhou ao redor mais uma vez, cabisbaixo.

— Adorei cada minuto que trabalhei para City. Ele era... — Sua voz falhou e ele pigarreou. — É melhor eu ir.

— Foi meu tio que lhe deu o nome de Scribe?

— Meu nome de batismo é Rupert Clive Fitz-William Smythe — disse ele, com cara feia. — City dizia que era um nome duro como uma carcaça e começou a me chamar de Scribe. E o nome pegou.

— Lamento que meu tio não tenha deixado algo para você.

Mas, se o tio tivesse deixado tudo para Scribe, para onde o juiz a teria enviado? A uma longa turnê pela Europa? Era mais provável que ele a tivesse mandado para morar com a irmã solteirona dele, em New Hampshire. Havia feito isso uma vez, como punição por ter sido expulsa do internato.

— City sempre tinha suas razões. — Scribe deu de ombros. — E a verdade é que sei compor os tipos, mas não consigo escrever como ele. — Ele pegou uma caixa com suas coisas. — Matthias tem razão.

— Sobre o quê?

— Por mais que me desagrade dizer isso, uma dama como você não pode viver em uma cidade como esta.

Ela pensou que talvez ele tivesse razão. Não se sentia em casa em Calvada, mas também nunca se sentira em Boston.

— Deus opera de formas misteriosas — disse ela, e sorriu. — Já que estou aqui, pretendo fazer o melhor possível.

Antes de Scribe sair do escritório, Kathryn pediu que lhe recomendasse um lugar bom e barato para comer. O Ronya's Café ficava bem perto dali, do outro lado da rua, na esquina sul. Uma placa à porta dizia: *Limpe suas botas!* Ela obedeceu, consternada com a terra que havia manchado a bainha de sua saia.

A porta se abriu.

— Entre, srta. Walsh.

Uma mulher robusta, de vestido xadrez e com um avental por cima, olhos azuis brilhantes, cabelo louro agrisalhado trançado e enrolado em uma coroa no alto da cabeça estava na soleira.

— Você sabe meu nome! — disse Kathryn, surpresa.

— As notícias se espalham depressa em Calvada. Sou Ronya Vanderstrom. City era um grande amigo meu. Tomava o café da manhã e jantava aqui todos os dias.

Seu aperto de mão não foi um gesto leve e educado, e sim o aperto firme de uma promessa de amizade.

— Separei uma mesa perto do fogareiro. Fique à vontade.

Todas as mesas estavam ocupadas por homens, e todos ficaram olhando quando Kathryn entrou. Ronya passou entre as mesas.

— Olhem as maneiras, cavalheiros.

Os homens voltaram a comer. O limitado menu estava escrito em uma lousa.

— O que posso lhe oferecer, srta. Walsh?

— O prato do mineiro, por favor.

Ronya riu.

— Ora, uma jovem com apetite!

Assim que Ronya desapareceu na cozinha, os homens começaram a lançar olhares furtivos a Kathryn. Ela supunha que se acostumaria com isso. Um homem se levantou e foi até a mesa dela, com o chapéu na mão. Ela ergueu os olhos. Ele se apresentou, disse que tinha uma boa mina, uma cabana robusta não muito longe da cidade e que precisava de uma esposa. Uma cadeira foi arrastada pelo chão quando outro homem se levantou apressado. Era dono do açougue da rua e tinha uma casinha bonita na rua Rome, com um quintal grande o bastante para uma horta. Quando um terceiro homem se enfiou entre os outros dois, listando em voz alta seus bens, Kathryn já estava presa entre o fogareiro quente e os homens ainda mais ardentes bloqueando sua fuga pela porta da frente.

Ronya apareceu com uma frigideira em uma mão e uma colher de metal na outra. Bateu uma na outra várias vezes.

— Vamos acabar com isso! Srta. Walsh, está procurando marido?

— Não, não estou!

— Pois bem, senhores, aí está a resposta. Agora, deixem a garota em paz! Comam, paguem e voltem ao trabalho!

Ronya voltou para a cozinha.

Kathryn correu atrás dela.

— Importa-se se eu lhe fizer companhia aqui?

— Eles não vão machucá-la.

Nervosa, ela olhou por cima do ombro.

— Eles parecem bastante desesperados.

— Faltam mulheres em Calvada. As que tem são esposas e viúvas de mineiros, a maioria, e as do outro tipo. Nada além.

Com a cabeça, ela apontou um banquinho em frente ao balcão e voltou a quebrar ovos em uma tigela com uma mão enquanto virava bacon com a outra.

— Eles veem uma jovem bonita como você e ficam desesperados.

— A última coisa que quero é me casar.

Ronya olhou para ela.

— Não com um daqueles brutamontes, imagino.

— Com ninguém. Uma mulher tem mais direitos sem marido.

— E, às vezes, menos oportunidades.

Ela olhou firme para Kathryn antes de despejar os ovos batidos em uma frigideira. O bacon chiou na grelha, fazendo o estômago de Kathryn se contrair de fome. Ronya pegou uma caneca de uma prateleira alta, colocou na frente de Kathryn e a encheu com café fumegante e aromático.

Agradecida, Kathryn bebeu um gole e quase gemeu de prazer.

— Há quanto tempo está aqui, sra. Vanderstrom?

— Pode me chamar de Ronya, como todo mundo. — Ela colocou farinha em uma tigela. — Estou na Califórnia desde 1849. Vim para o oeste de trem com meu marido. Bernard era um bom homem, mas não tinha um pingo de bom senso. Na verdade, nem eu tinha. — Ela riu, mexendo os ovos. — Bernard ouvira dizer que a Califórnia tinha um calor tropical, então comprou um monte de chapéus panamá e mosquiteiros. Tão útil quanto um carrapato em um cachorro. Sem nada que valesse a pena vender, ele trabalhava nos córregos como todo mundo e morreu de febre no primeiro inverno.

Espalhando a gordura do bacon, ela derramou a massa de panqueca na grelha.

— Eu tinha uma carroça Conestoga, um forno holandês, uma frigideira e dinheiro suficiente para comprar mantimentos. Sei cozinhar, e havia muitos homens famintos. Ainda há. — Ela indicou o salão com a cabeça. — Ganhei bastante dinheiro no primeiro ano e construí uma casa de dois quartos. Ela pegou fogo, junto com o restante da cidade. Todos nós reconstruímos tudo, mas depois do segundo incêndio, fui embora. Ouvi falar de uma oportunidade aqui, e torci por melhor sorte. — Ronya deixou os ovos de lado e ficou observando as panquecas. — Enchi um quarto com beliches e alugava espaço para dormir. Cobrava extra pelas refeições. Acrescentei outro quarto, depois um segundo andar. — Ela virou as panquecas. — Quando o trabalho ficou demais, contratei uma viúva. Quando ela se casou, contratei outra. — Riu. — As viúvas não ficam sozinhas por muito tempo nesta cidade.

Ronya colocou os ovos em um prato, duas panquecas ao lado deles e quatro tiras de bacon crocante. Colocou a refeição no balcão em frente a Kathryn, além de um prato com manteiga, uma jarrinha de calda de amora, saleiro e pimenteiro. Sorriu enquanto enchia de novo a caneca de Kathryn.

— Você tem alguma habilidade?
— Sou boa em criar problemas.
Ronya riu.
— Seu tio também era. — Ela indicou o prato com a cabeça. — Coma bem e dê boa fama à minha casa — disse Ronya erguendo o queixo. — É melhor eu ir ver os rapazes. — E foi para o salão levando o grande bule de café.

Kathryn suspirou. Que habilidades ela tinha que poderiam ajudá-la ali, naquele fim de mundo? Que bens e serviços faltavam naquela cidade que ela pudesse fornecer? Não havia visto nenhum comércio que atendesse às necessidades das mulheres; conhecia as tendências da moda no Leste, mas seriam apropriadas ali, no Velho Oeste? Sua mãe insistira que ela aprendesse as artes femininas: bordar tecidos finos, tocar piano, organizar e dar um jantar. Ela sabia costurar, mas suas próprias roupas haviam sido feitas por uma costureira. Pensar em passar o resto da vida em tais atividades provocou nela uma dor de cabeça.

Seu padrasto fizera o possível para casá-la com o herdeiro de uma família manufatureira, mas, para Kathryn, Frederick Taylor Underhill era um sapo arrogante que não se importava com as mulheres e crianças que trabalhavam nas fábricas de seu pai. Ela recusou a proposta do pretendente, e o juiz ficou apoplético.

Essa desfaçatez fora apenas mais uma somada à lista de coisas que o juiz tinha contra ela.

Kathryn pagou um extra pelo café da manhã e agradeceu a Ronya por permitir que se sentasse na cozinha. De lá, foi ao armazém Aday para comprar coisas de que precisava. Ficou encantada ao ver aquela valiosa variedade de mercadorias. Barris de farinha, sacos de feijão e prateleiras cheias de coisas de todos os tipos. A loja era cheia de mesas com mercadorias: cobertores em uma, camisas de flanela masculinas e macacões em outra. Dentro de uma caixa de vidro havia uma coleção de facas; em outra, armas. Talvez ela devesse comprar uma pequena derringer.

Uma mulher magra, de vestido de lã marrom simples e com um lenço no cabelo, encontrava-se atrás do balcão. Ficou observando Kathryn andar pela loja, com os olhos fixos em seu vestido azul e a jaqueta com peplum combinando, além do chapéu com renda e flores de seda. Passando as mãos pelo avental, cumprimentou Kathryn e se apresentou como Abbie Aday. Assim que Kathryn retribuiu, a mulher prendeu a respiração e gritou:

— Nabor! Venha rápido! A sobrinha de City está aqui!

— Achei que ele não tinha família.

Um homem anguloso, de rosto duro e óculos, surgiu da cortina dos fundos. Arregalou os olhos quando viu Kathryn.

— Você é parente de City?

Kathryn sabia que estava bem vestida demais para Calvada, mas não havia como evitar. Tudo que ela possuía era demais para a cidade. Abbie olhava para o chapéu dela com admiração, e Nabor com evidente desaprovação.

— Tenho uma lista de coisas de que preciso — disse Kathryn, entregando a lista a Abbie.

Nabor a arrancou dela.

— Material de limpeza, tinta branca, lençóis, dois cobertores, tecidos, enlatados, um abridor de latas...

Ouvir a leitura em voz alta fez Kathryn se perguntar quanto custaria tudo aquilo. O envelope de dinheiro que seu padrasto lhe dera teria que durar até que ela encontrasse uma ocupação.

Nabor Aday tinha um brilho calculista nos olhos. Entregou a lista para sua esposa e disse:

— Chame quando tudo estiver separado que eu cuido do resto. — E desapareceu atrás da cortina, enquanto Abbie Aday pegava os itens e os punha no balcão.

— Seu chapéu é tão lindo, srta. Walsh! Nunca vimos nada assim por aqui.

Kathryn ouviu Nabor bufar atrás da cortina.

— Foi feito em Boston.

— Boston... — Abbie suspirou, com um olhar sonhador. — Nós viemos de...

— Pare de falar, Abbie, e volte ao trabalho! — gritou Nabor.

Kathryn se inclinou mais perto.

— Seria muito fácil de fazer, com o material certo.

— Sério? Você poderia? Não temos chapelaria na cidade. — Sua expressão se iluminou. — Talvez não tenhamos o necessário agora, mas podemos encomendar em Sacramento. Eu seria sua primeira cliente. — A mulher sorriu.

Nabor apareceu com a testa franzida de raiva.

— Não seria nada. Para que uma mulher precisa de um chapéu desses? — Ele pegou a lista. — Pegue a lata de tinta branca e o material de limpeza. Vou pegar um carrinho de mão.

— Ela não quer um carrinho de mão, Nabor.

Ele a olhou por cima do ombro com desprezo.

— Vamos precisar de um carrinho para entregar a mercadoria. A menos que você dê conta de carregar tudo nos braços.

Abbie baixou a cabeça e olhou para Kathryn mais uma vez.

— Todos nós sentimos falta de City. Todo mundo adorava o jornal dele. Agora, só temos o *Clarion* de Stu Bickerson. Ele mora na Champs-Élysées, esquina com a Rome.

— Champs-Élysées? — repetiu Kathryn, com uma leve risadinha.

— Seu tio batizou nossas ruas com nomes de lugares estrangeiros. Mas claro, a Champs-Élysées é mais conhecida como rua Chump.

Kathryn riu e Nabor se voltou para elas.

Abbie a levou até as peças de tecido e Kathryn escolheu o que queria.

— Você tem algum livro, Abbie?

— Alguns. City sempre tinha um livro nas mãos, devia ter dezenas.

Kathryn havia ficado encantada ao ver os livros do tio.

— Sim, mas, infelizmente, nada do que eu preciso.

— Que tipo de livro está procurando?

Corando, Kathryn baixou a voz.

— Qualquer coisa sobre culinária, limpeza, esse tipo de coisa.

Abbie lhe lançou um olhar cúmplice.

— Ah, claro. — Foi passando por entre as mesas. — Não recebemos muitos pedidos de livros. Ah, aqui estão. — Ela puxou uma caixa que estava debaixo de uma mesa. — O que acha de um níquel?

A esse preço, Kathryn queria a caixa inteira. *Esqueça o feijão, vou levar os livros,* teve vontade de dizer, mas sabia que tinha que ser prática. Enquanto cobiçava a *Odisseia* de Homero e *Folhas da relva,* de Whitman, Kathryn pegou *A Treatise On Domestic Economy,* de Catharine Beecher. Folheando-o, viu que continha informações muito necessárias, que iam desde cozinhar, limpar e reprodução de mudas de plantas até aquecimento, ventilação e descarte de lixo. Certamente, aprender sobre descarte de lixo seria de bom proveito em Calvada! Fechando o livro, colocou-o debaixo do braço e pegou *The Practical Housekeeper: A Cyclopedia of Domestic Economy.*

Quando Abbie terminou de separar toda a mercadoria, Nabor assumiu o cálculo dos preços.

— Você dobrou o preço dos livros, sr. Aday. Abbie me disse que era um níquel cada um.

— Abbie não define os preços. E vai lhe custar mais um dólar para receber tudo em casa, a menos que queira fazer algumas viagens sozinha. Furiosa, Kathryn pagou o valor que ele cobrou.

Nabor ficou para "administrar a loja" enquanto Abbie empurrava um carrinho de mão e um garoto a quem Nabor daria dez centavos empurrava o outro. No caminho para a casa de City, Kathryn assomou a cabeça pela porta da estação e pediu a Gus Blather, o gerente, que entregasse seu baú o mais rápido possível. Ele o colocou em um carrinho de mão e as seguiu. Homens saíram dos saloons para assistir ao cortejo. Alguns o acompanharam, e um deles foi cavalheiro e substituiu Abbie quando seu carrinho de mão ficou preso na lama. Os outros só seguiam atrás, conversando. Matthias Beck saiu pelas portas de vaivém de seu saloon e ficou encostado em um poste da frente, com os braços cruzados, observando. Abrindo a porta da humilde casinha que ela pretendia transformar em lar, Kathryn entrou, seguida por Abbie, o garoto e Gus Blather. Agradeceu a cada um e sussurrou a Abbie que lhe daria um chapéu de presente. Ao saírem, meia dúzia de homens quis espiar lá dentro. Kathryn fechou a porta com firmeza e passou o ferrolho. Um homem tentou esfregar a sujeira de uma das janelas para espiar, e Kathryn decidiu não as lavar enquanto não tivesse cortinas.

Parada no meio do escritório, de braços cruzados, Kathryn calculou o trabalho que a esperava. Nunca havia limpado um aposento, muito menos dois, mas sabia como se fazia. Pegou o balde e saiu pela porta dos fundos; Abbie lhe havia dito onde ficava o poço comunitário mais próximo.

Quando deu meio-dia, a barbatana de baleia de seu espartilho parecia um dispositivo de tortura. Afastou as mechas de cabelo úmido do rosto e voltou a esfregar o chão da sala da frente. A mancha de sangue estava ali para ficar. Compraria um tapete para cobri-la. Já havia esvaziado o fogão Potbelly, que estava cheio de cinzas, e o reabastecido com madeira que encontrara empilhada ordenadamente nos fundos, ao lado da porta. Mas não o acendeu. O trabalho a mantinha aquecida. Havia feito meia dúzia de viagens até o poço, e seus pés doíam devido aos sapatos apertados e cheios de lama. Aliás, os sapatos estavam perdidos, e a lama pesada deixara suas pernas doloridas. Kathryn esvaziou os armários e lavou as prateleiras antes de arrumar seus suprimentos e tirar as roupas do baú. No Aday não havia banheira para vender, mas Kathryn encontrou uma bacia de lavar roupas grande o bastante para servir a esse e a outros propósitos. Teria que lavar suas próprias roupas a partir de agora.

Ao pôr do sol, Kathryn ainda não havia terminado. Não estava apresentável para atravessar a rua e ir jantar no Ronya's Café. Lavar-se significaria mais uma viagem ao poço, acender o fogo e aquecer a água. Teria que escovar o cabelo e fazer o penteado de novo, e vestir roupas limpas. Mas estava cansada demais para fazer qualquer coisa, até para arrumar a cama, e tão suja que não queria usar seus lençóis novos.

Entorpecida de fadiga, com as mãos em carne viva de tanto esfregar e todos os músculos de seu corpo doloridos, sentou-se na beirada da cama. Caindo para trás de braços abertos, adormeceu.

4

Matthias encurralou Scribe, pois a preocupação relutante com Kathryn Walsh atrapalhava sua concentração em projetos mais importantes.

— Tem visto a sobrinha de City?

Matthias não a tinha visto sair de casa nos últimos dois dias, mas ouvira dizer que ela havia feito várias viagens ao poço comunitário. Aquela garota carregando água? Difícil de imaginar. Bastava que pedisse ao primeiro homem fisicamente capaz que encontrasse, e logo teria uma fila deles oferecendo seus serviços. Ronya lhe dissera que Kathryn Walsh havia recebido três propostas de casamento cinco minutos depois de entrar em seu restaurante.

— Um açougueiro, um padeiro e um fabricante de velas rodearam a garota como ursos atrás de mel. Ela se escondeu na cozinha, disse que não tem planos de se casar — disse Ronya rindo.

— Ela comeu na cozinha?

Aquela garota parecia mais do tipo que deseja um espaço privado e uma criada pessoal.

— Sentou-se à minha bancada e ficou olhando enquanto eu cozinhava. Comeu o prato do mineiro e bebeu duas canecas de café. Qual é seu interesse na garota, Matthias? — perguntara Ronya com um leve sorriso.

— Tudo que quero dela é a prensa manual de City.

— Só isso mesmo?

Como ele era um dos amigos mais próximos de City, julgava que era obrigação dele ficar de olho nela. Quanto mais cedo ela fosse embora de Calvada, mais cedo ele poderia relaxar a vigília.

Scribe parou de varrer o calçadão e olhou para o outro lado da rua como um cachorrinho querendo ir para casa.

— Falei com a srta. Kathryn ontem. Eu disse que passaria para ver se estava bem. Fui três vezes, mas ela não abriu a porta.

— Por que não?

— Disse que não estava apresentável. E que estava ocupada.

— Fazendo o quê?

— Limpando a casa, acho.

Durante dois dias? Dois quartos minúsculos? Que tipo de limpeza demorava tanto?

Scribe largou a vassoura.

— Vou passar...

Matthias olhou para o rapaz apaixonado.

— Poupe seu coração, garoto. Beleza não se põe à mesa. Além disso, ela é mais velha que você.

Scribe enrijeceu.

— Farei dezessete mês que vem.

Matthias achava que Kathryn Walsh não tinha muito mais que vinte e poucos anos. Exalava um ar fresco, úmido e intocado, algo que perderia bem depressa se ficasse em Calvada.

Matthias atravessou a rua. Tirando a lama das botas, bateu na porta de Kathryn. Ela a abriu poucos centímetros, e ele a viu com o cabelo ruivo coberto e com o rosto sujo de tinta. Estava usando um avental de corpo inteiro e luvas brancas, do tipo que garotas ricas usavam na ópera.

— Ah... é você.

O tom dela o irritou.

— Sim, sou eu. Vim ver se está viva.

— Agora que sabe que estou, pode ir.

— Não tão depressa.

— Estou ocupada.

Ele tentou arranjar uma desculpa para se demorar.

— Por que quer a prensa?

Ela diminuiu a força com que segurava a porta, e ele a empurrou para olhar para dentro.

— Que raios está fazendo?
Soltando a porta, ela indicou a ele que entrasse.
— Entre, sr. Beck. Satisfaça sua curiosidade e vá embora.
O escritório de City estava todo branco. Os odores familiares de suor masculino, uísque e tabaco tinham sido substituídos pelo forte cheiro da tinta. A velha e surrada escrivaninha de carvalho havia sido polida e não estava mais cheia de papéis. Havia três livros abertos em sua superfície. Reconheceu uma Bíblia, notando trechos sublinhados e anotações nas margens. Kathryn fechou os outros dois depressa e os enfiou em uma gaveta da escrivaninha, antes que ele pudesse ler os títulos. As caixas transbordantes de edições antigas do *Calvada Voice* haviam sido arrumadas e empilhadas ordenadamente na parede dos fundos.
— Você olhou para tudo, menos para a prensa, sr. Beck.
Ela a havia coberto com um pano de algodão florido e por cima colocara dois chapéus com fitas e plumas e outros itens femininos: uma blusa de seda branca, um vestido azul de cetim e renda adequado para um baile, um par de botinhas de botão, dois pares de luvas como o que estava usando, um par de calçolas enfeitadas com renda e uma anquinha.
— Como não posso arrastar a prensa, estou fazendo uso dela.
— Como um balcão? — Ele queria estrangular Kathryn. — Seu tio está se revirando no túmulo. Posso chamar alguns homens e ela estará fora daqui em menos de uma hora.
— Ela ficará exatamente onde está — disse ela, com um sorriso falso.
— Acho que está servindo a um bom propósito.
Matthias se aproximou. Ela se manteve firme, mas ele viu que um leve rubor surgiu em seu rosto.
— Tudo isso porque dei um soco em Toby e o mergulhei no cocho.
Ela ergueu os olhos e respirou suavemente. Com a boca apertada, ergueu o queixo.
— Não sou tão mesquinha, sr. Beck.
Os olhos dela faziam ele lembrar de pinheiros brotando na primavera.
— Está mesmo vendendo essas coisas que pôs ali?
— Está precisando de um par de calçolas?

— O que acha que as pessoas diriam se eu saísse daqui com uma dessas enrolada no pescoço?

Quando a viu arregalar os olhos de espanto, teve pena dela.

— Não se preocupe, não vou fazer isso.

— A cidade não tem lojas para damas.

Porque não havia muitas damas, pensou ele, mas não disse. As poucas que havia em Calvada não podiam se dar ao luxo de usar seda e cetim, nem chapéus extravagantes.

— Abbie gostou de meu chapéu.

— Nabor não daria um centavo para ela gastar em um chapéu com penas e flores.

Ela ficou confusa.

— Bem, espero que ele permita que ela fique com o que eu lhe dei. — Ela examinou o balcão. — Farei o possível para oferecer algo que ainda não esteja à venda aqui; se bem que imagino que as necessidades e desejos das mulheres de Calvada são mais profundos do que o que tenho a oferecer.

Ela voltou ao balde de tinta.

— A que se refere?

— A nada que lhe interesse, tenho certeza.

— Você não sabe.

— Eu poderia fazer uma lista, e só vi o que fica na... como se chama a rua principal? Champs-Élysées? — Ela riu.

— Seu tio que deu esse nome.

— E Roma, Paris e...

— Gomorrah — disse ele, sem querer.

Ela pestanejou e abriu uma carranca, encarando-o friamente.

— Acho que rua Chump combina melhor.

Alguém bateu à porta.

— Srta. Kathryn? — Scribe assomou a cabeça e lançou um olhar sombrio para Matthias antes de entrar. — Só queria saber se estava bem.

Matthias bufou. O que o garoto achava que ele estaria fazendo? Molestando Kathryn?

— Parece que tem um protetor, Vossa Senhoria — disse Matthias, lançando a ela um olhar irônico.

— Posso lhe trazer mais lenha, srta. Kathryn. Talvez acender o fogo.

Matthias revirou os olhos.

— Já está aceso — ela olhou para Matthias —, mas obrigada por ser tão gentil, Scribe.

— O que precisar, a qualquer hora...

Irritado, Matthias virou a cabeça para a porta.

— Você já tem um emprego. Volte ao trabalho.

— Já terminei de varrer.

— Então lave os copos.

Como o garoto não se mexeu, Matthias deu um passo em direção a ele.

— Agora, Scribe. Eu pago seu salário.

Scribe deixou a porta entreaberta ao sair, olhando por cima do ombro enquanto voltava ao saloon.

Kathryn suspirou, claramente ciente da afeição do garoto. Parecia preocupada, não lisonjeada.

— Obrigada, sr. Beck.

— Por expulsá-lo daqui?

— Por colocar um teto sobre a cabeça dele e lhe dar um emprego.

— Eu sempre cumpro minha palavra.

Kathryn o observou, e ele se pegou imaginando o que ela estaria pensando. A primeira impressão é sempre difícil de apagar.

— E você, srta. Walsh?

— Eu o quê?

Ele sentiu que estava escorregando em águas profundas. Por que havia ido até ali? Lembrou-se do motivo que dera.

— Promete me avisar quando decidir vender a prensa?

— Você saberá quando eu tomar minha decisão. — Ela alisou o avental. — Obrigada por vir ver como eu estava, sr. Beck. Como pode ver, está tudo bem. Tenha um bom dia.

Essa era a segunda vez que ela o dispensava, e ele não gostou.

— É preciso, srta. Walsh.

— Já tenho idade para cuidar de mim mesma, senhor.

Senhor! Quantos anos ela achava que ele tinha? Matthias aproximou-se dela e ouviu sua respiração rápida. Sorrindo, passou o braço em volta da cintura dela e a puxou para perto.

— Ainda acha que pode se cuidar?

Quando ele se inclinou sobre ela, Kathryn se abaixou e escapou correndo para atrás da mesa. Apontou para a porta aberta, mas parecia ter perdido a capacidade de falar.

— Quer que eu feche a porta? — debochou ele. — Acho que devemos deixá-la bem aberta, por questões de decoro.

— Fora! — rugiu ela.

Arrependido por ter cedido a um impulso, ele se esforçou para parecer sério.

— Não é ruim que as pessoas saibam que você e eu estamos ficando amigos.

Os homens a deixariam em paz se soubessem que ele estava de olho nela.

— É isso que está fazendo, sr. Beck? Amizade? — O rosto de Kathryn estava vermelho e os olhos verdes em chamas. — Vai sair, ou terei que gritar?

— Isso atrairia uma multidão. E provocaria apostas sobre até onde eu teria conseguido chegar.

Ela ficou tão perturbada que ele teve dó.

— Temos negócios a discutir.

Tirando alguns fios ruivos de cabelo da testa, ela deu a volta na mesa e mergulhou o pincel na lata de tinta branca. Se ele se aproximasse mais uma vez, já sabia o que esperar.

— Por que não tira esse avental e esse lenço e me permite levá-la para almoçar no Ronya's Café?

Ronya havia dito que não via Kathryn desde ontem, e a menina tinha que comer.

— Já comi aveia.

— Você cozinhou? — Matthias abriu a gaveta da mesa e tirou os livros que ela havia escondido. — Ahhh. — Ele riu. — Aprendendo a se defender, srta. Walsh?

— Parece-me o mais sensato. — Ela deu uma olhada para ele ao mesmo tempo que dava pinceladas meticulosas na parede já pintada. — Não tem nada melhor para fazer que me ver pintar uma parede?

Ele sorriu e se recostou, passando os olhos sobre ela com calma.

— Você vai precisar de um banho.

Em choque, ela o fitou.

— Obrigada por me dizer que estou fedendo!

— Colocando palavras na boca de um homem, como é de se esperar, vindo de uma mulher. Eu não disse que estava fedendo... — O olhar dela o convenceu a parar de falar. — Sei que ainda está incomodada por causa da viagem de diligência, e está limpando esta casa desde que se mudou. Seria razoável supor que você gostaria de...

— Você é sempre tão desagradável?

Ah, esse tom! E tudo porque ele estava tentando explicar que não pretendia insultá-la.

— Aposto que você tomava um bom banho todos os dias em Boston. Provavelmente com um sabonete perfumado.

— Tenho uma tina e sei onde encontrar água. E Scribe, jovem cavalheiro que é, forneceu-me a lenha para aquecê-la. — Ela passou mais tinta na parede. — E há a casa de banhos aqui na rua.

Ele precisava aniquilar essa ideia imediatamente.

— Ah, sim, pode ir lá. Terá a privacidade de uma divisória de lona entre você e seus companheiros de banheira. Uns vinte homens, talvez.

Isso chamou a atenção total dela.

— Não há paredes?

Sentindo uma pontada de arrependimento por atormentá-la, Matthias se levantou.

— Só as externas — disse, o que era mais que suficiente para convencê-la. — Venda a prensa para mim, Kathryn, e vá para casa, que é seu lugar.

A expressão dela mudou.

— Estou em casa, sr. Beck.

Ela enxugou o rosto com as costas da luva, deixando uma mancha de tinta naquela pele de porcelana.

— E, mesmo para um homem, desejar não significa conseguir — acrescentou ela.

— Quer apostar, Vossa Senhoria?

Kathryn tirou as luvas e as jogou na lata de tinta vazia.

— A prensa não está à venda.

— Tudo tem um preço.

Ela levantou a cabeça e arqueou a sobrancelha.

— Quer apostar? — Os olhos dela brilhavam de raiva. — A prensa é uma arma muito poderosa. Eu não gostaria de vendê-la a um homem que pudesse usá-la para outros propósitos que não o que é certo e bom. Ficou claro, lorde Baco?

O coração de Matthias batia forte, pronto para a batalha.

— Não há nada pior que uma carola irritada.

Ela deu um sorriso ofendido.

— Os homens sempre recorrem a insultos quando perdem uma discussão.

Matthias saiu antes que dissesse algo de que se arrependesse.

Quanto mais Kathryn trabalhava em sua casinha na rua Chump, mais se sentia em casa. Lavou o cabelo e tomou banho na tina no sábado à noite já pensando no culto de domingo de manhã. Sabia que as pessoas a notariam e queria se vestir da maneira mais simples possível para não causar alvoroço.

A igreja da comunidade de Calvada ficava no alto da colina, no final da rua Rome. As montanhas assomavam por trás, cobertas de pinheiros. Kathryn sentiu o aroma e encheu os pulmões com o ar fresco do fim de outono. A neve já cobria os picos e logo cobriria a cidade.

Surpresa ao descobrir que o culto já havia começado, ela se sentou na última fileira, atrás de seis mulheres. Havia outras mulheres mais à frente, com seus maridos e filhos. Uma das mulheres na frente dela olhou para trás. Kathryn sorriu, mas a jovem se voltou rapidamente e cochichou algo para a mulher à sua direita, que sussurrou para a próxima. Uma senhora vestida de preto lançou um olhar de reprovação às jovens e, a seguir, olhou para Kathryn.

Ela pestanejou, surpresa. Sacudindo a cabeça, franziu o cenho e acenou, indicando a Kathryn para ir para a frente.

A última coisa que Kathryn queria era chamar mais atenção.

— Obrigada, mas estou bem aqui — disse ela bem baixinho.

Dali, ela via e ouvia o reverendo Thacker com perfeição.

A mulher lhe deu as costas e não a olhou novamente. Mas cochichou algo para a jovem ao seu lado. O que ela disse foi passado para as outras cinco mulheres. Esse grupo se levantava quando era hora de cantar um hino e se sentava em perfeita harmonia quando acabava. Quando terminou o culto, Kathryn se levantou, na esperança de se apresentar, mas as seis mulheres saíram depressa da igreja sem olhar para trás. Kathryn franziu a testa. Estava sendo esnobada? Que diabos ela havia feito de errado?

O reverendo Thacker e sua esposa passaram por ela e pararam à porta para cumprimentar os paroquianos que saíam. Ambos deram as boas-vindas a Kathryn e perguntaram se poderiam visitá-la. Ela disse que seria um prazer recebê-los. Outros a cumprimentaram na saída. Abbie Aday se aproximou, radiante, com a mão no chapéu que Kathryn lhe dera.

— Ficou maravilhoso em você, Abbie.

Nabor parecia aborrecido.

— Não temos tempo para bobagens.

Ele pegou a esposa pelo cotovelo e a conduziu para o portão. Abbie olhou para trás por cima do ombro.

— Você está linda, Kathryn — disse ela, olhando o vestido avermelhado da amiga com admiração. Depois, estremecendo, voltou-se para a frente.

Henry Call cumprimentou Kathryn.

— Você parece bem. Matthias disse que andou trabalhando bastante em sua casa nova.

Nada que o sr. Beck aprovaria, ela poderia ter dito.

— É um prazer revê-lo.

Matthias Beck não estava ali, mas Morgan Sanders sim. O dono da mina sorriu e lhe acenou com a cabeça. Ela retribuiu antes de se dirigir a Henry.

— Seus negócios estão indo bem?

Call olhou dela para Morgan Sanders e vice-versa.

— Conforme o esperado. Algumas coisas levam tempo. — Ele hesitou. — Ouvi dizer que conheceu Morgan Sanders.

— Ele me convidou para jantar quando fiquei no hotel dele.

Sentiu sua pele se arrepiar desconfortavelmente. Teve a estranha sensação de que os olhos de Sanders estavam fixos nela, apesar de ele estar conversando com vários homens.

— Ando ocupada limpando e organizando minha casinha. Pretendo transformar o escritório da frente em uma loja para damas.

Os dois saíram juntos pelo portão da igreja.

Na descida da colina até a cidade, Henry relembrou a viagem de diligência com Cussler e Wiley. Kathryn riu; gostava do jeito leve dele. Separaram-se na esquina da rua Rome com a Chump; Kathryn foi para o Ronya's Café e Henry para o Beck's Hotel. Ela tinha comido aveia nos últimos três dias e ansiava por outro prato de mineiro.

O café estava lotado. Todos se calaram quando ela entrou. Uma mulher saiu da cozinha com dois pratos cheios de panquecas. Olhou surpresa para Kathryn e deixou os pratos na frente de dois homens, que mal notaram. Kathryn a seguiu até a cozinha e cumprimentou Ronya.

— Posso entrar?

Ronya riu enquanto virava panquecas.

— Charlotte, esta é Kathryn Walsh, sobrinha de City Walsh. Kathryn, esta é Charlotte, minha nova ajudante. Sente-se. — Ronya apontou com a espátula para um banquinho perto da bancada. — Você está linda, Kathryn. Imponente. Como foi a igreja?

Ela não perguntou o que Kathryn queria comer, mas começou a encher um prato com ovos mexidos, bacon e panquecas. Sorriu para Charlotte e disse:

— Essa tem apetite.

— O reverendo Thacker é um bom orador — disse Kathryn, admirando a eficiência e rapidez de Ronya.

Charlotte pegou mais dois pratos e foi para o salão.

— Está muito movimentado hoje. Posso ajudar?

— Você? — disse Ronya, chocada. — Está pedindo um emprego?

Kathryn considerou.

— Posso trabalhar em troca de refeições?

Ronya a observou seriamente.

— Coma primeiro, depois conversamos. — Ronya deslizou o prato cheio para ela, tirou uma caneca de um gancho e a encheu com café quente. — Onde comeu nos últimos dias?

— Em casa. Aveia. — Kathryn fez uma careta. — Tenho certeza de que poderia aprender muito sobre culinária trabalhando para você.

Charlotte deixou alguns pratos sujos no balcão perto da pia.

— Por que você trabalharia aqui? — A mulher observou com um olhar de reconhecimento o dispendioso conjunto de Kathryn. — Você vem da riqueza.

— Eu era um estorvo para meu padrasto, e minha mãe me disse que sua vida seria muito mais fácil sem mim.

As duas olharam para ela e Kathryn corou, envergonhada por ter cometido tal deslize.

— Estou vestindo o que restou de minha vida antiga. — Ela deu de ombros. — Mas não fui mandada embora completamente de mãos vazias. A minha herança está aqui.

— E não vale quase nada — disse Ronya, perturbada com o que Kathryn havia revelado.

— Meu padrasto me deu dinheiro suficiente para eu me manter por alguns meses, se eu economizar.

Ronya e Charlotte trocaram um olhar antes de Charlotte falar.

— Você pode escolher qualquer homem de Calvada, srta. Walsh. Todo mundo está falando sobre você e Morgan Sanders.

— O quê? — Kathryn empalideceu. — Eu jantei com o homem uma vez, e foi mais uma intimação do que um convite.

— É melhor ter cuidado com aquele homem — disse Ronya. — Ele é dono da maior parte da cidade.

Charlotte sentou em um banquinho e enxugou a testa.

— Ele me disse.

— E o que vai fazer?

— Ela vai tentar abrir uma loja para damas — disse Ronya a Charlotte. — Chapéus e roupa íntima. Vamos ver como se sai. — Ela riu. — Matthias me disse. Ele come aqui desde que chegou à cidade. Parece que há dois homens importantes de Calvada interessados em você.

Kathryn desdenhou.

— Ele quer comprar a prensa de meu tio.

— E por que não a vende? Não tem utilidade para você.

— E para ele?

Charlotte colocou uma mecha rebelde de seu coque para trás.

— Para ele tem. Stu Bickerson não permitiria que ele publicasse uma linha.

— Quem é Stu Bickerson?

— Editor do *Clarion*. Morgan Sanders o tem no bolso. Parece justo que o sr. Beck tenha uma maneira de imprimir suas opiniões e ideias sobre como administrar a cidade.

— Administrar esta cidade? — Kathryn riu. — O que ele está fazendo? Concorrendo a prefeito?

— Não; a menos que os homens ganhem coragem — disse Ronya. — Neste momento, eles estão com medo de Sanders.

Kathryn não podia acreditar que aquelas duas achavam que Matthias Beck seria um bom prefeito. Mas ela tinha suas próprias opiniões sobre certas coisas.

— Um jornal deve ser neutro, apresentar fatos; não deve tomar partido.
Ronya lhe deu um olhar irônico.
— É assim que se faz em Boston?
Ronya colocou tempero na panela de feijão que borbulhava na boca de trás do grande fogão de ferro.
Ela suspirou.
— Não. — Ela havia lido os artigos empolgantes escritos sobre as sufragistas. — Mas sonhar não custa nada.
Elizabeth Cady Stanton e Susan B. Anthony foram chamadas de traidoras da ordem natural da criação de Deus. Um editorial rotulara suas seguidoras como "harpias"; outro dissera que elas não eram naturais nem femininas, que eram uma vergonha para o gênero. Muitas mulheres compartilhavam desse ponto de vista. A própria mãe de Kathryn lhe ordenara que nunca mais participasse de uma reunião daquelas. Claro que ela não lhe dera ouvidos. Talvez, se não tivesse se empolgado e tentado falar naquele último comício, ainda poderia estar morando em Boston.

Tudo havia acontecido muito rápido naquele dia. Dois homens a agarraram como policiais agarram um criminoso e a levaram de carruagem até o portão da propriedade Hyland-Pershing. O juiz Lawrence Pershing a esperava. Ele havia mandado que a seguissem. "Ela é uma desgraça pública, assim como tinha sido o pai dela", havia dito o juiz à mãe de Kathryn, "juntando-se a Susan B. Anthony e àquelas megeras, aparecendo naquele comício e fazendo um escândalo". Ele pegara um jornal e o sacudira como um cachorro matando um rato. "Está tudo aqui no *New York Tribune*! Se não fosse por minhas conexões, o nome dela teria sido mencionado no jornal!" Ele jogara o jornal em Kathryn. "Está orgulhosa de si mesma? As notícias sobre esta sua última aventura se espalharão, sua reputação está arruinada."

O sufrágio feminino era uma aventura? Sua reputação estava arruinada? Kathryn se arrependera de seu comportamento impetuoso não porque se sentisse errada, mas porque sua tentativa não havia resultado em nada e não conquistara a respeitosa audiência que aquelas mulheres mereciam.

Ronya tampou a grande panela de ferro.

— Seu tio publicava a verdade, e veja o que aconteceu com ele.

Ao sair do Ronya's, Kathryn decidiu voltar pela Rome em direção à igreja. Ainda não havia ido ao cemitério para prestar homenagem ao tio. Andara tão ocupada colocando a casinha em ordem que não pensara nisso até aquela manhã, quando fora à igreja e vira o cemitério.

Cruzes simples sinalizavam a maioria das sepulturas. Uma grande laje continha os nomes de homens mortos em um acidente de mineração, datado de 13 de outubro de 1872. Outra, mais adiante, listava mais cinco mortos no ano anterior. Kathryn procurava o túmulo de Casey Teague Walsh.

— Srta. Walsh. — Sally Thacker, com um xale nos ombros, caminhava na direção dela. — Eu a vi do presbitério. Posso ajudá-la?

— Estou procurando o túmulo de meu tio.

— Está ali. — Apontou para um túmulo isolado, já quase na cerca. — Ele era católico, sabe? Eles normalmente têm um cemitério próprio, mas... — Calou o resto.

— Fizeram um culto para ele?

— Não na igreja, e poucos vieram quando ele foi enterrado. O restante se reuniu no Beck's Saloon para celebrar.

Chocada, Kathryn recuou.

— Celebrar?

— A vida dele. Ele era irlandês, e alguns homens acharam esse tipo de velório mais apropriado. Acho que foi a maneira que os amigos dele encontraram para mostrarem respeito. Seu tio passava muito tempo no Beck's, pelo que eu soube. — Ela estremeceu. — Não quero que isso pareça uma crítica, de forma alguma!

— Conhecia bem meu tio, sra. Thacker?

— Pode me chamar de Sally, por favor. Não, eu não o conhecia. Ele nunca frequentou esta igreja.

Ela acompanhou Kathryn até o túmulo.

A cruz era simples. Dizia apenas: *City Walsh*. Sem data, sem um "Descanse em Paz", sem nenhuma informação sobre o homem que jazia sob a terra e sobre a diferença que sua vida teria feito. Kathryn sentiu os olhos marejarem.

— O nome completo dele era Casey Teague Walsh.

— Duvido que alguém soubesse.

O túmulo era sombrio e solitário, o último de uma longa fila de mortos, separado dos outros por um espaço. Ela imaginou que os amigos mais próximos deviam ter ido ao sepultamento. Quem poderia ser? Scribe, com certeza. Ela queria saber mais.

— Quem compareceu ao enterro?

Sally estreitou o xale sobre os ombros.

— Scribe. Matthias Beck.

Kathryn só conseguiu falar novamente depois de uma pausa.

— Só duas pessoas.

— Teve mais uma.

Kathryn olhou para ela, imaginando o motivo da relutância. Sally apertou o xale no pescoço.

— Scribe e Matthias o conheciam melhor, Kathryn.

— Quem era a outra pessoa?

— Eu não deveria dizer nada. — Sally suspirou. — Fiona Hawthorne. Ela ainda ficou muito tempo depois que os outros foram embora. Estava chorando.

— Pode ser que ela o amasse.

— Talvez.

— Ela ainda está aqui em Calvada?

Sally sacudiu a cabeça.

— Você não deve procurá-la, Kathryn. Você se sentou atrás dela esta manhã, mas não deve se sentar naquele lugar novamente. Está reservado para aquelas mulheres. As pessoas vão falar.

Falar? Sobre o quê?

— Eu me sentei atrás de seis mulheres. Qual delas era Fiona Hawthorne?

— A de preto. — Olhando ao redor, Sally se aproximou e baixou a voz, como se os fantasmas pudessem ouvir a conversa. — Digo isso só para que você entenda por que deve manter distância. A sra. Hawthorne é dona de um bordel de dois andares na Gomorrah.

Sally Thacker parecia envergonhada demais para dizer mais alguma coisa.

Kathryn voltou para casa e se sentou à mesa de seu tio. Os amigos mais próximos de Casey Teague Walsh eram órfãos, proprietários de saloon e prostitutas. Queria saber mais sobre ele, mas, para isso, teria que falar com Matthias Beck. O último encontro com ele a deixara abalada. Toda vez que aquele homem a olhava, ela sentia o pulso acelerar. Seria melhor manter distância.

Ela observou os caixotes de papéis empilhados contra a parede. Uma maneira de conhecer Casey Teague Walsh talvez fosse lendo as cartas, notas, rascunhos de artigos e jornais que ele havia escrito. Seria uma tarefa monumental, mas as noites de inverno eram longas e ela não iria embora dali. Colocaria tudo em ordem cronológica. Conheceria o curso dos acontecimentos, bem como o que seu tio achava importante, no que ele acreditava, o que tirara dos córregos e das minas e o que o fizera se tornar jornalista.

Pegou um caixote e o colocou sobre a mesa. Na tentativa de conhecer melhor o tio, talvez até descobrisse quem o matara, e por quê.

5

Quando Matthias saiu do Ronya's, a chuva havia parado. Depois de dois dias tempestuosos, as ruas estavam em péssimas condições. Ele viu Kathryn, segurando as saias levantadas acima da lama, atravessando a rua em direção ao café. Sua capa afundava no barro, acumulando terra e peso a cada passo que dava. Ela escorregou e estendeu as mãos, tentando recuperar o equilíbrio, mas caiu com tudo no meio da rua Chump. Tentando se levantar, afundou as mãos até os pulsos no lamaçal. Scribe, sempre de olho nela, correu pelo calçadão para resgatá-la. Pulou na lama para ajudá-la a se levantar, mas os esforços tornaram a situação pior e mais divertida. Rindo, Matthias observou o garoto acidentalmente derrubar o chapéu de Kathryn. A brisa matinal o levou rua abaixo, assustando um cavalo, que empinou. Uma pena solitária ficou perdida para sempre depois que uma roda de carroça a esmagou sob o barro.

Decidido a ser seu cavaleiro salvador, Scribe tentou levantá-la. Quando pôs as mãos sob as axilas dela, os dedos de Scribe se aventuraram um pouco longe demais, fazendo Vossa Senhoria se afastar com um guincho chocado. Ela o empurrou e o mandou se afastar, enquanto tentava se levantar. E o garoto ficou ali, de braços abertos.

Matthias riu. Como evitar? Apesar do olhar fulminante que Kathryn lhe deu, não parou. Ele a teria deixado sentada ali não fosse uma carroça que virava a esquina, prometendo um desastre de outro tipo. Ele segurou a rédea do cavalo da frente.

— Devagar — disse, apontando para os dois que tentavam sair da lama. — Cuidado para não passar por cima deles; estragaria o espetáculo.

O condutor riu e guiou os cavalos com cuidado ao redor da dupla que fazia de tudo para ficar de pé.

Com pena, Matthias foi até a rua e parou ao lado deles.

— Precisa de uma ajudinha, Vossa Senhoria?

Ver as marcas das mãos enlameadas de Scribe no corpete dela fez seu sorriso aumentar.

Com o rosto vermelho, Kathryn tentou se levantar de novo, mas a lama acumulada na capa longa a segurava.

— Permita-me...

Ele se inclinou para a frente, mas ela jogou lama nele. Matthias recuou, para evitar ser atingido. Naquele momento, a princesa de Boston, agachada com os pés afastados e as mãos estendidas e pingando era tudo, menos elegante; mas suas palavras ainda eram austeras.

— Obrigada, já estou em pé.

Ela deu um passo, escorregou, guinchou e foi caindo para trás.

Embora tentado a deixá-la cair, Matthias a pegou pelo braço e a firmou.

— Já a vi em melhor estado, srta. Walsh. Mas não se preocupe, tenho costas fortes.

Ele soltou o fecho da capa de Kathryn, tirou-a de seus ombros e a jogou para Scribe.

Kathryn arregalou os olhos.

— O que pensa que está fazendo?

— Você ficará cinco quilos mais leve sem ela.

Mandou Scribe levar a capa a Jian Lin Gong e pegou Kathryn nos braços.

— Não passe os dedos no meu cabelo, querida.

— Me põe no chão! — disse ela, debatendo-se. — Eu consigo andar.

— Sim, todo mundo viu isso. — Ele parou de rir e soltou um gemido. — Tem cotovelos muito afiados, srta. Walsh.

Ela parecia um pássaro capturado com as asas estendidas.

— Isto não é apropriado!

— E rolar na lama é?

— Eu não estava rolando na lama.

— Se continuar se debatendo, nós dois vamos acabar no chão, e garanto que você não vai acabar por cima em uma luta comigo.

Cada músculo do corpo de Kathryn enrijeceu.

— O senhor não é um cavalheiro.

— Eu nunca disse que era. Mas você também não está parecendo uma dama.

Derrotada, com o rosto vermelho, ela cedeu.

— Eu agradeceria, se não soubesse o quanto está gostando deste espetáculo.

Ronya estava na frente de seu café com as mãos na cintura.

— Não se atreva a trazê-la aqui, Matthias, enquanto não estiver limpa.

— Sim, senhora. — Ele mudou de direção. — O que acha da casa de banho, srta. Walsh?

— Minha casa, por favor, sr. Beck.

— Tenho uma ideia melhor.

Ele atravessou a rua, subiu no deque de madeira, deu meia-volta e entrou de costas em seu saloon, grato por ela estar chocada demais para protestar. Ele a sentiu enrijecer mais uma vez, mas depois se encolheu em seus braços enquanto olhava para as mesas de jogo, as roletas, o balcão comprido e brilhante cheio de homens que a olhavam, o enorme espelho de moldura dourada que ele havia comprado no Leste e que lhe custara uma fortuna mandar entregar em Calvada. Matthias gostava de saber o que estava acontecendo às suas costas quando estava conversando com alguém no bar.

— Para onde está levando a senhorita, Matthias? — perguntou um homem no bar, e riu.

Matthias não respondeu; carregou Kathryn para o andar de cima, abriu uma das portas com o ombro e a colocou de pé no meio do melhor quarto de seu hotel. Todos os quartos eram bem mobiliados, mas esse tinha uma grande cama de latão com acolchoados, uma cômoda, um armário de cerejeira e um lavatório de mármore com uma tigela e jarra de porcelana azul e branca, além de outras comodidades. Sem dúvida, aquela pequena bostoniana estava acostumada a coisa melhor, mas tudo aquilo era um luxo para os padrões de Calvada.

O fogo não estava aceso. Matthias deixou Kathryn ali, calada e imóvel, pegou um fósforo da caixa sobre a lareira e acendeu a lenha.

— Vou mandar trazer água quente e sabão. A banheira fica atrás do biombo, as toalhas estão na prateleira. Tem um roupão no armário. Vou mandar um recado para Ronya; ela vai pegar tudo de que você precisa em sua casa e trazer para cá.

Endireitando-se, Matthias viu que ela observava ao redor. Fazendo comparações, sem dúvida. Suas roupas diziam que ela provinha da riqueza, provavelmente havia sido criada em uma mansão.

Sem sorrir, com o rosto pálido, ela olhou para ele com grave dignidade.

— Obrigada pela ajuda, sr. Beck.

Ele não viu zombaria alguma na expressão dela, nenhum indício de dissimulação.

— De nada.

Mesmo com Kathryn coberta de lama, ele ainda se sentia atraído. Matthias aproveitou para olhá-la enquanto ela observava o quarto mais uma vez.

— É um belo quarto.

Ele não detectou sarcasmo.

— Quer se mudar para cá?

Ele viu que ela gostou da oferta e ficou feliz.

— É tentador, mas não posso pagar. E me esforcei muito para fazer de minha casinha um lar, não acha?

Um lar? Ela queria mesmo saber o que ele achava daquela grande lixeira em que ela entrara no dia em que ele, Scribe e Herr se reuniram para conversar com ela sobre sua herança? Até seria um local adequado para um solteiro, mas para uma dama?

— Você não vai sobreviver como chapeleira. Seu vestido provavelmente custa mais do que um mineiro ganha em três meses, srta. Walsh.

— Eu sei — admitiu ela sem hesitar.
— Calvada não é um lugar para você.
— Talvez não — ela deu de ombros —, mas é onde estou.

Matthias teve a sensação de que ela estava à beira das lágrimas. As mãos enlameadas estavam unidas na frente do corpo; parecia uma estudante levando uma bronca.

— É melhor eu me lavar para poder ir embora.
— Não tenha pressa.

Ele saiu e fechou a porta, mas ficou por um tempo no corredor, com o coração galopando.

Abbie Aday, e provavelmente a cidade inteira, havia ouvido falar do acidente de Kathryn na Chump.

— Acontece com todo mundo — disse Abbie. — Será pior no auge do inverno. A lama congela e fica traiçoeira. Se cair pode quebrar os ossos.

— É por isso que preciso de um par de botas boas e resistentes.

Os sapatos de couro fino de Kathryn, com solas lisas, combinavam com Boston e passeios de carruagem, mas não com um atoleiro nas montanhas de Sierra Nevada. Ela precisava de algo resistente para se manter firme no chão.

Abbie claramente era contra.

— Ah, mas...

— Cale-se, Abbie — Nabor já estava pegando as caixas. — Botas masculinas.

Foram necessárias várias tentativas para encontrar um par suficientemente pequeno que servisse em Kathryn. Ela notou o preço. Abbie sacudiu a cabeça e ia dizer alguma coisa, mas Nabor a silenciou com um olhar.

— Se é o que ela quer, é o que vai ter.

Um cliente disse a Kathryn para derreter cera e esfregá-la no couro para proteger as botas.

Quando Kathryn experimentou um casaco masculino que chegava até a coxa, Abbie ficou horrorizada. Kathryn estava cansada de passar frio toda vez que saía de casa. Encurtaria as mangas, faria uma boina com as sobras, acrescentaria uma rosa de seda e bordaria alguns adornos para dar um toque feminino a tudo.

— Não vai comprar isso também, vai, Kathryn?

— Mulher! — rosnou Nabor. — Vá pesar e ensacar feijão!

O tom desagradável e os maus modos do comerciante com a esposa deixaram Kathryn eriçada, mas ela sabia que se dissesse algo só irritaria Nabor Aday e pioraria a situação para Abbie.

— Também preciso de botões e fitas.

Ela pensara em uma solução para manter a bainha do vestido longe da lama. As noivas amarravam as saias para poder dançar depois do casamento; ela poderia fazer a mesma alteração para evitar que as barras de seus vestidos arrastassem no chão.

Kathryn fez questão de verificar os preços de tudo antes de fazer suas escolhas, mas quando Nabor registrou os itens, o total deu vários dólares a mais. Ele a enganava toda vez que ela entrava na loja. No começo tinham sido só alguns centavos, depois aumentou para cinquenta e agora mais. Ela não reclamara antes por causa da amizade com Abbie, mas não podia permitir que isso continuasse.

Listando o custo de cada item, ela colocou a quantia correta no balcão.

— O casaco é mais caro.

— O preço do casaco está na etiqueta que você tirou, Nabor. Está em seu bolso.

Com o rosto vermelho, furioso, ele ia dizer algo, mas notou que outros clientes se aproximavam. Pegou o dinheiro do balcão. Corando, Abbie ficou de cabeça baixa, ocupando-se por ali. Quando Nabor foi atender outro cliente, Kathryn murmurou um pedido de desculpas a Abbie. Sentiu as lágrimas queimarem seus olhos quando saiu da loja.

No caminho para casa, Kathryn notou que o casaco novo e as botas atraíam olhares surpresos, mas ela apenas sorriu e continuou andando.

Quem criava a moda, afinal? Certamente não eram as mulheres, visto que ela estava usando um espartilho tão apertado que lhe dificultava a respiração no ar rarefeito da montanha. Quantas vezes, no passado, ela se debruçara sobre o *Godey's Lady's Book* suspirando ao ver os modelos que estavam na moda? Lavinia, a costureira da família, logo fazia uma réplica das peças que chamavam a atenção de Kathryn, e ela acrescentava seus toques únicos, destacando-se entre todas as outras jovens cujas costureiras faziam a mesma coisa. Concorrência infinita, e para quê? Para atrair um marido?

Com as mãos aquecidas nos bolsos do casaco, Kathryn se sobressaltou quando ouviu chamarem seu nome. Voltando-se, viu Morgan Sanders sentado no alto de sua carruagem, vestindo um terno fino e um pesado sobretudo de lã. Ele empurrou o chapéu ligeiramente para trás, olhando-a com certa surpresa.

— Não tinha certeza de que era você. Está vestindo um casaco de homem?

— Sim, e é bom. Acabei de comprar nos Adays. Agora estou aquecida e confortável.

Ela levantou a gola e sorriu.

— E botas masculinas?

Era óbvio que ele não aprovava. E ela não se importava.

— Botas de garoto, na verdade, e bastante práticas.

Havia reprovação no sorriso dele.

— Espero que não use nada disso no jantar que organizei para nós esta noite. Vou buscá-la às seis.

Quem ele pensava que era? O rei da montanha?

A arrogância dele atiçou o temperamento dela.

— Obrigada pelo convite tão gentil, mesmo sendo em cima da hora, sr. Sanders, mas tenho compromisso esta noite.

A expressão dele mudou. Ah, outro homem que não gostava de ser rejeitado. E ela não gostava de ser intimada. Continuou andando.

Morgan Sanders fez o cavalo acompanhar o ritmo dela.

— Tenho mais a lhe oferecer que qualquer outro homem desta cidade.

Ela conhecera homens como ele em Boston e não gostara muito deles. Acreditava que era melhor ser honesta e poupar o tempo de todos.

— Não estou procurando um marido. — Ela parou e o encarou. — Tenho lido os jornais de meu tio, e seu nome é mencionado com frequência. Estou livre neste momento, e você parece estar indo para sua mina. Eu gostaria de conhecê-la.

Ele ficou surpreso e descontente.

— Minha mina?

— Sim, sua mina. Acima e abaixo do solo.

— Isso não é lugar para uma dama.

— Soube que está concorrendo ao cargo de prefeito. As minas são a alma de Calvada; eu não deveria estar interessada?

Ele lhe deu um sorriso condescendente.

— Se você pudesse votar...

Simpático da parte dele lembrar-lhe que ela não tinha mais direitos na Califórnia do que tinha em Massachusetts.

— Não, mas as mulheres têm influência. Suas relações comerciais não têm muito mais a lhe oferecer do que qualquer coisa?

Ele estreitou os olhos.

— Acaso está tentando cutucar um urso, srta. Walsh?

Ela já vira aquele olhar no rosto do juiz; sabia que teria que ser mais cautelosa. Tentou pensar em uma resposta que não atiçasse mais o temperamento dele.

— Herdei uma mina, sr. Sanders, e não sei o que fazer com ela.

— Pode vendê-la para mim.

Ela deveria ter esperado essa resposta de um cavalheiro tão magnânimo como ele.

— Talvez eu queira entrar no negócio.

Ele riu como se ela tivesse contado uma boa piada. Como ela não sorriu, sacudiu a cabeça.

— Chapelaria é uma coisa, minha querida, mas uma mina é um negócio completamente diferente. Seu tio mal tinha panela para cozinhar. Isso deve lhe dizer algo sobre o valor da mina.

— Então, por que quer comprá-la?

— Estava sendo gentil com uma adorável jovem de recursos limitados. — Ele inclinou a cabeça. — Em breve lhe farei uma visita. Você e eu temos assuntos para conversar.

Ele estalou as rédeas e partiu.

Kathryn viu Wiley Baer saindo do Beck's Saloon. Entrou correndo em sua casa, pegou um papel na gaveta e saiu para encontrá-lo. Ele já estava a dois quarteirões de distância, caminhando com determinação. Andando depressa, ela diminuiu a distância, mas não antes que ele chegasse ao final do bairro e virasse à direita. Quando ela virou a esquina, viu-o entrando pelo portão da frente de uma casa de dois andares.

— Wiley! Espere!

O velho ficou paralisado, boquiaberto. Ela estava ofegante quando o alcançou. Acaso ele estava corado?

— O que está fazendo aqui na Gomorrah?

— Gomorrah?

Ela olhou em volta com interesse. Fiona Hawthorne morava naquela rua, mas ela não estava com tempo de bater nas portas e perguntar por ela.

— Preciso falar com você sobre um assunto de grande importância, Wiley.

A cortina da janela da frente se abriu. Wiley tossiu alto e sacudiu a cabeça. Kathryn perguntou se ele estava bem. Parecia nervoso, trocando o apoio de um pé para o outro.

— Você não deveria vir para este lado da cidade.

— Um lado da cidade que parece praticamente igual ao outro, pelo que vejo. Na verdade, é mais seco aqui. — Ela subiu um degrau. — Preciso de sua experiência.

— Minha o quê?

— Seu conhecimento sobre minas, Wiley. — Ela baixou a voz. — Você disse que tem uma mina bem-sucedida e que a explora há anos. Meu tio tinha uma mina, e me disseram que se trata de uma mina inútil. Mas ele a mantinha ativa, e eu gostaria de saber por quê.

Uma fresta da porta se abriu. Wiley pegou a maçaneta e a fechou.

— Volto depois — disse ele, em voz alta e, limpando a garganta, fitou Kathryn. — Eu teria que ver.

— Claro. Quando quiser.

Ele cuspiu e deixou os ombros caírem.

— Vamos agora. Já que você me colocou nessa situação, eu não.. Ah, esqueça.

Ele desceu os degraus.

— Não sei onde fica, mas aqui está a concessão. — Ela tirou o papel dobrado do bolso do casaco e o entregou a ele. — Você conhece a área.

— Que alma inocente a sua! — Contrariado, ele pegou o papel e o leu rapidamente. — Consegue andar três quilômetros?

— É claro!

Ela estava vestindo casaco e botas, totalmente preparada para uma aventura.

— Então, vamos indo. — Ele devolveu o papel a ela. — E não fique dando isso na mão de qualquer um.

Ela sorriu, esperando acalmá-lo um pouco.

— Não o considero qualquer um, Wiley.

Ele bufou.

— A estrada só chega até a metade do caminho.

A preocupação dele era que ele mesmo não conseguiria? Wiley estava cheirando a uísque, mas quando ela o seguira ele não cambaleara uma única vez. Pelo contrário, parecia um evangelista em uma missão.

— Quer que eu alugue uma carruagem, para você não ter que andar tanto?

— Eu? Em uma carruagem? — respondeu com escárnio. — Pareço alguém que anda por aí de carruagem? Minha preocupação é se *você* consegue.

Wiley não era muito mais alto que Kathryn, mas consideravelmente mais velho.

— Acho que consigo acompanhá-lo.

Uma hora de caminhada depois, ela se perguntava o que tinha na cabeça. Bêbado ou sóbrio, aquele homenzinho magro de bigodes era forte como um bode; e tinha um temperamento à altura.

— Vamos! Vamos! — ele gritou quando ela fez uma pausa para recuperar o fôlego. — Não temos o dia todo!

Um vento frio descia da neve das altas montanhas, mas o vapor vinha da respiração de Kathryn. Poderia ter tirado o casaco, mas teria que o carregar, e suas pernas pareciam de borracha.

Por fim, a estrada terminou.

— Estamos quase lá? — perguntou Kathryn, ofegante.

— Não — disse Wiley, irritado, e subiu a trilha da montanha.

Os pulmões dela queimavam, sua cabeça latejava e ela estava meio enjoada.

— Wiley! — implorou.

Olhando para trás, ele parou.

— Você está em um estado lamentável. É a altitude. Mas vai se acostumar depois de um tempo.

Se ela sobrevivesse.

— Não se esqueça... sou de Boston... nível do mar... — Curvando-se, ela levantou a mão em rendição. — Por favor. Cinco minutos.

Wiley tirou uma garrafa do bolso do casaco e a ofereceu.

— Um bom gole disto aqui vai ajudar.

Se cheirasse como ele, ela não queria provar.

— Não, obrigada.

— Como quiser. — Ele bebeu um gole, colocou a rolha de volta e guardou a garrafa no casaco. — Pronta?

Ele saiu andando antes que Kathryn pudesse responder, e ela não tinha escolha a não ser segui-lo ou desistir.

O que colocariam em sua lápide? *Kathryn Walsh morreu de espartilho. Não foi possível desamarrá-lo ou cortá-lo. Não conseguia respirar e estava cansada. Na montanha, expirou.*

Ela passou por um pouco de neve. Pegou um punhado e o esfregou no rosto.

— Depressa! — gritou Wiley. — A menos que queira ser comida por um urso!

Com o coração pulando, ela olhou em volta e tentou alcançá-lo. Mais ou menos trinta metros à frente, viu uma cabana pequena, mas robusta, ao lado de uma montanha rochosa. Algumas vigas estavam encostadas em umas rochas.

— Chegamos.

Wiley foi retirando as vigas, revelando a entrada de uma caverna. Entrou. Ela o ouviu se arrastando e resmungando. Um fósforo se acendeu e ela viu uma lamparina na mão dele.

— O que está esperando? — perguntou ele, contrariado.

— Há aranhas aí dentro?

— Claro, e cobras também.

— Cobras?

Ela o ouviu murmurar algo sobre cascavéis que procuram um bom lugar para passar o inverno e se endireitou.

— Vou esperar aqui enquanto você entra e investiga.

Wiley foi até a entrada.

— Você me fez vir aqui para ver a maldita mina, não foi? Interrompeu uma bela tarde de entretenimento que eu havia planejado. Pediu por favor, não foi? — Apontou para a escuridão. — Pois então entre agora mesmo!

Estremecendo, olhando para a esquerda, direita, para cima e para baixo, Kathryn seguiu Wiley mina adentro. Ficou bem perto, e trombou com Wiley quando ele parou. Ele soltou um palavrão e tropeçou para a frente. Apesar de ela pedir mil desculpas, ele rosnou.

— Preciso de um pouco de espaço! — Ainda resmungando, ele prosseguiu. — Nada além de terra e pedra. É isso que vejo.

ESSA DAMA É MINHA

Prosseguiram; Kathryn observava as vigas de madeira que sustentavam as paredes e o teto do túnel. Cada fiozinho de poeira que caía fazia seus nervos saltarem. Wiley chegou a uma sala ampla e prendeu a lamparina em um poste.

— Parece que City passava algum tempo aqui.

Ele olhou com mais atenção, passou as mãos pela parede de pedra e se agachou para ver o que havia empilhado ali.

— Não é prata. Obviamente não é ouro; mas ele estava guardando isso por algum motivo. — Pegou uma grande pedra e a examinou. — Não parece nada especial.

— Talvez eu deva levar amostras para um avaliador.

— Eu não confiaria nos únicos dois avaliadores de Calvada; ambos trabalham para Sanders. Você terá que ir até Sacramento. Deve ter alguém por lá que possa lhe dizer o que são essas rochas e se valem alguma coisa. Mas não sei se vale a pena.

Kathryn pegou uma pedra grande. Sua curiosidade ainda não estava satisfeita.

— Morgan Sanders se ofereceu para comprar a mina.

— Não se atreva a vender esta mina para Sanders! — Ele a fitou, consternado. — City não gostaria que você fizesse isso. De jeito nenhum.

— Não pretendo vender, Wiley. Eu só gostaria de saber por que ele está interessado. Deve ter algum valor para ele.

Ela virou a pedra nas mãos e a entregou a Wiley.

— Por que está me dando isso? A mina é sua.

Resignada, ela a colocou no bolso do casaco, formando um volume considerável. Felizmente, descer a montanha seria mais fácil que subir.

— Acho que vou ter que fazer outra viagem de diligência. — A ideia era assustadora. — Sacramento, aí vou eu.

— Se esse é seu plano, é melhor pegar mais de uma amostra. — Wiley pegou um balde vazio e o encheu até a metade com pedras. — Eles geralmente querem mais de uma.

— Você vai carregar isso para mim? — perguntou Kathryn, esperançosa.

Tirando a lamparina do gancho, Wiley largou o balde ao lado dela e foi saindo.

— A mina é sua. Você carrega.

Matthias tinha acabado de tirar os olhos dos relatórios que estava lendo quando viu Kathryn caminhando do outro lado da rua vestindo um casaco masculino e carregando um balde. O que ela estava fazendo? Alguns homens saíram dos saloons para cumprimentá-la e oferecer ajuda, mas ela sacudiu a cabeça e passou por eles. Ela parava a cada cinco metros e o trocava de mão. O poço comunitário mais próximo ficava na outra direção, de modo que ela não devia estar carregando água.

Inclinando-se para a frente, Matthias deixou os papéis de lado e a observou, franzindo a testa. Ela deu mais cinco passos e colocou o balde no chão. Visivelmente exausta, enxugou a testa. Outro homem se ofereceu para ajudar, mas ela o dispensou. Matthias empurrou a cadeira para trás. Kathryn pegou o balde e marchou pela Galway, subiu com dificuldade no calçadão e continuou. O rosto estava vermelho pelo esforço, mas ela conseguiu chegar à sua casa, largou o balde, abriu a porta e o arrastou para dentro. E fechou a porta.

O que ela estava carregando? Ferraduras?

— Scribe! — Matthias ergueu o queixo, chamando o garoto. — Vá ver o que Vossa Senhoria acabou de arrastar para a casa dela.

— O que quer dizer com "arrastar"?

Matthias espiou pela janela.

— Ela estava com um balde. Parecia pesado.

— Ela busca sua própria água. Tentei ajudar uma vez, mas ela disse que tinha que se virar sozinha.

— Não era água.

— Como sabe?

Mas que inferno!

— Esqueça, eu mesmo vou ver.
— Não! Eu vou.

Scribe saiu do saloon antes que Matthias pudesse se levantar. Atravessou a rua apressadamente e bateu à porta. Ela não atendeu. Ele bateu mais uma vez e a porta se abriu. Matthias se inclinou para a frente para ver Kathryn, mas Scribe bloqueou sua visão. A porta se fechou. Depois, Scribe voltou; passou direto por Matthias, pegou o pano que havia largado e voltou a limpar as mesas.

Apertando os dentes, Matthias se recusou a perguntar o que Scribe havia descoberto. Depois de alguns minutos de frustração ardente e dizendo a si mesmo que não era da conta dele o que Kathryn Walsh tinha no balde, juntou os papéis em uma pilha e foi para o escritório. Por que não conseguia passar um dia sem que Kathryn atraísse sua atenção? Na noite anterior, até sonhara com ela.

Talvez ele precisasse sair da cidade por um tempo. Talvez ir pescar. Péssima ideia; teria muito tempo para pensar enquanto esperasse uma truta morder a isca. Uma ideia melhor passou por sua cabeça. Em vez de mandar Henry a Sacramento para cuidar de umas coisas, por que não fazer a viagem ele mesmo? Poderia passar uns dias verificando alguns negócios, ver como estavam indo, quem os administrava... não teria oportunidade de sair da cidade quando a campanha para prefeito esquentasse. *Obrigado, City, por me fazer sentir culpado e deixar que os homens me convencessem a concorrer ao cargo.* Ele tinha tanta chance de ganhar quanto uma bola de neve no inferno.

City teria rido e dito que era hora de ele se arriscar e entrar no jogo.

≫ 6 ≪

Cussler bufava e xingava, vermelho, enquanto colocava a mala de Kathryn no teto da diligência.

— O que tem nesta coisa? Pedras?

Kathryn corou.

— Somente o essencial necessário para minha viagem, sr. Cussler.

De fato, as rochas eram essenciais e o motivo de sua viagem a Sacramento; mas ela não queria contar o que estava fazendo a Cussler ou a Gus Blather, o gerente da estação, que costumava espalhar o destino dos passageiros e o motivo das viagens. Ela deu uma gorjeta ao cocheiro quando ele por fim desceu. O gesto de generosidade o surpreendeu mais que o peso do fardo que acabara de amarrar. Ele também teria que descarregar a mala na estação intermediária, onde Kathryn embarcaria na diligência que a levaria até Sacramento.

— Ora, obrigado, senhorita. — Ele abriu a porta da carruagem para ela, jogou a moeda para cima, pegou-a e a enfiou no bolso. — Blather disse que outro passageiro irá conosco. Se ele não chegar em cinco minutos, vamos embora sem ele.

Tocou a ponta do chapéu em saudação e fechou a porta. A carruagem afundou quando ele subiu.

Sozinha na diligência, Kathryn escolheu o assento do meio para evitar os respingos que pudessem entrar pelas janelas abertas. Para viajar, escolhera um vestido marrom com o casaco de peplum. Deixara as botas masculinas em casa e estava com suas botinhas de botão.

Houve um baque no teto da carruagem, acompanhado de uma viva saudação de Cussler.

— Entre, estamos saindo.

A porta se abriu e a diligência afundou mais uma vez quando o passageiro atrasado entrou. O sorriso de saudação de Kathryn morreu quando Matthias Beck tirou o chapéu e se sentou à sua frente, batendo a porta ao mesmo tempo que Cussler estalava o chicote. A intensidade da carranca dele fez Kathryn sentir que havia feito algo errado. A diligência partiu e ela se encostou no banco com firmeza, consternada ao se ver presa na carruagem com Matthias.

— Finalmente decidiu ir embora.

Kathryn não sabia dizer se ele parecia aliviado ou indiferente. Não que isso importasse. Ela não viu motivo para responder, já que ele havia feito uma afirmação, por mais errônea que fosse. Ficou observando os saloons e as vitrines que passavam; podia sentir os olhos de Beck fixos nela. Acaso estava tentando irritá-la? Aborrecida, olhou para ele.

— Apenas temporariamente.

Aquele homem era muito perturbador, especialmente quando a olhava do chapéu até a ponta dos sapatos e depois a encarava. Ela se sentia corada e quente. Desviando o olhar, decidiu que seria melhor ignorá-lo.

Mal tinham viajado mais de um quilômetro quando aquele homem deplorável encostou a bota na beira do banco dela. Puxando a saia, Kathryn o fitou.

— Você se importaria de tirar o pé de meu banco?

— Não estou com o pé em seu lugar; só no banco. — Ele deu um sorrisinho malicioso. — Mas como quiser. — Ele baixou o pé e mudou de posição, sentando-se ao lado dela e apoiando o pé no banco em que estava sentado antes. — Melhor assim?

A proximidade daquele homem a encheu de tensão.

— Seria melhor que o senhor ficasse do seu lado da carruagem, sr. Beck.

— Não pode ter as duas coisas, Vossa Senhoria.

Ela não gostou do tom dele, nem do jeito como a chamou.

— Pois então volte para lá, e coloque o pé em meu banco.

— Não me provoque — rosnou ele, sem se mexer.

A diligência pulou, fazendo-a se chocar com Beck. Kathryn se segurou no batente da janela e se sentou o mais longe dele que conseguiu. O homem era grande, e não havia espaço suficiente entre eles para que ela ficasse à vontade. Cada vez que roçava nele seu coração acelerava. Ela já sabia que a viagem seria terrível, mas ficar presa dentro da carruagem com aquele homem que a provocava o tempo todo seria impossível! Dois dias e um pernoite no deserto? Beck a fitou e ela entendeu que ele pretendia ficar exatamente onde estava. Pois bem, então ela mudaria de lugar! Kathryn começou a ir para o outro lado, mas um solavanco a fez cair para trás. Ela se levantou, meio agachada, determinada a se afastar dele.

— Cuidado, Vossa Senhoria. Não escolheu um bom momento.

O chicote de Cussler estalou.

— Atenção! Tábua de lavar roupa à frente!

A meio caminho entre os dois bancos, ao primeiro solavanco Kathryn foi jogada para cima e para trás, e caiu no colo de Beck, deixando-o sem ar.

— Ai não! — Morrendo de vergonha, ela tentou se levantar. — Me desculpe.

Beck riu.

— Ora, que surpresa agradável!

A respiração quente dele em seu ouvido fez todo o corpo de Kathryn se arrepiar.

Ofegante, ela tentou se levantar mais uma vez, mas o solavanco a fez pular no colo dele.

— Relaxe, Vossa Senhoria, está tudo bem.

— Você poderia me ajudar.

— Claro... Como não pensei nisso antes. — Ele envolveu a cintura de Kathryn com mãos fortes e a segurou firmemente no lugar. — Melhorou?

— Eu queria ajuda para me levantar! — disse ela, chutando-o nas canelas com os calcanhares.

— Ai! Cuidado. Você está mais segura sentada no meu colo.

— Me deixe! — Ela tentou soltar os dedos dele.

— Fique sentada e se segure, tudo acabará logo. Ainda bem que você não vestiu a anquinha — zombou ele. — *Uau!* Você tem garras afiadas, hein?

No instante em que as mãos dele afrouxaram, Kathryn se jogou no banco oposto, sem se importar com a pouca elegância de sua fuga. A carruagem subia e descia. Com o coração trovejando, ela ajeitou o casaco e endireitou o chapéu, olhando para ele. Passaram sobre a última lombada da tábua e a estrada ficou mais suave.

Beck colocou o pé mais uma vez no banco da frente e sorriu.

— Eu havia me resignado a fazer uma viagem longa e chata até Sacramento, mas, até agora, está sendo bastante... interessante.

— Por que justo você, entre tantas pessoas, tinha que estar nesta diligência particularmente hoje?

— Pura sorte, acho.

Ciente de que Beck a estava provocando, Kathryn ficou olhando pela janela, fazendo todos os esforços para ignorá-lo. Os cavalos galopavam. Cussler gritava comandos vexatórios a cada poucos minutos. Dois quilômetros se passaram, depois quatro, e Beck continuava olhando para ela de um jeito irritante. Ela apertou as mandíbulas. Ele que olhasse. Outros homens já a haviam olhado antes, e ela não lhes dera atenção. Então, por que essas sensações estranhas corriam por todo seu corpo? Ela estava prestes a rosnar quando ele falou.

— Ainda quero a prensa.

Kathryn fingiu indiferença.

— Decidi que não vou vender.

— Teimosa como o tio.

Depois de ter lido alguns exemplares do *Calvada Voice* de City Walsh, sentiu-se honrada por ser comparada a ele.

— Talvez ele e eu tenhamos princípios semelhantes.

— É mesmo? — Beck ergueu as sobrancelhas. — Você por acaso passa as noites se divertindo com homens e vai para a cama bêbada, é isso?

— O quê? — disse ela, boquiaberta.

Uma sombra de arrependimento cruzou o rosto dele antes de endurecer de novo.

— Além de ser um astuto editor de jornal que possuía uma sagacidade estranha e muito desagradável, City tinha um gosto notável por uísque e mulheres. Fiona Hawthorne estava entre seus amigos mais próximos e ele conseguia beber mais que Herr Neumann.

Kathryn ouvia tudo com uma tristeza crescente. Por mais imoral que City Walsh houvesse sido, era seu tio, irmão de seu pai. De sua família. Ela tinha sangue Walsh correndo nas veias. Na verdade, as palavras de Beck eram uma prova de como ser passional podia se tornar algo destrutivo. Bastava ver aonde a paixão a levara! Quantas vezes ela vira uma injustiça e imediatamente declarara suas opiniões ao juiz? Em vez de abordar o problema racionalmente, ela o desafiava e antagonizava com ele. Que bem isso havia feito, além de deixá-lo na defensiva e furioso? Se ela tivesse lidado com as coisas com mais leveza, poderia ter realizado mais para os outros e evitado aquele exílio.

— Suponho que tenha presumido que ele fosse um santo.

Juntando as mãos no colo, Kathryn desviou o olhar, lutando contra as lágrimas. Acaso seu pai havia sido como City Walsh? O juiz, sem dúvida, não tinha nada de bom a dizer sobre ele. *Um encrenqueiro como todos os irlandeses. Um rebelde.* Ele dizia o mesmo sobre ela.

Beck suspirou e praguejou.

— City era um bom homem. Conhecia o mundo. Veio em 1849, durante a primeira corrida. Quando o conheci, ele já não se iludia tanto com as outras pessoas.

— Estou começando a fazer o mesmo. — Ela o fitou. — Pensei que você fosse amigo dele.

— E era. — Beck se recostou. — Ele passava a maioria das noites em meu bar. Eu o admirava.

— O que achava mais admirável nele? Quanto uísque era capaz de beber, ou...

Ela se interrompeu, envergonhada por quase dizer algo depreciativo de uma mulher que evitava conversar com ela, até mesmo na igreja, só para não manchar a reputação de Kathryn.

— Esqueça.

— Eu o admirava porque ele acreditava que devia dizer a verdade a qualquer custo.

A maneira como ele disse isso chamou a atenção dela.

— Você sabe quem o matou.

Assustado, ele franziu a testa.

— Não, não sei. O fato é que quem diz a verdade tende a fazer muitos inimigos. — Ele deu uma risada sombria. — Posso citar meia dúzia de homens que poderiam querer calá-lo.

Ela sentia que ele sabia muito mais e estava arrependido por ter tocado no assunto de City Walsh.

— Quem está em sua lista?

— Ah, não. — Ele apertou os lábios. — Tenho suspeitas, srta. Walsh, não fatos. E não pretendo compartilhar nenhum dos dois com uma mulher.

— Tudo bem. — Exasperada, ela deu de ombros. — Eu mesma vou descobrir.

— Como? E depois, vai fazer o quê? Bater no assassino com sua sombrinha ou pregá-lo na parede com seus alfinetes de chapéu?

— A justiça tem que prevalecer.

Beck bufou.

— Parece um slogan.

Ela olhou para ele friamente.

— Andei lendo os jornais de meu tio, os que ficaram nas caixas. São antigos, de uns quatro anos atrás. Queria saber o que aconteceu com as edições mais recentes.

— Foram confiscadas.

— Por quem?

— Pelo xerife. Ele as levou para casa para ver o que poderia descobrir.

Surpresa, Kathryn se sentiu esperançosa.

— Achei que Calvada não tivesse xerife.
— Não tem.
— Mas você acabou de dizer...
— *Tínhamos* um xerife. — Beck ficou sombrio. — Morreu quando a casa dele pegou fogo.
— Momento bastante conveniente, não acha? — Ela arqueou uma sobrancelha, mas Beck não disse nada. — Scribe não me contou nada disso.
— Eu também não deveria ter contado — disse ele baixinho, tenso, com um olhar preocupado. — Ver você descendo da diligência cheia de fitas e rendas fez com que todos apostassem que você não duraria um dia.
— Muito menos um mês. — Ela ergueu o queixo. — Espero que tenha apostado bastante dinheiro em que eu não ficaria nem uma semana, sr. Beck.
— De jeito nenhum. As mulheres são caprichosas. Mas Aday apostou.
Magoada, Kathryn levou a mão à garganta.
— Abbie?
— Não, Nabor. Ele apostou cinco dólares que você iria embora em dez dias.
Cinco dólares! Não admirava que tentasse enganá-la toda vez que ela entrava na loja. Queria recuperar o dinheiro que perdera na aposta. Kathryn cruzou os braços. O homem não deixara a esposa comprar um chapéu de dois dólares, mas desperdiçara mais que o dobro nessa aposta! Homens!
— Bem, tendo apostado ou não, você deixou claro que esperava que eu fosse embora depois da primeira noite.
O humor dele melhorou.
— Aposto que você também pensou nisso.
Ela não entendia esse homem.
— Pois pode dizer a todos os homens de seu bar que estou morando em Calvada. — Ela apoiou as mãos nos joelhos e se inclinou para a frente. — E também pode dizer que vou descobrir quem assassinou meu tio.
A expressão dele endureceu mais uma vez. Imitando a posição dela, ele colocou o nariz a centímetros do dela.

— Se bisbilhotar, vai se meter em apuros. Deixe que os homens descubram.

Ela desdenhou e se recostou.

— Como se os homens tivessem feito um bom trabalho até agora. Parece que ninguém fez nada para resolver o assassinato, e isso é assunto meu, sim. Sou sobrinha de City Walsh, ele era membro de minha família.

— Família — disse Beck com desdém e o olhar em chamas. — Você nem conheceu o homem, não finja sentimentos que não existem. A única conexão entre vocês dois é o sangue. E o fato de você, por um estranho acidente, ter herdado a propriedade dele, em vez de Scribe. Sem dúvida, eu gostaria de saber como isso aconteceu. Se você conhecesse City Walsh, atravessaria assim que o visse na mesma calçada!

As palavras dele eram como uma surra, mas ela já havia sido julgada com severidade e injustiça antes. Era o nível da raiva dele que a incomodava. Seu temperamento ardente ferveu, e ela teve que se controlar para apresentar um comportamento calmo. Havia aprendido a se conter depois de inúmeras discussões com o juiz. Não queria que Matthias Beck fosse um inimigo e se perguntava o que havia nela que o deixava tão furioso. Uma resposta fria e honesta poderia acalmá-la.

— Eu teria gostado de conversar com City Walsh para descobrir por que ele escolheu ficar na Califórnia, já que seus óbvios talentos poderiam ter lhe dado uma vida muito melhor em outro lugar.

Ele pestanejou e estreitou os olhos.

— Ah, claro, vou fingir que acredito.

Ele se recostou, com o corpo ainda tenso.

Kathryn pensou em todas as coisas que fizera ao longo dos anos que só provocaram tristeza em sua mãe e frustração e raiva em seu padrasto. Teve que admitir que houve momentos em que seu único desejo era fazer o juiz perder a paciência. Talvez, se ela houvesse sido um pouco mais cautelosa e muito menos hipócrita, não estaria no meio do deserto cercada por pessoas que pensavam que sua envergadura se devia a um espartilho de cartilagem de baleia, e que as penas de seus chapéus indicavam sua inteligência. Não fora escolha dela ter nascido em uma mansão e ter sido alimentada com colher de prata. Além disso, por causa de suas atitudes, a colher de prata havia sido arrancada dela e colocada de volta na gaveta da cozinha da mansão Hyland-Pershing.

— Você não sabe o que significa, para mim, ter alguma ligação com meu pai, sr. Beck. Eu não o conheci. Meu padrasto só falava dele com escárnio; minha mãe até falou dele com amor, mas depois parou.

Matthias a olhou nos olhos sem raiva, com interesse.

— O que quer dizer com isso?

— Vamos dizer apenas que não sou tão superficial quanto pensa. — O olhar irônico dele a fez acrescentar: — Tentarei também não julgá-lo pelas aparências, sr. Beck.

O tempo e um pouco mais de conhecimento talvez corrigissem sua opinião ruim, mas ela duvidava.

Beck a observou e, a seguir, fechou os olhos, como se quisesse cochilar. Ficou em silêncio por tanto tempo que ela pensou que havia conseguido. Só não conseguia entender como alguém poderia dormir em uma carruagem que tanto sacudia. Gradualmente, ela foi relaxando também, e se surpreendeu quando ele finalmente falou.

— Se não está indo embora, por que está indo a Sacramento?

Ela não o conhecia bem o suficiente para confiar nele.

— Diga você primeiro.

— Eu queria fugir.

— De quê?

— De problemas.

A intensidade da expressão dele fez o coração de Kathryn dar um pulo.

— Uma jogada sábia, eu diria.

— Acha mesmo?

O que aquele olhar sugestivo significava?

— Sim. Sem dúvida, é algo que eu faria.

Evitar problemas era sempre uma boa ideia. Pena que ela não havia aprendido essa lição antes. Incapaz de sustentar o olhar dele, Kathryn seguiu o exemplo e fechou os olhos, fingindo que precisava descansar; mas, na verdade, precisava de um descanso daquela presença desconcertante.

— Podemos tentar evitá-los, srta. Walsh, mas alguns problemas simplesmente vão até você.

Desde que Kathryn Walsh descera da diligência e ele a vira pela primeira vez, estava sendo difícil para Matthias manter os olhos longe dela e afastá-la de seus pensamentos. De imediato, ela lhe pareceu uma mulher como outra qualquer; mas, de perto, quando ela olhara em seus olhos, ele sentira um calor se espalhar por seu corpo.

Ele nunca sentira nada parecido, nem mesmo com Alice, a mulher que amara e com quem planejara um futuro depois da guerra. Mas voltara para casa e descobrira que ela havia se casado com o filho de um rico fazendeiro três meses depois que ele partira. Ela tinha prometido esperá-lo, mesmo depois que ele dissera que sua consciência o estava mandando para o Norte. Ela o procurara logo depois que ele voltara para casa. Ainda bonita, mesmo com roupas desbotadas e remendadas, com lágrimas de arrependimento escorrendo pelo rosto, implorara que ele a perdoasse e a levasse com ele. Mas não era amor o que ela sentia, e sim medo e desespero, vendo-se amarrada a um veterano amargo e deficiente cuja plantação estava em ruínas. Matthias não a odiara pela falta de fé. Sentira pena dela.

Acaso Kathryn Walsh teria sido vítima de seus preconceitos? Ela era bonita, tinha um ar culto. Ele se vira observando-a, ouvindo o que as pessoas diziam sobre ela, e parecia que havia mais a admirar na sobrinha de City que sua beleza. Sim, ela parecia uma garota rica, mimada e de cabeça vazia que se vestia com roupas extravagantes, mas Ronya lhe dissera que não tinha receio de trabalhar na cozinha ou servir refeições. *A garota é uma trabalhadora*, dissera. Até lavara a louça.

Ele mesmo testemunhara isso depois de ver a casa de City.

No bar, "a garota Walsh" era o assunto favorito. Em menos de uma hora ficara sabendo que Sanders havia convidado Kathryn para um segundo jantar. *E ela disse que queria ver a mina dele.* Talvez ela quisesse ver os bens de Sanders. Ronya se ofendera com esse comentário. *Kathryn não quer se casar com ninguém.* Que mulher não estava à procura de um homem para cuidar dela? Quando ele expressou esse pensamento, Ronya olhara para ele de um jeito que o fizera se sentir mal. Ela era sozinha desde que seu marido morrera, em 1850. *E estou indo muito bem, obrigada.*

E havia Nabor, que claramente não gostava de Kathryn, provavelmente porque ela havia dado à sua esposa sobrecarregada e desvalorizada o chapéu que Abbie usava todos os domingos. Abbie contara tudo a Matthias quando ele fora fazer uma compra. Para ela, Kathryn era a mulher mais bondosa que já conhecera, e Nabor a mandara voltar ao trabalho e parar de falar. Matthias o ouvira falar no bar, mais tarde. Dissera que Kathryn Walsh não se importava com a reputação dela. *Ela se sentou atrás das bonecas de Fiona Hawthorne na igreja e até conversou com ela. Eu não ficaria surpreso se ela foi mandada para cá porque...* mas alguns homens o mandaram calar a boca. Se não tivessem feito isso, talvez Matthias o houvesse calado. Por que ficava tão na defensiva em relação a uma garota que mal conhecia?

Matthias queria saber por que Kathryn havia sido mandada para a Califórnia para receber uma herança destinada à sua mãe, como dissera Scribe.

Cussler gritou quando parou a diligência. Matthias saiu, com a intenção de ajudar Kathryn, mas ela já havia aberto a porta do outro lado. Assim que desceu, ela sacudiu a saia e ajeitou o casaco. Cussler lhes disse para entrar e comer enquanto ele e o gerente da estação trocavam os cavalos.

Havia uma tigela de ensopado pronto, bem como café quente e uma cesta de pãezinhos. Comeram em silêncio e tiveram tempo para esticar as pernas e usar a latrina antes que Cussler os chamasse de volta à carruagem. Matthias decidiu ser um cavalheiro, como sua mãe o educara, mas Kathryn subiu antes que ele a alcançasse. Contrariado, ele se sentou de frente para ela. Nenhum dos dois tentou puxar conversa. Ao contrário da maioria das damas que ele conhecera, ela não parecia se incomodar com o silêncio. Na verdade, pelo cenho franzido, parecia estar ruminando algo. Ele esperava que não tivesse nada a ver com o assassinato de City. Melhor seria fazê-la pensar em outra coisa. Ele recordou algo que ela havia dito no dia em que a conhecera.

— O que você quis dizer quando disse: "O que sobrou terá que servir"? Como ela o olhou sem entender, ele tentou fazê-la recordar.

— No dia em que chegou, eu disse que não havia um pote de ouro no fim do arco-íris em Calvada, e você disse...

Ela deu de ombros, com as mãos cruzadas no colo.

— Eu me tornei uma pedra no sapato de meu padrasto e uma mágoa para minha mãe. A herança era para ela. O juiz a convenceu a passá-la para mim.

— O juiz?

— Meu padrasto. — Ela estremeceu. — Era assim que eu o chamava; com o mesmo desdém que você usa quando me chama de "Vossa Senhoria". Matthias sorriu levemente.

— Ele merecia?

— Tenho certeza de que ele achava que não. Confesso que nem sempre fui respeitosa; ele talvez só merecesse respeito pelo fato de ter se casado com minha mãe, apesar do empecilho que carregava. Mas muitas vezes eu pensei que a decisão dele tinha mais a ver com a fortuna de meu avô e a necessidade de um herdeiro...

Ela parou abruptamente e sacudiu a cabeça, como se tivesse cometido um erro.

— Seu avô tinha uma fortuna...

— É uma longa história.

— Temos uma longa viagem pela frente. — Ele sorriu, encorajador. — Você se comportava mal?

— Não mais que as outras crianças, mas me pareço muito com meu pai. E com o tio.

— Eis uma coisa que você não pode controlar.

— É verdade. — Ela alisou a saia e olhou para ele.

— Mas...

— Ele teve outras razões às quais eu prefiro não me referir.

Havia poucas razões para uma família mandar uma filha jovem embora.

— Ah, amores desafortunados...

Ela ergueu os olhos bruscamente, ferozes.

— Nunca me apaixonei, sr. Beck. Ao contrário de meus pais, que fugiram contra a vontade de meu avô. — Sua indignação murchou um pouco. — Talvez ele tivesse motivos para desconfiar de meu pai. Meus pais estavam casados havia um ano, apenas, quando ele a deixou em casa e foi para o Oeste em busca da fortuna. Minha mãe jamais saberia da morte dele se meu tio não tivesse escrito para ela. — Kathryn estendeu os dedos sobre a saia, preocupada. — E por que é que estou lhe contando tudo isso?

— Eu perguntei.

E ele ainda não tinha terminado. Na verdade, tinha muitas perguntas a fazer.

— Tudo que sei sobre você é que é bom com os punhos e possui um saloon...

— Um hotel e um saloon.

— Perdão; mas o saloon veio primeiro, não foi? E que, embora seja sulista, você lutou pela União...

— Quem lhe disse isso?

— Estou enganada?

— Não, mas parece que está tão curiosa sobre mim quanto eu estou sobre você.

Ele teria se socado por dizer isso se ela não houvesse ficado toda vermelha, com ar de culpada.

Mas Kathryn tinha que estragar tudo corrigindo a suposição dele.

— Não foi isso. É que fiz um comentário depreciativo a seu respeito, e alguém rapidamente falou em sua defesa.

— Quem?

— Ronya. Ela o tem em alta conta.

Isso quando não lhe dava sermão, como se fosse a mãe dele.

— Fofocando sobre mim, Vossa Senhoria? Fico feliz por seu interesse.

— Ora, não fique muito entusiasmado, sr. Beck. — Ela inclinou a cabeça. — Apenas parece sensato, já que soube que você é candidato a prefeito.

Ele riu.

— O que a eleição tem a ver com isso? Você não pode votar.

— Ainda. — Os olhos dela brilharam numa espécie de fogo verde. — E foi exatamente isso que Morgan Sanders disse, o que me faz pensar se vocês dois acaso pensam da mesma maneira sobre tudo.

— Garanto que não. — Matthias sabia reconhecer uma mulher frustrada por não poder votar, embora ela não parecesse ser do tipo. — Se pudesse votar, que tipo de prefeito estaria procurando, srta. Walsh?

Ele podia adivinhar. Alguém bonito, que falasse bem; bem vestido e rico. Alguém a quem pudesse lisonjear e enganar. Que possuísse uma mina, em vez de um saloon.

— Uma mulher com sua vasta experiência no mundo deve ter alguma ideia de que tipo de pessoa seria melhor para comandar Calvada.

Ela sustentou seu olhar zombeteiro, com os lábios apertados, e levantou o queixo.

— Um homem honesto, sr. Beck, de caráter forte, que possa se firmar em princípios bons e sólidos. Um homem com humildade, que não se curvasse a qualquer capricho político que soprasse, e que não usasse sua riqueza pessoal para reprimir os menos afortunados. Um homem que todos, incluindo as mulheres, pudessem respeitar, talvez até admirar.

A resposta dela o surpreendeu.

— Disse tudo isso a Morgan Sanders quando ele a seguiu pela rua Chump e a convidou a jantar?

— Ele não perguntou. Ele... — Ela se interrompeu, surpresa. — Como sabe disso?

— As pessoas a observam. E comentam.

— *Os homens,* você quer dizer. E dizem que *as mulheres* fofocam!

— É importante que a senhorita tenha em mente que Sanders está na idade de procurar uma esposa para lhe dar um herdeiro para seu império, e que ele vai querer uma jovem bonita, educada e charmosa para enfeitar seu salão.

— Bem, não serei eu. E saiba que eu não disse a ele em que tipo de homem votaria. Mas se eu tiver a oportunidade de falar com ele mais uma vez...

— Ah, ele vai fazer questão disso.

— Vou dizer a ele a mesma coisa que acabei de dizer a você. — E acrescentou, com desdém: — Mas sei que vocês jamais me ouviriam de verdade.

Quando pararam para passar a noite, um homem musculoso, com uma barba bem cheia, ajudou Kathryn a sair da diligência. Harry Pitts se apresentou gaguejando; disse que era o gerente da estação e que seu trabalho era garantir que ela estivesse confortável e lhe fornecer tudo de que precisasse. Ignorando Beck, Pitts a escoltou para dentro, onde uma mexicana robusta estava pondo a mesa. Pitts disse a Kathryn que tinha um quarto privativo nos fundos, reservado para as damas viajantes.

Matthias entrou atrás dela, tirou o casaco e o pendurou em um gancho perto da porta.

— O jantar está pronto — anunciou Pitts, segurando uma cadeira para Kathryn enquanto a mulher colocava uma grande panela de ferro na mesa e tirava a tampa.

Kathryn sorriu para ela; disse que tinha um cheiro delicioso e perguntou o que era.

A mulher falava em um espanhol rápido enquanto enchia uma tigela e a colocava na frente de Kathryn. Em seguida, serviu Matthias.

Ele riu.

— Nunca pergunte do que é feito o ensopado.

— Por que não?

— Porque pode não gostar da resposta.

Kathryn tomou uma colherada com cautela. Não gostou do meio sorriso de Beck enquanto a observava. O que ele sabia que ela não sabia? E será que ela ia gostar de saber?

— O gosto é ainda melhor que o cheiro.

A cozinheira olhou para Pitts antes de sair do salão.

— Atirei em um guaxinim ontem à noite — gabou-se ele. — Estava invadindo nossa despensa.

— Guaxinim? — Kathryn engoliu em seco.

— É bom de comer depois de amaciado. Tive que bater naquele monstro um tempo, mas está todo molinho agora, não é?

Kathryn olhou para sua tigela. Beck sorriu.

— Perdeu o apetite, Vossa Senhoria?

— Na verdade, estou com tanta fome que comeria uma doninha.

Ela hesitou, mas tomou uma segunda colherada — tão gostosa quanto a primeira.

— Não vale a pena cozinhar doninhas — disse Pitts, colocando a cesta de biscoitos na frente dela. — Não têm carne suficiente nos ossos. Mas gambá é bom.

Kathryn viu sua oportunidade de provocar Beck.

— Ouvi dizer que os sulistas gostam bastante de gambá.

Pitts deu uma risada fria.

— Ouvi dizer que estavam comendo ratos no fim da guerra e achando uma delícia.

A ideia pareceu agradar a ele.

Beck ergueu a cabeça, com os olhos escurecidos. Baixou a colher. Os dois homens se entreolharam. Empurrando a cadeira para trás, Beck se levantou. O coração de Kathryn disparou diante da ameaça de violência. E tudo por culpa dela! Pitts deu um passo para trás e limpou a garganta:

— Vou ver como está Cussler com os cavalos. Showalter estará pronto para partir ao nascer do sol.

Beck ficou olhando até que ele saiu porta afora.

Kathryn soltou o ar quando ele se sentou de novo.

— Desculpe, eu não pretendia...

O olhar dele a fez calar.

— Coma seu ensopado, srta. Walsh. Não vai ficar tão gostoso frio.

Ela queria perguntar sobre a guerra, por que ele lutara pelo Norte, e não pelo Sul. Teria entrado no conflito no início, quando a questão era se os estados tinham direito de se separar, ou mais tarde, quando a convocação fora para acabar com a escravidão? Tentara ir para casa e encontrara todas as portas fechadas? Também havia sido deserdado? Ela abriu a boca, mas logo a fechou, tentando juntar coragem para perguntar. Havia respondido às perguntas dele, não? Pois ela queria saber mais sobre Beck.

A raiva e a dor estavam gravadas no rosto dele, embora tentasse disfarçar. Ver o sofrimento dos outros sempre a feria, ainda mais quando ela sabia que involuntariamente havia cometido um erro e o exacerbara. Ela pretendia só provocar, não o magoar.

Beck terminou sua refeição, levantou-se, tirou o casaco do gancho e saiu. Kathryn torceu para que ele não fosse atrás de Pitts.

⇛ 7 ⇚

Matthias saiu andando pela estrada para se acalmar. Havia visto o suficiente na guerra para saber que Pitts estava certo. O que o irritara foi o tom que ele usara, pois trazia ecos da batalha. Não suportava o desprezo orgulhoso do vencedor sobre o vencido. O Norte havia vencido a guerra, mas os corações do Sul estavam longe de ser conquistados. Os sulistas foram esmagados, mas não derrotados. Os homens não viviam por aquilo que lhes diziam, e sim por aquilo em que acreditavam.

Com o final da guerra, o povo do Sul estava morrendo de fome. Ele havia visto os rostos magros e o ódio queimando nos olhos vazios de pessoas que conhecia desde a infância. Ouvira os nortistas insultando Andersonville por causa dos prisioneiros famintos, ignorando os bairros vizinhos que mal tinham o que comer. Que desculpa tinham os administradores do Camp Douglas, em Chicago, onde os rebeldes passavam fome enquanto a comida disponível estava retida?

A guerra havia trazido à tona o pior da humanidade. Mesmo sendo uma causa justa, ninguém saíra ileso. Quantos anos levaria a nação para se recuperar? Matthias se mudara para o Oeste para fugir do passado. Mas assim como milhares de outros, levara-o consigo.

Administrar um saloon e um hotel o mantinha ocupado, mas, às vezes, ele achava que teria sido melhor ser uma vítima da guerra que um sobrevivente. A vida lhe dava pouca satisfação. A mesma fome da alma de ver a justiça feita o levara para o Norte, depois para o Sul e, finalmente, para o Oeste. Aonde mais poderia ir?

Voltando à pousada, Matthias encontrou Kathryn lendo à luz de uma lamparina. Ela ergueu os olhos. Era pena o que havia no olhar dela? Essa era a última coisa que ele queria despertar nela.

— Encontrou um livro neste lugar?

— Trouxe comigo.

Ela não disse o que era, mas pela encadernação de couro preta e gasta, ele sabia. Já a vira aberta na mesa de City. Uma Bíblia.

— Você deveria ir para a cama.

— Não estou cansada.

Nem ele. Seu sangue zunia. Ele achara que seu coração tinha morrido depois de Alice. Mas ali estava ele, batendo forte e rápido. Sair da cidade deveria afastá-lo de Kathryn Walsh. Mas ela estava ali, sentada a poucos metros dele, despertando sentimentos que ele preferia não ter.

— Pitts disse que partiremos ao nascer do sol. — Antes de se esticar no banco encostado na parede, Matthias tirou o casaco e se cobriu com ele. — Melhor dormir um pouco.

— Eu gostaria de ler mais um pouco, a menos que a luz o incomode.

Ele fechou os olhos.

— Como quiser.

O quarto ficou em completo silêncio durante alguns minutos; até que ela se levantou e saiu. Ele pensou que Kathryn estava indo para a cama, mas ela saiu da pousada. Provavelmente havia ido cuidar de suas necessidades. Matthias colocou o braço atrás da cabeça, esperando que ela voltasse. Dormiria depois que ela estivesse instalada no quarto dos fundos, reservado para as damas.

Um bando de coiotes ganiu e latiu, depois uivou. Por que Kathryn estava demorando tanto? Estaria passando mal? Ela parecera bem a noite toda. Uma onça-parda rugiu ao longe. Nervoso, Matthias se levantou para procurá-la. Assim que atravessou a porta, viu-a parada no meio da estrada, olhando para as estrelas, alheia aos perigos que a noite trazia para aquelas montanhas.

Ela olhou para trás quando percebeu que ele se aproximava.

— Não conseguiu dormir?

— Você não deveria ficar aqui no escuro sozinha.

— Não precisa se preocupar comigo. Os lobos não parecem estar perto.

— São coiotes, não lobos, e igualmente perigosos em matilha.
— Pensei ter ouvido uma mulher gritar.
— É a onça-parda. E os animais estão mais perto do que pensa. Devem estar de olho em você, já que é uma presa fácil: uma garota estúpida da cidade parada ao ar livre sem presas nem garras para se defender.
Ela riu.
— Rabugento, você deveria voltar para a cama.
Ele estava sendo bastante rude. Relaxou e ficou ao lado dela, já sem pressa para levá-la de volta para dentro. A pele de Kathryn era como alabastro ao luar; ela ergueu os olhos mais uma vez, deixando os lábios ligeiramente entreabertos.
— Tenho certeza de que já viu estrelas antes, Vossa Senhoria.
— Não desse jeito. Parecem tão próximas que daria para tocá-las.
Kathryn fechou melhor o casaco, e ele desejou ter pegado o dele para colocá-lo ao redor dela. Ela suspirou.
— Quanto mais escura a noite, mais brilham as estrelas.
Ele deu um leve sorriso enquanto ela observava as estrelas.
— É melhor voltarmos.
— Só mais alguns minutos. É tão bonito!
Assim como ela. Tirando os olhos de Kathryn, ele olhou para cima. Quanto tempo fazia que não olhava as estrelas? Desde os longos meses de peregrinação, dormindo ao lado de uma fogueira, mergulhado em solidão e tristeza. A vastidão o fizera se sentir pequeno, esquecido. E, naquele momento, ainda o fazia se sentir assim.
— Eu poderia ficar aqui a noite toda. — Ela deu uma risadinha, batendo os dentes. — Se fosse verão.
Ele tocou o braço dela tão levemente que o casaco não permitiu que ela sentisse nada.
— As estrelas aparecerão de novo amanhã à noite, com a precisão de um relógio.
— E eu estarei em Sacramento, dentro de um hotel, não aqui ao ar livre, onde posso apreciá-las plenamente.

Ela olhou para Matthias, e ele deslizou a mão até o cotovelo dela.

— Sua senhoria, você não tem ideia do risco que correu.

E ele não se referia apenas a coiotes e uma onça-parda. Matthias queria provar a doçura daquela boca. E, se ela correspondesse, ele não poderia prometer se comportar.

— Muito bem, sr. Beck — ela deu um sorriso travesso —, só vou entrar porque você parece ter medo do escuro.

Ele riu.

Voltaram juntos. Kathryn pegou a Bíblia e a lamparina enquanto ele mais uma vez se esticava no banco. Já abrindo a porta do quarto dos fundos, ela parou.

— Boa noite, sr. Beck. Durma bem.

E fechou a porta atrás de si.

Matthias ficou acordado por um longo tempo. Quando dormiu, sonhou não com o campo de batalha, como tantas noites antes, mas com Kathryn.

Sacramento fez Kathryn se sentir mais em casa que qualquer outra cidade desde que ela cruzara as Montanhas Rochosas. E como não faria, com aquelas ruas largas e limpas, construções de tijolos e madeira, homens e mulheres com roupas da moda e um nome como aquele? Não faltavam hotéis, restaurantes e inúmeros comércios, e ela mal podia esperar para caminhar pela avenida e ver o que mais a cidade tinha a oferecer. A atmosfera era muito mais saudável que a de Calvada, com seus saloons, salões de fandango, bordéis e pobreza opressiva.

Ela viu uma agência de telégrafos. Talvez devesse mandar outra mensagem para a mãe, para complementar a que mandara de Truckee e a longa carta que escrevera em Calvada, contando sobre a vida em uma cidade mineira e as amigas que fizera — Ronya, Charlotte e Abbie. Não mencionara Matthias Beck nem Morgan Sanders. Porém, não recebera resposta, e queria saber se a mãe estaria bem. Ela havia informado a Kathryn, no dia da batalha final, que estava grávida — um milagre em sua idade, e depois de tantos anos de casamento. O irmão ou irmã caçula de Kathryn deveria nascer em dezembro. Acaso o juiz estava controlando a correspondência de sua mãe? Kathryn não queria pensar tão mal dele, mas isso seria preferível a acreditar que a própria mãe não queria mais falar com ela. Certamente sua mãe lhe contaria se ela tinha um irmão ou irmã — o primeiro satisfaria a necessidade de um herdeiro de Lawrence Pershing. Mas Kathryn esperava que uma filha abrandasse o coração dele.

O sr. Showalter gritou quando parou a diligência. Ele e o sr. Beck descarregaram a bagagem de cima da carruagem. Franzindo a testa, o sr. Beck deixou cair o pequeno baú dela no calçadão e olhou-o com desconfiança.

— O que está levando aí? Peças da prensa?

Então era isso que o incomodava!

— Nada com que precise se preocupar, sr. Beck.

Ele que tentasse adivinhar.

— Aproveite Sacramento, srta. Walsh — desejou Beck, fazendo um cumprimento sutil com o chapéu. Em seguida pegou sua mala e se foi.

Ela ficou observando o homem se afastar; então entrou na estação e pediu ao balconista que guardasse seu pequeno baú até que ela lhe informasse onde deveria ser entregue. O homem o colocou em um carrinho e o levou para dentro, depois conversaram brevemente. Ela insinuou que tinha algumas pepitas consigo e que gostaria de avaliá-las, e perguntou onde poderia encontrar um avaliador respeitável. Ele lhe deu o endereço de Hollis, Pruitt e Stearns. Também sugeriu vários hotéis, que, depois de pesquisar um pouco, ela soube que eram muito qualificados, mas estavam além de seus recursos. Instalou-se em acomodações mais baratas, em um quarto minúsculo, onde deixou sua bolsa de viagem. Com a chave-mestra em sua bolsinha, foi para a rua pegar um bonde puxado a cavalo, em direção à margem do rio.

Duas mulheres admiraram o conjunto que ela usava. Kathryn perguntou sobre as chapelarias de Sacramento e uma delas disse que também estavam atrás da moda do Leste; mas que havia algumas lojas boas de que talvez ela gostasse. Ela mencionou Calvada, mas elas nunca haviam ouvido falar da cidadezinha. Em seguida desceu do bonde na próxima parada, e fez o resto do caminho a pé. Ouviu uma buzina e viu uma nuvem cinza quando um barco a vapor se aproximou do cais. Vários homens passaram, sorrindo para ela e tirando o chapéu. Um restaurante emanava aroma de carne assada, o que fez com que ela se sentisse tentada a parar, mas os negócios vinham em primeiro lugar. As janelas estavam cheias de placas oferecendo empregos. Talvez Sacramento fosse um lugar melhor para ela. Suas perspectivas poderiam ser melhores em uma cidade em crescimento como aquela. Parecia próspera e muito mais culta que o lugar que seu tio chamara de lar.

Mas ela dedicara tanto tempo a arrumar sua casinha... E havia dito a Matthias Beck que ficaria. Será que ele se importaria se ela fosse embora? Por que seu tio Casey havia ficado em Calvada? Ela havia lido editoriais suficientes para reconhecer o talento dele; City poderia ter trabalhado no jornal de uma cidade muito maior, ou até mesmo em Boston ou Nova York. O que o prendia ali? Além de tudo isso, ela precisava saber mais sobre a mina dele.

Kathryn entrou no escritório do avaliador. Dois homens trabalhavam nos fundos de uma grande sala, cuja parede estava coberta de prateleiras cheias de garrafas. Outra mesa tinha uma coleção de amostras de rochas em vários tamanhos e formas, além de pesos e medidas. Havia caixas de madeira alinhadas ordenadamente na parede lateral, cada uma com papéis anexados. Um terceiro homem, o mais jovem, olhou-a com surpresa, enquanto os dois mais velhos continuavam trabalhando.

— Está perdida, senhorita?

Kathryn se apresentou.

— Vocês me foram altamente recomendados.

O jovem ajeitou os óculos para cima do nariz.

— Amos Stearns, a seu serviço, srta. Walsh.

Ele corou e apresentou os dois homens atrás dele. Hollis e Pruitt riram, trocaram umas palavras entre si e voltaram ao trabalho.

— Tenho algumas pedras para lhes mostrar. Espero que possam me dizer se têm valor.

Stearns olhou para a bolsinha de Kathryn.

— Não as trouxe comigo, senhor. Elas ficaram em uma mala na estação. Quando posso trazê-las para que as avaliem?

— Só poderemos ver isso daqui a duas ou três semanas, srta. Walsh — disse Pruitt com firmeza, dando a Stearns um olhar de advertência.

Kathryn pensou no custo de permanecer em Sacramento por várias semanas e desanimou.

— Algum outro avaliador que os senhores recomendariam e que teria tempo para ver o que eu trouxe comigo?

Hollis bufou.

— Muitos avaliadores por aí teriam tempo, mas não são do tipo em que poderia confiar.

— E os de confiança são tão ocupados quanto nós — disse Pruitt, lascando uma pedra. — Todo mundo acha que encontrou uma mina de ouro — concluiu ele, jogando a pedra em uma caixa grande. — Inútil.

— No meu caso, duvido que o que tenho seja ouro ou prata — admitiu Kathryn —, mas meu tio manteve sua concessão por algum motivo, e preciso saber a razão.

Pruitt mexeu em pedras e tigelas.

— Se acha que valem alguma coisa, por que ele mesmo não as trouxe?

Era óbvio que a visita de uma mulher não era normal no escritório de um avaliador. Kathryn sabia que aqueles homens achavam que ela os faria perder tempo. Talvez, mas ela não queria desperdiçar o dela também.

— Ele poderia ter feito isso, senhor, mas foi assassinado.

Agora todos prestavam atenção.

— Não sei se a mina teve algo a ver com isso, mas preciso saber por que manter a concessão era tão importante para ele. E se existe alguma razão que faça dela algo importante para mais alguém.

Pruitt olhou para aquela dúzia de caixas de madeira e deu um assentimento carrancudo para Stearns antes de voltar ao trabalho. Mais uma vez ajeitando os óculos empoeirados, Stearns mostrou um caderno para ela.

— Escreva o endereço de onde está hospedada, srta. Walsh, e faça que suas amostras sejam entregues o mais rápido possível. Vamos dar uma olhada e informaremos.

Em vez de pegar o bonde, Kathryn voltou a pé para a estação da diligência.

Só depois de fazer os arranjos necessários para levar o baú até o endereço dos avaliadores foi que notou que esquecera de perguntar quanto custaria o relatório.

Matthias encerrou as reuniões com os contatos de Call. Estava em uma encruzilhada e sabia que não poderia continuar seguindo o caminho que trilhara nos últimos seis anos. O dinheiro não lhe havia propiciado paz. Poderia vender suas propriedades e seguir em frente, ou ficar e defender algo mais que seus bolsos.

City Walsh o havia exortado a concorrer a prefeito. Matthias dissera que não queria saber de política. Discutiram veementemente naquela noite, antes da morte de City. Matthias quase dera um soco naquele velho. Desde então, fora procurado por uma dúzia de outros homens querendo que ele concorresse. Por que se importar? — dissera-lhes. As duas últimas eleições tinham sido esmagadoras, todos os mineiros da Madera votaram em Sanders. O sustento deles dependia disso.

Se ele decidisse concorrer, quanto se deveria ao fato de City Walsh o ter chamado de covarde na noite em que morrera? Pior que ser chamado de covarde, o que mais lhe doera fora o olhar de decepção nos olhos de City quando saíra do saloon.

Era preciso mais que um homem para mudar uma cidade; mas City havia tentado.

Todos pensavam que Sanders o havia assassinado, mas não havia provas. City dirigira suas críticas a todos os donos de minas, não apenas ao dono da Madera.

Cansado e deprimido, Matthias se hospedou em um hotel na mesma rua da estação. Não estava com disposição para entretenimento, mas queria um bom jantar em um restaurante tranquilo e uma longa noite de sono sem a conversa barulhenta de homens embriagados e arruaceiros. Também não estava disposto a ouvir a música que vinha do salão de fandango do outro lado da rua. Perguntou-se como Kathryn Walsh conseguia dormir ao lado de toda aquela algazarra.

Onde ela estava agora? Explorando Sacramento, provavelmente, vendo como sua vida seria muito melhor ali que em Calvada. Ela havia dito que voltaria, mas será que o faria? E o que ela levava naquela mala?

Matthias encontrou um bom restaurante perto do hotel. Pediu uma mesa de canto, no fundo. Gostava de se sentar onde pudesse ver todo o salão, quem entrava e quem saía. Pediu uma taça de vinho tinto e um bife. Estava começando a relaxar quando Kathryn Walsh entrou. Entre tantos restaurantes em Sacramento, ela tinha que escolher justo esse?

O proprietário lhe deu uma mesa na frente, perto de uma janela. Uma linda garota chamaria a atenção dos transeuntes. O bife, a batata e a vagem de Matthias chegaram enquanto Kathryn, já acomodada, continuava hesitante. Não pediu vinho, apenas água, que foi servida em um copo alto. Ela foi bebendo enquanto o garçom pairava ao redor, ansioso para reabastecer seu copo antes que ela bebesse um terço dele. O homem não conseguia tirar os olhos dela. Quando ele a serviu, falaram alguma coisa; mais que o necessário. Ela riu de algo que o garçom disse, assentiu e lhe entregou o cardápio. Ele se curvou ligeiramente, dizendo algo mais que fez surgir um sorriso naqueles lábios perfeitos e coisas indesejadas nas entranhas de Matthias. Será que ela sentiria que ele a observava? Outras pessoas a observavam também, mas de uma maneira mais discreta. Ele olhava para ela descaradamente, desejando que ela olhasse em sua direção. Mas não olhou. Provavelmente havia sido o centro das atenções masculinas desde que atingira a puberdade. E, com aquela cintura fina, provavelmente não comia muito.

Ele estava terminando a refeição quando a dela chegou: salmão com todos os acompanhamentos. Kathryn olhava para o prato como se fosse um banquete. Inclinou a cabeça e fechou os olhos, dando graças a Deus, sem dúvida. Colocou o guardanapo no colo e começou a comer sem pressa, saboreando cada mordida. Matthias nunca havia visto uma mulher desfrutar tanto de uma refeição. Onde ela colocava toda aquela comida? E, depois de tirar os pratos, o garçom ainda serviu para ela uma fatia grossa de bolo de chocolate e uma xícara de café.

Matthias poderia apostar que, àquela altura, o espartilho dela já a apertava. Ela comeu a cobertura e metade do bolo. A maioria dos clientes já havia comido e saído antes de ela terminar. Mas ele ficou, observando-a. Por fim, ela largou o garfo, mas contra a vontade. Ele fez um sinal ao garçom e mandou juntar a conta daquela dama à sua e se levantou quando ela foi informada. Surpresa, ela olhou para ele.

— Nunca vi uma mulher comer tanto e com tanto prazer — disse ele, rindo.

— A comida estava celestial — respondeu ela, corando, e ao mesmo tempo se levantando. — Obrigada.

— De nada. Um valor irrisório por um bom espetáculo.

Ainda envergonhada, mas sorrindo, foi caminhando com ele pela rua.

— Que bom que se divertiu. — Ela pousou a mão na barriga. — Ah, meu Deus!

— Vai explodir?

Ela riu.

— Não, mas me sinto como um peru no Dia de Ação de Graças.

Ficaram em silêncio, sob a luz do sol que se punha. Ela o fitou com olhos que o fizeram lembrar de folhas de magnólia depois de uma chuva. O coração de Matthias disparou.

— Encontrou um lugar para ficar, srta. Walsh?

— Sim, sr. Beck.

— Posso levá-la em segurança até suas acomodações, senhorita?

Por que o sotaque sulista daquele homem tinha que ser tão forte? Ela tinha percebido isso e ele viu que as pupilas dela se dilataram.

Kathryn baixou os olhos.

— Obrigada pela oferta tão gentil, senhor, mas posso ir sozinha. — Ela inclinou de leve a cabeça. — Obrigada mais uma vez pelo jantar — disse e foi se afastando.

— Vai voltar amanhã?

— Não. E o senhor?

— Sim. Já terminei o que vim fazer.

— Eu não. Tenha uma boa-noite, sr. Beck.

Ele a observou enquanto se afastava. Sacramento seria um lugar melhor para ela. Teria tudo de que precisasse ali, inclusive muitos homens entre os quais escolher um marido. Todo homem por quem ela passava tirava o chapéu ou acenava com a cabeça e a olhava.

Matthias viu que Kathryn entrou em um hotel próximo do seu. Decidiu procurar um bar e beber algo mais forte que uma taça de vinho tinto.

— Cobre e vestígios de prata — disse Amos Stearns a Kathryn. — Alguém precisa subir e olhar com mais atenção. Isso pode representar uma mina muito valiosa, srta. Walsh. — Ele empurrou os óculos para cima. — Por coincidência, estou planejando uma viagem para Virginia City, na primavera, para ver nossos interesses por lá. Eu poderia ir a Calvada no caminho de volta e inspecionar sua mina.

Atordoada, ela o encarou. Uma mina possivelmente muito valiosa? Por que seu tio não a explorara? E se Wiley Baer era tão experiente, por que havia dito que parecia não conter valor? Talvez ele não fosse o especialista que dizia ser.

Os olhos cinzentos de Stearns pareciam maiores por trás das lentes.

— Senhorita Walsh? Acho que isso merece um olhar mais atento.

— Infelizmente, sou uma mulher de recursos muito limitados.

A conta da avaliação havia sido menor do que ela esperava, mas uma inspeção em Virginia City poderia custar consideravelmente mais do que ela poderia pagar.

— Discuti isso com meus sócios; talvez eles estejam interessados em fazer um investimento.

— Mas isso depende do que Amos encontrar — disse Pruitt.

— E vai precisar de capital para começar — acrescentou Hollis.

Ela estava atordoada.

— Senhores, estão sendo muito otimistas. — Ela notou que os três estavam sérios. — Se eu passasse a explorar a mina, teria que encontrar alguém para administrar a operação. — Ela sorriu. — Não sei lidar muito bem com uma pá.

Amos riu.

— Não, imagino que não.

Pruitt acenou para Amos.

— Ele é jovem, mas cresceu na mineração e tem estudos.

Amos ficou envergonhado com o elogio.

— Com tantas outras operações de mina na área, tenho certeza de que encontraremos um homem qualificado.

Matthias Beck surgiu na cabeça dela. Por que pensara nele?

— Ou eu poderia vendê-la.

Pensou em Morgan Sanders. Não fazia ideia de que tipo de mina ele dirigia, mas descobriria quando voltasse para Calvada.

Do escritório do avaliador, Kathryn foi a um mercado perto do porto. Havia visto pomares no caminho para a cidade e imaginara o que poderia levar para Calvada. A variedade a surpreendeu. Laranjas! Um luxo caro em Boston, mas acessível ali. O homem lhe disse que provinham de Riverside, onde havia pomares antes da corrida do ouro de 1849. Ela comprou uma cestinha de junco tecida à mão e esbanjou: levou meia dúzia, além de maçãs lustrosas de uma barraca vizinha e meio quilo de amêndoas de outra.

Curiosa para saber se na Califórnia as coisas eram diferentes de Boston, Kathryn entrou em uma loja em cuja vitrine havia uma placa que dizia

"Precisa-se de ajudante". Perguntou ao comerciante de bigode se a vaga ainda estava aberta. Ele disse que sim, e ela disse que sabia ler, escrever e era boa em matemática. Que aprendia rápido e trabalhava duro. Acaso a contrataria? Com estranheza, ele disse que não, que nunca contrataria uma mulher. Quando ela perguntou por que, ele disse que lugar de mulher era em casa, a menos que fosse casada com o dono do estabelecimento, caso em que seria apropriado. Ah, claro. Case-se com uma mulher e ganhe uma balconista. Como Nabor Aday.

Furiosa, Kathryn ficou parada em frente à loja com sua cesta de laranjas, maçãs e amêndoas no braço. Evidentemente, a vida em Sacramento não seria mais de seu agrado que em Calvada. Levaria meses até que ela soubesse alguma coisa segura sobre a mina, e precisaria de uma ocupação nesse meio-tempo. Comprou material e chapéus simples que poderia enfeitar para vender às mulheres de Calvada. Qualquer renda seria útil para complementar o dinheiro que seu padrasto lhe dera.

8

Kathryn deu uma laranja a Abbie Aday.

— Vou plantar as sementes em vasos e rezar para que vinguem!

Abbie a descascou imediatamente, partiu a fruta em gomos e comeu o primeiro gemendo.

Aproximando-se, sussurrou:

— Nabor quase nunca consegue laranjas, e, quando consegue, vende por um preço exorbitante. Mas nunca me deixou comer uma. — Abbie deliciou-se com outro gomo. — Oh, Kathryn, nunca provei nada tão delicioso na vida — disse, revirando os olhos de êxtase.

Nabor saiu da sala dos fundos.

— O que tem aí?

A um simples olhar dele, Abbie lhe entregou o restante. Ele enfiou dois gomos na boca.

— Ainda precisa empilhar aquelas latas. — Ele apontou com o queixo em direção a duas caixas grandes e foi para a sala dos fundos, levando o resto da laranja. Furiosa, Kathryn ficou olhando para a cortina que ele fechara.

Abby suspirou.

— É melhor eu voltar a trabalhar. Obrigada — sorriu —, foi como comer um pedacinho do céu.

Ela chupou o caldo de seus dedos e foi fazer o que Nabor mandara.

Ronya e Charlotte ficaram encantadas com as laranjas que ganharam, e Ronya também se surpreendeu com as amêndoas. Ela sempre tinha maçãs, e as trocava por bolos ou pães com um merceeiro da rua. As três estavam sentadas na cozinha, fazendo um raro intervalo entre o café da manhã e o almoço.

Ronya serviu uma xícara de café para Kathryn.

— Como você estava fora, imagino que não ouviu a notícia. Matthias concordou em concorrer a prefeito.

— Você parece satisfeita.

— Estou, mas duvido que ele tenha muita chance contra Morgan Sanders. Stu Bickerson mencionou isso no *Clarion* de ontem.

Quando Kathryn perguntou sobre as propostas de Beck, Ronya deu de ombros.

— Não sei direito, mas ele seria melhor que Sanders para a cidade.

Ronya lhe contou outras novidades. Tinha ocorrido outro acidente na mina Madera. Felizmente, ninguém morrera nem ficara gravemente ferido. Além disso, aparentemente, Henry Call era sócio de Matthias em um novo empreendimento, mas ninguém sabia qual.

Kathryn queria ler o artigo de Stu Bickerson. Ao abrir a porta do escritório do *Clarion*, foi atingida pelo cheiro de fumaça de charuto e outra coisa, tão suja quanto, e fez uma careta. Um homem barbudo estava recostado em uma cadeira, sem botas, com os pés em cima da mesa, roncando como um urso hibernando. O escritório era uma catástrofe em termos de organização. Em comparação, a casa de City era arrumada. Ela entrou e quase tropeçou em uma escarradeira cheia de pontas de charuto encharcadas.

Limpou a garganta.

— Sr. Bickerson, desculpe interromper sua sesta do meio-dia.

Embora ainda não fosse meio-dia.

Bickerson abriu os olhos aquosos e logo os arregalou. Tirou os pés da mesa e endireitou a cadeira. Levantou-se, um tanto instável, e ajeitou os suspensórios, que estavam soltos.

— Senhorita Walsh — murmurou —, que surpresa!

Ela nunca vira aquele homem, mas, aparentemente, ele a conhecia.

— Gostaria de comprar a última edição de seu jornal.

— Qual?

— Aquele que anuncia a candidatura do sr. Beck a prefeito.

— Ah, claro. Tenho cópias aqui em algum lugar. — Ele vasculhou a mesa. — São cinco centavos.

Cinco centavos!

— Não é muito caro?

— O preço subiu desde que o *Voice* fechou. Agora é o único jornal da cidade.

Ela tirou cinco centavos do saquinho com fecho de cordão e os colocou em cima da mesa.

— Aqui está.

Ele lhe entregou o *Clarion*.

Ela olhou o jornal, virou-o e olhou para ele.

— Uma folha, de um lado só? Só isso?

Kathryn se sentiu enganada.

— Não acontece muita coisa em Calvada.

Ainda mais se o editor dorme no trabalho. Ela leu o artigo sobre Matthias Beck, notando vários erros de ortografia e poucas respostas às perguntas que ele deveria ter feito.

— Este artigo não nos diz muito sobre os candidatos a prefeito.

— A cidade toda conhece Sanders e Beck.

— Essa não é a questão.

Aquela era a única fonte de notícias de Calvada? E por que ela demorara tanto para perceber?

Bickerson enfiou um charuto velho na boca e o ficou mastigando até encontrar um fósforo.

— Eu ia mesmo procurar a senhorita. — Ele acendeu o charuto e deu um trago. — Ouvi dizer que estava tentando vender chapéus e tal. — Gargalhou, e a fumaça saiu dele como a de uma locomotiva. — A sobrinha de City Walsh montando uma loja para mulheres no *Voice*. Aposto que ele ficaria muito feliz com isso.

Ela gostou ainda menos do tom dele pessoalmente do que como ele soava no jornal. E a fumaça do charuto a estava deixando enjoada.

— O que acha de eu lhe fazer algumas perguntas, escrever uma matéria sobre você?

O charuto de Bickerson balançava para cima e para baixo enquanto ele falava, deixando cair as cinzas na frente de seu colete.

— Hoje não, sr. Bickerson.

Ela abriu a porta, precisava desesperadamente de ar fresco.

— Uma matéria no jornal seria bom para seus negócios.

— Tenho certeza de que a notícia vai se espalhar.

Bastava ela contar a Gus Blather e a cidade inteira saberia em menos de 24 horas.

— Não sabia que as mulheres liam nada além da *Godey's*. Mas talvez você esteja interessada em Matthias Beck — disse ele, erguendo as sobrancelhas.

— Apenas como um possível prefeito, sr. Bickerson.

— Por quê? Você não pode votar.

— Só estou curiosa. — Ela sorriu docemente. — Se me der licença.

— Não vá usar o jornal para acender o fogo — gritou Bickerson, rindo.

Ela respirou fundo; preferia o fedor de Calvada ao cheiro das meias sujas de Bickerson. Enquanto caminhava, lia o artigo.

Matthias Beck anunciou em seu bar, esta manhã, que será candidato a prefeito de Calvada. Disse que vai concorrer em nome da lei e do fedor. Quando lhe perguntei por que queria fazer uma coisa dessas, ele disse que era hora de entrar no jogo. Disse que estava cansado de homens atirando em seu bar e que talvez devesse haver uma lei que determinasse que ninguém poderia usar uma arma dentro dos limites da cidade. Não tenho muita esperança de que Beck seja eleito. Morgan Sanders tem feito um bom trabalho por nós até agora; não há razão para trocar de cavalo no meio do rio.

Bickerson usou espaço para uma matéria sobre um cachorro que ficava uivando em frente à porta dos fundos do salão de música e o anúncio de que Fiona Hawthorne havia levado uma boneca nova para sua casa. *Os cavalheiros farão que se sinta bem-vinda.*

— Srta. Kathryn! — Scribe atravessou a rua, todo sorrisos, enquanto ela abria a porta de sua casa. — Está muito bonita. Correram apostas de que não voltaria. Ainda bem que eu ganhei.

Ela amassou o *Clarion*. Usar aquilo para acender o fogo? Mal sabia ele que já tinha começado um incêndio!

— Entre, Scribe, vou fazer um chá. Temos negócios a discutir.

Matthias viu Scribe sair da casa de Kathryn e atravessar a rua com um sorriso no rosto. O garoto passou pelas portas de vaivém e viu Matthias. Marchando, entregou-lhe um pequeno envelope branco e lacrado.

— Um convite da srta. Kathryn Walsh.

Ele parecia estar se divertindo muito e não conseguia esconder sua alegria.

— O que andou bebendo? — rosnou Matthias.

— Chá! — Scribe riu e se dirigiu ao bar, onde tinha uma pilha de copos para lavar. Parou e se voltou. — Ah, esqueci de contar. A srta. Kathryn voltou e me pediu para lhe dizer que decidiu não vender a prensa.

Matthias abriu o delicado envelope com monograma e leu a nota escrita com o talento artístico de um calígrafo. As palavras eram poucas e diretas.

Sr. Beck,
Posso dispor de uma hora do seu tempo para discutir sua candidatura a prefeito?

Respeitosamente,
Kathryn Walsh

Quais eram as intenções dela? Matthias foi até seu escritório e escreveu uma resposta:

Sua casa ou a minha?

Mandou Scribe de volta ao outro lado da rua.

O garoto voltou com outro envelopinho lacrado com *Matthias Beck* escrito com capricho na frente. Ele o rasgou e leu.

Nenhuma das duas. No Ronya's às duas da tarde, a menos que esteja ocupado.

K. W.

Matthias estava começando a se divertir. Escreveu no verso do cartão dela:

Estou sempre ocupado, Vossa Senhoria, mas terei prazer em lhe dar todo o tempo que quiser. Teremos mais privacidade para conversar em meu escritório.

M. B.

Scribe voltou rapidamente.

Só me encontrarei com você em um lugar público.

K. W.

Sorrindo, Matthias escreveu:

As pessoas vão falar, srta. Walsh. Se formos vistos juntos, farão suposições sobre o que pode estar acontecendo entre nós. Não queremos isso agora, não é?

Scribe já estava aborrecido quando pegou o envelope. Quando voltou, entregou de maus modos a resposta de Kathryn a Matthias e esperou.

Obrigada por se preocupar com minha reputação, sr. Beck, mas vou me assegurar de que todos entendam que não está acontecendo nada entre nós.

Como ela faria isso?, questionou-se ele, e decidiu ir perguntar.
Quando chegou e bateu à porta, ela gritou:
— Entre, Scribe.
Mas quem entrou foi Matthias. Kathryn estava sentada à sua mesa, escrevendo.
— Descanse um minuto. Aquele homem é obtuso como um poste. Quero acrescentar mais algumas perguntas antes que eu as esqueça.
Quando terminou, soprou o papel e estendeu a mão.
— Vamos ver que bobagem ele diz desta vez. — Depois de um segundo, ergueu os olhos. — Oh! — Deixou cair a pena. — É você.
— A seu dispor.
Ela se levantou e foi abrir a porta que ele havia acabado de fechar.
— Nesse caso, fique à vontade.
Ela se sentou atrás da mesa mais uma vez.
— Eu li o *Clarion*. — Cruzando as mãos, ela sorriu. — Espero que você tenha uma razão melhor para concorrer a prefeito que achar "que é hora de entrar no jogo".
— Parece motivo suficiente, não acha?
— Por que quer ser prefeito? Você tem um saloon e um hotel lucrativos. E ouvi dizer que foi oficial do Exército da União, e que tem patente de capitão. Aparentemente, tem perspicácia nos negócios e habilidades de liderança, mas...
Ela estava muito séria.
— Por que está tão interessada?
— Pretendo escrever sobre você. Scribe concordou em compor os tipos e vamos imprimir o *Voice*.
Uma mulher dirigindo um jornal? Ele riu.
— Você não pode estar falando sério!

Os olhos de Kathryn se iluminaram, ardentes e ferozes.
— Estou falando muito sério, sr. Beck.
— É uma péssima ideia.
— Acho que posso fazer um trabalho melhor que o do sr. Bickerson.
— Você vai se meter em encrencas.
— Não será a primeira vez.
Ele se levantou e plantou as palmas das mãos na mesa.
— Abra sua loja de chapéus ou roupas femininas ou qualquer outra coisa, mas esqueça essa ideia estúpida *imediatamente*. Você não tem ideia do que acontece por aqui.
— Então me diga.
— Não é assunto de mulher.
Os olhos dela brilhavam.
— Pois pretendo fazer que seja assunto meu, sr. Beck. Tenho uma prensa encostada em um canto, ociosa como um cadáver em um velório. É hora de usá-la para um bom propósito. Acho que meu tio gostaria disso.
Matthias deu uma risadinha triste. Ela não tinha ideia da confusão em que poderia se meter se enfiasse o nariz onde não devia.
— City não diria muitas coisas boas sobre uma garota tentando tomar seu lugar — disse Matthias, e percebeu que seu punho havia ido de encontro à mesa, mais forte do que pretendia.
— Não sou uma garota, sr. Beck. Sou uma mulher e tenho algum estudo. Farei o meu melhor para honrar meu tio e o jornal dele.
Ele foi em direção à porta e ela se levantou.
— Já vai embora?
— Quanto menos você souber, melhor.
Kathryn suspirou, mas Matthias teve a impressão de que ela não estava surpresa.
— Devo dizer que esperava mais de você, sr. Beck.
Sentou-se e voltou ao que estava escrevendo.
Matthias saiu inquieto. Chegando ao saloon, empurrou a porta de vaivém com força. Scribe estava logo na entrada.

— Já para o meu escritório, garoto. Agora!

Scribe jogou a toalha em cima de uma mesa e o seguiu.

Matthias fechou a porta do escritório e se voltou para ele.

— Não encoraje a srta. Walsh a entrar no ramo dos jornais.

O garoto estava todo rebelde e presunçoso.

— Kathryn é sobrinha de City. Dirigir um jornal deve estar no sangue dela.

O que Matthias queria evitar era o derramamento desse sangue.

— Scribe, você não estará fazendo um favor a *Kathryn* compondo o artigo sem sentido que aquela garota vai escrever.

— Ela não é uma garota, é uma dama. E tem estudos.

— É o que ela diz.

— Ela é muito mais inteligente do que você pensa.

— Ela é uma jovem em uma cidade selvagem onde alguém assassinou o tio dela por falar demais.

Aparentemente, Scribe havia esquecido — ou optado por não lembrar — como City havia morrido.

— Não sabemos se foi esse o motivo. — Sua bravura havia murchado um pouco. — Além disso, ninguém machucaria uma dama como Kathryn.

— E como você sabe disso?

Scribe aprumou os ombros.

— Não se preocupe, eu a protegerei.

Que ótima ideia! Matthias quase riu ao ouvir essa loucura, mas não era engraçado. Estava vendo que o garoto não queria lhe dar ouvidos.

— Tudo bem, faça como quiser. Mas lembre que você ainda trabalha para mim, e estou concorrendo ao cargo de prefeito. As coisas vão esquentar por aqui, e vou precisar de você para muitas coisas, entendeu?

— Sim, senhor.

Matthias pretendia manter Scribe tão ocupado que o garoto ficaria cansado demais para fazer a composição dos tipos, quanto mais operar a prensa.

— Você terá noites livres para trabalhar para a srta. Walsh, combinado?

— Combinado!

Trocaram um aperto de mãos. Matthias sorriu e o dispensou. Ia fazer aquele garoto correr até se arrastar, e depois o faria correr um pouco mais.

Como Matthias Beck não quisera cooperar, Kathryn encontrou outras fontes de informação. Gus Blather tinha um tesouro que estava ansioso para compartilhar. Ronya também se mostrou útil, embora sua amizade com Matthias a tornasse tendenciosa. Só tinha elogios para o dono do saloon.

— Ele poderia ter aberto um restaurante e acabado com meu negócio, mas, em vez disso, faz todas as refeições aqui e incentiva os outros a fazer o mesmo. Sanders está fazendo tudo o que pode para me fazer fechar.

— Não vi muitos clientes quando comi no hotel dele — comentou Kathryn com indiferença.

— Há duas razões para isso, Kathryn. Não tem muita gente por aqui que possa pagar seus preços, e o cozinheiro francês dele não é francês, é canadense.

— Você o conhece?

— Não, mas Fiona Hawthorne me contou.

— Vocês são amigas? — Kathryn se iluminou. — Tenho vontade de falar com ela, mas Fiona nem me olha na igreja.

— Nem vai olhar. A última coisa que Fiona quer é estragar sua reputação — disse, enquanto abria a massa. — Você sabe o que ela faz da vida, não é?

Kathryn corou.

— Sim, e sei que ela foi uma das três pessoas que compareceram ao enterro de meu tio. Eu soube que ela ficou mais tempo e chorou muito. Devia gostar muito dele. Ainda se veste de preto.

— Ela sempre usou preto. É viúva como eu, mas acabou seguindo outro caminho — disse Ronya, amassando os biscoitos e colocando-os em uma assadeira untada.

— Matthias foi ao enterro de City. Isso deveria lhe dar motivos para gostar dele um pouco mais.

— Eu não desgosto dele, Ronya — disse Kathryn, surpresa com a acusação da amiga. — Ele é gentil de vez em quando.

Ela lembrou de quando caminharam ao luar.

— De vez em quando? — perguntou Ronya, curiosa.

— Ele gosta de debochar de mim.

Ronya soltou uma risadinha.

— Você é um bom alvo. — Ela riu. — A séria srta. Walsh.

Mordida, Kathryn se defendeu.

— Eu só quero saber mais sobre o homem que está concorrendo ao cargo de prefeito.

Ronya colocou uma assadeira de biscoitos no forno e se endireitou.

— Está interessada também no passado e caráter de Morgan Sanders? — perguntou Ronya, irritada. Acaso estava defendendo Matthias? — Não ouvi você fazendo perguntas sobre aquele filho da... — Ela apertou os lábios.

— Vou me encontrar com ele em breve. Pelo jeito você tem uma opinião firme sobre ele.

— Ah, não. Não vou dizer uma palavra sobre Morgan Sanders.

— Por que não?

— Porque tenho bom senso. — Ronya pegou um pano úmido e começou a limpar a bancada. — E é melhor você desenvolver um pouco de bom senso também, e depressa. Não meta seu nariz em coisas de homens.

Coisas de homens. Kathryn se eriçou. Jamais esperou ouvir essas palavras saindo da boca de Ronya.

— Vou reabrir o *Voice*.

— Isso sim é uma ideia tola.

A resposta de Ronya a feriu profundamente.

— Esse é o tipo de comentário que ouço dos homens — rebateu Kathryn. — As mulheres *devem* se interessar por política. Um prefeito toma decisões que afetam a todos nós, inclusive às mulheres!

— Você está cutucando um ninho de vespas, Kathryn.
— Pretendo ser verdadeira e imparcial — disse ela, vestindo seu casaco. Ronya jogou o pano no chão.
— Você é jovem e ingênua.
— Isso não significa que sou estúpida. — Kathryn levantou e dirigiu-se à porta.
— Kathryn! — Ronya contornou a bancada com uma expressão preocupada. — Seria bom você ler alguns artigos de seu tio.
Kathryn entendia a preocupação dela.
— Eu li, mas, infelizmente, não pude ler os exemplares que poderiam ser pertinentes. O xerife, que estava com os últimos artigos, também faleceu, e houve um incêndio na casa dele. Esses fatos me dão ainda mais motivos para querer conhecer os principais jogadores da cidade.
Ela foi à barbearia de Herr Neumann. Afinal, seu tio o deixara cuidar dos detalhes da herança. Entrou no momento em que ele estava tirando o dente de um homem. Kathryn estremeceu quando ouviu o uivo do cliente na cadeira.
— Estou quase conseguindo. — O sr. Neumann apoiou o joelho no peito do homem e puxou o dente. — Pronto.
Kathryn não conseguiu olhar, mas o paciente gemeu de aparente alívio. Ele se levantou, deu uma moeda a Herr, pegou o chapéu, levou a mão ao queixo e saiu.
Só então o sr. Neumann a notou.
— Há algo que eu possa fazer por você, srta. Walsh?
Os olhos injetados mostravam que ele andara bebendo. Como alguém poderia confiar nele com uma tesoura ou um alicate na mão, e mais ainda com uma navalha?
Kathryn sabia que não devia fazer perguntas diretas; usou seu charme e lhe deu a oportunidade de contar a própria história e falar sobre City. E foi fazendo uma pergunta aqui e ali sobre Matthias Beck.
— Ora, City escarafunchou o passado de Matthias algumas vezes. Matthias lutou na guerra. Como muitos, veio para o oeste depois dela. Há

rumores de que ele estava sob o comando de Sherman durante a marcha pelo Sul. Capitão; era assim que seu sócio o chamava.

— Langnor?

— Paul Langnor. Matthias é bom no pôquer. Langnor não tinha dinheiro para expandir, então Matthias subia e descia a Chump jogando cartas. Comprou metade do saloon e começaram a construir. Trabalhavam bem juntos, embora houvessem lutado em lados opostos.

Ele limpou o sangue da mão, lavou o pano manchado e o levou para fora. Ali, enrolou o pano no poste para secar.

— Quando Langnor ficou doente, Matthias e City tentaram levá-lo a um médico. Pensaram que havia estourado o apêndice. Mas o coração dele cedeu. Era um bom homem; não batizava o uísque que servia. Beck também não batiza.

— Suponho que isso seja um grande elogio em Calvada.

— Isso significa que você recebe aquilo pelo que paga, ao contrário da maioria das bebidas aguadas desta cidade.

Gritos saíram do Beck's Saloon e ambos olharam para o outro lado da rua. Kathryn franziu a testa.

— O que acha que está acontecendo lá?

Acaso Beck ia enterrar outro bêbado no cocho dos cavalos?

— Não sei, mas acho que vou lá descobrir. — Ele a fitou. — Por que veio aqui? Está com dor de dente?

— Não, não. Só quis dizer olá e agradecer sua ajuda com a propriedade de meu tio.

— Ora, não foi nada, srta. Walsh.

Ele fechou a porta da barbearia e a deixou sozinha. O homem foi atravessando em diagonal a rua Chump, esquivou-se de um cavalo e uma carroça, e conseguiu chegar ileso ao outro lado, onde passou pelas portas de vaivém.

Curiosa com os gritos, Kathryn se aproximou com cautela. Não tinha intenção de entrar no saloon, só chegar perto o suficiente para entender o que estava acontecendo. O que era todo aquele barulho? Beck falava em voz alta, mas não o suficiente para que ela entendesse o que estava dizendo. A certa altura, os homens riram, e aplaudiram em outro momento.

Scribe saiu correndo pelas portas de vaivém, o que permitiu que Kathryn visse Beck rapidamente, no bar. O garoto passou correndo por ela, em direção ao outro lado da cidade, corado e suado. O saloon estava lotado. Pareciam estar celebrando um jubileu. Beck a viu e sorriu.

— Isso é tudo que tenho a dizer agora, senhores. Bebidas por conta da casa!

Tentando imaginar onde estava Scribe, Kathryn saiu e o viu atravessando a rua. Tropeçou ao subir no calçadão; parecia exausto.

— Tenho um ensopado pronto e uns biscoitos de Ronya.
— Já comi.

Ele murmurou outra coisa, parecia prestes a desmoronar.

— Andou bebendo? — Ela sentira cheiro de cerveja quando ele entrou na casa.

Ele foi até a cadeira ao lado da mesa e se deixou cair.

— Brady me deu uma caneca para me animar.
— Vou fazer um café.

Scribe se reclinou com as pernas estendidas. Seu corpo estava tão mole que parecia que ia deslizar até o chão e virar um tapete. Ela teria que o fazer despertar para poderem trabalhar.

— Me fale sobre o seu dia, Scribe.
— Há?
— Eu vi você correndo...
— E correndo e correndo. Tarefas. — Ele jogou a cabeça para trás e gemeu como um velho. — Andei a cidade toda. Fui a tantos lugares que nem consigo lembrar. — Scribe continuou com um grande bocejo: — Talvez eu morra antes da eleição.

Ele adormeceu, de boca aberta, e acordou assustado um instante depois, quando emitiu um ronco tão alto que seria capaz de acordar City Walsh no túmulo.

— O que foi isso?

— Você.

Kathryn não pôde deixar de rir, apesar de imaginar o que Matthias Beck estava fazendo. Deixou Scribe dormir até o café ficar pronto, então o acordou. Ele se inclinou para a frente, pegou a xícara que Kathryn ofereceu entre as mãos e inalou o aroma antes de beber.

— É bom.

— Sempre melhor com açúcar. — Ela acrescentou duas colheres cheias à xícara. — Beba um pouco mais, Scribe. Você precisa ficar acordado para me ensinar a compor os tipos.

— Você escreve, eu componho os tipos.

Ele tomou mais um gole.

— É melhor eu aprender as habilidades do ofício, meu amigo. Tenho a sensação de que seu chefe do outro lado da rua está tentando sabotar o *Voice* antes mesmo de ele voltar a funcionar.

Isso acordou o garoto.

— Então, vamos trabalhar.

Ele terminou o café, deixou a xícara na mesa e pegou o papel que ela lhe entregou. Foi até o armário e começou a abrir as gavetinhas de tipos.

Kathryn ficou perto, mas sem atrapalhar, observando tudo que ele fazia. E fazia perguntas enquanto ele trabalhava. Quanto mais cedo ela aprendesse a compor os tipos, melhor.

— O que estava acontecendo no saloon hoje? Parecia que o sr. Beck estava fazendo um discurso.

— Isso mesmo. Estava dizendo aos homens o que quer fazer se for eleito. Disse que precisamos de um conselho municipal forte para que se possam promulgar leis para proteger as pessoas e resolver disputas de trabalho. — Ele sacudiu a cabeça. — Ele não tem a menor chance de...

— Scribe tossiu. — Sem chance de isso acontecer.

— Por que não?

— Morgan Sanders possui a maior operação de mina da cidade. — Scribe colocou os tipos móveis no componedor. — E tem os votos dos mineiros.

Ele trabalhava com cuidado, usando um estilete para retirar um tipo quando cometia um erro. Assim que compunha uma linha de tipos, começava outra. Deixou cair alguns tipos; resmungando, continuou trabalhando. O café estava ajudando, mas ele estava tão cansado que Kathryn se sentia culpada. Scribe amarrou as duas linhas de tipos com um barbante e começou a transferi-los para a matriz. Mas os deixou cair, espalhando tipos por todo o escritório. Ele soltou um palavrão e se ajoelhou para recolher as peças.

Kathryn pousou a mão, gentil, no ombro dele.

— Está tudo bem, Scribe.

— Não, não está! — Ele praguejou mais uma vez. — City me ensinou... — Ele enxugou as lágrimas de frustração com a manga. — Ele costumava dizer que tenho talento. Só preciso de mais café.

— Não. Você vai voltar para a casa do sr. Beck e dormir um pouco. — Kathryn teve que o ajudar a levantar. — Quando você terá um dia de folga?

— Matthias me dava folga às segundas-feiras, mas hoje me disse que vai mudar para domingo.

Era costume dela ir à igreja todos os domingos, almoçar no Ronya's e passar o resto do dia lendo. Acaso Matthias Beck sabia disso? Provavelmente a cidade inteira sabia.

— Vamos dar um jeito. — Ela deu um tapinha no ombro de Scribe.

— Talvez eu possa vir mais cedo, antes de começar a trabalhar no saloon.

Kathryn ficou observando Scribe sair e atravessar a rua como um velho cansado, não como um garoto de dezesseis anos com boa saúde. Beck apareceu na porta e a segurou aberta para Scribe entrar. O dono do saloon ficou parado na beira do calçadão e sorriu para ela.

— Teve uma boa noite, srta. Walsh?

— Não tão produtiva quanto eu esperava, mas tenho certeza de que você sabe disso.

Ele voltou para dentro e Kathryn puxou o xale com mais força ao redor de si e, antes de voltar para dentro de casa, ficou ouvindo os sons estridentes da rua Chump por um instante. Recolhendo os tipos espalhados, separou cada um em seu cubículo e fechou as gavetinhas. Molhou um pano com terebintina e limpou a tinta dos dedos, observando aquela prensa pesada. Sentada à mesa, pegou a caneta-tinteiro e começou a escrever.

9

MATTHIAS NOTOU SCRIBE CHEGANDO pouco antes das oito da manhã. Conseguira manter o garoto ocupado durante vários dias; ele parecia estar morto de cansaço. Com o maxilar apertado, fez cara feia para Matthias e se dirigiu ao bar. Matthias estremeceu ao ouvir os copos batendo, imaginando quanto da louça se quebraria durante o turno de Scribe.

O escritório de Kathryn ficara iluminado até bem depois da meia-noite durante várias noites. Matthias tinha a sensação de que todos os seus esforços para mantê-la fora de perigo haviam sido em vão. Quando City se empolgava com alguma coisa, jamais desistia. E Matthias vira o mesmo brilho nos olhos verdes de Kathryn.

Parado em frente ao saloon, Matthias observou sem pressa a rua Chump, olhando as duas direções. Calvada era uma cidade triste, mas tinha potencial. A questão era: quantos homens teriam coragem de votar contra Sanders, colocando seus empregos em jogo? Matthias falava com eles dia e noite. Sanders cuidava de seus negócios, como de costume, tão seguro de que ganharia que não precisava se dar o trabalho de falar com ninguém. Nenhum homem deveria ter esse tipo de poder.

Agora que Matthias estava na disputa, duvidava que pudesse ter votos suficientes. Boa vontade, bebidas grátis e entretenimento não iam tão longe assim. Sanders tinha meios e recursos para manter o punho em volta do pescoço de Calvada. Algo grande teria que acontecer para mudar a mentalidade que mantinha os homens de Sanders cativos.

Kathryn passou o dia conversando com qualquer pessoa disposta a compartilhar suas opiniões sobre a eleição, principalmente as mulheres, que repetiam o que tinham ouvido os maridos falarem. Estava conversando com uma das esposas dos mineiros em frente à Madera Company Store quando a mulher se sobressaltou.

Fiona Hawthorne, deslumbrante, vestida de preto, descia o calçadão, seguida por três mulheres mais jovens, todas de capa comprida com capuz. A brisa abriu uma capa, revelando pernas nuas sob um vestido curto de seda vermelha com bainha de renda branca à mostra.

Dando um passo para o lado, Kathryn lhes deu espaço para passar, enquanto as outras mulheres se desviavam. Curiosa, Kathryn as observou. Os homens sorriram e as seguiram. Nabor saiu da loja e se juntou ao desfile. As mulheres atravessaram as portas de vaivém do Beck's Saloon e foram recebidas com fortes aplausos. Alguém começou a tocar uma melodia animada no piano. A música era alta todas as noites no salão de fandango, mas o barulho não se comparava ao proveniente do Beck's Saloon. Matthias provavelmente havia ido a Sacramento para buscar uma diligência de uísque!

Já era noite quando a música e os gritos cessaram. Abrindo a porta, Kathryn ouviu Beck, com a voz elevada, fazendo um discurso, provavelmente diante de seu bar mais uma vez. Ela só conseguia entender parte do que ele dizia.

— ... todo homem tem direito a buscar a felicidade... tempo em que tiveram a chance de uma vida melhor... deem uma mão se quiserem que as coisas funcionem... lei e ordem...

Belas palavras, mas será que as honraria? Três homens saíram cambaleando e começaram a atirar para a lua, assustando-a. Escondendo-se debaixo da mesa, Kathryn se encolheu, com as mãos na cabeça.

— Lei e ordem — murmurou ela, com medo de que algum pobre espectador inocente acabasse levando um tiro.

Beck gritou e o tiroteio parou. Kathryn se arrastou para fora de seu esconderijo. Quando espiou pela janela, viu que os homens haviam entrado no saloon.

Aparentemente, Beck estava oferecendo uísque, mulheres e pouco mais. Ela foi para sua área privada e levou o bule ao fogo. Uma xícara de chá de camomila talvez a ajudasse a dormir.

Algo tinha que ser feito para mudar as coisas naquela cidade!

Risadas estridentes atraíram Kathryn de novo para a janela da frente. Uma das bonecas de Fiona Hawthorne estava correndo pela rua, perseguida por um bêbado. Kathryn levou um susto. Nabor Aday, ninguém menos! Pobre Abbie...

Furiosa, Kathryn tomou um gole de chá e olhou os chapéus elegantes que havia feito. Quem ali tinha recurso para comprá-los? Sentia-se inútil, ainda mais quando pensava nas crianças, sentadas na igreja cheia de correntes de ar, com um pequeno fogareiro para mantê-las aquecidas, enquanto a tímida Sally Thacker tentava ensiná-las a ler e escrever. Pensou nas ruas enlameadas, nas pilhas de lixo em cada beco, nos ratos que saíam à noite carregando só Deus sabia quantas doenças. Pensou na ausência de um xerife e nos garotos como Scribe, que admiravam Matthias Beck. E pensou no sangue de seu tio que ainda manchava o chão, apesar de seus esforços em esfregá-lo.

Kathryn amassou o artigo que havia escrito e começou a escrever um novo, em uma folha limpa.

Matthias estava no restaurante de Ronya tomando café da manhã e conversando sobre negócios com Henry Call quando ouviu Scribe apregoando o *Calvada Voice*.

Uma hora depois, Herr Neumann atravessou a rua com uma expressão de pânico no rosto e foi encontrá-lo no saloon.

— Onde você esteve? Viu isto? Ela está atrás de você como os britânicos atrás de Napoleão em Waterloo! Chamou você de lorde Baco!

Matthias pegou o papel das mãos dele. Uma folha, um lado. Bem pobre para um jornal.

BECK AND CALL

Por um governo leviano

Se eleito prefeito, lorde Baco certamente verá que nada se faz em Calvada sem a devida santificação dos espíritos.

E outra manchete:

DISCURSO EM BAR ACABA EM REBULIÇO.

Matthias riu.

— Parece que a srta. Walsh tem um pouco do senso de humor de City.

— Senso de humor! — Herr estava furioso. — Não acho que aquela mulher estava se referindo a almas subindo ao céu!

— Também acho que não. — Matthias sorriu. — Ela está zangada por causa do nosso pequeno e inocente evento de ontem à noite.

Não que houvesse sido tão inocente, como se vira. Apesar de suas intenções, as coisas saíram do controle uma ou duas vezes.

— Ela quer seu sangue! — disse Herr, batendo o dedo naquele jornal ofensivo. — Ela faz todos nós parecermos bêbados imbecis.

— Não exagere, Herr.

Não havia nada naquele editorial que não fosse verdade.

— Estou lhe dizendo, Matthias, basta alguém como ela para arruinar esta cidade. — Ele andava de um lado para o outro, agitando os braços. — Não há nada mais traiçoeiro que uma mulher moralmente ofendida. — Herr apontou o dedo para o *Voice* mais uma vez. — Leia isso de novo. Faz parecer que toda a população de Calvada estava bêbada e perseguia mulheres na rua.

Matthias nunca havia visto o barbeiro tão nervoso.

— Aqui diz *um* homem, Herr, e não cita o nome. — Matthias continuou lendo; havia um artigo mais curto embaixo.

O monstro de casco fendido recentemente relatado no *Clarion* foi despachado com uma espingarda de cano duplo. Quando o agente funerário examinou o corpo, descobriu que era feito de quatro caixotes de maçã, uma pilha de trapos e uma abóbora podre. O eficiente atirador não estava disponível para comentar, e foi visto pela última vez gabando-se de sua façanha no Froggie Bottom Bar, na esquina da Champs-Élysées Boulevard e a avenida Galway.

Scribe chegou do outro lado da rua, com um sorriso em seu rosto jovem.
— O que achou?
— Nada mal para dois novatos, mas não é grande coisa.
— Melhor que o *Clarion*, e Kathryn está apenas se aquecendo.
Matthias queria algemá-lo por chamá-la de Kathryn.
— Está trabalhando para a srta. Walsh, não é?
— Parece que sim. Mas meio período, de qualquer maneira.
— Que bom, garoto. Vai poder pagar metade do aluguel a partir de agora. — Isso diminuiu um pouco a alegria de Scribe. — Sobrou alguma cópia?
— Vendi todas em menos de uma hora.
Matthias ergueu o queixo.
— Você tem canecas e copos para lavar.
Herr ficou parado, olhando para o garoto como se ele fosse Judas Iscariotes.
— Você deveria demiti-lo. Expulsá-lo.
Scribe franziu o cenho.
— Pode demitir. Kathryn vai me deixar dormir no escritório.
O garoto deu meia-volta, mas Matthias o agarrou pela nuca e o fez entrar pelas portas de vaivém.
Herr atravessou a rua para voltar à sua barbearia. Matthias já ia voltar para dentro quando Kathryn Walsh saiu com um terninho azul e um chapéu de renda de tule e rosas repolhudas entrelaçadas com chiffon champanhe e uma delicada folhagem. Aonde ela ia tão bem vestida assim? Ele contraiu a mandíbula. Ela podia falar mal dele, isso ele podia aguentar. Mas era melhor ela ficar longe de Sanders.

O restaurante de Ronya estava lotado. Kathryn sentiu o silêncio nada amigável quando atravessou a porta.

— Posso ajudar? — perguntou para Charlotte.

—Se eu fosse você, nem tentaria — respondeu a amiga, levando dois pratos para o salão.

Ronya olhou para ela.

— Não é domingo. Aonde vai tão arrumada?

— Vou fazer uma entrevista ainda esta manhã.

Kathryn tirou o chapéu e colocou um avental. Pegou dois pratos; quando Charlotte a viu, fez uma careta.

— Aonde vão estes, Charlotte?

— É dos dois cavalheiros à mesa da frente à direita, perto das janelas.

— Cuidado lá no salão — disse Ronya. — Estão todos falando do *Voice*.

Kit Cole, dono do estábulo, e Fergus McCallum, barman do Rocker Box, não a cumprimentaram. Alguns disseram certas coisas que fizeram suas bochechas arderem, mas ela não respondeu.

Quando Kathryn voltou à cozinha, Ronya perguntou, erguendo uma sobrancelha:

— Uma entrevista? Com quem?

— Com o candidato a prefeito Morgan Sanders. Vou até o hotel dele ver se ele fala comigo.

O cheiro de bacon e ovos escaldantes fez o estômago de Kathryn roncar.

— Depois vou à mina Madera.

Ronya passou os ovos mexidos para um prato.

— Trabalhe com os chapéus e pare de fuçar neste assunto.

A mulher acrescentou bacon e um bolinho e deslizou o prato sobre o balcão.

— Fique aqui e coma.

Kathryn se sentou.

— Vou ganhar mais dinheiro imprimindo o jornal que fazendo chapéus. Além disso, o *Voice* já é melhor que o *Clarion*.

— Mas olha só que coisa, agora está toda cheia de si!
Charlotte voltou para a cozinha.
— Matthias e Henry acabaram de chegar.
Kathryn ameaçou se levantar, com o coração batendo forte.
— Por favor, deixe-me servi-los.
— Não, não, nada disso. — Ronya apontou a colher para o banco. — Fique aí. Quer saber alguma coisa sobre Sanders? Pergunte para mim.
— É melhor perguntar para ele.
— E você acha que ele vai lhe dar respostas diretas? — Ronya quebrou mais ovos em uma tigela. — Se quiser saber sobre a mina, é melhor ir até a Willow Creek Road. — Ronya derramou leite na tigela. — Descobrirá a verdade lá.
Ela deu instruções a Kathryn.
— Não é uma parte da cidade que você já tenha explorado, imagino. Pergunte às mulheres que vivem naquela área o que acontece quando os homens são esmagados sob toneladas de rochas. Mas é melhor vestir algo menos elegante para isso.
— Irei depois de falar com o sr. Sanders.
Furiosa, Ronya despejou os ovos na frigideira de ferro.
— Por que não vai agora? Tenho certeza de que o sr. todo-poderoso vai te oferecer um café da manhã cheio de frescura feito por aquele cozinheiro canadense!
Magoada, Kathryn se levantou e desamarrou o avental.
— Que pena que você desaprova.
Charlotte tocou o braço de Kathryn.
— Cuidado com aquele homem.
Ronya bateu a frigideira no fogão e resmungou baixinho.
Kathryn passou por entre as mesas do salão. Ignorando Matthias, saiu pela porta. O Sanders Hotel ficava no final da rua Chump, e, no caminho, ela se sentiu como se estivesse passando por uma inspeção. Homens falavam, alguns zombavam. Poucos tiraram o chapéu.

Sanders estava sentado em seu restaurante com vários homens à sua mesa, mas nenhum tão bem vestido quanto ele. Não parecia feliz e, aparentemente, só ele falava. Um dos homens disse alguma coisa e ele se virou. Empurrando a cadeira para trás, levantou-se, disse algo mais, e os homens se levantaram e saíram do restaurante enquanto ele atravessava o salão.

— Bom dia, Kathryn.

Antes que Kathryn pudesse dizer qualquer coisa, ele fez sinal para o garçom e pediu chá e doces para ela e um bule de café fresco para ele.

— Como posso ajudá-la?

Ela decidiu ser franca.

— Vim fazer algumas perguntas.

— Ah, claro. — Ele riu. — Eu li o *Voice*. Estava bem divertido. Achei que você viria me procurar, já que sou o prefeito.

— Dois mandatos, foi o que me disseram.

Tempo suficiente para fazer algo de bom para a cidade. E acaso fizera?

— Gostaria de saber sobre suas realizações.

— Basta olhar em volta.

— Andei olhando, e não encontrei muito para elogiar.

Ele abriu um sorriso paternalista.

— Devia ter visto como era isto aqui quando cheguei, há dez anos. Já melhorei este lugar: empreguei mais de cem homens e também forneci um lar para eles e suas famílias, quando têm a sorte de ter uma.

Lares que ela ainda não havia visto, mas pretendia visitar muito em breve.

— Gostaria muito de ver suas minas.

Amos Stearns só chegaria a Calvada na primavera, mas ela queria ter uma ideia de como era uma operação de mina. A Madera era a mais próspera.

— Como eu já disse, uma mina não é lugar para uma dama.

Sua expressão não oferecia nenhuma esperança.

Ela encontraria outra maneira de saber mais sobre os negócios dele.

— Calvada precisa de uma escola e uma professora em tempo integral. Existem planos nesse sentido?

— Não temos muitas crianças. Seria um desperdício de dinheiro, visto que a igreja serve muito bem como escola.

— E Sally Thacker?

— Ela é capaz.

— Ela não deveria receber um salário por arcar com a responsabilidade de educar as crianças que há aqui?

— Servir à comunidade é parte das responsabilidades dela como esposa do reverendo Thacker.

Ele estava menos simpático, e ela se esforçava para controlar seu temperamento.

— Fui informada sobre o imposto municipal quando cheguei, e paguei — disse ela. — Para onde vai esse dinheiro?

— Para o fundo da cidade.

— Que é controlado por quem e usado para quê, exatamente?

Ele estreitou os olhos.

— Melhorias na cidade.

— O que me faz voltar à minha primeira pergunta. O que você realizou enquanto esteve no cargo?

Ele riu.

— Ah, minha querida, você é direta!

Ele falou sobre várias melhorias, uma nova ponte e o alargamento de uma estrada. Além disso, ele conseguia responder a todas as perguntas que ela fazia como um político experiente. Kathryn lhe agradeceu por seu tempo e pelo chá e doces — que permaneciam intocados — e se levantou. Ronya estava certa. Aquilo significava, então, que Matthias Beck era melhor?

Morgan a acompanhou até a porta.

— Gostaria que jantasse comigo esta noite.

Apesar da recusa anterior, o homem ainda parecia estar à caça.

— Obrigada pelo convite tão gentil, sr. Sanders, mas tenho certeza de que entende que, como editora do *Voice*, seria como se eu tomasse partido. Preciso permanecer neutra. Tenha um bom dia.

Kathryn decidiu ir à casa dos Adays antes de visitar as viúvas na Willow Creek Road. Abbie sempre se mostrava muito loquaz e, sem dúvida, ouvia muitas coisas enquanto atendia aos clientes. Talvez ela pudesse lhe fornecer alguma informação.

Quando Kathryn entrou, Abbie se virou e olhou para a cortina, nervosa.

— O que posso fazer por você, srta. Walsh?

O uso formal de seu nome advertiu Kathryn de que as coisas haviam mudado. Abbie olhou para trás mais uma vez e se inclinou sobre o balcão para sussurrar.

— Nabor não quer que eu fale com você.

— Sinto muito pelo que eu escrevi dos preços...

— Não é isso. É que seu jornal o deixou aborrecido.

Kathryn podia adivinhar o motivo, embora não houvesse dado o nome do homem que perseguira uma das bonecas de Fiona Hawthorne na rua.

— Abbie! — rosnou Nabor da salinha dos fundos. — Com quem você está falando?

— Com uma cliente.

Ele saiu de trás da cortina. Seu rosto se avermelhou quando viu Kathryn.

— O que andou falando para minha esposa?

— Ela não disse nada. — Abbie deu um passo para trás, com os olhos arregalados.

— Cale-se, não estou falando com você. — Ele apontou para Kathryn. — Você é uma vergonha.

Kathryn achou que essa palavra se adequava mais a ele, mas se absteve de responder, pelo bem de Abbie. Saiu da loja e foi para casa para vestir algo menos grandioso, como Ronya havia aconselhado. Depois, dirigiu-se à Willow Creek Road.

Matthias estava esperando por Kathryn. Ronya lhe havia dito que ela iria ver Sanders. Ele a viu saindo da loja dos Adays. Nabor não gostava dela; Nabor não gostava de ninguém que questionasse seus preços ou desaprovasse a maneira como ele tratava sua doce esposa. Mesmo assim, quase todos, exceto os trabalhadores de Sanders, compravam na loja dele. Mas isso mudaria em breve. Mesmo que não ganhasse a eleição, Matthias pretendia abrir concorrência para aquele lojista.

Kathryn mal entrara e, menos de um minuto depois, saíra da loja. Parecia chateada, mas rapidamente se recuperou. Entrou em sua casinha. Mais tranquilo, Matthias voltou para dentro do saloon e se sentou com Henry perto da janela da frente. Menos de meia hora depois, lá estava ela na rua mais uma vez, vestindo o casaco novo, boné, botas e uma saia marrom lisa. Aonde estaria indo?

— Hoje você está com a cabeça em outras coisas — comentou Henry com um leve sorriso.

— Não tenho nada na cabeça além de negócios, parceiro.

Matthias olhou a papelada. Talvez, se não se preocupasse com ela o tempo todo, pudesse se concentrar em maneiras de melhorar a cidade e ajudar a criar mais comércios para Calvada. Tinha muitas ideias, mas teria que ser eleito para colocá-las em prática.

Henry riu.

— Você está de olho em Kathryn Walsh, não é, meu amigo? — perguntou com uma expressão especulativa.

— Eu me sentiria melhor se ela não fosse tão parecida com o tio.

— Mas assim ela seria muito menos interessante, se o que ouvi falar sobre City Walsh for verdade. — Ele olhou pela janela. — Eu não me preocuparia muito. Aquela foi, provavelmente, a primeira e última edição do *Voice*.

— Espero que sim. — Ele viu que Kathryn se dirigia ao extremo norte da cidade. — Ela parece saber aonde está indo.

Henry também estava observando.

— É isso que me preocupa.

Os pequenos barracos do outro lado da Willow Creek pareciam reconstruídos com restos de cabanas abandonadas. Um parecia vazio. Na frente de outro estava sentada uma jovem, com um cobertor em volta dos ombros magros, a expressão vazia, olhando para a água gelada que descia da neve da alta montanha. Uma terceira mulher lavava e pendurava roupas em um varal enquanto duas crianças pequenas brincavam por ali. A fumaça subia de canos, e não de chaminés. Um banheiro servia a cinco casas.

Kathryn cumprimentou as crianças, mas elas apenas a encararam com olhos arregalados e rostinhos magros e pálidos. A mãe deles se aprumou, observando Kathryn antes de pendurar outra camisa. Kathryn se aproximou e começou a se apresentar.

— Eu sei quem você é. É a sobrinha de City Walsh. Ouvi dizer que tinha vindo para cá. — A mulher a fitou. — É uma surpresa que ainda esteja aqui.

— Ronya Vanderstrom sugeriu que eu viesse conversar com vocês.

— É mesmo? Sobre o quê?

— Reabri o *Voice* e gostaria de saber qualquer coisa que possa me dizer sobre a mina Madera, senhora...

— O'Toole. Nellie O'Toole. — Ela segurava uma camisa fumegante com uma vara. — Quer saber o que tenho a dizer sobre a mina de Sanders? — A mulher soltou uma risada dura. — Já tenho problemas demais.

Ela torceu, sacudiu e pendurou a camisa no varal com movimentos violentos e o corpo rígido. Ficou de frente para Kathryn.

— Quer uma conversa franca, srta. Walsh? Então ouça. Não se meta nas coisas que não tem direito de mexer. Quem é você para ridicularizar nossos homens? O que sabe sobre a maneira como vivemos, você com suas roupas chiques e chapéus extravagantes?

Os olhos de Kathryn ardiam. Ela via a pobreza abjeta ao seu redor.

— Eu gostaria de ajudar a melhorar as coisas, sra. O'Toole.

Nellie a observou por um momento, relaxando os ombros.

— Todos nós queremos isso. Por que acha que viemos para a Califórnia? Para viver assim? Acreditávamos nos jornais que diziam que o Oeste era a terra das oportunidades. Sanders nos prometeu casa e bom salário. Pois bem, você pode ver o que temos. — Ela enxugou a testa. — Sean, meu marido, conversou com ele sobre as promessas que havia feito, e como nada mudou, começou a tentar organizar os homens. — A mulher sacudiu a cabeça, com os olhos marejados. — E aí um dia uma pessoa veio me dizer que uma viga cedeu. Nem tentaram desenterrá-lo. Não tive um corpo para enterrar. Siga meu conselho, vá embora enquanto pode. Volte para o lugar de onde veio.

— Recebi uma passagem só de ida, sra. O'Toole. Não tenho como voltar.

— Criou problemas em casa também, é? — A expressão de Nellie se suavizou um pouco. — Não posso falar por todas as mulheres que são casadas com um mineiro, mas eu preferia que meu Sean se embebedasse no Beck's Saloon todas as noites a que estivesse enterrado sob uma tonelada de pedras. — Ela chamou os filhos, que estavam brigando. — Todo mundo conhece Matthias Beck e Morgan Sanders. Não tenho voz para decidir como as coisas vão acabar, mas, se tivesse, preferiria Beck a Sanders.

Ela se virou e então olhou para Kathryn mais uma vez.

— Não foi só meu Sean que morreu. Mais três morreram com ele. Agora estamos aqui, eu e meus filhos e as outras, mal conseguindo sobreviver.

Seu rosto mostrava a raiva e dor.

— Acha que pode escrever alguma coisa sobre isso?

O coração de Kathryn se apertou.

— Sinto muito...

— Isso não ajuda muito.

A amarga desesperança de Nellie O'Toole tocou Kathryn.

— Um bom prefeito pode fazer muita diferença.

— Quem você sugere? — Ela soltou uma risada dura. — Não importa quem concorra contra Sanders, ele sempre vence. — Nellie pegou a filha no colo e a apoiou no quadril. — Ele vai prometer fazer melhorias na mina, os homens vão engolir as mentiras e votar nele porque ele é dono delas. Pelo menos aqui, em Willow Creek, não pagamos aluguel. E ele não pode nos despejar de novo.

Outra mulher apareceu, com um bebê dormindo com a cabecinha apoiada em seu ombro.

— Você não deveria falar sobre ele, Nellie.

Os olhos de Nellie brilhavam.

— Tarde demais. — Ela tentava se acalmar, esfregando o queixo suavemente na cabeça de sua filha enquanto observava Kathryn. — Já disse tudo que tinha a dizer. Já falei demais.

Sua raiva murchou, mas o medo tremeluziu quando ela acenou para o filho e entrou com ele no barraco, fechando a aba de lona que servia de porta.

O bebê da outra viúva começou a chorar. Ela o pegou com ternura, acariciando-o enquanto falava.

— Você não deveria estar fazendo perguntas, srta. Walsh. Pode ter boas intenções, mas não conseguirá nada além de arranjar problemas para si mesma e para os outros.

Kathryn não queria voltar para Calvada. Queria ficar o mais longe possível da lama, do fedor e da desumanidade daquele lugar. O desespero de Nellie O'Toole permeava seu espírito.

Sentada na encosta da montanha, Kathryn chorou. Sentia-se impotente e inútil, uma garota treinada apenas para casar bem, ser uma esposa adequada e ter filhos. Pensou nas viúvas que moravam naqueles barracos — Nellie O'Toole com seus dois filhos, a jovem mãe com o bebê, a garota calada na soleira da porta do barraco, de luto, parecendo já ter desistido. Ronya ajudara Charlotte quando a contratara, transferindo-a para um dos quartos de sua pensão. Kathryn enxugou as lágrimas e olhou para as montanhas cobertas de neve. O que ela poderia fazer?

Com frio, levantou-se e foi até um lugar mais alto, de onde podia ver Calvada. Observou cavalos e carroças passando de um lado para o outro pela Chump. Dali, podia imaginar o que Calvada poderia ser, não o que era. Ali em cima, sentia a paz e a beleza das montanhas que a rodeavam.

Quando era criança, Kathryn já se enfurecia com a injustiça. Seu primeiro crime, aos olhos do juiz, fora roubar o peru de Ação de Graças de Cook e dá-lo a uma família pobre que fora pedir trabalho no portão da casa deles. Fora mandada para um internato, mas expulsa porque socara o olho de uma garota que implicava com uma menina quieta, de uma família de novos ricos. Ficara de castigo em seu quarto uma dúzia de vezes antes de cometer o último e imperdoável crime: unir-se às sufragistas que lutavam pelos direitos das mulheres. Sua mãe tentara argumentar com ela ao longo dos anos. *Você não deve ser tão passional em relação a coisas que nunca vão mudar, minha querida.*

A Madera Mine Road não ficava longe. Quando chegou, o apito já havia tocado. Os homens saíam em fila; guardas armados faziam uma revista completa em cada um. Um homem estava discutindo com um guarda, que gritou alguma coisa, enquanto outro foi por trás e atingiu o mineiro com a coronha do rifle. O homem caiu no chão com força e se encolheu como uma bola quando os dois guardas começaram a chutá-lo. Outros mineiros passaram pelo homem caído. Quando um deles parou para ajudá-lo a se levantar, o guarda que o havia atingido deu um passo à frente, com o rifle erguido. O homem espancado conseguiu ficar em pé, e os guardas zombaram dele enquanto ele se afastava cambaleando.

Kathryn desceu a trilha em direção à estrada na esperança de ajudá-lo. Antes que ela o alcançasse, dois outros apareceram. Ela estava perto o bastante para ouvir a conversa deles.

— Se você fizer isso de novo, eles vão matar você, com certeza.

— E acha que eu me importo?

— Não seja tolo. Quer que sua esposa passe pelo que a de Sean tem que passar?

Um dos homens a viu.

— O que está fazendo aqui, garota?

— Eu vi o que aconteceu.

Ela se aproximou. O homem espancado cuspiu sangue no chão.

— Eu li seu jornal. Seu tio sabia sobre o que escrevia, mas você não sabe de nada!

⇢ 10 ⇠

Kathryn passou uma noite de insônia em sua casinha aconchegante e voltou à Madera Mine Road na manhã seguinte. Duas fileiras de casas geminadas haviam sido construídas não muito longe do complexo da mina, todas idênticas, pequenas, quadradas, com telhado inclinado, uma porta, duas janelinhas de cada lado e uma chaminé de cano preto fincado nos fundos. Kathryn seguiu a algazarra das crianças brincando e encontrou várias mulheres embrulhadas em roupas quentes, capinando uma horta comunitária atrás das casas. As mulheres ficaram surpresas ao vê-la e pararam de trabalhar para conversar com ela. A maioria morava nas casas de Sanders desde que ele as construíra.

— Foi uma melhoria em relação ao que tínhamos em Virginia City. Lá, cada família tinha que construir a própria casa.

— Pelo menos eram nossas — disse outra. — Não tínhamos que pagar aluguel.

— Aqui é mais perto. É uma caminhada fácil para os homens. A mina fica logo ali depois da estrada.

Sim, elas faziam compras na loja de Sanders, mas a horta ajudava. A maior parte do que cultivavam já tinha sido consumida — abóbora, alho-poró, cenoura, repolho, couve e cebola. Torciam para ter o suficiente para passar os meses de inverno.

— É uma caminhada difícil até a cidade na neve.

Assim como devia ser difícil para essas mulheres sobreviver com o pouco que seus maridos ganhavam.

— Vejo muitos homens entrando e saindo do Beck's e dos outros saloons.

Uma mulher deu de ombros.

— Meu marido fica mais feliz com uma ou duas bebidas no bucho.

— Alguns não param em uma ou duas — disse outra, cavando o solo duro com a enxada.

As mulheres lhe disseram que a maioria dos homens que trabalhavam na mina Madera eram solteiros. Depois de pagar o aluguel e comprar o necessário, bebiam e jogavam o resto do pagamento. Havia casas em que moravam seis homens. Não havia muitas famílias, e só algumas crianças frequentavam as aulas de Sally Thacker. Sem estudos, Kathryn sabia que os garotos acabariam na mina; e as meninas, casadas com mineiros.

Depois do último acidente, vários homens tentaram fugir no meio da noite.

— Não foram muito longe. Os homens de Sanders foram atrás deles e os trouxeram de volta. Apanharam muito.

— Mas não a ponto de não poder trabalhar — disse a mulher, batendo com mais força a enxada. — Eles deviam dinheiro na loja de Sanders. Assim como todos nós.

Quando voltou para a cidade, Kathryn entrou na loja de Sanders. Tudo era mais caro que no armazém dos Adays: feijão e cevada, farinha e açúcar, chita e botões. Depois de ver os preços de botas, jardineiras, casacos e luvas na Madera Company Store, até começou a ter uma consideração melhor por Nabor. Ele tentara enganá-la, mas mesmo o preço mais caro dele era mais baixo que o cobrado por Sanders.

Três mulheres foram visitar Kathryn na manhã seguinte, todas esposas dos homens mais ricos da cidade. Mostraram interesse pelos chapéus, mas estavam mais ansiosas para contar a ela o que seus maridos disseram sobre o *Voice* e sua nova editora.

— John ficou furioso! — disse Lucy Wynham, esposa do padeiro, tocando uma pena de faisão. — Ele acha que as mulheres não deveriam saber o que acontece em um saloon e que nenhuma mulher de verdade escreveria sobre isso. — Ela deu uma risada, irritada. — Como se as mulheres fossem cegas e surdas e já não soubessem.

Vinnie Macintosh, esposa do agente funerário, espiou pela janela de Kathryn.

— Pobrezinha! Você pode ver a maior parte da rua Chump daqui!

— Um lugar na primeira fila para ver tudo que acontece — disse Camilla Deets, esposa de um dos açougueiros da cidade, e sacudiu a cabeça. — Nós moramos na Galway, mas mesmo lá de cima ouço a barulheira dos salões de fandango todas as noites.

— Ivan disse que você se parece muito com City — disse Vinnie, e sorriu. — As pessoas sempre esperavam o *Voice* sair.

— Obrigada.

Kathryn tomou suas palavras como um elogio. Um tanto surpresa com o entusiasmo daquelas mulheres, pensou em lhes oferecer um chá.

— Não sei se haverá outra edição.

— Você não pode desistir! Mal começou!

Se ela escrevesse o que havia visto na mina e como havia coletado os detalhes, que problemas poderia causar às pobres mulheres que moravam naquela vila de casas geminadas, ou às viúvas de Willow Creek? Por outro lado, se não escrevesse sobre aquilo, como as coisas mudariam? Ela pensou se não teria sido melhor nem ter começado.

— Vocês parecem satisfeitas com o que eu disse, mas acaso adiantaria? As mulheres não votam, e tudo que consegui foi irritar os homens.

Ela mostrou várias notas que haviam sido colocadas por baixo de sua porta.

Camilla pegou uma e leu em voz alta.

— "Mulheres são como crianças. Servem para se olhar, não para se ouvir." — Bufou. — "A menos que elas digam algo com que um homem concorde."

— Deve ter sido John quem escreveu isso — disse Lucy, e suspirou. — Toda vez que eu faço a mínima pergunta sobre qualquer coisa, ele diz exatamente isso.

Vinnie pousou a mão no braço de Kathryn.

— Ivan disse que foi a primeira coisa honesta que ele leu desde que City... faleceu. Ficou se perguntando se você começaria a olhar além da rua Chump também.

— Fui à Willow Creek Road há dois dias, depois a um morro de onde pude ver a mina Madera. Ontem, fui às casas geminadas.

O que ela poderia fazer para ajudar aquelas pobres mulheres?

— Buraco da escória — disse Camilla, franzindo a testa. — É assim que os mineiros chamam aquele lugar.

Vinnie pegou um chapéu e o virou, olhando-o de todos os ângulos.

— Estávamos curiosas para saber por que sua loja ficou fechada nos últimos dois dias.

Kathryn voltara cansada e deprimida. Sem conseguir dormir, passara várias horas fazendo chapéus e analisando a cruel ironia de tentar vender coisas bonitas que aquelas pobres mulheres jamais poderiam comprar. Pensara nas festas que frequentara em Boston, chás da tarde e reuniões de verão em que dançara e ria. O que havia conseguido, mesmo com suas pequenas rebeliões? Teriam servido para fazer o bem ou simplesmente fora uma maneira de provocar seu padrasto?

— Calvada precisa de muitas melhorias — disse Camilla Deets, experimentando um dos chapéus que Kathryn fizera na noite anterior. — Este é adorável! — Ajeitou-o. — Tenho certeza de que você poderia sugerir mudanças, considerando que vem do Leste, onde é civilizado. Tem um espelho?

Kathryn foi buscar um pequeno espelho no quarto dos fundos.

— Perfeito — decidiu Camilla, admirando seu reflexo. — Vou levar. Mal posso esperar para usá-lo na igreja no domingo.

Querendo obter mais informações, Kathryn ofereceu chá às mulheres e o serviu em suas belas xícaras de porcelana Minton vermelha e dourada. Sua mãe lhe dera um jogo completo, mas ela só tinha espaço em seu baú Saratoga para algumas coisas especiais. Embora fosse um despropósito usar aquelas peças em Calvada, ela percebeu que aquele pequeno luxo iluminou o dia das novas amigas.

Vinnie também escolheu e comprou um chapéu.

Logo depois que elas saíram, a porta se abriu mais uma vez. Era Morgan Sanders, acompanhado de uma das mulheres que se sentavam na igreja com Fiona Hawthorne todos os domingos. Não era muito mais velha que Kathryn, tinha cabelos escuros e olhos castanhos.

— Kathryn, esta é Monique Beaulieu, uma conhecida minha. Monique, esta é Kathryn Walsh.

A jovem se conteve, silenciosa, tensa, dando a Kathryn a impressão de que não estava ansiosa para entrar na loja. Dando um passo à frente, Kathryn estendeu a mão.

— *Enchantée, mademoiselle.*

Morgan ficou surpreso e satisfeito.

— Você fala francês!

— Minha mãe insistiu nisso, mas eu raramente tenho a oportunidade de usá-lo.

Ela sorriu para Monique, mas a garota evitou seus olhos, olhando para os chapéus.

— Esta jovem é uma amiga minha — disse ele, e sorriu. — Uma pombinha que tomei sob minhas asas.

Aliviada por ele não estar mais interessado nela, Kathryn os incentivou a olhar as mercadorias. Dirigiu-se a Monique em francês:

— Posso lhe mostrar alguns esboços, basta você me dizer suas preferências — disse ela, e pegou um livro de desenhos em uma gaveta da escrivaninha.

Morgan olhou para a prensa coberta com um tecido xadrez e riu. Kathryn havia decidido mantê-la coberta durante as manhãs, enquanto administrava sua loja.

— Já abandonou os negócios?

— Um negócio dá suporte ao outro — respondeu ela, e pensou: por que não ousar? — Gostaria de comprar espaço publicitário?

— Minas não precisam de publicidade, Kathryn.

Ela não gostou que ele usasse seu nome de batismo, muito menos da maneira como tinha feito. Monique Beaulieu também pareceu desaprovar.

— Suponho que a loja de Sanders também não.

Ele a reprovou, estreitando os olhos, mas ela revidou com um sorriso inocente.

— Mas deve estar fazendo campanha para prefeito, não é?

Ele riu.

— Lorde Baco tem menos a oferecer do que eu.

— Ah, você leu o *Voice*!

— Achei muito engraçado. Valeu a pena os dois centavos que paguei por ele. — Ele sustentou o olhar de Kathryn por um instante e depois se voltou para Monique. — Já decidiu?

Ela sacudiu a cabeça, negando, e continuou folheando o caderno. Kathryn ficou imaginando como uma jovem adorável como ela acabara em um bordel. Sentiu os olhos de Morgan fixos nela e ergueu a cabeça.

— Fico feliz por saber que o preço valeu a pena. Talvez eu deva aumentá-lo para igualar com o *Clarion*.

Incomodava Kathryn a pouca atenção que ele dava a Monique.

— A propósito, concordo com sua avaliação sobre Matthias Beck. É um vigarista. Um dos meus homens foi ouvir seu comício. Aparentemente, Beck planeja trazer mais damas para Calvada.

O jeito como ele falou não deixava dúvidas sobre a que tipo de damas ele se referia. Monique levantou a cabeça e olhou para ele.

Envergonhada, Kathryn não sabia o que dizer.

Monique fechou o caderno com firmeza.

— Eu gostaria de ir, Morgan. Não há nada aqui que...

— Ainda não. — Morgan a interrompeu e sustentou o olhar de Kathryn.

— Uma mulher pode dar um grande conforto a um homem.

Talvez Morgan Sanders se casasse com Monique. Kathryn esperava que sim. Mas ela ainda queria que ele lhe desse respostas. As caminhadas recentes por Calvada haviam aberto os olhos dela.

— A Madera Mine Road recebeu melhorias no ano passado, mas parece que pouca atenção foi dada à Champs-Élysées.

Ele desdenhou.

— A rua Chump é sempre um caos no inverno.

— O inverno vem todo ano, senhor.

Ele sorriu como se ela fosse uma criança.

— O que você sugere? Paralelepípedos? Calvada não é Boston, minha querida.

— Você tem montanhas de pedras, cascalhos e areia que retira de sua mina. Parte disso poderia ser usado para melhorar a rua principal da cidade.

— Você sabe pouco sobre pavimentação de ruas, Kathryn.

— Imagino que os homens que melhoraram sua estrada saibam mais.

Monique se levantou, encaixou a mão no braço de Morgan e sussurrou algo. Ele não pareceu satisfeito, mas não se opôs.

— Talvez eu anuncie no jornal. Isso ajudaria você a continuar no ramo, não é? Conversaremos depois — respondeu ele, e se despediu com um aceno de cabeça.

Kathryn se arrependeu da sugestão que tinha acabado de fazer.

Matthias viu Morgan Sanders e uma das bonecas de Fiona Hawthorne saindo da casa de Kathryn. Acaso ela percebera que a garota era uma prostituta? Com tão poucas mulheres elegíveis na cidade, os homens às vezes se casavam com prostitutas. As outras mulheres raramente as aceitavam. Algo que irritava City era que, apesar de Fiona Hawthorne ter dado mais dinheiro que qualquer outra pessoa da cidade para a construção da igreja, as mulheres não olhavam para ela, muito menos lhe dirigiam a palavra. Com que facilidade elas julgavam seu próprio gênero, sem pensar nas circunstâncias que poderiam forçar uma mulher a se vender! Acaso Kathryn pedira à boneca de Sanders e Fiona que saísse de sua loja?

Uma questão mais importante era por que Sanders havia colocado Kathryn naquela situação. Aquele homem estava de olho nela desde que ela chegara à cidade. Kathryn seria uma boa esposa para o dono de uma mina e uma boa mãe para o filho que ele gostaria que herdasse seu império. Alguns até diriam que seriam um casal perfeito. Considerando a riqueza de Sanders e a pobreza dela, talvez Kathryn se sentisse tentada. Mas Kathryn entendia o perigo do lodo em que estava pisando?

Pensar em Kathryn com Sanders fez seu estômago se revirar.

Ronya havia dito que Kathryn não queria se casar. Com ninguém. Nunca. Seu editorial mostrara certa simpatia pelo Movimento da Temperança. Acaso também era sufragista? Sem dúvida, ele gostaria de saber. Eles não haviam se falado desde que o *Voice* saíra; talvez já fosse hora. E por que não já?

Matthias bateu à porta. Quando ela abriu, deu um suspiro, resignada. Não era esse o olhar que ele queria ver no rosto dela.

— Posso entrar?

— Suponho que veio me repreender pelo que escrevi sobre você e seu evento social — disse ela, afastando-se e abrindo mais a porta.

— Não fui visto correndo pela Chump atrás de uma das bonecas de Fiona. Aposto que esse homem só tem pensado em comprar uma passagem para você na próxima diligência.

— O que quer então, sr. Beck?

— Estou aqui para preencher algumas lacunas da história.

Ela franziu a testa, seriamente consternada.

— Que lacunas?

— O uísque solta a língua e faz os homens falarem sobre o que realmente anda acontecendo.

Ela revirou os olhos.

— Conversa fiada, sr. Beck. Que lorota está tentando me vender? Aposto que minhas conversas ao redor de uma boa xícara de chá rendem mais informações que seu método de bebidas grátis.

Que informações?, ele quis perguntar.

— Você ainda não conhece Calvada, Vossa Senhoria.

— É incrível o que aprendi fazendo longas caminhadas, abrindo os olhos e os ouvidos — disse ela, fitando-o. — Por exemplo, ouvi um boato de que seu discurso de campanha prometia mais mulheres. É verdade? Noivas por correspondência?

Ele corou.

— Pretendo contratar mulheres para trabalharem no restaurante e nos quartos. — Ele estremeceu ao dizer isso, sabia que poderia ser mal interpretado. — Para limpar e fazer as camas, esse tipo de coisa.

Matthias apertou os dentes, dizendo a si mesmo para calar a boca. Kathryn apenas olhava para ele.

Como ela não disse nada, ele decidiu ir direto à razão de sua visita.

— Vim dar um conselho não solicitado: muita verdade de uma só vez pode fazer mais mal que ajudar.

— Sempre considerei a verdade o grande equalizador.

— Nem sempre é, infelizmente.

Ele lutara em uma guerra em que ambos os lados achavam que estavam certos, e pouca coisa mudara; fora os milhares de homens que morreram dos dois lados da Linha Mason-Dixon. A América não estava unificada e os homens continuavam iguais apenas no nascimento e na morte.

— Admiro sua paixão, mas enquanto estiver vasculhando a lama, tome cuidado para não cair e se afogar.

Acaso ela entenderia o alerta sem que ele tivesse que citar nomes?

— Se está se referindo a Morgan Sanders, garanto que há muitos como ele no Leste. Meu padrasto queria que eu me casasse com o filho de um deles, mas me recusei.

Dizer não a um garoto era mais fácil que recusar um homem como Sanders. Matthias não resistiu, tinha que perguntar:

— Por isso foi mandada para o Oeste, srta. Walsh?

— Recusar-me a casar foi apenas um dos meus crimes.

Ele queria saber todos, mas focou em uma questão que poderia lhe revelar alguma coisa.

— Você parece ter uma opinião bastante firme sobre o casamento.

— Uma mulher já tem poucos direitos, não há por que perder os que lhe sobraram para um marido.

— Morgan Sanders vai tentar fazer você mudar de ideia.

E, se Morgan tentasse, ele também tentaria.

— Isso me preocuparia se eu achasse esse homem minimamente atraente.

Ela pestanejou, como se se arrependesse de revelar tanto.

O humor de Matthias melhorou.

— É mesmo? — disse ele com um leve sorriso. — É um alívio saber disso.

Ela desviou o olhar e foi para trás da mesa, como se precisasse estabelecer uma barreira entre eles.

— Deseja mais alguma coisa, sr. Beck? — perguntou ela, em tom calmo e sério.

— Sim. — Matthias a olhou por inteiro, lentamente, parou em seus olhos assustados e sorriu. — Mas não é o momento.

Scribe se jogou no sofá, exausto.

— Ouvi dizer que Sanders passou por aqui, e depois Matthias. Vamos continuar, ou já a mandaram parar?

Kathryn lhe ofereceu um bolinho da Wynham's Bakery.

— Ó, homem de pouca fé! Claro que vamos continuar. Quanto mais cedo o *Voice* ganhar dinheiro, mais cedo posso parar de fazer chapéus. Estou escrevendo mais um editorial, desta vez sobre o outro candidato a prefeito.

— Sanders? — Scribe engasgou e tossiu.

— Quem mais? — Ela deu um tapa nas costas dele.

— Isso é arriscar um pouco demais. É melhor ter cuidado com o que escreve sobre ele.

Ela se irritou.

— Que tipo de jornal estaremos publicando se não analisarmos objetivamente cada candidato?

— São só dois.

— Infelizmente. — Ela recolheu os papéis. — Não vou deixar que homens descontentes e bilhetes desagradáveis me detenham.

— E você não vai ganhar a vida nem me pagar o suficiente para parar de lavar copos se não imprimirmos mais jornais e aumentarmos o preço para cinco centavos, como Bickerson. E trabalhar também com publicidade e impressão.

— Já conversei com a maioria dos comerciantes da rua Chump, ninguém quer fazer negócios comigo. Mas Morgan Sanders demonstrou interesse.

— Oh, não. Não! Ele não precisa de publicidade — disse Scribe, apontando para o último bolinho. — Vai comer esse?

Kathryn estendeu o prato para que ele pudesse pegá-lo.

— Eu ofereci. Queria não ter feito isso, mas precisamos do dinheiro. — Ela olhou para o editorial que havia escrito. — Se bem que talvez ele mude de ideia depois da próxima edição.

— Duvido que ele esteja interessado em publicidade. Ele está atrás de você. Pagou seu jantar na primeira noite e quer você lá na casa luxuosa dele.

Kathryn ergueu os braços, exasperada.

— Será que todo mundo nesta cidade quer cuidar da minha vida? — Ela sacudiu a cabeça. — Além disso, ele tem uma amiga.

Sanders a incomodava, mas não da mesma maneira que Matthias Beck.

— Se ele aparecer, direi que mudei de ideia. Que dar espaço publicitário a ele pode fazer parecer que o *Voice* está tomando partido na eleição.

— Ofereça o mesmo a Matthias.

Matthias Beck a olhara, à tarde, como se estivesse demarcando uma propriedade.

— Ah, não. — Kathryn se lembrou das sensações que percorreram seu corpo. — Acho que vou deixar isso de lado.

Kathryn mandou uma nota a Morgan Sanders sobre sua decisão. Ele mandou uma resposta.

Como quiser, mas nem sempre será tão fácil dizer não para mim, Kathryn. Continuo sendo seu devoto admirador.

Morgan

Embora não houvesse conseguido dormir naquela noite, de manhã ainda estava firmemente determinada a seguir seus planos.

— O que pode estar acontecendo?

Ela estava ouvindo os gritos que vinham do bar. Matthias e Henry Call falavam de uma pesquisa que haviam feito com os homens de Calvada para calcular se Matthias teria votos suficientes para ganhar a eleição sem os mineiros da Madera. Ele percebera que havia perdido muito tempo e dinheiro por nada.

Depois ela reconheceu a voz de Herr. Do que o barbeiro tanto reclamava?

— Você tem que ver isto! — Herr atravessou a multidão e entregou o *Voice* para ele. — Isso é que é audácia!

PREFEITO MORGAN SANDERS

Homem do povo ou homem de si mesmo?

Matthias pegou o jornal da mão de Herr e leu.

> ... império construído à custa do trabalho de mineiros que recebem baixos salários e promessa de moradia... seis homens amontoados em uma cabana fria... acidentes na mina... viúvas vivendo na pobreza na Willow Creek Road...

expansão dos limites da cidade a fim de coletar mais impostos para pagar uma ponte e uma estrada mais largas para beneficiar a mina Madera... mas a mina de Sanders fica logo acima da linha, colhendo os benefícios dos impostos municipais sem ter que os pagar...

Um calafrio percorreu a espinha de Matthias, mas logo o calor o dominou.

— Ei! Aonde vai com o meu jornal? — gritou Herr enquanto Matthias passava pelas portas de vaivém e atravessava a rua.

Havia caído neve naquela manhã, mas o solo ainda não estava duro. Ele deu dois passos largos e entrou no escritório de Kathryn Walsh. Ela se assustou quando ele entrou, espetando-se com a agulha que estava usando para costurar uma rosa repolhuda em um chapéu. Soltando um suspiro de dor, olhou para ele.

— Pelo amor de Deus, sr. Beck, isso são modos?

Ela apertou a mão e chupou o sangue. Deixou o chapéu de lado com cuidado e se levantou.

— Qual é o problema? Perdeu a fala?

Ele não gostava do que sentia toda vez que se aproximava dela.

— Precisamos conversar.

Ela franziu a testa e o nariz. Olhando para baixo, deu um grito.

— Veja só o que você fez!

Matthias olhou para as botas enlameadas e para as pegadas que deixara na soleira. Ergueu o jornal.

O ar sibilou entre os dentes apertados de Kathryn enquanto ela apontava o dedo ensanguentado para a porta:

— Fora daqui, agora! Vá!

Matthias não se mexeu, de modo que ela avançou sobre ele com tanta fúria que ele cambaleou para trás e teve que se equilibrar. Ele colocou o jornal na frente do rosto dela, mas Kathryn o afastou com um tapa.

— Não vou falar com você enquanto não sair e limpar suas botas!

Ela pegou o jornal e jogou nele.

Praguejando, Matthias saiu. Raspou as botas e chutou o pilar, sacudindo a cobertura do calçadão e fazendo chover neve na rua. Voltou para o pequeno escritório dela e a encontrou saindo da sala dos fundos com um balde de água e um esfregão de barbante. Largou o balde no chão com um baque.

— É melhor não tentar me bater com isso.

— Não me provoque. Minha loja inteira cheira a estrume!

Ela mergulhou o esfregão na água.

— Óbvio que sim! Já que você decidiu entrar de cabeça em uma mina cheia disso!

Ela estremeceu, mas seguiu em frente e jogou água na lama que ele havia levado para dentro.

— Vá cuidar da sua vida e me deixe cuidar da minha.

Matthias arrancou o esfregão das mãos dela.

— Você vai ter que me ouvir! Isso é sério, Kate.

— Meu nome não é Kate. — Ela puxou o esfregão. — Me dê isto aqui!

— Com prazer! — rosnou Matthias, e soltou o esfregão. — Eu me corrijo, Vossa Senhoria — disse ele com os dentes cerrados. — Senhorita Walsh. Senhorita dor de cabeça bostoniana...

— Afaste-se, senhor!

Rígida como um pinheiro, Kathryn estava parada com uma mão na cintura e a outra segurando o esfregão como um rifle em posição de descanso. Expirou devagar, relaxando os músculos.

— Ou gostaria de uma xícara de chá para acalmar, sr. Beck?

Seu tom doce fez os dentes de Matthias doerem.

— Só se misturar um bom bourbon do Kentucky nele.

— A única coisa que tenho para misturar no chá está naquela prateleira.

— Então, dispenso o chá e me contento com um pouco de conversa — disse ele, encerrando a brincadeira. — *Sente-se!*

Kathryn estremeceu, mas se manteve firme.

— Não precisa gritar.

Kathryn não se mexeu, até que ele deu um passo à frente, então ela se sentou graciosamente no sofá, cruzando as mãos no colo, recatada.

— Ande, diga logo o que eu já sei. O sr. Sanders ficará descontente com o meu editorial.

— Descontente? Isso é um eufemismo.

— Eu só escrevi o que ele mesmo compartilhou comigo e o que observei com meus próprios olhos.

— Você tem o bom senso de um coelho!

Ela apertou os lábios.

— Você viu como vivem os mineiros dele? E o que acontece com as viúvas quando os homens morrem esmagados sob uma tonelada de pedras ou com uma explosão de dinamite?

— Eu sei bem o que acontece.

Ele e Henry estavam trabalhando em planos para fazer algo a respeito sem transformar a cidade inteira em uma zona de guerra.

— E os preços da loja dele?

— Sim, eu sei como são. — Inclinando-se, ele pegou o *Voice* e o brandiu. — E o que você acha que conseguiu com isto?

— Abordei questões em correlação direta com a idoneidade dele como prefeito. Se as promessas passadas não deram em nada, que confiança deve ser depositada na retórica atual de Sanders? — disse ela, lançando um olhar de aço. — Ou à sua, aliás.

— É pelo movimento da temperança, não é?

— Duvido que as mulheres receberiam qualquer direito se o primeiro ato delas fosse tirar a bebida dos homens.

Ela era astuta nesse sentido. Matthias só queria que fosse mais sábia em outras áreas.

— São só duas pessoas concorrendo na eleição...

— E não sei qual de vocês é pior. — Ela aprumou os ombros. — Sanders emprega homens por menos do que eles valem, e depois eles gastam seus parcos ganhos em seu bar, sr. Beck, ou em suas mesas de Faro.

Sentido pela crítica dela, ele não se defendeu. Kathryn tinha razão, e era por isso que ele estava preparando um novo caminho, embora fosse muito cedo para contar a alguém.

— E agora você vai acrescentar mulheres — disse ela com um tom divertido e expressão vigilante.

Matthias não podia deixar isso passar.

— Os homens se comportam melhor perto das mulheres.

Ela deu uma risada desdenhosa. Furioso, ele prosseguiu:

— Essas *mulheres* distribuirão cartas e trabalharão no bar. Não são...

— Prostitutas? — disse ela, erguendo as sobrancelhas, desafiadora.

— Não, não são. E haverá regras. Não poderão... — Ele não sabia como falar sem ser explícito.

— Confraternizar com a clientela? — Inclinando a cabeça, Kathryn avaliava as palavras dele com seriedade. — E acha que haverá menos brigas, menos palavrões, não haverá mais tiros nas ruas?

— Exatamente.

Ela avaliou a ideia dele.

— E esse é seu método de manter a lei e a ordem?

Pelo menos ela estava ouvindo.

— Um deles.

Kathryn alisou a saia e se levantou.

— Bem, acho uma ideia muito interessante, sr. Beck. De verdade.

Ele não confiava no tom nem no sorriso felino dela.

— Fico feliz por você aprovar, Vossa Senhoria — disse ele, imaginando que tipo de editorial ela escreveria sobre isso.

— Eu aprovo qualquer coisa que *melhore* esta cidade. — Ela parou diante dele. — Terminamos agora?

Ah, não senhora! Nem de longe.

— Aceite um conselho de amigo e escreva sobre outra coisa que não seja a eleição. Todo mundo conhece Sanders. E todos me conhecem. O dia da eleição nos dirá quem fará as mudanças e de que tipo. — Ele foi se dirigindo para a porta.

— E sobre o que quer que eu escreva? Por favor, me diga.

Exasperado, Matthias a olhou com firmeza.

— Escreva sobre os eventos da igreja e as reuniões da fraternidade. Relate casamentos, nascimentos, mortes. Escreva sobre a moda do Leste. Sobre frieiras, conservas e crianças! Não me interessa! Mas você precisa usar a cabeça! Deixe que os homens cuidem das outras coisas.

Ela fez cara de quem estava avaliando o discurso dele.

— Isso me faz pensar que você acha que Stu Bickerson é um bom jornalista para Calvada.

Ela o pegara. Stu Bickerson era um grosseirão ignorante e estava no bolso de Sanders.

Kathryn subitamente se sentiu descontrair, sua expressão até se suavizara.

— Estou tocada com sua preocupação, sr. Beck. Sinceramente. Considerando o que escrevi a seu respeito, estou surpresa por estar preocupado comigo e por não criar um comitê para me colocar na próxima diligência e me tirar da cidade. Fique à vontade. Imagino que Morgan levará o que escrevi a respeito dele tão a sério quanto você levou quando leu a primeira edição.

Morgan. Ele odiou ouvir aquele nome sair dos lábios dela.

— Pois então torça por isso.

Ela pestanejou. Não estava tão sem noção dos riscos quanto fingia estar, o que dava a Matthias mais motivos de preocupação. A coragem era imprudente às vezes, e a imprudência tinha consequências.

— Espero que o sr. Sanders leia cada palavra e sinta vontade de mudar. — Kathryn estava séria e ligeiramente otimista. — Então cumprirá suas promessas, aumentará os salários dos homens, melhorará as moradias e ajudará aquelas pobres viúvas, e vai começar a usar vigas para evitar novos desmoronamentos. Talvez ele até abaixe os preços de sua loja, ou pelo menos os iguale aos de Nabor Aday.

Matthias sentiu a raiva crescer. E ele que pensara que ela tinha um pouco de bom senso!

— O quê? Você acha que pode fazer aquele homem se redimir?

— Eu não me referia à alma dele, mas agora que você comentou, milagres acontecem. Nenhum homem está fora do alcance da redenção. Bem, talvez você esteja.

Matthias deu uma risada sem humor.

— É o que me disseram.

Então saiu, deixando a porta aberta.

❧ II ☙

Kathryn esperou o dia todo por uma invasão de Morgan Sanders ao seu escritório da mesma forma que Matthias Beck havia feito, mas ele não apareceu. No entanto, mandou um dos capatazes que ela havia visto no hotel; o homem chegou com uma arma no coldre.

— O Morgan que mandou. — Ele lhe entregou um envelope e inclinou a cabeça em saudação. — É melhor se cuidar, mocinha.

O tom era sério. Ela se sentou à mesa e esperou o pulso desacelerar para abrir o envelope.

Você me magoou profundamente. Você é jovem e ingênua e tem muito a aprender sobre mim e Calvada. Tenha certeza de que a perdoo, minhas intenções não mudaram. Por enquanto, tudo que quero é consideração e respeito. Aja com mais cuidado no futuro.

Morgan

Ela tremeu por dentro. O que seria preciso para fazer um homem como Sanders deixar de persegui-la? Kathryn amassou o bilhete e o jogou na lata de lixo.

Então pegou um pedaço de papel e escreveu sobre a ideia de Matthias Beck de aumentar a população de mulheres para manter os homens na linha. Imaginou vários cenários que a fizeram rir.

Fez uma pausa e, batendo o lápis na mesa, pensou nos assuntos que ele havia sugerido para o jornal. Para que o *Voice* fosse relevante, ela teria que publicar mais coisas além de seus editoriais e refutações às histórias ridículas que Stu Bickerson inventava como "notícias". Ronya seria uma boa fonte de dicas de culinária; Abbie Aday de administração de negócios;

as esposas dos mineiros de dicas sobre preparo da terra, plantação e cuidados de jardins e hortas. Por que não as entrevistar, reunir sua sabedoria e compartilhá-la em uma coluna semanal? Ela seria a primeira a se beneficiar. E a multidão de solteiros certamente poderia aproveitar algumas dicas de cuidados com o lar!

Satisfeita com o rascunho final de seu editorial, Kathryn o deixou de lado. Era tarde demais para jantar no Ronya's, de modo que se contentou com uma fatia de pão e uma xícara de chá antes de começar a trabalhar nos chapéus. Terminou o chapéu redondo *marin anglais* que estava fazendo de presente para Sally Thacker, acrescentando flores e duas penas de garça branca. A escuridão chegava cedo nessa época do ano, e ela acendeu a lamparina para poder continuar trabalhando. Por mais que preferisse escrever, a chapelaria era sua fonte de renda, ao menos por enquanto.

Tinha esperanças de que as mercadorias que comprara em Sacramento fizessem sua lojinha crescer. Decorou um chapéu simples de coroa alta com fita moiré, depois um de marinheiro de copa redonda e aba com uma fita simples de gorgorão e um laço. Arrematou três boinas com fitas e flores, rezando para que cada chapéu seu animasse uma mulher naquela cidade triste. Rezou para que Nabor Aday abrisse mão de um dólar ou dois e desse à sua esposa trabalhadora e dedicada um presente que a animasse.

Kathryn se levantou cedo e começou a compor os tipos antes de Scribe chegar. Ele chegou amarrotado e mal-humorado, reclamando que estava cansado de lavar pratos e esvaziar escarradeiras. Seu ânimo melhorou consideravelmente quando leu o editorial. Rindo, foi direto ao trabalho.

No dia seguinte, uma dúzia de homens entrou no Beck's, todos falando ao mesmo tempo. Dois tinham jornais em mãos e os outros tentavam ler por cima dos ombros deles. Henry entrou pelas portas de vaivém um instante depois, lendo e sacudindo a cabeça. Sorrindo, atravessou o salão e parou ao lado de Matthias no bar.

— Você está na boca do povo de novo, meu amigo. Sem dúvida, eu gostaria de ter essa mulher do nosso lado.

— O que ela disse desta vez?

— Leia você mesmo.

O título não o surpreendeu. A manchete era ANJOS DE MISERICÓRDIA PARA TOMAR CALVADA SOB SUAS ASAS, seguida pelo relato de Kathryn sobre a conversa que havia tido com Matthias. Ela o citava com frequência e intercalava as garantias de lei e ordem dele com hilariantes descrições verbais de primorosas solteironas mantendo a paz no saloon e na rua Chump. Dizia que, naturalmente, cada uma teria uma estrela de prata polida no corpete e um chicote no cinto. Ele estremeceu. Mesmo antes de sair do escritório dela no dia anterior, sabia que estava colocando um alvo no próprio peito. Seria o custo de impedi-la de apontar flechas para Sanders.

— Pelo menos, ela está dando o mesmo espaço a seu oponente — disse Henry.

Matthias virou a folha e praguejou. Obviamente, ela havia ignorado seu conselho.

A mina Madera teve quatro desmoronamentos nos últimos dois anos... cinco mortos... um desaparecido... outro acidente... duas vezes prendendo meia dúzia de homens... várias horas de escavação antes que pudessem ser resgatados...

Ele soltou um palavrão. Na parte inferior da última página havia um anúncio.

PROCURA-SE: PREFEITO HONESTO

Qualificação: Vontade de se dedicar
à melhoria das condições de vida para
TODOS os cidadãos de Calvada.

Henry perdeu o sorriso.

— Acha que isso vai dar problemas?

— Eu apostaria nisso.

O problema não demorou a chegar, e não foi por meio de Morgan Sanders. Aterrissou diante das portas de vaivém do cassino de Matthias na forma de esposas iradas, que ficaram na ponta dos pés, olhando para o bar, chamando seus maridos. Os homens se recusaram a sair, então Matthias foi acalmar as mulheres. Eram apenas três, mas faziam muito barulho. Ele usou todo seu charme sulista, mas não conseguiu aplacar a tempestade.

— Bobagem! — disse uma mulher com sotaque alemão e queixo saliente, cara a cara com Matthias. — Nós não nascemos ontem!

— Solteironas, até parece! — gritou uma matrona com forma de pombo. — Anjos de misericórdia uma ova! — Ela se abaixou e espiou por baixo das portas. — Richaaaaard! Saia daí, senão vou colocar veneno de rato em sua comida!

— Vá para casa, mulher! — gritou Richard, mas levantou-se mesmo assim e se dirigiu à porta.

Dois outros seguiram o sitiado Richard, pretendendo lhe dar apoio moral. Uma séria guerra começou no calçadão, e Matthias ficou ali parado, esfregando a nuca, cada vez mais frustrado.

Ao lado de Matthias, Henry riu.

— E você quer trazer mais mulheres para Calvada?

Uma esposa lamuriou-se, chorando.

— Como pôde fazer isso comigo, Charlie?

— Mas ainda não fiz nada, amor.

— *Ainda?*

— Não, querida... eu não quis dizer...

Outro homem plantou o nariz no rosto de sua esposa, gritando:

— Vá para casa agora mesmo! Lá que é o seu lugar!

Ela gritou também:

— Para ficar sentada enquanto você se diverte?

— Esse é um direito do homem!

— Enquanto eu faço sua comida, lavo e passo suas roupas, ordenho sua vaca, alimento suas galinhas, cuido de sua horta e crio seus seis filhos?

Herr andava em círculos na frente da barbearia e gritava:

— O que foi que eu disse, Matthias? O que foi que eu disse?

Matthias voltou para seu estabelecimento. Sorrindo, Brady colocou uma garrafa cheia de bourbon no balcão.

— Obrigado — murmurou Matthias, deixando a garrafa lá. — Você é uma grande ajuda.

As coisas se acalmaram depois de alguns dias.

Scribe teve que enfrentar abuso verbal, especialmente de Herr, que sempre fora condescendente com o garoto, mas agora o considerava um traidor.

— Deveríamos quebrar todos os seus dedos para que você não pudesse mais compor tipos.

— Está com medo de uma pequena dama de Boston, Herr? — perguntou Scribe, e sorriu.

Matthias agarrou o garoto pela nuca e o arrastou até seu escritório.

— Não piore as coisas.

— Ele não pode falar mal de Kathryn. Ela está tentando melhorar as coisas!

— Você chama isso de melhorar? — rosnou Matthias.

— Ora, não me culpe. Eu não tenho poder sobre ela. Kathryn escreve o que vê, e tudo que publicou até agora é verdade. E também muito engraçado, se quiser saber minha opinião.

Engraçado?

— City também era certeiro no que dizia e levou uma pancada na cabeça com o cabo daquela prensa! Quer atravessar a rua e encontrá-la da mesma maneira que encontrou o tio dela?

Isso deixou o garoto alerta. Debruçando-se sobre o bloco de corte, olhou para cima com olhos torturados.

— Ninguém faria isso com uma dama.

Matthias recordou os anos de guerra.

— Pois saiba que os homens já fizeram coisa pior.

Scribe deixou cair os ombros, desanimado.

— Não tem nada que eu possa fazer.

— Claro que tem. Pare de ajudar com a composição.

— Daí Kathryn o faria. Quando eu chego, ela já está compondo. Demora um pouco mais que eu, mas é inteligente e determinada.

Afastando-se, Matthias passou a mão pelos cabelos e soltou um suspiro pesado.

— Talvez eu devesse quebrar os dedos dela antes que alguém lhe quebre o pescoço.

Scribe se levantou, corado.

— É melhor você não tocar nela, ou vai ter que me enfrentar!

— Ora, cale a boca e sente-se! Acha mesmo que eu a machucaria?

Matthias estava tentando descobrir como mantê-la segura, e ela dificultava a tarefa ainda mais a cada nova edição que lançava do *Voice*.

Scribe se sentou com os ombros arqueados.

— O único que Kathryn ouviria agora seria Deus.

Matthias olhou para ele.

— O que você disse?

— Deus.

Matthias pensou em seu pai e no poder do púlpito. Sua mãe sempre lhe ensinara que ele, um homem de Deus, falava por Deus.

Sua mãe teria gostado de Kathryn Walsh. Embora fossem de classes diferentes, elas tinham muito em comum. Muitas vezes ele vira a Bíblia de sua mãe aberta. Ela o incentivava a seguir a própria consciência, mesmo quando o custo seria grande. Ela chorara quando ele partira para a guerra, e chorara de alívio quando voltara para casa. E chorara de tristeza quando ele partira para sempre.

Matthias sabia o que sua mãe lhe diria: *Nada acontece sem o conhecimento do Senhor. Tudo funciona em conjunto para o bem, Matthias. Tudo está de acordo com o Seu plano. Deus o levou para Calvada e o manteve aí porque Ele sabia que Kathryn chegaria.*

Se isso fosse verdade, significava que Deus talvez ainda olhasse por ele, afinal.

Talvez estivesse na hora de conversar com o reverendo Thacker. Pediria ao bom homem para ter uma palavrinha com Kathryn. Quem sabe ela desse atenção a um homem de Deus, uma vez que não se importava com o que Matthias dizia. Talvez Thacker a convencesse a calar a boca antes que alguém a calasse de vez.

As bochechas de Kathryn queimavam enquanto ouvia o reverendo Wilfred Thacker, em seu sermão de uma hora, falar sobre o papel da mulher para dar paz e conforto ao lar e à comunidade. Ele olhou diretamente para Kathryn várias vezes, para que ela soubesse que a culpava pelos problemas da cidade. E também olhou incisivamente para Lucy Wynham, Vinnie MacIntosh, Camilla Deets e até mesmo para a pobre Abbie Aday. Nabor disse alguma coisa e ela baixou a cabeça.

— Está escrito em Gênesis: no início da Criação, todos os problemas que se abateram sobre o homem foram o resultado direto de Eva ter dado a maçã a Adão. Eva foi a enganada. Foi Eva quem quebrou a aliança com Deus ao oferecer o fruto do pecado a Adão. Por causa de Eva, Adão foi expulso do Éden.

Raiva e mágoa brotaram em Kathryn. Por que os homens sempre voltavam a isso e culpavam as mulheres pelo que havia de errado no mundo? Ela queria gritar que Adão ficara calado, observando e ouvindo enquanto Satanás enganava Eva. Ele escolhera pegar o fruto da mão de Eva. Ele escolhera comê-lo. Fechando os olhos, Kathryn apertou as mãos com tanta força no colo que seus dedos doeram.

— E gostaria de recordar a todos vocês — prosseguiu o reverendo, com mais ardor do que jamais havia demonstrado — que Deus tirou a costela de Adão e fez de Eva sua companheira. Deus criou a mulher para ser nutriz, amorosa e *submissa*. Deus criou a mulher para servir ao homem. Deus não a criou para causar problemas, dar-lhe trabalho e provocar sofrimento. Seria bom que algumas mulheres de nosso rebanho se lembrassem disso. Que tenham paz de novo.

Ele fez uma pausa e olhou diretamente para Kathryn.

— Vamos orar.

A oração foi longa e apaixonada, quase outro sermão. O pequeno coro cantou a doxologia. Sally Thacker lançou um olhar trêmulo na direção de Kathryn enquanto caminhava ao lado do marido para cumprimentar os paroquianos à porta. A congregação saiu, todos calados. Nabor olhava feio para Abbie, segurando-a firme pelo braço. A pobre mulher parecia um cão chicoteado.

Somente Morgan Sanders falou com Kathryn.

— Foi um sermão e tanto hoje — disse ele, com um sorriso solidário.

O reverendo Thacker sempre dava alertas gentis em seus sermões sobre viver uma boa vida cristã; suas palavras eram cheias de preocupação e amor por seus paroquianos. Por que a mudança naquele domingo, então? Ele nunca pregara sobre política ou minas. Parecia ser um solo sagrado que ele não ousava pisar. Ela sabia que a causa daquele sermão tinha sido sua decisão de reabrir o *Voice*. Mas saber disso não tornava as palavras menos dolorosas.

Quando Thacker lhe estendeu a mão, ela aceitou a saudação. O aperto dele foi firme.

— Espero que leve a sério o que eu disse, srta. Walsh. — Seu tom era calmo e gentil, a expressão pesarosa. — Minhas palavras não tinham a intenção de magoar, e sim de instruir e proteger não só você, mas também os outros. Você tem boas intenções, mas precisa se lembrar de seu lugar.

Ela não conseguia falar, sentia um nó dolorido na garganta. Mas não ia chorar ali, na frente de todas aquelas pessoas. De jeito nenhum!

Os paroquianos começaram a se aglomerar, conversando entre eles e a fitando. Nabor puxou o braço de Abbie, fazendo-a virar as costas enquanto Kathryn passava. O marido de Camilla caminhava um metro à frente dela na direção do centro da cidade. Vinnie Macintosh se manteve em silêncio, com o rosto rígido, ouvindo o marido falar com ela.

Henry Call se afastou de um grupo.

— Kathryn...

Ela respondeu com um breve aceno de cabeça e continuou andando com as costas eretas e o queixo erguido. Sentia a censura de todas aquelas pessoas reunidas em frente à igreja. Pois que olhassem! Desceu o morro, passou pelo Ronya's Café, onde costumava parar para o café da manhã de domingo, atravessou a rua, passou na frente do salão de fandango — silencioso naquele momento depois do devaneio de sábado à noite. Entrou na redação do *Voice* e fechou a porta.

Com as mãos trêmulas, desamarrou as fitas de seu melhor chapéu de domingo e o colocou em um suporte. Afundando no sofá, ficou em silêncio por um momento, e então caiu em prantos.

Matthias ergueu os olhos quando Henry Call entrou no saloon com uma expressão tempestuosa. Seu amigo atravessou a sala, jogou o chapéu sobre a mesa e se sentou.

— Espero que esteja satisfeito, Matt. Thacker não se contentou em conversar com Kathryn em particular, como você esperava. Ele a crucificou na frente de toda a congregação. Nunca ouvi aquele homem pregar com tanta paixão.

Matthias estremeceu, mas tinha que saber os detalhes.

— E será que ela ouviu o que ele disse?

— Se ela ouviu? Todo mundo ouviu. Ela saiu de lá branca como um fantasma.

Matthias se sentiu mal. Lembrou-se do que as palavras de seu pai haviam feito com ele.

— Falou com ela depois do culto?

— Não. Sanders falou com ela antes de ir embora. Deus sabe o que ele tinha a dizer. Ela não falou com mais ninguém. Imagino que estava tentando se controlar até chegar à casa dela.

Olhando para as portas de vaivém, Matthias avaliou se deveria atravessar a rua e ver como ela estava.

Pegando seu chapéu, Henry se levantou.

— Eu sei por que fez isso, mas não posso dizer que aprovo seu método.

— Não quero que ela se machuque.

— Você a machucou. Bateu nela onde ela é mais vulnerável: em sua fé. — Henry colocou o chapéu. — Estarei no Ronya's Café.

Matthias assentiu. Seu amigo e Charlotte Arnett eram bastante ligados um ao outro.

Matthias mandou Scribe ver como estava Kathryn. O garoto voltou minutos depois.

— Ela não abriu a porta. Disse que estava bem. Mas a voz dela estava rouca.

Matthias o mandou de volta na manhã seguinte.

— Ela abriu um pouco a porta, mas não me deixou entrar. Seus olhos estão vermelhos e inchados, pelo jeito não dormiu esta noite.

Kathryn enxugou as lágrimas do rosto. Chorara tanto nos últimos dois dias que se sentia fraca e doente. Já tinha ouvido aquela mesma mensagem inúmeras vezes, provenientes de plataformas e púlpitos, da voz de homens e de mulheres; até mesmo de sua mãe.

Lembre-se qual é o seu lugar...

Se continuar falando, será vista como uma mulher rabugenta...

Por que não consegue se calar e não falar sobre política? Isso não é assunto de mulher...

Ela não conseguia comer. Não conseguia dormir. Revivia cada palavra que o reverendo Thacker havia dito e todas as outras que ouvira antes das dele, que a condenavam com fúria.

Moralmente abalada, Kathryn se debruçava sobre as Escrituras, orando por iluminação. Encontrara palavras de conforto e instrução, exemplos de mulheres que ocuparam posições de autoridade, que falaram e ganharam respeito. Uma delas, Débora, liderara um exército!

Junto com o conforto, encontrara repreensão mais afiada que uma espada de dois gumes, que cortara seu orgulho, expondo o custo de ceder a seu temperamento. Era como se um espelho houvesse sido colocado à sua frente, e o que ela via a entristecia.

As lembranças voltaram. Fora expulsa do terceiro e último internato por comportamento pouco feminino. *Você tem jeito com as palavras, srta. Walsh, mas as palavras têm o poder de ferir ou curar. A retaliação nunca serve a um bom propósito.* Acaso seu temperamento não provocara a última discussão com o juiz e dera a ele justa causa para exilá-la naquela cidade mineradora selvagem?

O piano do Beck's competia com os violões e acordeões do Barrera's. A cabeça de Kathryn latejava. Os gritos, os risos e as botas dos homens batendo na pista de dança pareciam tão despreocupados...

Ela sabia que estava errada em muitas coisas, mas não em tudo. Nellie O'Toole, Charlotte e as esposas que vestiam roupas esfarrapadas no inverno capinando o solo congelado na esperança de que as sementes vingassem e tivessem comida na primavera e no verão — valia a pena lutar por elas. Ela queria melhorar a situação das mulheres de Calvada. Mas, em vez disso, seus esforços provocaram crítica e humilhação, não apenas para si, mas para todas as mulheres na igreja.

Deitada na cama, sem conseguir dormir, Kathryn ouviu uma batida na porta. Homens batiam frequentemente. Ela fazia o possível para ignorar as propostas decentes e indecentes que eles faziam através da madeira. Mas reconheceu a voz de Scribe, por isso destrancou a porta e a abriu. Seu jovem amigo estava parado no calçadão, cambaleante, segurando o gargalo de uma garrafa meio vazia.

Ela pegou a garrafa e a ergueu diante de seus olhos turvos.

— Quem lhe deu isto? O sr. Beck?

— Joe, do Watering Hole, é gentil comigo.

— *Gentil* — rosnou ela, jogando a garrafa na rua, onde afundou na lama. Passando o braço de Scribe ao redor de seus ombros, ela o ajudou a entrar e fechou a porta com o calcanhar.

— A gente irritou todo mundo, não é? — balbuciou o garoto. — Como City fazia. Ele dizia que confortávamos os aflitos e afligíamos os con... for... ta... ve...

Kathryn o levou para o sofá e o deixou lá.

— Vou fazer um café.

— Não quero café. — Ele olhava para ela como se estivesse tentando focar. — Fiquei sabendo do que aconteceu na igreja. Todo mundo está falando...

— Tenho certeza disso. — Kathryn sentiu seus olhos arderem.

— Aposto que você não vai voltar mais lá.

Kathryn não respondeu.

— Sinto falta dele — disse Scribe, esfregando o rosto.

Ele se curvou e começou a chorar. Kathryn se sentou ao lado dele e passou um braço pelos seus ombros. Scribe olhou para ela.

— As pessoas nem sempre gostavam do que ele tinha a dizer, mas o ouviam. Liam o jornal dele.

— Descanse um pouco. — Kathryn se levantou. — Você precisa pôr alguma coisa no estômago além de uísque.

Quando Kathryn voltou com café e um sanduíche de queijo, encontrou Scribe deitado de lado como uma criança, dormindo profundamente. Deixou a xícara e o prato e estendeu um cobertor sobre ele. Voltou para seus aposentos e tentou dormir. Uma hora depois, o salão de fandango ainda estava a todo vapor, e ela, bem acordada. Jogou as cobertas para o lado, vestiu o penhoar e voltou para o escritório da frente. Acendendo o lampião de querosene na mesa de seu tio, pegou um dos cadernos de Casey Walsh.

Matthias passara duas horas procurando Scribe. Sentia-se responsável pelo garoto, tinha medo de que alguém houvesse decidido cumprir a ameaça de Herr e quebrar seus dedos. Havia ido a todos os saloons de Calvada. Até perguntara por ele na Casa de Bonecas de Fiona Hawthorne. Nenhum sinal do garoto. Imagens de City Walsh assombravam Matthias.

Ele quase passara na casa de Kathryn, mas ela não tinha sido vista em público desde que voltara da igreja, no domingo anterior, e a lamparina de sua casa havia sido apagada cedo, como vinha acontecendo desde então. Ao descer o calçadão, porém, viu uma luz fraca através da cortina da janela. O salão de fandango já havia fechado. Lembrando-se do que Henry lhe dissera sobre o sermão do reverendo Thacker, Matthias estremeceu, sentindo-se responsável pela humilhação sofrida por Kathryn.

Pelo menos Scribe lhe havia dito, logo cedo, que ela parecia melhor. O garoto voltara da casa dela aliviado.

— A porta da loja está aberta. Ela tem chapéus suficientes para todas as mulheres da cidade.

Matthias apertou os olhos com as palmas das mãos. Esperava poder relaxar agora que o *Voice* estava falido. Atravessando a rua, bateu à porta dela.

— Senhorita Walsh. É Matthias. Você está bem?

Ele ouviu uma cadeira ser arrastada.

— Estou bem.

Não parecia bem.

— Preciso ver seu rosto para ter certeza.

— Aceite minha palavra e vá embora.

— Vou ficar aqui até o amanhecer...

O ferrolho deslizou para trás e a porta se abriu. O cabelo ruivo de Kathryn estava frouxamente trançado.

— Satisfeito? Agora vá.

Matthias ouviu homens descendo o calçadão.

— Me deixe entrar.

— De jeito nenhum! — Ela tentou fechar a porta, mas ele a abriu o suficiente para passar.

— O que pensa que está fazendo?

— Tentando proteger sua reputação.

Os homens se aproximaram, conversando e rindo.

— Shhh.

Ela já havia sido criticada o suficiente, não precisava que um grupo de homens o visse às duas da manhã à porta dela. Todos concluiriam sobre um relacionamento que não existia. Kathryn deu um passo para trás e ele trancou a porta. Como havia uma luminária atrás dela, a silhueta de seu corpo ficou visível através da camisola branca de renda e o penhoar. Ela estava ali, descalça, diante dele. Ele perdeu o fôlego.

Matthias ouviu um ronco alto. Viu Scribe dormindo no sofá dela.

— Graças a Deus. Eu o procurei pela cidade inteira.

— Está dormindo, bêbado, graças a uma garrafa de uísque que Joe, do Watering Hole, deu a ele. Qual é o problema com os homens desta cidade?

Matthias levou o dedo aos lábios para silenciá-la mais uma vez.

Ela bufou.

— Os únicos homens na rua a esta hora da noite estão bêbados demais para...

Não vendo outra maneira de silenciá-la, Matthias pôs a mão na nunca de Kathryn, puxou-a para si e a beijou enquanto os homens passavam. Um deles bateu com o punho na porta e fez um comentário obsceno, mas logo todos seguiram em frente. Matthias soltou Kathryn e ela recuou, ofegante. Afastou-se bem dele, com os olhos arregalados. Ela não foi a única afetada pelo beijo. Matthias esperava que Kathryn se debatesse, mas ela apoiara as mãos no peito dele.

Ela se escondeu atrás da mesa.

— Relaxe, querida. Foi a única ideia que me ocorreu para fazer você ficar quieta. — Não estava arrependido de não ter usado qualquer outro método. — Preciso tirar Scribe daqui.

— Deixe o garoto aí. — Ela estava corada e sem fôlego. — Ele está bem onde está.

— Você tem um coração gentil, mas ele tem dezessete anos. É um homem, não um garoto.

— Mesmo bêbado, ele é mais cavalheiro que você!

— Talvez sim, mas o que você acha que as pessoas diriam se descobrissem que Scribe passou a noite aqui?

Kathryn contorceu o rosto e se afundou na cadeira de City.

— Que diferença faria, a esta altura?

Matthias se sentiu como um vira-lata que havia acabado de mutilar um gatinho.

— Eu não esperava. — Respirando fundo, ele esfregou a nuca, dominado pela culpa. — Lamento, Kathryn.

Ela não sabia quanto ele estava arrependido. Jamais pretendera que Thacker a humilhasse na frente de toda a congregação. Quando ele fora cobrar uma atitude do homem, Thacker lhe dissera que não era só Kathryn que poderia ser prejudicada. Que outras mulheres também precisavam ser firmemente alertadas.

— Está pedindo desculpas por... — Kathryn estava zangada e nervosa.

Acaso Thacker lhe contara sobre o que conversaram? Mas ela tocou os lábios e depois o pescoço, então ele entendeu a que ela se referia.

— Não estou arrependido pelo beijo. — Ele sorriu de leve, ainda sentindo o calor causado pelo toque, e feliz por ela ter ficado mexida. — Lamento pelo que aconteceu com você na igreja.

— Ah. — Ela inclinou a cabeça. — Imagino que a cidade inteira já sabe.

Verdade, a notícia se espalhara rapidamente.

— Eu também não voltaria.

Matthias não havia pisado em uma igreja desde que seu pai lhe dissera que preferia que ele não houvesse nascido.

Kathryn o fitou com surpresa.

— Mas eu vou voltar!

— O quê? — Irritado, ele a fitou. — Por que quer saber de Deus depois do que Thacker lhe disse? Ele a humilhou na frente da cidade inteira!

O reverendo pregara durante uma hora, lançando palavras como flechas, e todos os paroquianos sabiam bem qual era o alvo.

— Não vou me afastar de Deus por conta do que um homem disse no púlpito. — Seus olhos brilharam, marejados. — Tenho certeza de que o reverendo Thacker pensou que estava fazendo o certo. — Ela deu de ombros. — E ele me deu muito em que pensar. Estive analisando minha motivação e... — Controlou-se ao perceber com quem estava falando. — Não importa.

As palavras de Kathryn o atingiram. Ele sim havia se afastado de Deus por causa do que um homem dissera. Esse homem era seu pai, ministro como Thacker, mas um orador mais poderoso. Matthias crescera acreditando que seu pai falava por Deus. A congregação inteira pensava assim. Seus sermões mudaram quando a guerra se tornou inevitável. Quando Matthias seguira sua consciência e fora para o Norte, o pai o chamara de tolo. Quando Matthias voltara para casa, seu pai ficara amargo. *Pensou que poderia voltar? Estaríamos melhor se você não tivesse nascido, assim não se tornaria um traidor! Saia! Eu não tenho filho.*

A Bíblia de Kathryn estava aberta sobre a mesa, cheia de anotações espalhadas, como se ela estivesse procurando respostas nas Escrituras, em vez de aceitar a palavra de um ministro como verdade. Matthias sentiu algo mudar dentro de si. Algo que estava fechado havia muito tempo começou a se abrir.

Apoiado à beira da mesa, Matthias controlou o desejo de passar a mão sobre a cabeça abaixada de Kathryn. Tentou pensar em algo para dizer, para consertar o que Thacker havia feito. Sabia que as palavras podiam ferir. Kathryn ergueu o queixo; mechas de cabelo ruivo caíam sobre sua testa e faces pálidas. Ela abriu levemente os lábios e o sangue de Matthias se acelerou nas veias. As palavras não haviam destruído a fé dela, como ele temia. Ela havia sido esmagada, mas não destruída.

Ela parou de apertar a gola do penhoar, que estava aberto o suficiente para que ele pudesse ver a pele branca e lisa de seu pescoço e o pulso latejante como o dele. Quando os olhos dela percorreram o corpo dele, Matthias sentiu um calor subir.

— Por favor, afaste-se.

— Estou perto demais?

— Minhas anotações... estão embaixo de seu... traseiro.

Matthias se levantou abruptamente. Ele não corava desde que era um garoto e ficou feliz ao ver que ela estava concentrada em recolher seus papéis. Ela os empilhou, guardou-os em uma gaveta da escrivaninha e a fechou rapidamente. Ele pensou que deveria ter prestado mais atenção no que ela havia escrito.

— É sua confissão?

— Meu próximo editorial.

Ele sentiu um calafrio.

— Diga que você não vai continuar com isso!

Ela cruzou as mãos sobre a mesa.

— É melhor você ir embora, sr. Beck.

— Já não teve problemas suficientes?

— Aqueles que lutam para fazer o que é certo sempre enfrentam problemas.

Furioso, ele plantou as mãos na mesa e aproximou o rosto do dela.

— O que vou fazer com você? — rosnou ele, frustrado. — O que é preciso para...

— Eu não sou problema seu.

Ele se endireitou.

— Eu já disse isso a mim mesmo uma centena de vezes. Mas você é sobrinha de City, e ele era meu amigo...

Ele precisava sair dali antes que dissesse coisas de que se arrependeria; foi até o sofá e tirou o cobertor de Scribe.

— Vamos, garoto.

Scribe gemeu. Praguejando baixinho, Matthias o jogou por cima do ombro.

— Talvez seja melhor eu o levar pelos fundos.

Kathryn se levantou e deu a volta à mesa.

— Pela porta da frente é mais rápido — disse, e a abriu.

Assentindo, Matthias fez o que ela pediu. Parando no limiar, olhou para ela.

— Obrigado pelo beijo.

— Eu teria desviado se estivesse alerta.

— Pois fique alerta. — Ele sorriu. — Haverá uma próxima vez... e outra...

Ela o empurrou para fora e fechou a porta depressa. Ele ouviu o ferrolho ser passado. Rindo baixinho, trocou Scribe de ombro e o carregou até o hotel.

❦ 12 ❧

Kathryn se surpreendeu quando Vinnie e Camilla apareceram na noite seguinte. Não esperava que as mulheres da igreja a procurassem depois da surra verbal do reverendo Thacker. Elas não tocaram nesse assunto, só falaram de coisas mundanas e comuns. Ao sair, Camilla lhe disse:
— James leu seu jornal depois da igreja, domingo passado. Seu editorial "Anjos da misericórdia" o fez rir até as lágrimas correrem por seu rosto. Eu só queria que você soubesse disso. — Ela deu um beijo no rosto de Kathryn. — Nem todos os homens estão contra você.

Depois de fechar a porta, Kathryn encostou a testa na madeira. Suas emoções estavam muito à flor da pele para atender a mais clientes. Virando a plaquinha, sentou-se na recepção e continuou lendo os diários de seu tio. Um leve som de passos rápidos chamou sua atenção. Outro bilhete passado por baixo da porta. Já havia recebido o suficiente para uma vida toda. Eram tão desagradáveis que ela os queimava. Ela pegou o papel dobrado. Como as outras mensagens, essa era curta e cheia de erros, mas fez seu pulso acelerar.

Katrin
Vai te runião debaxo da Sout Brig. Axei que voce ia quere ir.
Uma amiga

Kathryn abriu a porta rapidamente e olhou ao redor. Acaso aquela que se dirigia em direção ao extremo norte da cidade era Nellie O'Toole? Kathryn fechou a porta; sabia que aquilo era importante demais para ser ignorado. Não poderia mandar Scribe e arriscar prejudicá-lo. Todos sabiam que ele trabalhava com ela no *Voice*. E não podia ir sozinha, a menos que...

Uma batida na porta a fez pular. Com o coração acelerado, lembrou-se da presença de Matthias Beck em sua casa na noite passada. Todo seu corpo ficou vermelho e quente ao recordar daquele beijo.

— Kathryn? Desculpe por ontem à noite.

Scribe! Ela abriu a porta. Ele estava de ressaca, arrasado. Foi se desculpar mais uma vez, mas ela o pegou pelo braço e o puxou para dentro, calculando a altura dele enquanto fechava a porta. Ele não era muito mais alto que ela, e era bem magro. Ela tinha um casaco de homem e uma velha boina que encontrara entre as coisas do tio.

— Preciso de suas roupas.

— O quê? — Ele deu um passo para trás, fitando-a como se ela estivesse fora de si. — Para quê?

— Vai acontecer uma reunião. Terei que ir, mas ninguém pode saber. — Ela o fez entrar na casinha. — Se enrole em um cobertor até eu voltar. Não fique aí parado, depressa!

Ele ficou parado, firme.

— Eu vou.

— Todo mundo sabe que você trabalha para mim. Ande, não discuta. — Ela acenou para que ele entrasse e fechou a porta. — Se eu chegar bem cedo, poderei me esconder. Ninguém saberá que eu estive lá.

— Se esconder? Onde é essa reunião? Como vai se esconder?

— Não interessa! Me dê suas calças e a camisa! — Ela ouviu ele murmurando alguma coisa do outro lado da porta. — Você tem um minuto, Scribe, ou vou entrar. — Ela ouviu um baque. — Você está bem?

Scribe apareceu enrolado em um cobertor azul, com o rosto vermelho e o cabelo escuro espetado como as penas de um filhote de passarinho. Ela tentou não rir enquanto passava por ele e fechava a porta. Tirando a saia e a blusa, ela vestiu a calça e a camisa xadrez de lã de Scribe. Colocou a boina e escondeu o cabelo ruivo por dentro. Quando saiu, Scribe estava sentado no sofá, com os joelhos juntos, os ombros curvados, carrancudo. Ela riu.

— Como estou? — Ela deu uma voltinha.

— Horrível.

— Desde que eu não pareça eu mesma... Algum fio de cabelo está aparecendo?

— Não, e essa é uma péssima ideia.

— Volte para meu quarto, feche a porta e fique lá. — Ela apagou a lamparina da mesa. — Prometo que terei muito cuidado.

Assim que fechou Scribe em sua casinha, Kathryn saiu pela porta da frente. O salão de fandango estava a todo vapor, assim como o Beck's. Curvando os ombros, ela fingiu um andar trôpego e atravessou a rua Chump, depois se dirigiu à Madera Mine Road. A South Bridge ficava a um quilômetro e meio da cidade. Felizmente, a lua cheia estava no céu para iluminar seu caminho.

Quando viu a ponte, dirigiu-se à floresta, escolhendo cuidadosamente um caminho por entre os pinheiros ralos. Três homens passavam pela estrada. Ela os ouviu conversando enquanto atravessavam a ponte e se dirigiam à cidade. Passou por baixo da ponte e se escondeu atrás de um pilar. Estava com calor devido à longa caminhada, mas o frio rapidamente se infiltrou pelas camadas de suas roupas. Enterrando-se no casaco, desejou estar de luvas. Até mesmo sua luva de camurça cor de ferrugem teria sido melhor que nada.

Um por um, os homens se aproximavam, fazendo rolar o cascalho. Ela viu fósforos sendo acesos, mas nenhuma lamparina. Kathryn não olhou por trás do pilar; sabia que não conseguiria ver rostos. Mas distinguia vozes. Cinco homens. Ouviu som de botas na ponte e outro homem se juntou a eles no fundo da ravina.

— Desculpem o atraso.

A voz do homem era profunda, com um sotaque irlandês intenso. Ela não conseguia entender tudo que ele dizia devido ao ruído do riacho, mas ouviu o suficiente. Estavam falando sobre a mina Madera e Morgan Sanders.

— Estaremos de capuz quando o pegarmos. Jogaremos um cobertor sobre ele e faremos a festa. Ele será a *piñata*. — O homem deu uma risada fria. — Mas sem porretes, só punhos. Queremos machucá-lo e assustá-lo, não matar, entenderam?

Kathryn fechou os olhos e respirou devagar, pelos lábios entreabertos. Sentiu algo arranhar a área exposta de seu pescoço e seu coração quase parou; acelerando em seguida, quando algo se mexeu acima de seu queixo. Uma aranha! Ela subiu por sua testa, até o boné. Um dos homens acendeu um fósforo e ela viu olhos redondos brilhando na escuridão. Um rato! Outro homem praguejou e atirou uma pedra nele. O roedor saiu correndo e desapareceu atrás dela.

Ela ouviu seu nome ser mencionado e focou a atenção.

— Ela vai ficar do nosso lado, rapazes. Ela viu o Buraco da Escória e conheceu algumas esposas. Um dos nossos membros mais poéticos está elaborando uma carta apaixonada cheia de corações e flores para explicar nossos princípios. Quando ele terminar de apresentar a coalizão dos mineiros, a sobrinha de City Walsh vai fazer de nós heróis populares.

Se outro nome foi mencionado, Kathryn não pôde ouvir por causa dos sons do riacho ou das batidas de seu próprio coração.

— Aquela dama com certeza não gosta de Beck.

— Queremos que Sanders seja prefeito. Depois do que faremos com ele, ele fará o que dissermos.

— E se não fizer?

— Aí o mataremos.

— Espere aí! Eu não entrei na coalizão para cometer assassinato.

Fez-se silêncio por alguns segundos, até que o líder falou.

— Não chegaremos a isso, McNabb, mas queremos que Sanders pense que sim.

O grupo se dispersou. Kathryn ficou parada no mesmo lugar enquanto as vozes iam ficando mais fracas, pois os homens subiam a encosta até a estrada e se dirigiam à cidade ou ao Buraco da Escória. Dois homens permaneceram debaixo da ponte.

— O que você acha? Podemos confiar nele?

— McNabb não tem coragem para isso.

— Ele vai mudar de ideia. Esteve na casa de Nellie O'Toole ontem.

— Fazendo o quê?

— Ele quer tomar o lugar de Sean.

Eles baixaram a voz de novo. Kathryn se inclinou um pouco para a frente.

— Você trabalha com McNabb. Procure provocar outro desmoronamento; nada muito sério, mas certifique-se de que ele não consiga se safar.

O outro homem falou algo baixinho, e o primeiro rosnou.

— Tem que ser feito. Não podemos arriscar.

Os passos deles rangiam pela encosta e pela ponte. O coração de Kathryn estava batendo tão rápido que ela se sentia fraca. Esperou mais alguns minutos e saiu de seu esconderijo. Tirando a boina, bateu-a nas costas e na frente de seu corpo e deu uns pulos. Ouviu um leve chiado. O luar que adentrava as árvores ao longo do riacho não lhe dava luz suficiente para ver. Abaixando-se, saiu de seu esconderijo rastejando pela encosta e espiando por cima das tábuas pesadas. Havia um homem do outro lado; ele tirou algo do bolso. Ela o viu enrolar um cigarro e enfiá-lo entre os lábios. Quando ele acendeu o fósforo com a unha do polegar, ela vislumbrou seu rosto. A chama morreu depressa, mas a ponta vermelha do cigarro brilhava quando ele tragava. Ficou parado por um tempo, fumando, depois jogou a ponta no riacho e se dirigiu à cidade.

Aquele era o líder ou o subordinado que deveria matar McNabb? Ela o teria seguido para ver aonde ia, mas sabia que precisava chegar a Willow Creek e avisar Nellie O'Toole que a vida de seu amigo estava em perigo.

Kathryn sabia que se lembraria do rosto daquele homem. Procuraria por ele entre a multidão de homens que vagavam pela rua Chump depois que os apitos tocavam.

A vida noturna de Calvada estava a todo vapor quando Kathryn retornou à cidade. Contara tudo a Nellie, que garantira que avisaria McNabb a tempo. Exausta, morrendo de frio apesar da caminhada, Kathryn procurava uma chance de atravessar a rua Chump. Havia homens reunidos em frente ao

Beck's, falando alto e rindo. Gritos chamaram a atenção deles, e foram ver dois homens brigando em frente ao Rocker Box. Assim que viraram as costas, Kathryn atravessou a rua correndo, depois subiu no calçadão, diminuiu a velocidade ao passar pelo salão de fandango e entrou depressa em casa. Ofegante, com o coração acelerado, encostou a testa na porta, tentando recuperar o fôlego.

Alguém tapou sua boca com a mão. Apavorada, ela tentou gritar, mas o som foi abafado. Debateu-se, resistiu e chutou, tentando se libertar. Ele a levantou do chão e a afastou da porta. Ela cravou as unhas na mão do homem e lhe mordeu o polegar.

Ele soltou um grunhido de dor.

— Toda joelhos, cotovelos, dentes e garras, não é?

Beck! Ela parou de resistir; cedeu, exausta. Ele passou o ferrolho antes de soltá-la.

A luz da lamparina mostrava a silhueta de Scribe na porta dos fundos. Ele ainda estava enrolado no cobertor azul-bebê.

— Não a machuque, estou avisando! Não estou ouvindo a voz dela. Por que ela não está falando? — Ele foi para o escritório da frente. — O que está fazendo?

— Aproveitando o silêncio momentâneo.

Apertando a mão ferida, Beck a fitou. Quando Kathryn tentou passar por ele, ele a pegou pelo braço e a girou.

— Onde esteve vestida assim?

Tremendo violentamente, os dentes de Kathryn batiam.

Scribe falou por ela.

— Já lhe disse, ela foi a uma reunião.

Matthias a observou com mais calma.

— O que quero saber é que tipo de reunião.

— Posso me sentar?

As pernas de Kathryn estavam bambas.

Matthias a levou até a acomodação dos fundos e colocou uma cadeira perto do fogão. A expressão dele mudou quando a observou com atenção.

— Fique aqui. — Então se virou para Scribe e disse, antes de abrir a porta dos fundos: — Fique de olho nela.

Scribe se sentou na cama de Kathryn, de cabeça baixa e os joelhos no queixo. Estava tão ridículo que ela começou a rir e não conseguia parar.

— Qual é a graça? — disse Scribe, de cara feia.

— Nada. Absolutamente nada!

Ela cobriu a boca, esforçando-se para recuperar o controle.

— Vai devolver minhas roupas agora?

Quando o viu arregalar os olhos, ela percebeu que metade dos botões estavam abertos. Com um leve "Oh", ela pegou sua saia e a blusa e correu para o escritório da frente. Antes mesmo de se lembrar de fechar a porta, já havia tirado as roupas dele e vestido as suas. Felizmente, ele foi cavalheiro e olhou para o outro lado. Kathryn jogou a calça e a camisa para ele e ficou andando de um lado para o outro.

— Já estou decente. Me conte o que aconteceu.

Ainda com frio, tremendo, ela se sentou ao lado do fogão de novo.

— Calce suas botas, Scribe.

Ele obedeceu e se sentou na cama dela.

A porta dos fundos se abriu abruptamente e Kathryn deu um pulo, quase batendo de costas na estante.

Matthias deu um sorriso sardônico.

— Um tanto assustada, hein? — Ele olhou de um para Scribe, irritado, e jogou um pacote. — Pelo jeito me demorei. — Então colocou uma garrafa de conhaque em cima da mesa de Kathryn. — Leve essas roupas de volta para o seu quarto.

Scribe se levantou.

— Não vou deixar você sozinho com ela! Não é apropriado.

— Ora, ora, também não foi muito apropriado encontrar você seminu na cama dela.

— Ora, espere aí — protestou Scribe —, eu expliquei!

— Me poupe de suas explicações. — Matthias olhou para Kathryn e sorriu. — Esta é a segunda vez que pego vocês dois em uma situação

comprometedora. — Com os olhos ainda sobre ela, ele sacudiu a cabeça.
— A srta. Walsh ficará bem, sir Galahad. Agora, saia daqui e me deixe falar com ela.

Como Scribe não se mexeu, Matthias lhe lançou um olhar que o deixou petrificado.

Kathryn afundou na cadeira mais uma vez. Já estava mais aquecida, mas ainda tremia violentamente.

Matthias abriu a garrafa.

— Acho que você precisa de uma dose de conhaque.

— Não, obrigada.

— É medicinal, e você está quase congelada.

— Já estou descongelando.

Ele riu.

— Chá quente, então.

Ele mergulhou o bule no balde de água fresca perto da porta.

— Estou bem. Pode ir.

— Não antes de me contar aonde foi.

O corpo inteiro de Kathryn estremeceu quando Matthias pousou a mão em seu ombro. Ela se levantou e se afastou. O quarto parecia menor do que o normal. Ele a observava de olhos estreitados.

— Você está tudo menos bem, e eu não vou embora sem conseguir respostas.

Ela sacudiu a cabeça e se sentou de novo, mas se levantou rapidamente, nervosa.

— Confie em mim, Kathryn.

Ele falou com tanta gentileza e segurança que ela quis lhe contar tudo. Matthias estava ali havia mais tempo e conhecia a cidade melhor que a maioria. Ele esperava em silêncio, como se tivesse todo o tempo do mundo. Kathryn sempre se considerara uma boa juíza de caráter, mas ele era dono de um saloon, um aproveitador. Fitou-o, analisando-o. Ele sustentou o olhar dela, como se não tivesse nada a esconder.

— A reunião foi sob a South Bridge.

Ele encheu o bule e o colocou no fogão. Um músculo estremeceu em sua mandíbula.

— Os homens falaram sobre uma coalizão?

Ela ficou paralisada; sua desconfiança aumentou.

— Como sabe disso? A pessoa que deixou o bilhete disse que era uma reunião secreta. E você não é mineiro.

— Ninguém guarda muitos segredos em um bar. — Ele estava irritado. — As mulheres soltam a língua com chá, mas acho que o uísque funciona melhor e mais rápido. City ouvira rumores e estava investigando este assunto quando foi morto.

Os lábios de Kathryn tremeram; ela os apertou. Acaso ele queria assustá-la? Ela já estava assustada o bastante!

O bule assobiou e ela se encolheu. Matthias pegou uma das xícaras de chá Minton, vermelhas e douradas, colocou-a sobre um pires e a levou para ela com mãos firmes. Mas as de Kathryn tremiam tanto que ela as prendeu debaixo dos braços.

— Não posso me dar ao luxo de comprar outra, se quebrar.

— É chá ou conhaque, Vossa Senhoria — disse ele em um tom gentil, provocante.

Deixou o pires de lado e lhe entregou a xícara.

Ela lhe deu um sorriso sombrio. O chá estava forte, e a fortaleceu.

— Esta é uma cidade terrível, Matthias. — As lágrimas ardiam em seus olhos. — Você tem razão, há muita sujeira e buracos profundos. Os ratos que andam por aí são muito maiores e mais malvados que os que se banqueteiam com lixo nos becos.

Ele estava sério.

— O que você ouviu?

Ela se sentia tentada a lhe contar tudo, mas sabia que conselho ele lhe daria. *Não publique isso.* Evitando seus olhos, ela deu de ombros.

— Nada de especial.

Sentiu suas faces queimarem por causa da mentira.

— Estavam falando sobre uma greve?

— Não.

Ela notava a frustração de Matthias. Terminou o chá e deixou a xícara cuidadosamente sobre o pires.

— Obrigada, já estou muito melhor. Pode ir.

— Você ainda está tremendo.

— Estou com frio, vou me aquecer.

— Não é por isso que você está tremendo. Está assustada. Você é uma Walsh, sem dúvida. Sempre atrás de problemas.

De repente, inexplicavelmente irritada, Kathryn se inclinou para a frente.

— Não fui atrás de problemas, e sim de *informações*.

Quando ela se levantou, Matthias lhe agarrou o pulso.

— E encontrou os dois, não foi? — Ele a segurou firme, mas sem machucar. — Estou sentindo seu pulso acelerado.

Ela se soltou; o toque dele era perturbador demais.

— Foi uma longa caminhada de volta, toda no escuro, e ouvi algo se mexendo nos arbustos — disse ela para se justificar. — Pode ter sido um urso.

— Quer tentar de novo? Posso passar a noite toda aqui.

— Eles mencionaram Morgan Sanders — disse ela, como se fosse coisa sem importância.

— Mencionaram? — O tom de voz de Matthias era mais seco que a areia do deserto. — Tenho certeza de que gostariam de matá-lo — disse ele, furioso. — Mas não precisa se preocupar com Sanders, ele anda bem armado e bem protegido.

Ela foi até a porta da frente para abri-la, com a intenção de mandá-lo sair. Mas ele segurou a porta.

— Qual era o plano?

Ela se afastou de Matthias e ficou andando de um lado para o outro. Sabia que ele não iria embora se ela não lhe dissesse algo.

— Assustar Sanders. O suficiente para que lhes dê o que eles querem. Um deles não concordou.

Ela não disse por quê.

— Estou curioso. — Matthias estava furioso, mas falava baixinho, com a voz controlada. — Onde você estava enquanto eles falavam tudo isso?

— Debaixo da ponte. Atrás de um pilar, onde eles não podiam me ver.

Ela se lembrou da aranha rastejando em seu rosto e estremeceu.

Matthias praguejou baixinho.

— Você tem ideia do que eles teriam feito com você se a pegassem?

— Imagino que sim.

Por que sua voz tinha que sair tão infantil e assustada?

Afastando-se, Matthias passou a mão pelo cabelo. Parou de frente para ela, com o cenho franzido.

— E aquele que não concordou com o plano?

— Já providenciei para que seja avisado sobre a... — Ela parou.

— A ameaça de morte. É isso que você está escondendo? — Ele praguejou de novo. — O que você fez, Kate? Subiu ao acampamento dos mineiros e bateu nas portas para tentar avisá-lo?

— Não. — Tarde demais, ela pensou no perigo que Nellie corria e seus lábios tremeram. — Fui até alguém que o conhece. Ele será avisado a tempo.

Ela não podia ver Matthias por trás das lágrimas.

— Eu tinha que fazer alguma coisa!

— Calma... — Ele a abraçou e apoiou suavemente o queixo no alto da cabeça dela. — Shhhh... Vai ficar tudo bem.

— Não, não vai!

O corpo de Kathryn se aqueceu quando ele passou as mãos nas costas dela. Era o coração dela que batia tão forte? Ou era o dele? Seria melhor ela se afastar.

— Por favor, fique no hotel por alguns dias. Quero ter certeza de que você estará segura.

— Não.

Ela pegou o xale no sofá e o enrolou sobre seus ombros, de olho em cada movimento dele.

A expressão de Matthias era divertida.

— Ah, querida, você ainda não confia em mim! Você viu o quarto, viu a fechadura.

— Estou mais segura aqui.

Ele passou o olhar por Kathryn inteira.

— Talvez você tenha razão.

Ela passou os braços ao redor de si mesma, alerta. Estavam sozinhos; a única luz provinha de uma lamparina solitária. Ela não estava mais com frio.

— O que quer fazer, Kathryn? — perguntou ele, baixinho.

— Chapéus.

O trabalho a acalmava e a ajudava a pensar.

— Boa ideia — disse ele, aliviado. — Tem certeza de que vai ficar bem?

Ela deu um sorriso irônico.

— Sou mais forte do que pareço, sr. Beck.

— Pode me acompanhar até a porta? — disse ele, brincalhão, sedutor.

Ela não queria se aproximar muito dele.

— Vou trancar a porta quando você sair.

— Que pena.

Ele riu baixinho, passou pelo segundo cômodo e saiu pela porta dos fundos.

Henry entrou pela porta de vaivém e se sentou. Matthias ergueu as sobrancelhas.

— Está voltando agora?

Já passava da meia-noite.

— Estava na casa de Charlotte. — Ele estava exausto, mas relaxado. — As coisas estão indo muito bem.

Matthias riu.

— Posso ver que as coisas estão indo bem.

Henry lhe deu um olhar de reprovação.

— Com a campanha!

City ficaria feliz por Matthias ter entrado no jogo, mas ele mesmo duvidada de que venceria. Não fora apenas o desafio de City que o fizera concordar em concorrer a prefeito. Fora por querer fazer de Calvada uma cidade que valesse a pena chamar de lar.

Com poucos dias em Calvada, Henry já havia apontado fatos desanimadores. Calvada não ficava no caminho de nenhuma estrada principal para lugar nenhum. Se a cidade sobrevivesse, outros negócios, além da mineração, teriam de ser desenvolvidos para que as pessoas subissem a montanha e quisessem ficar. Matthias já havia chegado à mesma conclusão. Se Henry houvesse chegado na data esperada, Matthias já teria vendido suas propriedades e estaria em Truckee, Reno, Sacramento ou Monterey. Mas Henry tinha se atrasado. Em vez de ir no verão, fora no outono, e Kathryn Walsh chegara à cidade na mesma diligência.

Talvez Kathryn Walsh fosse uma inspiração para Matthias. Em vez de vender sua propriedade e ir para um lugar melhor, ela se manteve firme, como Robert E. Lee em Chancellorsville.

Ela não deveria ter ficado na casa de City depois de ter escutado uma reunião da coalizão. Kathryn não lhe dissera o nome do homem cuja vida estava em perigo; ele deveria tê-la pressionado mais.

Assim que Matthias saiu, Kathryn se sentou à mesa de seu tio, acendeu a lamparina e pegou o material de escrita. Não havia tempo a perder. Faltavam apenas dois dias para a eleição. Levou menos de uma hora para escrever duas matérias: uma sobre a não mais secreta coalizão de mineiros e seus planos diabólicos de assassinar um colega mineiro por ousar se opor a um assassinato, e outra incentivando os homens a votar em Matthias Beck para prefeito.

O salão de fandango estava em silêncio quando Kathryn começou a abrir e fechar as gavetas e a organizar os tipos de trás para frente na bandeja de impressão. Havia observado bastante Scribe, e trabalhado com ele, de modo que já sabia como fazer, mas ficou frustrada com sua falta de jeito e velocidade. O que Scribe teria levado uma ou duas horas para fazer lhe tomou o resto da noite. Rolando a tinta, ela imprimiu a primeira página e a revisou. Vendo os erros, gastou preciosos minutos localizando os tipos incorretos, tirando-os com a faquinha e colocando os certos.

Conseguiu imprimir cinquenta cópias até que alguém bateu à porta. Seu coração se acelerou, mas se acalmou quando ela viu que era Scribe, e não Matthias Beck. Faltava pouco para o nascer do sol, e ele estava preocupado.

— O que ele fez depois que eu saí ontem à noite?

— Nada. Entre aqui. Preciso de você.

— Você está com a mesma roupa. Não dormiu?

— Vou dormir quando o trabalho terminar — disse ela, indicando a prensa. — Temos um jornal para entregar.

Scribe pegou uma cópia e começou a ler. Ela a pegou da mão dele.

— Leia depois, Scribe, não temos tempo a perder. — Ela foi andando para o outro cômodo. — Preciso me refrescar.

— Santo Deus! — Scribe bateu na porta dela. — Você não vai distribuir isso, vai?

Ela voltou, prendendo mechas de cabelo em seu coque.

— Sim, vou.

— Se eu soubesse a que tipo de reunião você iria, não teria deixado você sair por aquela porta!

— Então foi bom você não saber. Pare de enrolar, Scribe, imprima mais cópias. — Ela as colocou sobre a mesa para secar. — Ouvi cada palavra com meus próprios ouvidos. Quanto antes todos souberem, melhor. Manter silêncio nos torna cúmplices.

Kathryn apertou o xale, preocupada com Nellie O'Toole. Acaso ela teria conseguido avisar McNabb? E avisá-lo colocaria Nellie em perigo? Kathryn tinha que saber.

— Não é somente a vida do sr. Sanders que está em jogo.
— Aonde vai?
— Ver uma pessoa. Não fique aí parado. Quero todas as cópias que você imprimir na próxima hora circulando. Não me interessa se as der de graça, quero que esses jornais cheguem às mãos das pessoas.
— E se eu não fizer?
Ela parou à porta.
— Vai fazer, porque sabe que é o que City Walsh gostaria que fizesse.

Nellie O'Toole e seus dois filhos tinham partido. Kathryn não sabia se ficava aliviada ou ainda mais preocupada. Aqueles homens sabiam que McNabb visitava Nellie. E se tivessem ido até lá logo após Kathryn ter falado com ela? E se...
— Senhorita Walsh?
Quando Kathryn se voltou, viu uma jovem saindo de um barraco.
— Nellie foi embora.
A mulher não era muito mais velha que Kathryn, mas era magra e envelhecida. Seu olho esquerdo estava inchado e fechado, e a bochecha tinha uma coloração preta e azul.
— Ela saiu alguns minutos depois que você foi embora. Deixou os filhos comigo até voltar com Ian McNabb. Eles foram embora.
— Quem machucou você?
— Melhor eu não dizer. Estavam atrás de Nellie. Eu disse que ela havia ido embora alguns dias antes, mas eles disseram que eu estava mentindo.
— Kathryn tocou o rosto dela. — Pedi a Nellie e Ian para não me dizerem aonde iam. Sem saber, não tenho como contar. Melhor assim.
— Sinto muito, sra...
— Ina Bea Cummings, senhora.
— Acho que a culpa é minha. Lamento por terem machucado você Venha para a cidade comigo. Vou abrir espaço...

— Ah, não, senhora, estou mais segura aqui. Além disso, tenho que pensar em Elvira Haines e Tweedie Witt. Nós cuidamos umas das outras. Temos amigas que ajudam quando podem. Espero que você também tenha, srta. Walsh. Os homens que vieram procurar Nellie queriam saber quem tinha avisado a ela. Eu não sabia quem havia sido até que a vi subindo a colina, agora mesmo. Estou com medo por você, srta. Walsh. Eles devem estar procurando a senhorita. Sabe disso, não é?

A cidade inteira saberia quando desse meio-dia. Tudo que ela sabia estava no *Voice*.

⋆ 13 ⋆

Quando entrou na rua Chump, Kathryn ouviu Scribe vendendo jornais na Aday's General Store. Exausta, entrou no escritório do *Voice* e afundou no sofá. Recostando-se, cochilou até Scribe chegar.

— Vendi todas as cópias por cinco centavos cada.

Sorrindo, ele pegou a lata na gaveta de baixo e esvaziou os bolsos.

— Vamos imprimir mais cópias da próxima vez — disse ela, agradecendo. — Vire a placa, Scribe, preciso descansar um pouco.

Ele virou a placa.

— Você deveria trancar a porta.

Ela disse que sim, mas esqueceu de trancá-la depois que ele foi embora. Cansada demais para se preocupar com qualquer coisa, enrolou-se no sofá e dormiu. Achou que estava sonhando quando a porta se abriu e passos pesados entraram, mas acordou abruptamente quando alguém a pegou pelo braço e a puxou para cima. Com os olhos turvos, ela viu o rosto lívido de Morgan Sanders perto do dela, os olhos escurecidos de raiva. Ficou gelada de medo.

— Quem são eles? Eu quero nomes.

Kathryn se esforçava para manter a calma.

— Me solte, por favor.

Ele obedeceu e deu um passo para trás, como se tentasse recuperar o controle.

— Tudo que você escreveu aqui é… — Ele disse um palavrão, soltando seu hálito quente e azedo no rosto dela, enquanto amassava o *Voice*. — Não há um homem nesta cidade que ousaria vir atrás de mim.

Levantando as mãos em um gesto de conciliação, ela se afastou dele.

— Fico feliz por saber disso. Eu escrevi essa matéria para que aqueles homens não prosseguissem com os planos.

Ele se aproximou dela, com os lábios esticados, brancos, sobre os dentes à mostra.

— Não acredito em nada disso. Acho que você inventou essa história para conseguir votos para Matthias Beck.

Chocada com a acusação, o temperamento de Kathryn explodiu.

— Eu nunca faria uma coisa dessas!

— A porta de sua casa já se abre sozinha para ele.

Atordoada e ofendida, Kathryn o fitou.

— Não da maneira que você sugere.

Mas como ele saberia? A menos que...

— Você anda me vigiando? Como ousa!

— Ah, eu ouso muito mais que isso! Tenho um homem meu lá fora neste momento. Eu poderia chamá-lo, ele e alguns outros, e desmontar essa prensa peça por peça!

Alarmada, ela sabia que ele falava sério.

— Isso não mudaria o fato de que alguns homens querem você morto.

— Está cuidando de mim, é? — disse ele, irônico. — É nisso que quer que eu acredite?

Ele estendeu o braço tão rápido que ela não teve tempo de evitar. Então enfiou os dedos nos cabelos de Kathryn e a puxou para perto, deixando seu rosto a centímetros do dela. Ofegante de dor, ela não tinha dúvidas de que ele poderia facilmente quebrar seu pescoço.

— Diga quem são!

— Não sei!

— Descreva cada um deles!

Engolindo seu medo crescente, Kathryn tentava manter a calma.

— Me solte, sr. Sanders.

Ouviu-se barulho do lado de fora. Parecia uma briga. Morgan pestanejou, mas não a soltou. Com o couro cabeludo ardendo e os olhos lacrimejando, Kathryn não desviou o olhar.

— Eu só ouvi, não vi seus rostos.

Exceto um.

A briga continuava lá fora. Kathryn ouvia os grunhidos de dor, as botas raspando, mais golpes e um baque pesado.

Ele a olhou com desconfiança.

— Você está mentindo.

As palavras e o olhar de Sanders a assustaram.

— Uma coisa é se proteger, sr. Sanders, outra é fazer justiça com as próprias mãos.

— Eu sou a lei nesta cidade.

A porta se abriu. Sanders soltou Kathryn tão de repente que ela cambaleou para trás. Morgan se virou quando ela ergueu os olhos. Matthias Beck estava à porta, com a boca sangrando. Atrás dele, no calçadão, um homem jazia inconsciente. Vendo a expressão nos olhos de Beck, Kathryn sabia que tinha que agir depressa, ou haveria derramamento de sangue.

Contornando Morgan Sanders, ela se colocou entre os dois homens.

— Está tudo bem, sr. Beck.

— Claro que está.

A voz de Beck estava carregada de sarcasmo, e os olhos ardentes fixos em Sanders.

Kathryn ergueu as mãos.

— Por favor, não faça nada precipitado. O sr. Sanders estava simplesmente expressando sua opinião sobre o meu artigo, coisa que tem todo o direito de fazer. — Ela olhou para trás. — E já estava de saída, não é, sr. Sanders?

Sanders se dirigiu à porta.

— Nossa conversa ainda não acabou, srta. Walsh.

Beck deu um passo à frente. Kathryn o pegou pelo braço enquanto Sanders se retirava, mas não conseguiu segurá-lo. Ela protestou, mas ele seguiu Sanders, gritando:

— Está fugindo, Sanders? Estou falando com você, seu filho da p...

A palavra que ele usou provocou uma cor pungente nas faces de Kathryn. Morgan Sanders continuou andando, com os ombros eretos, a cabeça erguida, ignorando-o. As pessoas haviam saído para ver o que estava acontecendo.

— Volte e lute comigo, seu covarde!

— Por favor, pare! — Kathryn cobriu suas faces em chamas. — Se está tentando ir atrás dele pensando em me defender, *não faça isso*!

Beck olhou para ela, e a expressão do rosto dele a fez recuar.

— Tudo bem. Tudo bem! Obrigada por ter chegado em um momento crucial, mas não me use como pretexto para brigar no meio da rua!

Beck limpou a boca. Ela havia acabado de passar por cima de um homem espancado, caído inconsciente no calçadão, mas a visão do sangue de Matthias Beck a deixou fraca. Dando meia-volta, Kathryn correu para o escritório do *Voice*. Ele segurou a porta antes que ela a pudesse fechar e entrou.

— Você tinha que publicar tudo, não é? O que vai fazer quando um daqueles homens sobre quem você escreveu aparecer no meio da noite?

Kathryn não queria conversar.

— Vá embora, sr. Beck.

Ela estava assustada e cansada demais para pensar direito.

— Você tem Sanders de um lado querendo arrancar seus cabelos e os malditos Molly Maguires do outro. Está feliz agora?

Ela entendeu a referência aos Molly Maguires porque furtava os jornais do juiz assim que ele os descartava. Não queria lembrar dessas reuniões secretas que levavam à intimidação, assassinato e tentativas de aquisição de minas. Um homem de Pinkerton se infiltrara na gangue e reunira provas suficientes para condená-los, mas mesmo depois que vários líderes foram executados, persistia o medo de que os que escaparam se reorganizassem em outro lugar.

Acaso alguns deles poderiam ter ido até a Califórnia?

Abalada, Kathryn respondeu na defensiva.

— Apostei na possibilidade de que publicar o que eles disseram os impediria de prosseguir com o plano!

— Você aposta alto demais.

— Pois bem, fique feliz! Sanders pensa que fiz isso por você. Calvada pode acabar tendo um dono de saloon como prefeito!

Ao notar que também estava gritando, esforçou-se para modular a voz e usar um tom mais feminino.

— Se isso acontecer, espero que cumpra as promessas que fez ao povo e contrate um xerife, para que tenhamos um pouco de lei e ordem. — Ela pensou na ameaça de Sanders e falou com o nariz colado no de Matthias Beck. — Assim, ninguém poderá destruir minha prensa!

— Tenho vontade de levar essa prensa para os Dardanelos e jogá-la do penhasco!

Scribe entrou.

— A cidade inteira está ouvindo essa gritaria.

— Pois que ouçam! — rugiu Matthias.

A fúria dele aplacou a dela. Kathryn estava mais controlada. Foi até a mesa e começou a mexer nos papéis, com as mãos tremendo.

— Acho que já dissemos tudo que havia para dizer — disse ela com a voz estremecida.

— Estamos só começando — disse Matthias, com o olhar em chamas. — Você vai se mudar para o meu hotel.

— O quê? — Ela se endireitou, indignada. — Não vou! Vou ficar aqui, onde é o meu lugar. — Kathryn apontou o dedo para o chão. — Por mais humilde que seja, esta é a *minha* casa, e *ninguém vai me expulsar daqui!*

Matthias não disse nada por um instante. Seu corpo afrouxou, o brilho da fúria foi diminuindo.

— Tudo bem. Vou me mudar para cá.

Ela sentiu seu rosto esquentar.

— Não seja ridículo!

Envergonhada pelo calor que a sugestão dele provocara, ela lhe deu as costas. Certamente, Matthias não estava falando sério. Arriscou olhar para ele. Ah, sim, ele estava.

— Não. Nem pensar. Nunca.

— Então, vamos fazer um acordo — disse ele com tranquilidade, mantendo o olhar fixo nela, determinado. — Se sua casa ainda estiver de pé daqui a um mês, você volta.

— Um mês!

Ela parou e mordeu o lábio, nervosa, considerou por um tempo e disse:

— Uma noite.

— Uma semana.

Uma semana sob o teto dele! Kathryn pensou no que Morgan Sanders dissera sobre sua porta estar sempre aberta para Matthias. Ela não podia negar a atração, mas nunca o encorajara. O que as pessoas diriam se ela se mudasse para o hotel dele?

— Ninguém vai pensar mal de você. A cidade inteira viu Sanders invadir sua casa.

Acaso aquele homem podia ler sua mente? Um simples olhar dele era suficiente para seu coração disparar. Ela corou mais uma vez, irritada por ver que ele notava.

— Não seria apropriado.

— Eu poderia amordaçá-la, jogá-la por cima do ombro e carregá-la pela rua. Assim, você poderia alegar que não teve escolha.

Ela deu uma risadinha.

— Isso faria de você um homem menos honrado.

Matthias a olhou com um brilho diferente e abriu um sorriso lento.

— Está dizendo que me acha honrado? Não sabia que você tinha uma opinião tão boa a meu respeito.

Ela ignorou o tom sensual de Matthias e o calor que despertava nela.

— Digamos que eu passe uma noite em seu hotel...

— Uma semana. De graça. Com um guarda-costas temporário.

— Um guarda-costas? — Ela olhou para ele, desconfiada. — Quem?

— Não eu.

Ela não deveria se sentir tão desapontada.

— Acha mesmo que tudo isso é necessário?

— Acho. E acho que você também sabe disso.

Kathryn afundou no sofá. Sanders entrara sob os olhos da cidade toda e a maltratara. Se Matthias não houvesse aparecido, o que poderia ter acontecido?

— Uma semana — concordou ela, derrotada.

Ele abriu a porta.

— Vamos.

— Preciso fazer as malas.

— Mais tarde. Você parece uma morta-viva.

Ela não negou. Jogando o xale sobre os ombros, ela o seguiu. Seus joelhos tremiam tanto que ela tropeçou e quase caiu quando desceu do calçadão. Matthias a pegou no colo e atravessou a rua.

— Matthias! — gritou Ronya. — Aonde está levando Kathryn?

— Estou colocando Kathryn sob custódia, para proteção dela.

A Chump inteira o ouviu.

Matthias entrou de costas pelas portas de vaivém e viu a fila de homens no bar olhando enquanto carregava Kathryn cassino adentro.

— Ei, Beck! O que pretende fazer com sua dama? — perguntou um dos clientes, gargalhando.

Vários outros homens riram.

Seria melhor que eles entendessem logo que ele não toleraria que ninguém caluniasse Kathryn Walsh.

— Cuidado, cavalheiros — disse Matthias com firmeza.

Um simples olhar frio para os homens acabou com a alegria deles. Matthias apontou o queixo para o homem parado mais ao fundo.

— Suba, Ivan.

Matthias havia contratado aquele russo grandão para expulsar homens que causassem problemas no estabelecimento. Pretendia deixá-lo em frente à porta dela. Não confiava na maioria dos homens da cidade, incluindo ele mesmo. Kathryn era tentadora demais, especialmente agora que ele a tinha em seus braços e sob seu teto.

— Por favor, me coloque no chão, sr. Beck. Eu posso andar sozinha.

Matthias a colocou de pé, mas manteve a mão embaixo do braço dela. Ela andava com as costas eretas e o queixo erguido, mas ele a sentia tremendo. Uma reação retardada, provavelmente. Só de pensar em Sanders colocando a mão nela Matthias sentia vontade de ir atrás daquele homem e espancá-lo. Poderia acontecer mais do que isso se Sanders fosse atrás de Kathryn mais uma vez.

Abrindo a porta da melhor suíte do hotel, Matthias fez uma reverência.

— Entre, Vossa Senhoria.

Ela entrou com certa hesitação.

— Eu não deveria ficar aqui — disse ela, levando a mão à garganta.

— Só até as coisas esfriarem.

Ela se afastou dele, nervosa.

— Tenho negócios para administrar.

Negócios que poderiam machucá-la.

— Nós vamos dar um jeito.

Voltando-se, ela o fitou.

— Nós?

Pena que ela não havia se limitado a fazer chapéus para mulheres. O pior é que não havia mulheres suficientes na cidade para comprá-los. Ivan estava à porta, esperando ordens. Kathryn o viu. Matthias notou que ela estava avaliando a situação. As sombras sob os olhos dela eram prova de que ela adormeceria assim que se deitasse naquela linda cama de penas.

— Senhorita Walsh, este é Ivan — disse ele, sem mencionar o sobrenome do homem. — Ele vai garantir que ninguém a incomode.

Ouviram o barulho de botas subindo a escada e Scribe chegou, bufando.

— A cidade inteira está falando que...

Matthias fuzilou o garoto com um olhar.

— Ela está mais segura aqui que do outro lado da rua.

Ele olhou para Ivan e o homem colocou a mão firme no ombro de Scribe e o conduziu para fora. Matthias já podia ver Kathryn mudando de ideia.

— Vamos ter que conversar sobre isso.

— Mais tarde. Os últimos dias foram longos e difíceis, não é, Vossa Senhoria? Descanse um pouco. — Ele se dirigiu à porta. — Vou providenciar para que lhe tragam uma refeição.

— Sr. Beck!

Ele agia como se ela estivesse planejando uma fuga.

— A porta tem uma tranca boa e pesada — disse ele, e saiu, fechando a porta atrás de si.

Esperou até ouvir a tranca ser passada.

Ivan estava preocupado.

— O que faço se ela sair?

— Não a perca de vista.

Matthias desceu. Ao chegar no salão, encontrou uma multidão de homens comemorando. Não precisava perguntar por quê. Herr lhe deu um soco no ombro.

— Finalmente, alguém foi homem suficiente para fazê-la se calar! — Ele ergueu o copo bem alto. — A Matthias Beck, o homem que deveria ser prefeito!

Os homens aplaudiram.

Matthias deu uma risada sombria. Todos descobririam, em breve, que Kathryn Walsh não ficaria em silêncio por muito tempo.

Kathryn ouviu os ruídos de celebração, mas estava cansada demais para se importar com o motivo. Foi até a janela e viu homens correndo pela rua, sem dúvida atraídos pelos aplausos no andar de baixo. Alguns olharam para cima e a viram. Em vez de recuar, ela procurou entre aqueles rostos o do homem que vira acender um cigarro depois de planejar um assassinato a sangue frio. Alguns homens olharam para ela, conversando com seus companheiros, que também olharam para cima. Imaginando o que eles poderiam estar pensando — erroneamente —, ela recuou.

Kathryn despejou água em uma tigela de porcelana azul e branca, juntou as mãos em concha e refrescou o rosto. A toalha era macia. O quarto tinha todos os confortos, até uma banheira! Havia brasas na lareira. Ela encontrou fósforos sobre o console, acendeu um e logo as chamas lambiam o grande tronco. Havia duas cadeiras e uma mesinha de frente para a lareira. Antigamente, Kathryn e a mãe se sentavam diante do fogo para conversar. Em geral, depois que Kathryn discutia com o juiz. Quando ela ainda era criança, sua mãe lhe dizia palavras de conforto, mas, depois que Kathryn completara dezesseis anos, as expectativas da mãe passaram a ser as mesmas do juiz. Kathryn se casaria, de preferência antes dos dezoito anos. *Você é adorável, inteligente e uma jovem bem relacionada. Claro que terá pretendentes.* Sua mãe não podia acreditar que qualquer garota escolheria permanecer solteira; isso até Kathryn recusar suas duas primeiras propostas.

Certamente você não quer ser uma solteirona.

Você não pode mudar o mundo, Kathryn.

Você é igual a seu pai...

Kathryn recordou a última conversa que tiveram e sentiu a mesma dor que sentira quando a mãe dissera:

Minha vida será muito mais fácil sem você.

Sua mãe não havia descido para se despedir no dia em que o juiz levara Kathryn à estação de trem. Será que ele a havia proibido, preocupado com que o estresse ameaçasse o feto que a esposa carregava? Kathryn não podia culpá-lo. Ela nunca duvidou do amor de seu padrasto por sua mãe. Era a ela que ele desprezava.

Por que fica contra Lawrence? Você sabe que não pode vencer.

Por que sempre tem que ser a fonte de discórdia nesta casa?

Kathryn não queria criar problemas. Queria consertar as coisas! Queria melhorar as coisas! Mas, aparentemente, seguir as próprias convicções e criar problemas eram faces da mesma moeda. Mas ela tinha que se perguntar: acaso havia piorado as coisas escrevendo sobre o que ouvira debaixo da ponte? Cansada demais para pensar em outras estratégias que poderia ter seguido, ela se sentou e se recostou na cadeira. De que adiantava fazer perguntas agora? O que havia feito estava feito, e ela teria que enfrentar as consequências.

O rosto de Lawrence Pershing surgiu em sua mente. *Adeus, Kathryn.* Mesmo naquele momento, meses depois, ela sentiu a pontada de dor. O tom dele havia dito tudo. *Estou finalmente livre de você. Não volte.*

O crepitar do fogo a confortou, o calor penetrou seu corpo cansado. Ela se esforçava para manter os olhos abertos. Quando havia dormido pela última vez? Anteontem? Não conseguia se lembrar. Seus músculos relaxaram, e as mãos caíram sobre os braços da cadeira. Ela foi afundando e deslizando, pegando no sono. Seria melhor que ela se levantasse ou se esticasse na cama. Cansada demais para fazer qualquer coisa, apoiou uma bota na beira da mesinha para se ajeitar e dormiu sentada.

Matthias ficou no andar de baixo; não queria que os homens especulassem suas razões para ter Kathryn ali, em um quarto no andar de cima. Ao ouvir uma suposição obscena, ele pegou o homem pela parte de trás do colarinho e o fundilho das calças e o atirou pelas portas de vaivém.

— Alguém mais quer dizer alguma coisa contra a dama lá em cima?

Henry o observava, divertido.

— Há outros lugares seguros aonde você poderia tê-la levado, meu amigo. À casa de Ronya, por exemplo.

— Não pensei nisso.

— A única maneira de manter essa mulher longe de problemas é se casar com ela.

Esse pensamento havia ocorrido a Matthias muito antes de Henry trazê-lo à tona. As chances de Kathryn Walsh concordar não estavam a seu favor. Não ainda. Em dado momento, nos últimos dias, ele se pegara perguntando a Deus como protegê-la; e isso que ele não orava havia anos!

Ronya chegou com uma bandeja.

— Ela precisa comer.

— Eu não pretendia matá-la de fome.

Ela apontou com a cabeça o bar e cassino movimentado.

— Pode ser, mas você está bastante ocupado com esse bando selvagem.

Ele a escoltou até o quarto de Kathryn. Ivan se levantou e afastou a cadeira que bloqueava a porta.

— Não ouço nem um pio há horas.

Matthias bateu na porta. Não houve resposta. Tirando a chave do quarto do bolso, ele destrancou a porta e viu Kathryn dormindo, esparramada em uma cadeira perto da lareira, com um pé em cima da mesa.

Ronya riu.

— Nossa, pelo jeito ela estava esgotada — disse ela, colocando a bandeja de lado. — Melhor colocá-la na cama.

Matthias gentilmente pegou Kathryn nos braços. O cabelo dela se soltou, caindo em forma de uma massa de cachos ruivos. Os braços pendiam ao lado do corpo e a cabeça balançava para trás. Ela soltou um ronco alto, e Ronya riu. Rindo, Matthias colocou Kathryn na cama. A respiração dela se suavizou. Ela parecia um anjo adormecido. O calor que ela emanava fez o peito de Matthias se apertar. Ele queria abraçá-la e mantê-la segura. Desabotoando o colarinho alto e apertado, ele observou o pulso uniforme na garganta dela.

Ronya deu um tapa no braço dele.

— O que pensa que está fazendo?

Endireitando-se abruptamente, Matthias corou.

— Eu só estava soltando o colarinho para que ela possa respirar.

— Ela está respirando bem. Você é quem parece estar ficando sem ar. — Ela parecia uma mãe felina furiosa. — Não vamos confundir as razões pelas quais você trouxe Kathryn para cá, certo? Pena que não dá para ela ficar em minha casa.

Considerando o que estava sentindo naquele momento, Matthias pensou que poderia não ser uma má ideia.

— Você tem espaço?
— Não. Uma pena também, pois a tentação de ter essa menina sob seu teto pode ser demais.
— Acho que ela sabe se defender.
Ronya bufou.
— Não duvido disso. Kathryn é dura na queda. Você, por outro lado...
Matthias levantou a mão como se estivesse fazendo um juramento.
— Pretendo ficar de olho nela, mas com frieza.
Ronya riu.
— Ainda não vi você lançar um único olhar frio para Kathryn, Matthias. Calvada inteira está vendo você todo derretido. — Ela apontou com a cabeça em direção à porta aberta. — Por que não vai buscar na casa dela tudo de que ela precisa?
Ele pretendia pegar mais que algumas coisas.
— Ah, e Matthias... — Ela estendeu a mão antes que ele chegasse à porta. — Entregue.
Matthias tirou a chave do bolso e a colocou na palma da mão dela.
— Bom garoto. — Ronya sorriu. — Agora, veja o que é preciso fazer para manter nossa garota segura.

Kathryn acordou com gritos de júbilo e tiros provindos da rua. Grogue, afastou as cobertas. Sentiu o ar frio bater e percebeu que estava usando apenas uma túnica fina. Quem a despira? Olhando ao redor freneticamente, viu sua saia, a blusa, as anáguas, as ceroulas vermelhas e o espartilho cuidadosamente dobrados em seu baú, e as botas limpas no chão. Nenhum homem seria tão caprichoso.

Empurrando para trás seus selvagens cachos ruivos, ela correu pelo chão frio de madeira, lavou-se e vestiu-se rapidamente. Tremendo, colocou um pedaço de lenha nas brasas da lareira e foi até a janela da frente, olhando para fora com cautela. Uma multidão de homens carregava Matthias Beck pela rua Chump, ovacionando e gritando, alguns erguendo garrafas de uísque. Aparentemente, ele fora eleito prefeito. Desanimada, Kathryn percebeu que havia dormido direto durante a eleição!

Tiros ecoaram.

— Quanta lei e ordem!

Kathryn pegou sua escova e penteou o cabelo com fúria. O armário de seu tio também estava no quarto. Abriu e fechou cada gaveta, encontrando-as cheias de roupas íntimas, blusas, saias e vestidos, tudo que trouxera de casa, tudo cuidadosamente dobrado e guardado. A estante de seu tio também estava lá, além de um suporte de chapéus com três que ela mesma havia confeccionado, seu casaco e um xale.

Tudo havia sido levado para lá, exceto a prensa manual Washington, tinta e suprimentos.

Ela fez um coque, prendeu-os com grampos de tartaruga e abriu a porta. Ivan se levantou.

— Aonde pensa que vai?

Ele tinha uma arma no coldre amarrado na coxa.

— Vou lá fora descobrir o que aconteceu.

— Matthias foi eleito prefeito.

— Imaginei.

Ela se dirigiu à escada, e Ivan foi atrás dela. Ela parou.

— Não preciso de sua ajuda, sr...

— Lebedev. E tenho ordens para ficar de olho na senhorita.

Ele ficou perto do calçadão, vendo o desfile que reunia mais seguidores e chegava quase ao Sanders Hotel. Acaso Morgan Sanders estava assistindo? Ninguém gosta de perder, e esse desfile parecia uma retaliação.

— Kathryn! — gritou Abbie Aday, em frente ao mercado, e se aproximou depressa, olhando com os olhos arregalados para Ivan e sua arma.

— Fiquei tão preocupada com você naquele lugar selvagem! Nabor disse que Matthias trancou você no quarto dele.

— O quê? Não! — Ela queria ir até a loja e bater em Nabor por tirar aquela falsa conclusão. — Estou sozinha em um quarto de hóspedes, no andar de cima, com uma boa tranca na porta, e só porque...

— O sr. Sanders foi atrás de você e...

— Abbie! — Exasperada, Kathryn achou melhor mudar de assunto. — Alguma notícia sobre como o sr. Sanders recebeu os resultados da eleição?

— Ninguém viu o homem desde que ele saiu da sua casa, e duvido que alguém queira estar perto dele agora.

— Ele foi prefeito por dois mandatos, certamente deve ter algo a dizer. — Ela olhou para o hotel dele. — Alguém deveria perguntar.

— Não será você — rosnou Ivan.

— Sou editora do *Voice* e tenho a responsabilidade de relatar o que acontece em Calvada, sr. Lebedev.

— Fale com o novo prefeito, Matthias Beck.

— Falarei assim que ele estiver em terra firme, e não sendo carregado como Baco.

Ivan olhou para ela.

— O quê?

— Esqueça.

Abbie fechou mais o xale ao redor dos ombros.

— Ouvi dizer que uma dúzia de homens da Madera foram embora na noite em que o sr. Beck a levou para o hotel. Segundo rumores, Molly Maguires vindos da Pensilvânia estão aqui para causar problemas. — Abbie se aproximou e sussurrou: — Nellie O'Toole foi à loja ontem à noite. Nabor estava no bar, então lhe dei um saco de feijão, carne de porco salgada e dois potes de conservas.

Abraçando-a, Kathryn beijou-lhe o rosto.

— Você tem um bom coração, Abbie Aday. Nunca deixe ninguém lhe dizer o contrário. — Afastou-se. — Pode dizer a todos que vou para casa assim que encontrar cavalheiros gentis para levar minhas coisas de volta. O sr. Beck insistiu que eu ficasse uma semana, mas tenho certeza de que não é necessário.

Abby ficou alarmada.

— Oh, não! Você não pode voltar. Já viu sua casa?

Kathryn estava tão empenhada em acompanhar o desfile que nem sequer olhou para o outro lado da rua. Desejando a Abbie bom dia, correu para lá. Com o coração apertado, viu que a janela havia sido quebrada, e as cortinas rasgadas pendiam como musgo. As bandejas de tipos tinham sido arrancadas das gavetas do armário e estavam espalhadas pelo chão. Quem teria feito aquilo? Sanders ou os homens que foram impedidos de matá-lo?

Temendo o pior, Kathryn foi à prensa e a examinou.

— Graças a Deus.

Não havia sido danificada; só faltava o cabo. Um carpinteiro poderia fazer outro. Agachando-se, ela começou a recolher os tipos. Quantas horas seriam necessárias para colocar as coisas em ordem?

Ivan a fez levantar.

— Vamos embora, srta. Walsh. Não há nada que possa fazer agora.

Kathryn guardou o que recolhera em uma gaveta e limpou a mão em um pano molhado em terebintina.

— Pelo menos não puseram fogo na casa.

— Ninguém é tolo de fazer isso. A cidade inteira queimaria junto.

O desfile chegou ao Beck's. Matthias olhou para ela antes que os homens o colocassem no calçadão. Kathryn se perguntou por que o rosto dele estava sombrio.

Scribe a viu e correu pela rua.

— Matthias é prefeito! Ninguém pensou que ele poderia ganhar. Foi uma reviravolta, e tudo obra sua!

O ânimo de Kathryn melhorou.

— Ora, fico feliz por saber que o jornal está fazendo alguma diferença em Calvada.

— Ah, não foi o jornal. Alguém disse a Matthias que Sanders estava em sua casa. Ele atravessou a rua como um tiro, venceu a luta contra o guarda de Sanders, e depois todos viram o próprio grandalhão correndo para fora de sua casa e Matthias o chamando de filho da puta covarde...

— Sim, eu ouvi. E foi isso que elegeu o sr. Beck?

— Isso, e o fato de ele ter controlado você.

— Como é que é? — Kathryn sentiu que seu humor estava quase exaltado.

— Todos acharam que qualquer um que pudesse pôr Sanders para correr e calar você no espaço de minutos seria o homem certo para ser prefeito!

Scribe voltou para a celebração.

Ivan riu, mas silenciou assim que viu o olhar de Kathryn.

— Pode ir, sr. Lebedev. Tenho certeza de que prefere se juntar à multidão que está indo até o bar a me seguir.

— Estou obedecendo a ordens.

E não parecia feliz com isso.

— Está bem. Estou com fome; me acompanhe até o Ronya's, quero comer alguma coisa. E lhe dou minha palavra de que em seguida voltarei para o meu quarto.

— Seria melhor mesmo — respondeu Ivan, e a fitou. Em seguida escoltou Kathryn até o restaurante de Ronya e a deixou lá.

Kathryn encontrou Ronya descascando batatas enquanto Charlotte depenava um grande peru selvagem.

— Ora, ora, ele deixou você sair!

Rindo, Ronya apontou com a cabeça em direção ao banco.

— Com um guarda-costas.

Ela olhou por cima do ombro e viu Ivan voltando pelo calçadão. Charlotte jogou algumas penas em uma cesta. Kathryn pegou uma grande pena da cauda do peru e, virando-a, teve uma ideia.

— Posso ficar com isto?

Se as viúvas dos mineiros soubessem fazer leques de penas de peru, Kathryn poderia mandá-los para sua mãe para vender às damas de Boston que gostassem de algo exclusivo do Velho Oeste.

Ronya deu de ombros.

— Claro. Tem uma cesta cheia ali. O que vai querer, café da manhã ou jantar? — Ela sorriu. — Ou ambos?

— Só café e um biscoito, por favor.

Ela pretendia sair antes que Matthias mandasse Ivan de volta. Manteria sua palavra, voltaria ao quarto; mas não imediatamente.

Kathryn colocou manteiga e geleia de amora no biscoito e comeu depressa. Ronya a observava de um jeito desconfiado.

— Está com pressa de ir a algum lugar?

Kathryn fez um grunhido. Terminando de comer, levantou-se.

Ronya fez cara feia.

— Aonde vai?

— Prometi voltar para o hotel.

— Nesse caso... — Ronya enfiou a mão no bolso do avental e tirou algo. — Guarde bem.

Kathryn pegou a chave.

— Obrigada. — Guardou-a. — Eu vi minha casa.

Charlotte afastou os olhos de sua tarefa.

— Ouvi o vidro quebrando, mas quando desci e olhei, quem fez isso já tinha ido embora.

— Estão dizendo que alguns homens faltaram ao turno na mina no dia seguinte da publicação do jornal — comentou Ronya, cortando batatas dentro de uma panela grande e dando instruções a Charlotte para começar o recheio de pão de milho. — Alguns disseram que era Molly Maguires.

— Quem quer que fossem aqueles homens da ponte, espero que tenham ido embora.

Charlotte partiu o pão de milho em uma tigela grande.

— Sanders vai descontar nos mineiros.

— Ele não vai fazer isso.

Kathryn olhou para as duas e viu que ambas discordavam dela. Talvez tivesse que falar com Morgan Sanders. Sabia ser encantadora quando era preciso.

— Tenho que ir. — Ela pegou a cesta e agradeceu a Ronya pelas penas. — Vou providenciar para que sejam bem aproveitadas.

Cobrindo o cabelo com o xale, Kathryn deixou para trás a rua Chump e a festa da vitória de Beck.

14

Matthias viu Ivan entrar sozinho pelas portas de vaivém. Carrancudo, perguntou só mexendo os lábios: *Onde ela está?* Ivan respondeu *Ronya's*, e foi se juntar a seus amigos. Irritado, Matthias abriu caminho pela multidão.

— Volte e vá buscá-la.

— Ela está almoçando. Ronya e Charlotte estão de olho nela. Ela prometeu que voltaria para cá depois de comer.

Matthias queria escapar dali e ver como ela estava, mas os homens não deixaram. E, considerando quanto uísque havia sido consumido nas últimas horas, ele sabia que era melhor garantir que aquilo continuasse sendo uma celebração, e não um caos. Alguns tinham rancor contra Sanders e viam a vitória de Matthias como permissão para ir atrás dele. Sóbrios, entenderiam que as coisas não mudariam da noite para o dia e que um tumulto poderia tornar tudo muito pior. Matthias aconselhava paciência, diplomacia, tempo e esforço.

Quando começou a anoitecer, os solteiros rumaram para o Ronya's Café, o Smelting Pot ou o Sourdough Café; e os casados se colocaram a caminho de casa. Ivan havia saído uma hora antes para jantar no Ronya's e escoltar Kathryn de volta ao hotel. Ronya havia dito a Matthias, no dia anterior, que naquele dia serviria peru ao molho, purê de batatas, acelga e torta de abóbora no jantar. Sua boca se encheu d'água só de pensar nisso.

Segurando o casaco contra o corpo para se proteger do ar frio e cortante, Matthias se dirigiu ao restaurante. Alguém gritou seu nome, e ele olhou por cima do ombro; era Ivan, chegando do outro lado da cidade. Matthias sentiu o estômago revirar.

— Onde ela está?

— Não sei! Ronya disse que ela comeu um biscoito, tomou um café e saiu horas atrás. Não voltou ao hotel. Estive por toda a cidade procurando por ela. Ninguém a viu!

A noite caía depressa, e estava começando a nevar. Onde quer que fosse, Matthias esperava que ela estivesse dentro de casa. Da última vez que a vira, tinha só um xale como agasalho.

Tweedie Witt disse a Kathryn que o bebê de Elvira Haines havia morrido e que não a via muito ultimamente. Ina Bea Cummings conversara com Ronya Vanderstrom e ia morar com Charlotte em um quartinho, e trabalharia lavando roupas e limpando os quartos dos homens. Tweedie convidara Kathryn para entrar no barraco e sair do frio; e ali ficaram por horas, se aquecendo e conversando. Dez anos mais velha que Kathryn, Tweedie havia resistido a inúmeras provações. Conhecera o marido, Joe, em Cleveland, Ohio, quando ele fora trabalhar na loja do pai dela. Caçula de cinco irmãos, ele deixara a fazenda da família para seguir seu próprio caminho.

— Meus dois irmãos não gostavam muito de Joe Witt. Diziam que ele não era bom o bastante, mas para mim ele era ótimo.

Seu rosto brilhava quando falava dele. Haviam ido para o Oeste com uma caravana.

— Ele nunca foi de controlar centavos. Comprou o que quis em Fort Laramie e na Mormon Station. — Sorriu. — Até uma fita amarela para mim.

Quando chegaram a Humboldt Sink, diante do deserto de mais de sessenta quilômetros, suas posses se reduziam a dois bois.

— Foi como atravessar o inferno. Muito calor, sem água, toda aquela areia... Pensei que ia morrer, e houve dias em que desejei isso.

Quando chegaram a Truckee, disseram-lhes que as montanhas de Sierra Nevada eram piores que qualquer outra coisa, e que a neve estava chegando.

— Eu estava grávida de sete meses. Sabia que não conseguiria. Joe também sabia. Então, ele ouvira falar que Henry Comstock encontrara prata oitenta quilômetros ao sul. Uma dúzia de carroças estava pronta para seguir naquela direção, e fomos junto.

Não havia criança no barraco de Tweedie Witt.

— O que aconteceu com seu bebê, Tweedie?

— Nasceu antes do tempo, viveu só um dia. Dois dias depois de chegarmos a Virginia City. — Ela puxou a saia manchada e gasta e levantou a cabeça lentamente, olhando para Kathryn com olhos tristes. — Era um menininho. Perdi uma menina e outro menino três anos depois, de cólera. Estão enterrados lá em cima.

Kathryn pegou a mão de Tweedie.

— Claro que Joe nunca encontrou prata. Trabalhou em algumas minas boas, mas o salário não era muito, e a prata acabou logo. Uma mina fechava e outra abria. Alguns proprietários contrataram chineses; eles trabalham por quase nada. Joe precisava de trabalho, foi por isso que viemos para cá. Sanders é um homem duro, mas construiu cabanas para seus homens.

— Mas não pensou nas viúvas dos homens que trabalhavam para ele.

Tweedie deu de ombros.

— Eu não esperava nada. A vida é difícil. Alguns nascem com sorte, outros não. É assim que as coisas são.

Ela cutucou as brasas vermelhas e acrescentou outro pedaço de lenha. Kathryn pegou a cesta cheia de penas.

— Tive uma ideia.

Ela explicou o que havia pensado.

O rosto de Tweedie se iluminou.

— Sou muito boa com trabalhos manuais.

— Me diga do que precisa que eu forneço. Seremos sócias.

O pequeno barraco estava cheio de correntes de ar; o chão de terra parecia uma placa de gelo sob o traseiro de Kathryn.

— Você poderia ir trabalhar comigo? Estou em um quarto do hotel.

— Meu Deus. — Tweedie a olhou com os olhos arregalados de esperança.

— Assim que minha casa estiver arrumada de novo, podemos nos mudar para lá.

Tweedie era pequena, e o sofá seria mais confortável que dormir no chão.

— Isso seria tão bom, srta. Walsh!

— Pode me chamar de Kathryn. — Deu um abraço impulsivo em Tweedie. — Acho que seremos boas amigas, Tweedie.

O chão estava coberto por uma fina camada de neve quando Kathryn deixou Willow Creek. Passara mais tempo do que pretendia conversando com sua nova amiga, mas estava feliz por isso. Escreveria para sua mãe imediatamente. Ela conhecia muitas mulheres de bom coração que comprariam leques de penas de peru, especialmente sabendo que isso ajudaria a sustentar uma viúva.

Quanto mais cedo a casinha de Kathryn estivesse habitável, melhor. Não podia suportar a ideia de Tweedie passar o inverno naquele barraco horrível. Kathryn também se sentiria menos vulnerável com outra mulher morando com ela. Especialmente se o sr. Beck resolvesse aparecer de novo.

Um vento frio chegou à sua pele, atravessando as camadas de roupa. Deveria ter vestido um casaco. Enrolando o xale firmemente em torno de si, ela baixou a cabeça e se dirigiu à cidade.

Matthias passou pelo empregado de Sanders, Longwei, que abriu a porta da frente, e entrou no saguão.

— Sanders!

— Estou aqui.

A voz calma e profunda provinha do salão. Sanders estava sentado em uma grande poltrona de couro, e havia um rifle encostado na mesa lateral. Estava armado e tinha um copo meio vazio ao lado de uma garrafa de cristal de conhaque.

— Veio se regozijar, prefeito Beck?

— Onde ela está?

— Se está procurando por Kathryn, a última notícia que tenho é que estava em seu quarto.

Matthias deu um passo, esforçando-se para se controlar. Nada seria melhor que quebrar alguns dentes de Sanders, mas estava desesperado para encontrar Kathryn.

— Eu a tranquei em um quarto de hóspedes para protegê-la de você. E dos homens que pretendiam matá-lo.

A arrogância desapareceu do rosto de Sanders. Ele parecia mais velho.

— Bom, ela não está aqui. Pode verificar todos os quartos, se quiser.

Matthias olhou para Ivan e o homem se dirigiu para as escadas. Enfrentou Sanders mais uma vez.

— Kathryn estava tentando proteger sua pele com aquele editorial.

— Tudo que eu queria era um nome.

— Ela não sabe.

— Ela sabe sim — disse Sanders calmamente, estreitando os olhos. — Pude ver isso nos olhos dela.

Matthias cerrou os dentes. Será que ela reconhecera um dos homens? Nesse caso, não havia confiado nele mais do que confiava em Sanders.

— Eu me ofereceria para ajudar a encontrá-la se não soubesse que há homens bêbados lá fora, comemorando sua vitória e querendo me linchar.

— Tem razão. Tive que dissuadir alguns.

— Não espere que eu agradeça.

Ivan desceu as escadas.

— Ela não está lá em cima, chefe.

Morgan estava tão sombrio quanto Matthias. Ergueu o copo de conhaque.

— Boa sorte. — Sanders deu uma risadinha sem humor. — A Kathryn Walsh, uma mulher que enlouquece os homens.

E virou o conhaque de um gole só.

Matthias e Ivan saíram. A neve chegava depressa. Matthias olhou para a esquerda, depois para a direita, para baixo da colina. Queria jogar a cabeça para trás e gritar o nome dela, mas, assim, todos os homens da cidade saberiam que Kathryn não estava mais protegida e que estava à solta em algum lugar. Era o que ele esperava; não queria pensar no que poderia estar acontecendo com ela se os homens que ela ouvira debaixo da ponte a houvessem pegado.

— Onde procuramos agora? — perguntou Ivan.

— Bem que eu gostaria de saber.

Kathryn não conseguia sentir os dedos dos pés nem das mãos quando chegou a Calvada. Os aposentos de Ronya, nos fundos do café, brilhavam como um farol no meio do mar tempestuoso. Tremendo, soltando vapor ao respirar, Kathryn abriu o portão do jardim, caminhou pela neve e bateu.

— Graças aos céus! — Ronya fez sinal para Kathryn entrar. — Ivan veio procurá-la. Você disse que voltaria para o hotel.

— Voltarei. — Kathryn notou que Ronya a fitava e olhou para baixo. — Ai, não! Desculpe! — Suas botinhas estavam encharcadas, pingando lama no chão limpo de Ronya. — Vou indo.

— Você não vai a lugar nenhum, está quase congelada! — Ronya puxou Kathryn para perto da lareira. — Fique ali mesmo.

Saiu do quarto e voltou depressa com uma abotoadeira, um cobertor grosso e um par de meias de lã. Kathryn ofegou de dor quando Ronya desabotoou e tirou suas botas molhadas.

— Você terá sorte se não tiver congelado um membro! Aonde você estava?

— Em Willow Creek Road.

Ela apertou os dentes enquanto Ronya esfregava seus pés com mãos quentes e fortes.

— Vagando por aí como se tudo estivesse perfeitamente bem! — Ronya a fitou com um olhar acusador. — Você não tem um pingo de bom senso! — Enrolou panos macios nos pés descalços de Kathryn e os esfregou mais um pouco.

Kathryn suspirou quando a dor diminuiu.

— Ah, que coisa boa.

— Não se acostume. — Ronya se levantou. — Tenho uma coisa que vai aquecer você.

Kathryn desejou que fosse uma bela tigela de ensopado bem quentinho, mas quando Ronya voltou, tinha nas mãos apenas uma caneca fumegante. Agradecendo, Kathryn a segurou para aquecer as mãos geladas.

— Beba! — ordenou Ronya.

Obediente, Kathryn tomou um golinho e cuspiu de volta na caneca. Morrendo de vergonha pelo que havia feito, desculpou-se. Nunca provara nada tão ruim. Ronya a mandou tomar outro gole e, dessa vez, engolir. Até se levantou, com as mãos na cintura, observando para ter certeza de que ela tomaria. Tremendo, Kathryn tentou mais uma vez. Conseguiu engolir algumas gotas e quase engasgou.

— Desculpe, Ronya, mas este café é repulsivo.

Ronya pegou a caneca e foi até a cozinha do restaurante. Voltou e a entregou a Kathryn mais uma vez.

— Agora tente.

Olhando para a caneca, Kathryn viu que ela havia acrescentado um pouco de creme. Tomou um gole, cautelosa. E pusera também açúcar! Tomou um gole maior e sentiu o gosto da canela e de outra coisa que não conseguiu identificar.

— Está delicioso.

— Que bom que gostou. É uma das minhas especialidades de inverno.

Ronya ficou esperando enquanto ela bebia.

— Você é pior que City, sabia? Não pode simplesmente sair por aí sem dizer a ninguém aonde vai! Pelo menos ele sabia lutar, mas você é só uma garota. — Ronya pegou a caneca vazia. — Ainda está tremendo. Mais um destes e ficará melhor.

O estômago de Kathryn já estava bastante aquecido quando Ronya voltou com mais bebida, mas ela obedeceu e a tomou. A segunda caneca de café estava ainda melhor que a primeira. Quando Ronya perguntou o que ela ficara fazendo desde que saíra do restaurante, Kathryn lhe contou sobre Tweedie e seu plano de fazer leques de penas para ter uma fonte de renda. Disse que os leques talvez virassem moda no Leste. Falou sobre as terríveis dificuldades das viúvas e que algo precisava ser feito; e que ficava feliz por Ronya ter dado a Ina Bea Cummings um emprego e um lugar para morar até que encontrasse um bom solteiro para ela. Disse que Ina lhe havia dito que Ronya era uma casamenteira.

Ronya riu, divertida.

— Pare com isso.

— E não é verdade? Ouvi dizer que as viúvas que trabalham aqui acabam todas casadas. Henry Call com certeza está de olho em Charlotte, não acha? Só porque eu não quero me casar não significa que não acho que os outros devam.

Kathryn deu uma risadinha e voltou a falar sobre os planos que tinha para ajudar Tweedie.

— Se tudo correr como espero, Tweedie pode dirigir a chapelaria enquanto eu dirijo o *Voice*.

Ronya riu.

— Olha só, você cheia de ideias.

— Tenho muitas outras. — Kathryn ergueu a caneca e bebeu as últimas gotas. — Sempre fui cheia de ideias. Era o que minha mãe dizia. E são boas também, não acha, Ronya?

Ronya assentiu com a cabeça; um sorriso iluminava seus olhos.

— Sim, acho que suas ideias são ótimas.

Kathryn ergueu a caneca.

— Estava tão bom! Adoraria beber outro antes de ir.

— Duas doses são o bastante.

Desapontada, Kathryn se levantou, mas se jogou na cadeira mais uma vez.

— Ora, pelo amor de Deus! Estou descongelada, mas agora minhas pernas parecem de borracha.

Ela fez um segundo esforço, mais determinado.

— Pronto!

Deixou a caneca vazia firmemente na mesa, onde a lamparina de Ronya brilhava e havia um livro virado. Curiosa, Kathryn o pegou.

— *Ivanhoé*, de sir Walter Scott! Um dos meus favoritos. É tão romântico! Você o encontrou na caixa embaixo da mesa no Aday's?

— Não, ele veio comigo de Ohio. Escondi no barril de farinha para que não se perdesse na viagem para o Oeste. — Ronya a observou com olhos de águia. — Como está se sentindo?

Kathryn soltou um suspiro satisfeito.

— Muito bem. Eu contei para você que levei algumas pedras para Sacramento? — Ela riu e olhou em volta furtivamente, como se estivesse prestes a contar um segredo. — Sabe que eu achei que tinha herdado uma mina de ouro? — Ela deu de ombros e se inclinou para a frente. — Mas logo saberemos. — Levou o dedo aos lábios. — Shhhh, não conte a ninguém.

Kathryn foi até o fogão e levantou a parte de trás de sua saia. Curvando-se, esfregou seu traseiro nele.

Ronya riu.

— Está se sentindo bem e quentinha, não é?

— Você deveria vender essa coisa!

— Deixe seus sapatos secando, use estas botas.

Ronya colocou botas secas na frente da cadeira. Kathryn enfiou os pés nelas e apertou os cadarços, mas não conseguiu amarrá-las direito. Inclinando-se, Ronya afastou as mãos de Kathryn e as amarrou. Levantou-se e atravessou o restaurante com Kathryn, até a porta da frente.

— Agora, minha menina, você vai direto para casa.

Ronya deu um tapinha no rosto de Kathryn como se ela fosse uma criança.

— Promete?

— Prometo.

Kathryn jogou os braços ao redor de Ronya e a abraçou forte. Ao soltá-la, deu-lhe um beijo no rosto.

— Estou muito feliz por ter você como amiga.

Os olhos de Ronya marejaram.

— Agora, vá embora — disse Ronya, e fechou a porta.

Kathryn fez exatamente isso; foi para casa. Atravessando a rua diagonalmente, foi direto para a porta da redação do jornal de City Walsh.

Matthias havia andado pela Rome, London e Galway e não vira nada. Ivan havia ido à Gomorrah, mesmo que nenhum dos dois achasse que Kathryn Walsh estaria tomando chá com uma prostituta. Não havia mais lugares para procurar. Ele deveria ter ficado com a chave, em vez de entregá-la a Ronya. Assim, Kathryn estaria trancada no quarto, sã e salva. Imagens horríveis da guerra passaram por sua mente. O ódio levava as pessoas a fazer coisas terríveis, e os homens que Kathryn ouvira debaixo da ponte poderiam querer vingança.

Matthias estava se sentindo mal de tanta preocupação. Parou em frente ao saloon e olhou a rua toda, fixando a casa de City. Talvez devesse tê-la deixado ficar ali e colocado um guarda nas portas da frente e dos fundos. Uma brisa da noite agitou as cortinas rasgadas e Matthias pensou ter visto luz. Se os vândalos tinham voltado, ele quebraria algumas cabeças. A porta ainda estava meio arrancada e caída para um lado. E lá estava Kathryn, curvada, varrendo o vidro e o recolhendo com uma pá de lixo.

Ela se levantou e sorriu.

— Olá, Matthias! Boa noite!

Matthias a fitou consternado. O alívio que sentiu foi quase igual à raiva que se seguiu.

— *Boa noite?* Isso é tudo que você tem para dizer depois de eu passar a noite te procurando por todo lado? — praguejou ele.

Em vez de se chocar, ela continuou o que estava fazendo e virou uma pá cheia de cacos de vidro em um balde.

— Essa linguagem não se faz necessária.

Apertando os dentes, Matthias entrou na sala.

— Onde esteve nas últimas cinco horas?

Kathryn acenou com a mão, alegre.

— Ah, não quero passar por tudo isso de novo. — Olhou ao redor. — Tenho muito a fazer para colocar as coisas em ordem para poder voltar ao trabalho.

Matthias apontou com o polegar em direção à porta.

— Vamos, Vossa Senhoria.

Ela olhou para ele com uma inocência beatífica em seus olhos arregalados.

— Aonde?

— *Voltar ao hotel!*

Ela estremeceu, mas não se encolheu. Endireitando-se, plantou a vassoura no chão.

— Você fala exatamente como o juiz.

Matthias não pretendia gritar, e certamente não pretendia agir como o padrasto dela. Kathryn continuou varrendo o vidro. Ele deu mais dois passos em direção a ela e sentiu o cheiro de algo muito familiar. Inclinou-se sobre ela.

Ela recuou, arregalando os olhos.

— Não ouse me beijar de novo, Matthias Beck — disse ela, mexendo o dedo diante do nariz dele. — Não, não, não.

Toda a raiva dele desapareceu.

— Ora, ora, Vossa Senhoria — Matthias sorriu —, pelo cheiro, parece que você tomou um dos elixires de inverno de Ronya.

— Elixir? — Ela franziu a testa. — Tomei café. Um café delicioso, cremoso, com muito açúcar e cale... cane...

— E várias doses de conhaque.

Matthias deixou de achar divertido quando a examinou com atenção e percebeu que ela estava usando botas grosseiras, em vez das botinhas de botões que usava à tarde quando estava ao lado de Ivan, assistindo ao desfile. A bainha de sua saia estava imunda. O que ela havia dito mesmo, minutos atrás, que de tão bravo ele não prestara atenção? *Ah, não quero passar por tudo isso de novo.* Seu coração disparou. *Tudo isso? De novo?* Ele duvidava que ela lhe contaria onde estivera e o que fizera desde que mandara Ivan de volta para a festa com promessas de voltar ao hotel depois de comer alguma coisa. Um biscoito e café, dissera Ronya, e parecia estar com pressa. Dois elixires, provavelmente com o estômago vazio. Não admira que não conseguisse dizer *canela*! Ele se admirou de vê-la ainda em pé. Naquele momento, a única coisa importante era levá-la em segurança ao hotel e mantê-la ali.

Matthias pegou a mão dela.

— Vamos, Kate. É hora de levá-la em segurança para casa.

Ela pestanejou e olhou para Matthias com aquela expressão que ele vira brevemente na noite em que a beijara. Então, ela se soltou dele e outra expressão, mais alarmante, tomou o lugar da primeira.

— Esta é a minha casa, senhor.

O humor dela mudou mais rápido que o clima.

— Por enquanto não é, não.

Nunca mais, se dependesse dele. Ele deu uma olhada ao redor. Janelas quebradas, armários arrebentados, lama espalhada por todo lado. Se Kathryn fizesse o que queria e voltasse para aquela casa, acabariam com ela.

— Vou cobrir as janelas com tábuas para que não haja mais ataques.

Obviamente, ela não gostou da ideia. Matthias notou que ela tentava elaborar um argumento. Por sorte, sua mente estava confusa. Ele pegou a mão dela de novo, dessa vez com mais firmeza.

— Ronya está com a chave, não precisa ter medo de que eu a tranque de novo.

Mas ele deixaria um guarda na porta com instruções claras do que ela poderia ou não fazer. Ivan não ousaria perdê-la de vista de novo.

— Tudo bem.

Ela deu um leve sorriso presunçoso e foi com ele sem protestar. Sua complacência deu mais motivos de preocupação a Matthias.

Alguns homens estavam no balcão bebendo e conversando. Outros estavam sentados às mesas, com cartas nas mãos e olhares solenes de concentração. Ele soltou a mão dela e a pegou pelo braço para parecer mais apropriado. Alguns os notaram.

— Olá, Matthias! Aonde está levando a mocinha?

— Estou escoltando a srta. Walsh até o quarto dela, cavalheiros. Brady, quando Ivan chegar, mande-o subir.

Ele olhou sério para todos e os risos morreram. Os homens desviaram o olhar.

Quando Matthias abriu a porta do quarto, Kathryn entrou sem hesitar. Observando-a, ele franziu a testa.

— Vou acender o fogo.

Ela agradeceu e se jogou na cadeira. Matthias sentiu que ela o estava observando e se virou. Kathryn baixou os olhos depressa, mas não antes que ele percebesse que ela o olhava.

Ele riscou um fósforo. A maneira como ela o olhava lhe deu uma ideia, na qual era melhor não insistir. Pensou em outra coisa.

— Eu poderia ir até Stu Bickerson e dizer que você fez Scribe tirar a roupa e passar metade da noite em seu quarto.

Ela revirou os olhos.

— Não foi assim!

A lenha acendeu. Endireitando-se, Matthias lhe deu um sorriso frio e desafiador.

— E poderia dizer que a encontrei bêbada em seu escritório no meio da noite.

— Não estou bêbada, e não estamos no meio da noite.

— Stu nunca se preocupa com pequenos detalhes.

Matthias a observou e notou como ela ficava desconfortável sob seu olhar. Ele achava que sabia por quê.

— Eu poderia até contar sobre o beijo.

Ele viu a cor tingir as bochechas de Kathryn. Acaso ela pensava nisso tanto quanto ele?

— Você não seria tão indelicado... é um cavalheiro.

— Ah, *agora* eu sou um cavalheiro?

Ela levou a mão à garganta.

— Por que está me olhando assim?

— Assim como?

Ela não respondeu, e ele deu um sorriso pesaroso.

— Henry disse que a única maneira de a manter segura é me casando com você.

Ele ficou tão surpreso quanto ela quando as palavras saíram de seus lábios. Mas, depois de falar, ele se deu conta de que era isso que não saía de sua cabeça desde o dia em que a vira pela primeira vez.

Por um breve momento, os olhos de Kathryn brilharam. Até que um véu desceu sobre eles, e ela se levantou e se afastou dele o máximo que o quarto permitia.

— Eu nunca vou me casar com ninguém.

Pelo menos ela não havia dito que ele era o último homem na Terra com quem se casaria. A rejeição de Kathryn incluía todos os homens, no presente ou no futuro.

— Eu não sou ninguém, Kate.

Ela se endireitou, de queixo erguido, e arqueou uma sobrancelha.

— Não importa se é o prefeito e o segundo homem mais rico de Calvada, não vou me casar com você.

— Você parece bastante segura.

— A decisão é minha, não é?

— Sim, é. E cabe a mim fazê-la mudar de ideia. — Matthias sorriu e caminhou lentamente em direção a ela. — Aposto que consigo.

Ela conseguiu manter a mesma distância entre eles.

— Só para argumentar, o que seria necessário para você concordar? — perguntou ele.

— Nada.

Ela franziu a testa.

— Quer dizer, tudo.

Sacudiu a cabeça.

— Na verdade, uma longa lista de coisas.

Ele continuou se aproximando e ela se afastando. Ela estava perto da lareira, com as cadeiras e a mesa entre eles.

— Poderíamos começar esta noite... — brincou ele. Rubor subia pelo pescoço e faces de Kathryn como um nascer do sol.

— Nem pensar, não!

Ele tentou não rir.

— Vamos sentar e conversar sobre isso?

Se ela continuasse recuando mais, acabaria incendiada.

— Sua saia está fumegando, Kate.

— Ah, não. Não vou tirar os olhos de você.

— Fico lisonjeado.

O jogo já havia ido longe demais, e Matthias queria que ela se acalmasse. Ele precisava se acalmar também. Sentou-se e estendeu a mão.

— Sente-se, vamos conversar.

— Acho que você deveria ir embora.

— Ainda não. — Ele sabia a melhor maneira de distraí-la. — Agora sou prefeito. Não quer saber detalhes de meus planos para a cidade?

Ela apertou os lábios.

— De que adianta isso, se não posso publicar?

— Podemos falar sobre isso também.

Ela se empoleirou na beirada da cadeira, pronta para voar, se precisasse.

— O que seria necessário para você me deixar voltar para minha casa?

Matthias sabia que não podia esperar que ela fosse feliz morando em seu hotel ou no de qualquer outra pessoa.

— Quando tivermos um xerife.

— Ah, sim! — Ela cruzou as mãos no colo. — Sua proposta sobre lei e ordem.

— Axel Borgeson chegará nas próximas semanas.

Assim que os votos foram contados, Matthias havia dito a Henry para mandar o telegrama confirmando a oferta.

— Ele trabalhou na Agência de Detetives Pinkerton, espionando para o Exército da União, depois foi nomeado guarda da Union Pacific. Estava em Promontory Point quando o Golden Spike foi conduzido por Leland Stanford, depois veio para a Califórnia.

Kathryn se inclinou para a frente, animada.

— Como você o encontrou?

— Eu não fui a Sacramento só para comprar uísque.

Kathryn sorriu, satisfeita e relaxada.

— Se cumprir essa promessa, a cidade lhe agradecerá.

Apesar dos meses que já passara em Calvada, ela ainda era muito ingênua.

— Nem todos ficarão felizes por haver lei e ordem aqui. Muitos homens vêm para o Oeste para fugir das regras e regulamentos.

— Foi por isso que você veio para a Califórnia, Matthias?

O tom de voz dela continha curiosidade, mas meio derretida. O calor do fogo e duas doses de conhaque estavam fazendo efeito.

— Não, não foi por isso que vim.

Matthias duvidava de que ela estivesse ciente da maneira como passava os olhos sobre o corpo dela. Talvez fosse melhor abrir uma janela. Mas isso não ajudaria. Não era o fogo da lareira que o estava aquecendo. Era ver a obstinada e recatada Kathryn Walsh se sentindo sensual.

— A verdade é que não fui recebido como herói quando voltei para casa.

Em poucos minutos, ela estaria novamente com um pé em cima da mesa e roncando como um marinheiro.

— Foi porque você lutou pelo Norte?

Suspirando, ela se inclinou para trás.

Matthias não queria falar sobre a Marcha de Sherman ao Mar e o que isso significava em sua cidade natal.

Kathryn pestanejou com aqueles olhos hipnotizantes como uma carícia.

— Por que fez isso?

Ele precisava pensar em outra coisa. O que ela havia perguntado mesmo? Ah, sim.

— Eu acreditava que a nação duraria mais unificada que fragmentada.

Pensava que, se uma parte do país se separasse, logo cada estado iria querer se tornar um país soberano. Seriam como a Europa, países constantemente em guerra uns contra os outros. *Todo reino dividido contra si mesmo será arruinado,* dissera a seu pai, mas nem mesmo a Palavra de Deus influenciara o orgulho sulista de Jeremiah Beck.

— E sobre a escravidão, qual é sua posição?

— Meu melhor amigo era filho da única escravizada da casa de meu pai. Ele partiu comigo. Foi assassinado no primeiro ano.

Kathryn ouvia em silêncio. Não foi pena que Matthias viu, e sim compaixão.

— A coisa mais difícil que já tive que fazer na vida foi contar à mãe dele. Se ele tivesse ficado em casa, não teria morrido — disse Matthias com a voz rouca. — Ela me perdoou.

— Parece ser uma boa cristã.

— Meu pai era um bom cristão. Um ministro, na verdade. — A amargura e a dor o fizeram rir com pesar. — Ele me disse que desejava que eu não tivesse nascido, deu meia-volta e foi embora.

Os olhos de Kathryn se encheram de lágrimas. Matthias suspirou e desviou o olhar; preferiria ter dado a ela respostas superficiais, em vez de abrir velhas feridas.

— Ah, Matthias — disse ela, soltando um suspiro —, tenho certeza de que o Senhor vai tocar o coração de seu pai. Deus prometeu terminar a obra em nós. — Ela falava baixinho, como se falasse com um amigo com problemas. — As pessoas dizem coisas terríveis quando estão magoadas e com raiva. Eu sei que faço isso também. — Uma lágrima escorreu por sua face pálida. Ela o fitou com uma expressão terna. — Parece que temos algo em comum. Minha mãe me disse que sua vida seria muito mais fácil sem mim.

Suas palavras foram como um soco no estômago. Ele sentiu a dor de Kathryn e entendeu por que ela havia fincado raízes em Calvada.

Com os olhos sonolentos, ela relaxou e ficou observando as chamas.

— Agradável, não acha?

Ela olhava para ele com confiança infantil. Nesse estado de espírito, era muito vulnerável e tentadora.

Matthias sabia que já havia ficado tempo demais.

— Acho que está na hora de deixar você dormir.

Pensou nos homens lá embaixo e nas especulações que, sem dúvida, estavam fazendo. Deveria ter pensado nisso uma hora atrás.

Ainda sentada, Kathryn olhou para ele melancolicamente.

— Sabe de uma coisa, Matthias? Gosto de você.

Ela pareceu agradavelmente surpresa com essa revelação.

Ele riu.

— É mesmo?

— Sim, gosto. Você vai ser bom para Calvada. Até já contratou um xerife.

Ela tentou se levantar, mas só conseguiu na segunda tentativa.

— O que vai fazer com as ruas? — Lânguida, ela o seguiu em direção à porta, colocando a mão na dobra do braço de Matthias. — As crianças precisam de uma escola. Meninos e meninas precisam de estudos, você sabe disso.

Foi um pouco difícil para ela pronunciar *estudos*, o que fez Matthias lembrar quantos elixires ela havia tomado e por que estava com aquele olhar sensual, sonolento, que causava estragos em sua resistência.

— Também não temos poços suficientes — prosseguiu ela, e lhe deu um tapinha no braço. — O lixo fica empilhado entre os edifícios. — Fazendo uma careta, ela estremeceu. — Já vi tantos ratos! Também via ratos em Boston, mas não tantos como aqui. Pequenos e grandes. Nós temos de fazer algo a respeito do lixo e dos ratos, Matthias.

Ele gostou de ouvi-la dizer *nós*.

— Se eu fizer tudo isso, você se casa comigo?

Ela retirou a mão e deu um passo para trás.

— Não provoque. Você estaria apenas cumprindo seus deveres como prefeito de nossa bela cidade.

Ela lhe deu um leve empurrão em direção à porta.

— Vou pedir a Ivan que suba e fique no corredor.
— Estou perfeitamente segura.
— Não com a porta destrancada.
— Ah. — Ela arregalou os olhos e riu. — Bem, não precisa se preocupar com isso. — Empurrou-o pelo peito. — Agora vá.

Matthias a pegou pelos pulsos e os levantou. Então os soltou e a puxou para perto em um abraço e a beijou do jeito que desejava fazer desde sempre. Ela ainda tinha um gostinho de conhaque, creme e açúcar. Estava com os olhos fechados, os lábios entreabertos. Ele sentiu a pulsação dela na garganta, e isso quase foi sua ruína.

— Hora de nos despedirmos, Vossa Senhoria — disse ele com a voz rouca de paixão e a afastou, ciente de que havia se aproveitado da situação.

Ela o fitou, confusa.

Lutando contra a tentação, Matthias abriu a porta e saiu, fechando-a rapidamente.

15

Kathryn acordou com a boca seca e dor de cabeça. Pensou em cobrir a cabeça com as cobertas e ficar na cama, mas lembrou que Tweedie Witt chegaria para trabalhar. Levantando-se depressa, Kathryn fez suas abluções matinais e se vestiu. Colocou as meias de lã e botas e pegou o par que Ronya lhe havia emprestado para devolver. Quando abriu a porta, pulou para trás quando a cadeira de Ivan tombou, aterrissando com o russo dentro de seu quarto como uma tartaruga de cabeça para baixo, agitando braços e pernas.

Tentando não rir, Kathryn se abaixou para ajudar o pobre homem.

— Você está bem?

Murmurando xingamentos em russo, Ivan conseguiu rolar da cadeira e rastejar para o corredor. Ainda resmungando, levantou-se, vermelho.

— Da próxima vez, avise que vai abrir a porta!

Ela saiu, fechou e trancou a porta e se dirigiu à escada.

Ivan a alcançou.

— Aonde pensa que vai?

— Ao Ronya's tomar o café da manhã.

Carrancudo, ele foi atrás dela.

— Matthias me disse poucas e boas ontem. Ficarei grudado em você como seiva de árvore.

Depois do café da manhã, Kathryn foi até o fabricante de carroças para encomendar outro cabo para a prensa. Patrick Flynt disse que poderia fazer um, mas que não sabia se deveria, porque ouvira dizer que ela já estava com problemas suficientes e não queria lhe dar meios para causar mais. Kathryn disse que, se ele a ajudasse, ela colocaria um anúncio na próxima edição do *Voice*.

Dali, Kathryn caminhou quase um quilômetro até a loja de Rudger Lumber e perguntou sobre os vidros.

Carl Rudger sorriu quando a viu.

— Fazia tempo que não gostava tanto de ler um jornal, desde que City Walsh...

— Morreu com a cabeça esmagada? — interrompeu Ivan.

O sr. Rudger ficou horrorizado com a maneira tão direta de ele falar. Mas Ivan o encarou, impenitente.

— Não a ajude. Ela precisa ficar no hotel.

Kathryn deu um tapinha no braço de Ivan.

— Não dê importância ao mau humor de Ivan. O pobre homem caiu de cabeça esta manhã.

Ivan fez cara feia.

O sr. Rudger tinha vidro em estoque e instalaria as janelas dela até o final do dia, a preço de custo.

— Já está na hora de alguém publicar a verdade por aqui, mesmo que seja uma mulher.

— Obrigada por seu voto de confiança — disse Kathryn, irônica.

— Só não escreva sobre mim no *Voice*.

Ela riu.

— Então não faça nada que chame minha atenção.

Rudger riu com ela.

No caminho de volta à cidade, o humor de Ivan azedou ainda mais.

— Terminamos? Ou pretende tomar chá em algum lugar?

— Uma boa xícara lhe faria bem. Hortelã-pimenta é bom para frustração, ansiedade e fadiga.

— Uma boa bebida é o que me faria bem!

Kathryn escolheu o tecido mais barato que tinha no Aday's, mas Nabor aumentou tanto o preço que ela notou que não queria lhe vender. Envergonhada, Abbie ficou mexendo com os enlatados. Kathryn agradeceu a Nabor por seu tempo e foi embora. Preferia cortar um de seus vestidos para fazer cortinas a comprar tecido de Nabor Aday. Tinha ouvido que logo abriria uma nova loja no outro extremo da cidade, mas, por enquanto, aquela era a única alternativa. Kathryn esperou que várias carroças e cavalos passassem e desceu para a rua lamacenta.

— Aonde vai agora?

— À Madera Company Store.

Ele a pegou pelo braço.

— Ah, não vai não!

— Solte-me, Ivan.

Ele não a soltou, de modo que ela parou no meio da rua.

— Prefere que eu faça uma cena?

Furioso, ele a soltou.

Kathryn passou pelo Crow Bar e pelo Iron Horse Saloon e entrou na loja de Sanders. Os clientes ficaram paralisados. Assim como ela quando viu Morgan Sanders nos fundos, conversando com o gerente. Ivan soltou um palavrão. Hesitante, Kathryn reuniu coragem e caminhou entre as mesas com produtos expostos até chegar a uma com peças de tecido — uma variedade maior que na loja de Aday. O gerente a viu. Quando os olhos dela encontraram os dele brevemente, ele desviou o olhar. Só Morgan falava: dizia o que pedir, mais feijão, menos açúcar... Quando o gerente olhou para ela de novo, Morgan olhou por cima do ombro. O rosto que antes demonstrava irritação passara imediatamente a demonstrar surpresa.

Tenso, Ivan se aproximou dela.

— Vamos embora.

Ele segurou o braço de Kathryn e apoiou a outra mão levemente em sua Smith & Wesson.

Kathryn olhou para ele.

— Por favor, não faça nenhuma bobagem.

— Você diz isso para mim?

Morgan caminhou entre as mesas em direção a eles. Kathryn notou que ele também tinha uma arma no coltre. Outros clientes andavam por ali devagar, fingindo não olhar, mas observando tudo. Ignorando Ivan, Morgan acenou para ela.

— Bom dia, Kathryn.

— Bom dia, sr. Sanders.

Mesmo tensa, ela falou calmamente. Passou a mão em uma chita florida e a achou de melhor qualidade que a que Nabor vendia. Morgan ficou em silêncio, esperando, como se fosse o balconista, e não o dono da loja.

— Quanto custam três metros e meio desta chita? — perguntou ela em tom controlado, casual.

— Você pode levar tudo que quiser, de graça, junto com minhas desculpas.

O tom de voz de Sanders não deixava dúvidas quanto à sua sinceridade. Parecia cansado, como se não dormisse havia algum tempo. E como poderia, sabendo que seus próprios homens estavam planejando matá-lo?

— Desculpas aceitas, Morgan. — Sem pensar, ela estendeu a mão. — Obrigada pela oferta tão gentil, mas é justo que eu pague pelo tecido.

Ele fechou firmemente a mão ao redor da de Kathryn.

— Como quiser.

Ele disse um preço inferior à metade do que Nabor havia pedido.

— É isso que costuma cobrar de seus clientes?

Como ele não respondeu, ela sugeriu um preço justo.

— É o que a maioria das pessoas pode pagar e ainda lhe dará lucro.

Ele pestanejou e abriu um leve sorriso. Fez um sinal com a cabeça a um funcionário.

Em vez de se retirar, Morgan ficou ali enquanto o jovem media e cortava o tecido.

— Você fez Matthias sair a sua caça ontem. Ele foi até a minha casa para procurar você.

— Ah...

Procurando por ela ou por uma briga?

— Fui visitar uma amiga.

Morgan estreitou ligeiramente os olhos.

— Alguém ligado à matéria de seu jornal?

— Alguém que conheci recentemente que precisa de trabalho. — Ela o olhou nos olhos e os encontrou quentes, não frios. — Ela é viúva, sabe?

O marido morreu no acidente da Madera do ano passado. Está passando dificuldades, morando em um barraco na Willow Creek.

Ela olhou incisivamente para a jaqueta dele, bem cortada, a camisa e a gravata, e depois para o cinto de couro largo e a calça preta.

— É a primeira vez que o vejo portando uma arma.

— Achei prudente.

Seria isso culpa dela?

— Sinto muito por seu problema, Morgan. Ouvi dizer que alguns homens deixaram a cidade.

A expressão dele endureceu.

— Sim. Eu suspeitava de alguns.

— Que bom que os planos deles não deram em nada.

Ele deu um breve sorriso.

— Talvez você seja a única pessoa na cidade a pensar isso.

Por que não dizer a ele o que ela pensava?

— Ressentimentos podem passar, Morgan.

Ele ergueu as sobrancelhas ligeiramente, e ela prosseguiu.

— Você perdeu a eleição, mas ainda é um líder da cidade. Poderia ser melhor, claro. — Ela ouviu Ivan puxar o ar por entre os dentes. — Você tem recursos para fazer muito bem ao povo de Calvada.

— Tenho?

— Você sabe que sim.

O atendente dobrou o tecido, embrulhou-o com papel pardo e amarrou o pacote com um barbante. Ela agradeceu e fez o pagamento. As pessoas andavam pela loja, caladas.

Morgan inclinou a cabeça.

— Posso acompanhá-la até a saída?

Kathryn deu uma leve risada.

— Essa é sua maneira gentil de dizer que quer que eu cuide de minha vida e espera que eu não volte?

— Você corre riscos demais, Kathryn.

O tom de voz dele não continha animosidade.

— As pessoas valem a pena, Morgan.

Quando pararam no calçadão, ela o fitou.

— Você vale a pena.

Ela estendeu a mão. Morgan a pegou e a levou aos lábios, beijando-a.

— Você também, Kathryn.

— Terminou?

Kathryn sentiu o calor do vapor que saía de Ivan enquanto voltavam para o hotel.

— Estou só começando.

Demorou menos de uma hora para toda a cidade saber que Kathryn Walsh havia apertado a mão de Sanders e que ele beijara a dela. Todos os homens falavam sobre isso no bar.

— Ele é rico. Cite uma mulher que não queira se casar com um homem rico.

Matthias pretendia falar com ela sobre isso, mas estava ocupado definindo serviços municipais necessários. Pensara que teria problemas com Sanders na transição dos fundos da cidade, mas os registros foram levados em caixas a seu escritório logo após a eleição. Henry Call imediatamente começou a examinar os arquivos com seu olhar de advogado. Tudo parecia em ordem. Mulheres começaram a responder aos anúncios de Matthias em Sacramento e São Francisco, mas só chegariam quando a neve do inverno derretesse. Até lá, alguns serviços já estariam funcionando.

Ele cumpriu sua principal promessa de campanha: contratou um xerife. Axel Borgeson deveria chegar naquela semana. Matthias pretendia dar a ele o quarto em frente ao de Kathryn até que a casinha ao lado da prisão fosse reconstruída.

Sem um xerife, a cidade enlouquecera; os homens resolviam seus problemas com os punhos ou ameaças e, às vezes, usando armas. Matthias,

Brady e Ivan sempre lidavam com os problemas no saloon, deixando os outros proprietários na rua Chump seguirem a mesma regra. Não houvera uma noite sem algum tumulto desde que Kathryn chegara. A verdade era que Matthias ficaria aliviado por ter Axel Borgeson andando pelas ruas de Calvada com uma estrela no peito. O homem era duro na queda, experiente.

No dia da chegada de Borgeson, é claro que Kathryn estava na estação para recebê-lo. E ela não estaria mais satisfeita se fosse o presidente Ulysses S. Grant chegando à cidade. Apresentou uma lista dos problemas de Calvada — nada que Matthias já não houvesse dito a Borgeson por carta, mas o novo xerife foi muito atencioso. Então Kathryn disse que gostaria de entrevistá-lo para o *Voice*, e ele disse que o melhor momento era aquele mesmo. Com um sorriso caloroso, ela o convidou para tomar um café e comer uma fatia de torta de maçã no Ronya's Café.

Matthias enrijeceu a mandíbula. Notou que ela gostara do homem no primeiro encontro. E o olhar de Borgeson era quente demais. Ele voltou esse olhar para Ivan, que havia acompanhado Kathryn até a estação.

— Este cavalheiro é seu namorado, srta. Walsh?

Ivan deu uma bufada indelicada.

— Não mesmo!

— Ah, Ivan! — ronronou Kathryn, dando ao grande russo um olhar irônico. — Ele é o meu grilhão. — Olhou para Matthias. — O sr. Beck me prendeu...

— Custódia protetora — corrigiu Matthias. — Ivan é o guarda-costas dela.

Borgeson sorriu.

— Bem, Ivan, pode tirar o dia de folga. A srta. Walsh está segura comigo. Tenho perguntas a fazer também. Posso?

Ele ofereceu o braço e Kathryn não hesitou em encaixar sua mão.

— Encantada, xerife Borgeson.

— Pode me chamar de Axel, por favor.

Ivan olhou para Matthias e sorriu.

— Ele não perde tempo.

— E você acha que eu perco? — rosnou Matthias, observando o casal caminhar pelo calçadão.

Borgeson havia deixado a bagagem com Matthias.

Ivan riu.

— Acho que agora que *Axel* está na cidade e vai morar em frente ao quarto da senhorita, posso voltar a expulsar encrenqueiros do bar.

Kathryn também não perdia tempo. Já estava com tudo embalado e pronto para voltar para sua casa. Flynt fizera um novo cabo para a prensa e Rudger colocara novas janelas com molduras. Ele também acrescentara persianas, jardineiras e uma nova camada de tinta amarela. A casa de City parecia um narciso no meio da lama. Kathryn colocara cortinas.

Vê-la rir com Borgeson provocou um calor interno em Matthias. Encontraria tempo para conversar com ela, assim que designasse os seis novos funcionários públicos às suas funções.

Não foi Kathryn quem atendeu à porta do quarto mais tarde.

— Olá, prefeito Beck. Como está?

— Tudo bem. — Ele ficou confuso, parado no corredor. — Quem é você?

— Tweedie Witt. Trabalho com Kathryn. Nunca estive em um lugar tão adorável...

— Onde está Kathryn?

Ele notou que faltavam coisas no quarto.

— Na redação do jornal. Carl Rudger e Patrick Flynt levaram as coisas dela esta manhã.

— Levaram?

Furioso, Matthias atravessou a rua. Nem se deu o trabalho de bater, e ela apenas lhe deu uma olhada superficial.

— Não tenho tempo para conversar. Estou tentando resolver outro problema.

Matthias tentou ser paciente.

— Pelo que me lembro, íamos chegar a um acordo sobre quando você poderia voltar para cá e operar a prensa de novo.

Ela mal ergueu os olhos do que estava escrevendo.

— Sou uma mulher livre. Isso não é decisão sua. E agora que Axel está na cidade, estarei segura em minha própria casa.

— Acha mesmo? *Axel* vai morar com você?

Ela levantou a cabeça.

— Claro que não! E que fique claro: eu também não estava morando com você.

— Você estava debaixo do meu teto!

— Como hóspede em seu hotel. Foi o que disse. — Ela ergueu o queixo. — Estou muito mais segura aqui.

Ele quase desejou não ter contratado Axel Borgeson.

— Você deveria ficar no hotel mais um pouco.

— Seja razoável, Matthias. Minhas coisas já estão todas aqui; não precisa mais se preocupar comigo. — Ela deu um sorriso inocente. — Você sabe que todo mundo está curioso para saber mais sobre nosso novo xerife.

Pelo jeito Morgan Sanders passara a ser uma preocupação menor que Axel Borgeson.

— Tudo bem. Escreva a notícia e publique, mas você ainda não vai se mudar para cá.

— Axel disse que ficaria de olho em mim.

Ah, Matthias tinha certeza disso. Ele não gostava do que sentia toda vez que Kathryn dizia o nome daquele homem.

— Tenho certeza de que *Axel* adoraria isso, mas eu o contratei para cuidar da cidade, não de uma mulher desmiolada!

Kathryn largou o lápis e cruzou as mãos sobre a mesa.

— Sim, eu sei. E você sabe que não posso pagar um quarto em seu hotel, e fiquei no melhor. Pense do ponto de vista comercial. Não é bom que seu melhor quarto seja ocupado por um hóspede não pagante.

— Por que não deixa que eu mesmo me preocupe com os meus negócios?

— Então me deixe cuidar dos meus! — Ela pegou o lápis. — Agora, por favor, vá embora para eu poder me concentrar.

Matthias sabia que não tinha escolha.

A edição seguinte do *Voice* tinha frente e verso, e dois anúncios, de Flynt e Rudger, além de um anúncio da igreja divulgando o culto de véspera de Natal que seria realizado às dez da noite, e o de Natal na manhã seguinte. Matthias ouvira dizer que Kathryn ainda frequentava os cultos, apesar da repreensão pública. Ficara surpreso, mas aliviado. O jornal foi apregoado por toda a cidade pelos dois filhos de Janet e John Mercer, James e Joseph. A família passava por momentos difíceis desde o fechamento da mina Jackrabbit e Kathryn pagava aos garotos um centavo por cada jornal que vendiam. Assim, antes do meio-dia cada um deles conseguia ganhar um dólar. Isso correspondia a uma boa diária na mina Madera.

Matthias comprou uma das primeiras cópias. A manchete dizia NOVO XERIFE NA CIDADE. Já havia imaginado. A matéria estava cheia das aventuras admiráveis de Axel. Fora um espião durante a guerra, mas, obviamente, não tinha mais nada a esconder. Seu treinamento, sua experiência, sua dedicação ao cumprimento da lei — que o levara a tomar um tiro certa vez, com detalhes sobre quando, como e por quê. Kathryn havia feito o trabalho completo. Aquela matéria era melhor que ler um romance de dez centavos. Ela até citou o fato tranquilizador de que Borgeson conseguia acertar um alvo a cem metros de distância com seu rifle Winchester, e tudo no espaço de alguns segundos.

Como ela sabia disso?

Quando Matthias perguntou, ela disse que Axel alugara uma carruagem e a levara para fora da cidade para demonstrar. Borgeson parecia um homem calado, mas Kathryn com certeza fez com que soltasse a língua. E conseguira arrancar segredos dele também. E havia mais homens enfeitiçados por ela, como Flynt e Rudgers. E quem poderia esquecer o bom e velho Morgan Sanders, mais de dez anos mais velho que ela e claramente no cio? Kathryn afirmava que não queria se casar, mas isso não fizera Sanders mudar de ideia. Nem Matthias.

Kathryn tinha o charme e a mente rápida de City. Também tinha a mesma propensão para perturbar a paz. As coisas pareciam estar indo bem, mas Matthias sabia que não demoraria muito para que ela mais uma vez estivesse com problemas até o pescoço.

16

Com tudo de volta em sua casinha aconchegante, Kathryn deveria estar contente. Ela e Tweedie passaram a véspera de Natal ajudando Ronya e Charlotte a servir refeições para homens famintos e solitários longe de casa e da família. Alguns haviam deixado esposas para trás, na esperança de enriquecer rapidamente e levá-las para o Oeste de trem. Na verdade, não podiam nem comprar uma passagem de trem para casa, muito menos levar a família para lá. Kathryn ouviu homens falarem de irem andando sobre os trilhos para o Leste.

Ela se solidarizou. Também sentia saudades de casa. Em Boston, as semanas antes do Natal e do Ano Novo eram frenéticas. Não havia uma noite em que ela não participasse de algum sarau, baile ou programa musical, muitos dos quais eram realizados na mansão Hyland-Pershing. Seu avô, Charles Hyland, era famoso por abrir a propriedade para festas luxuosas, e Lawrence Pershing seguira a tradição. A mãe de Kathryn cuidava de todos os arranjos habilmente: quartetos de cordas, pianistas, solistas, orquestra de câmara com soprano... Aquela temporada era a época mais emocionante do ano. Os convidados enchiam o grande salão e o conservatório. Kathryn adorava aquelas noites. Também adorava participar das cantatas de Natal da Old South Church. Certa vez, depois de ouvir o juiz falando ironicamente dos católicos irlandeses, ela escapara e pegara um bonde para a Cathedral of the Holy Cross, só para assistir a uma missa de Natal. Quando descobrira, o juiz a impedira de participar de todas as festividades pelo restante da temporada. Fora um golpe esmagador, mas que sua mãe conseguira contornar com charme e manipulação. Muitas vezes sua mãe a salvara dos desmandos do juiz. Mas não do último.

O trabalho no Ronya's acabou; os homens saíram para encontrar consolo em outro lugar, e as mulheres estavam sentadas na cozinha aquecida. Ronya ofereceu a Kathryn outro de seus elixires especiais de café. Kathryn riu e disse que, embora muito tentada, agora que sabia o que havia nele, tinha de recusar. Henry foi ficar um pouco com Charlotte no salão, perto do fogão Potbelly. Ronya estava cansada, pronta para se retirar. Kathryn deu a ela um lenço bordado.

Os olhos de sua amiga ficaram marejados.

— Desculpe por não ter nada para lhe dar.

— Quantas refeições já fiz aqui?

— E trabalhou por todas.

— Quem cuidou de mim para que eu não perdesse os dedos do pé por congelamento?

— Quem a embriagou?

Kathryn a abraçou.

— Não tem nada não. Você é minha verdadeira amiga e eu a amo muito. — Voltou-se para Tweedie. — É melhor irmos embora para que ela possa descansar.

Tweedie perguntou se Kathryn se importaria se ela passasse a noite lá em cima com Charlotte e Ina Bea. Kathryn entendeu e tentou não se sentir excluída. Aquelas mulheres já eram amigas íntimas muito antes de ela chegar à cidade.

Sua casinha estava fria e solitária. Kathryn acendeu o fogo e releu a carta de sua mãe, a única que recebera desde que deixara Boston. Chorara da primeira vez que a lera.

Minha querida Kathryn,
 Peço desculpas por não escrever antes e só mandar o dinheiro dos leques de penas, que fazem muito sucesso entre minhas amigas. Suas cartas descrevendo a cidade me deixaram com dúvidas consideráveis, mas Lawrence recomendou tempo, em vez de compaixão. Acredito que ele estava certo. Você agora parece estabelecida em sua

nova vida; está encontrando seu caminho, como Lawrence disse que aconteceria. Sei que você confia que Deus a protegerá e guiará. E eu compartilho dessa fé.

Estou bem, não precisa se preocupar. Lawrence insiste que eu permaneça em casa até o bebê chegar e depois passe alguns meses descansando. Ele é muito solícito, antecipa todas as minhas necessidades. Sinto falta de sair, mas minhas amigas me visitam. O dr. Evans vem quase diariamente. Lawrence insiste em ficar quando o médico está comigo. Eu me sinto muito mimada, mas há momentos em que eu agradeceria menos atenção.

Ronya Vanderstrom parece ser uma verdadeira amiga e uma mulher de caráter extraordinário. Charlotte Arnett e Henry Call já se casaram? Talvez você encontre alguém que combine com sua natureza, pois é insuportável pensar em você passando a vida inteira sozinha.

Mande mais leques quando os tiver. Não contei a seu padrasto que agora sou vendedora. Ele não aprovaria, mas é por uma boa causa.

Por favor, mande-me uma edição do Voice. *Considere isso minha pequena rebelião, pois ambas sabemos muito bem o que Lawrence pensaria de tal empreendimento para uma mulher. Isso não quer dizer que eu discorde da decisão que ele tomou em meu nome ou que você deva pensar em voltar para Boston. Acredito que você está onde Deus a colocou. Confie no Senhor de todo seu coração, minha querida, e Ele a guiará pelo caminho que traçou para sua vida.*

Meu amor eterno,
Sua mãe

Inquieta e emocionada, Kathryn não conseguia dormir com tantos risos, violões, acordeões e pés batendo. Todos os saloons e o salão de dança da rua estavam animados. Ela se pegou batendo o pé. Sempre gostara de dançar. É claro, o Beck's Saloon estava lotado, como sempre. Brady estaria ocupado no bar, Ivan de olho para evitar problemas, Matthias supervisionando as mesas de jogo. Pensar nele fez o pulso de Kathryn acelerar. Recordar seus beijos a fez desejar mais um. Mas isso nunca aconteceria!

Ela pegou *Odisseia*, de Homero, mas, depois de ler a mesma página três vezes, largou o livro de vez. Foi até a janela e olhou para o outro lado da rua. Matthias estava na frente do saloon e olhava na direção dela. Kathryn soltou a cortina depressa, com o coração batendo forte. Sentiu-se quente de vergonha, imaginando se ele a havia visto olhando por sua nova janela, procurando-o. Levou as mãos frias às faces quentes.

O tempo passou. Ele não apareceu. Acaso ela esperava que aparecesse? Totalmente desperta, começou a escrever outra carta para a mãe. Não podia contar detalhes angustiantes, como a reprimenda pública do reverendo Thacker. Nem podia mencionar sua ida à South Bridge para ouvir escondida uma reunião em que um assassinato foi tramado, muito menos relatar a invasão de Morgan Sanders ao seu escritório. Desistindo, guardou suas ferramentas de escrita.

Estava pronta para desligar a lamparina e voltar para a cama quando alguém bateu à sua porta. Axel de vez em quando passava na casa dela, durante suas rondas, apenas para ver se ela estava bem; mas nunca tão tarde. Ela abriu a porta para dizer que estava bem e viu Matthias. Suas emoções vibravam como um bando de andorinhões: prazer, dor, medo de que aquele fosse o único homem que conseguia fazê-la se desmanchar da mesma forma que Connor Walsh havia feito com sua mãe. Andara angustiada a noite toda, e vê-lo foi simplesmente demais para ela. Desmanchou-se em lágrimas. Morrendo de vergonha, tentou fechar a porta.

Matthias abriu passagem.

— O que aconteceu?

— Nada!

Ela queria dizer *é véspera de Natal, seu estúpido, e estou sozinha*. Pior, ele era o único homem que fazia seus joelhos tremerem.

— Vá embora!

Havia algo pior do que deixar que ele a visse chorando como um bebê? Quando o ouviu fechar a porta, pensou que ele havia saído e chorou ainda mais. Então, ele tocou seu ombro e ela deu um pulo.

— Por que ainda está aqui?

Ela estava tão vulnerável, e frustrada por estar perdendo o controle.

— Vim porque pensei que poderia ser uma noite difícil para você — disse ele baixinho, com a voz rouca. — É seu primeiro Natal longe de casa.

Ela enxugou as lágrimas e ergueu o queixo.

— Eu dou conta.

— Estou vendo. — Ele se aproximou com um sorriso solidário nos lábios. — Pena que não tenho a receita do elixir de café de Ronya.

Ela deu uma risadinha e ele se sentou na beira da mesa.

— Posso ir buscar uma garrafa de conhaque...

Ela sabia que ele estava brincando, tentando melhorar seu humor.

— Você é um vigarista.

— Reformado.

Algo no tom de voz dele fez a pele de Kathryn formigar. Ele estendeu um lenço, que ela pegou e agradeceu.

— Brady vai assumir.

— Assumir o quê?

Ela começou a mexer em alguns papéis, nervosa, com o coração batendo forte, sem fôlego. Torcia para que ele não notasse.

— O saloon. — Ele a observou atentamente. — Fiz com ele o mesmo acordo que Langnor fez comigo. Metade da propriedade e o restante ele me pagará ao longo do tempo.

Kathryn parou o que estava fazendo e olhou para ele.

— Mas por quê?

— Por quê? — Surpreendeu-se. — Achei que você ficaria feliz em saber da notícia. Pode até valer publicar uma matéria no *Voice*. — Sua expressão e tom endureceram ligeiramente. — Não é tanto quanto Axel realizou, claro, visto que ele é o seu herói do momento.

O que Axel tinha a ver com isso? Ela largou os papéis em cima da mesa.

— Não é o saloon que faz o dinheiro entrar em seu bolso? — perguntou ela com sarcasmo.

Matthias franziu a testa.

— E o dinheiro é importante para você?

— Não, mas achei que era importante para você.

Ele se levantou e contornou a mesa. Ela respirou devagar e recuou.

— Tenho todo o dinheiro de que preciso guardado com segurança em um banco em Sacramento, e algum investido aqui. E o novo mercado abre daqui a uma semana.

— É seu?

— Sou um dos proprietários. Há um momento para tudo, este é o momento para seguir em frente.

Esse anúncio caiu como uma pedra no estômago de Kathryn. Sentiu as lágrimas subindo mais uma vez.

— Você acabou de ser eleito prefeito! — Ela queria ficar furiosa e chorar ao mesmo tempo. — Não pode sair da cidade agora!

Os olhos de Matthias brilhavam enquanto passavam sobre o rosto dela.

— Mas eu não vou embora.

Ela se incomodou com o olhar dele.

— Ah, que boa notícia! Porque você tem muito trabalho a fazer por aqui.

Ela foi em direção ao sofá, mas mudou de ideia. A porta do quarto estava aberta. Deveria tê-la fechado. O escritório da frente de repente parecia pequeno demais para duas pessoas — ainda que ela, Tweedie e Scribe trabalhassem juntos lá quase todos os dias.

— Já estou progredindo — disse ele devagar.

Ela queria que ele olhasse para outra coisa.

— Como?

— Você vai ver. Não vim aqui para ser entrevistado. — Ele sorriu. — Por que está tão nervosa, Kathryn?

— Por sua causa, se quer saber.

— Por quê?

Lá estava aquela pergunta mais uma vez, feita em voz baixa e provocante, como se ele já soubesse a resposta — mesmo ela não sabendo.

— É melhor você ir.

— É melhor nos casarmos.

Ela abriu e fechou a boca como um peixe.

— O quê?

Ela sentiu uma onda de emoções totalmente inapropriada para a decisão que tomara de que ficaria solteira pelo resto da vida. Recordou o que uma mulher perdia quando deixava que um homem colocasse uma aliança em seu dedo.

— Não!

— O que seria necessário para você dizer sim? — Ele se aproximou.

— Faça uma lista.

— Não seja ridículo!

Ele estava muito sério.

— Uma casa?

Em pânico, Kathryn recuou.

— Já tenho uma casa.

Ele tocou seu braço levemente e ela vacilou. Tensa e agitada, ela falou rápido, na defensiva.

— Tudo bem! Quer uma lista? — Ela daria uma que ele nunca conseguiria cumprir. — Colete e retire o lixo da cidade. Precisamos de um sistema municipal de água. E ruas que possam ser atravessadas no outono e no inverno, sem lama e buracos tão grandes que poderiam engolir um cavalo! E uma escola. E uma sede para reuniões e eventos culturais para que as pessoas possam ouvir outras músicas além de banjos, violões, castanholas e acordeões!

O que mais? Ele continuava se aproximando, e ela não podia recuar mais sem cair no sofá.

Matthias estava bem diante dela, tão perto que ela podia sentir o calor e o cheiro delicioso de almíscar de seu corpo.

— E, se eu fizer tudo isso, você vai se casar comigo.

Não era uma pergunta. Ela engoliu em seco.

— Vou pensar.

Ela não deveria ser tão mansa em um momento como aquele!

— Ah, não, Vossa Senhoria. Você vai fazer mais que pensar. Vai se casar comigo.

Ela não conseguia respirar direito.

— Matthias... — Sua voz era rouca, incerta, em nada parecida com ela.

Matthias a puxou em seus braços e a beijou. Por meio segundo, ela se debateu, mas logo se entregou.

— Considere isto como um acordo selado — disse ele, fitando-a com um brilho de triunfo no olhar.

Ela entrou em pânico.

— Espere...

— Tudo dessa sua lista é para a cidade. Mas o que *você* quer de mim?

Hipnotizada por aqueles olhos escuros e penetrantes, ela não conseguia pensar. Envergonhada, sentiu as lágrimas surgindo mais uma vez. Matthias deu um passo para trás, e ela o fitou confusa e magoada. Aquele homem estava brincando com ela?

— Sente-se antes que desmaie.

Ele a pegou pelo braço e a sentou no sofá. Ela se deixou cair; seus espartilhos a impediam de respirar fundo. Notou que ele estava respirando pesadamente também. O que estava acontecendo?

Praguejando baixinho, Matthias rosnou.

— Que tipo de desmiolado inventou o espartilho?

— Não sei, mas odiava mulheres.

A risada de Matthias quebrou a tensão.

— Quer que eu corte as amarras que a prendem, querida?

— Reformado, é?

Ele sorriu.

— Então, é melhor sair daqui antes que eu esqueça que sou um cavalheiro e você uma dama. — Ele se levantou e foi até a porta. — Tranque a porta, caso eu mude de ideia e resolva voltar.

Ele saiu e fechou a porta firmemente atrás de si.

Kathryn atravessou a sala rapidamente e a trancou. Ouviu Matthias rir do outro lado.

— Bons sonhos, Kathryn.

Apoiando a testa e as palmas das mãos na porta, ela fechou os olhos. Sua mãe havia dito algo sobre a paixão ofuscar a mente e o amor não ser tudo. Kathryn entendia agora. Adorara a sensação e o sabor da boca de Matthias. Adorara a sensação do toque das mãos dele, de seu corpo colado com força no dela.

Mas não podia se casar com Matthias Beck nem com qualquer outra pessoa. Sara, a criada de sua mãe, perdera todos os direitos sobre a propriedade que tinha assim que se casou. O marido bêbado e abusivo fizera um testamento deixando a casa a um amigo, deixando-a na miséria. E Abbie Aday, que não recebia nem um centavo para gastar consigo mesma depois de trabalhar doze horas por dia, seis dias por semana, para um marido que ficava sentado à vontade no quarto dos fundos e passava as noites no bar ou jogando faraó? E quanto a Ronya, Charlotte e Tweedie, todas mulheres que se mudaram para o Oeste porque seus maridos pegaram a febre do ouro? Nem todas as viúvas se saíram tão bem quanto elas. Muitas acabaram trabalhando em salões de fandango, saloons e bordéis.

Matthias Beck era uma tentação, mas ela não ia ceder. Felizmente, não teria que se preocupar. Ele nunca conseguiria realizar todas as coisas daquela lista. Mas desejou ter acrescentado mais algumas. Um parque central, talvez! Além do mais, ele não podia estar falando sério. Ou podia? Eles não conseguiam ficar na mesma sala por cinco minutos sem gritar um com o outro.

Mas, nossa, aquele beijo...

Kathryn não sabia, mas Matthias, meses antes, havia feito a mesma lista que ela lhe dera. No instante em que ela começara a falar, em pânico, para mantê-lo afastado, ele entendera que pensavam da mesma forma.

A cidade toda sabia o que faltava em Calvada. Aquele lugar ainda era pouco mais que um campo de mineração em ruínas, mas ele tinha uma visão do que poderia se tornar. City acendera o fogo; a chegada de Kathryn atiçara a chama.

Matthias não era um sonhador. Mesmo que conseguisse tudo que se propunha a fazer, não garantiria a sobrevivência da cidade. Duas minas já haviam fechado; menos minério saía da Twin Peaks. Se a Madera fechasse, a cidade estaria acabada. Achou irônico que o futuro de Calvada ainda estivesse nas mãos de Morgan Sanders.

Kathryn recebeu um telegrama poucos dias depois do Natal.

Mãe e filho em boa saúde. LP

A lama da rua Chump congelou quando a neve de janeiro chegou com os ventos fortes e as baixas temperaturas, tornando perigoso atravessar até o meio-dia, antes de os cavalos e carroças quebrarem o solo congelado. Todas as manhãs, Kathryn saía com uma vassoura para derrubar as estalactites de gelo que pendiam como lanças do telhado do calçadão. Mineiros desempregados, com o rosto rachado pelo frio, perambulavam pelos saloons e salões de jogos, enquanto outros continuavam trabalhando na Twin Peaks e na Madera, escavando prata na encosta da montanha. O gelo para as câmaras frias onde os homens se recuperavam do calor intenso dentro dos túneis profundos era facilmente obtido. Quanto mais escavavam, mais perto do inferno se sentiam.

Kathryn e Tweedie ficavam dentro de casa, aconchegadas e aquecidas, e com uma pilha de lenha do lado de fora da porta dos fundos. Mantinham-se ocupadas, Tweedie fazendo leques, Kathryn escrevendo matérias, Scribe compondo os tipos, os irmãos Mercer vendendo jornais e Calvada inteira esperando novas edições.

Axel Borgeson passava todas as noites, em suas rondas, para ver como estava Kathryn. Ela gostava dele, mas não sentia a atração que a capturava toda vez que via Matthias Beck cumprindo seus deveres de prefeito. Beck parecia ter perdido o interesse. Kathryn dizia a si mesma que estava aliviada.

Kathryn pediu a Tweedie que fosse à igreja com ela, mas sua amiga resistiu.

— Meu pai sempre dizia que quem não tem dinheiro para doar não é bem-vindo na igreja.

Kathryn lhe assegurou que todos eram bem-vindos e que doar não se tratava de uma questão de obrigatoriedade. No primeiro domingo que Tweedie acompanhou Kathryn, viram Elvira Haines sentada na fileira de trás com Fiona Hawthorne e as outras "bonecas". Tweedie suspirou e olhou. Kathryn parou para cumprimentar as mulheres, mas todas, menos Elvira, a ignoraram. O rosto da jovem estava pálido como cinzas; seus olhos cintilavam. Fiona pousou a mão no ombro da viúva e sussurrou algo. Elvira baixou a cabeça.

Pessoas próximas ouviram Kathryn as cumprimentar antes que ela e Tweedie fossem mais para a frente e sentassem em um banco no meio. Morgan Sanders entrou um momento depois e se sentou do outro lado. Tweedie olhou ao redor e se reclinou no banco, chocada.

— Acho que eles deixam qualquer um entrar aqui.

Sally Thacker se sentou ao piano, e todos se levantaram. Compartilhando hinários, a congregação cantou os hinos afixados na lousa. Quando Kathryn tentou compartilhar o seu com a amiga, Tweedie corou e sussurrou:

— Vou ficar só ouvindo.

O reverendo Thacker pregou por mais de uma hora. Em seguida, os pratos para coleta de doações foram passados e somas insignificantes colocadas neles, e cantaram a doxologia. Quando tudo terminou, Morgan interceptou Kathryn. Tweedie passou por eles, correndo para alcançar Ina Bea.

— Aceite um pequeno conselho de alguém que sabe o que é ser evitado. Não fale com Fiona Hawthorne ou nenhuma das bonecas.

Kathryn achou surpreendente a hipocrisia dele.

— Você me apresentou Monique Beaulieu como sua amiga.

— Eu queria ver sua reação.

— Não entendi. Foi algum tipo de teste? Ela sabia?

— Não importa. Você sabe.

Toda essa conversa ofendeu Kathryn.

— Você não deveria usar as pessoas, sr. Sanders.

— Está esquecendo o que ela faz da vida, minha querida. Ela tem seu lugar, mesmo quando um homem é casado. — Ele a acompanhou pelo corredor. — O mundo tem regras, Kathryn. Se as quebrar, o mundo quebrará você.

Ela sentiu os olhares curiosos e percebeu o falatório. Já podia imaginar as especulações e as apostas. Cumprimentou Sally. Morgan apertou a mão de Wilfred. Enquanto desciam os degraus da frente, ela sentiu a mão de Morgan em suas costas. As pessoas notaram. Era um gesto possessivo e íntimo demais.

— Posso levá-la para casa, Kathryn? Estou com minha carruagem e tenho um cobertor de lã para mantê-la aquecida.

— Não, obrigada. Tweedie e eu vamos ao restaurante de Ronya.

Ele tocou o chapéu e a olhou com um olhar zombeteiro.

— Outra hora, então.

Na descida da colina, Kathryn perguntou a Tweedie se ela gostara da igreja.

— Aquele pregador sem dúvida sabe falar, mas não posso dizer que entendi muito do que ele disse. Parece que Ezequiel teve grandes problemas. — Ela olhou para Kathryn com as bochechas e o nariz vermelhos de frio. — Fiquei chateada quando vi Elvira. Nunca pensei que ela... acabaria ali. — Seus olhos marejaram. — Não é certo que ela acabe assim.

Kathryn concordava plenamente. Queria ter conhecido aquela viúva antes; talvez pudesse ter encontrado uma maneira de ajudá-la. As mulheres precisavam se unir e se ajudar em tempos difíceis, especialmente em um lugar como Calvada.

Tweedie enxugou as lágrimas do rosto.

— Não posso dizer que gostei de estar no mesmo lugar que Sanders. — Ela olhou para Kathryn, preocupada. — O que ele disse a você?

— Nada importante.

— É melhor se cuidar, Kathryn.

Esse alerta foi parecido com o que Sanders lhe havia feito.

Kathryn e Tweedie se sentaram na cozinha de Ronya e comeram ensopado de veado e pão de milho. Depois, voltaram para casa. Kathryn sempre passava as tardes de domingo lendo e Tweedie costurando. Naquela tarde, a jovem estava pensativa.

— Você gosta de ler, não é? Tem tantos livros!

— A maioria era do meu tio.

— Meu pai mandou meus irmãos à escola até o sexto ano.

Kathryn deixou o livro de lado.

— E você?

— Ah, eu não, nunca fui. Meu pai dizia que uma garota não precisava estudar.

Não era a primeira vez que Kathryn ouvia aquilo, e sempre se indignava com a injustiça.

— Gostaria de aprender a ler, Tweedie?

— Ah, já sei o suficiente para não ser enganada. — Olhou para o livro que Kathryn tinha deixado de lado. — Mas para ler algo assim... não sou inteligente como você.

— Você é muito inteligente, Tweedie. E, se quiser, posso ensinar você a ler.

Os olhos de Tweedie se iluminaram, e Kathryn pegou um papel e um lápis.

— O melhor momento é o agora.

Ela escreveu o alfabeto e explicou que as letras representavam os sons.

— Depois que aprender cada uma, você vai conseguir pronunciar palavras, formar frases e ler livros.

Tweedie parecia decepcionada.

— Não sei se tenho tempo ou interesse suficiente para isso.
Kathryn pegou um livro.
— Você só precisa de incentivo. Estou lendo *Ivanhoé*, de sir Walter Scott. Vou recomeçar e ler em voz alta. No final, você vai querer ler livros. — Ela se levantou. — Mas vou pegar mais lenha primeiro.
Quando saiu pela porta dos fundos, ela viu Scribe empurrando um carrinho de mão vazio pelo beco e uma pilha de lenha recentemente colocada ali.
— Scribe! Garoto abençoado! Você deve ter ficado horas na floresta para cortar toda essa madeira! Obrigada, obrigada!
Scribe respondeu, contrariado.
— Não sou um garoto. E não fui eu que cortei, só entreguei.
— Mas então, quem...
— Matthias.
Tremendo, Kathryn pegou uma braçada de lenha e voltou para dentro. Deixou-a perto do fogão e disse a Tweedie que precisava ir falar com alguém. Colocou as botas, o casaco e o chapéu, saiu batendo a porta e atravessou a neve à altura do joelho até o Beck's Saloon. Entrou no saguão do hotel com os pés gelados e o temperamento ardente.
— Posso falar com o sr. Beck, por favor?
O funcionário voltou um minuto depois e disse que ele estava no escritório e que a porta estava aberta.
Kathryn parou à soleira.
— Sr. Beck?
Matthias se levantou e deu a volta em sua mesa.
— Eu gostava mais quando você me chamava de Matthias. — Seu olhar provocante pairava sobre ela. — Está se sentindo mais segura agora que Tweedie Witt mora com você?
— Consideravelmente.
— Não pense, nem por um minuto, que ela vai me manter longe de você.
Kathryn quase deixou escapar que não falava com ele havia duas semanas. Matthias poderia pensar que ela sentira falta dele. Naquele momento,

parada à porta dele, desejou não ter ido até ali. Deveria ter mandado um recado expressando suas ressalvas quanto a ele suprir qualquer necessidade dela.

— Quero pagar a lenha.

— É presente.

— Que eu não posso aceitar. As pessoas falam.

Ele riu.

— Querida, as pessoas estão falando de você desde que desceu daquela diligência. E, quando nos casarmos, vou pagar tudo de que você precise e que queira.

Frustrada, Kathryn entrou.

— Não vamos nos casar. Eu já lhe disse isso.

O homem parecia estar gostando do desconforto dela.

— Ah, sim, vamos nos casar, assim que eu cumprir minha parte do acordo. — Ele encostou na mesa e cruzou os braços. — Lua de mel em São Francisco, acho. Tenho certeza de que você sente falta de estar em uma cidade grande.

— Eu vou pagar.

Kathryn deu meia-volta e saiu pisando duro pelo corredor. Carl Rudger vendia lenha; com ele, ela descobriria quanto devia a Matthias Beck. Estava a meio caminho do depósito de madeira quando se lembrou de que era domingo e que a Rudger Lumber estaria fechada. Quando voltou para casa, estava congelada e exausta.

— Onde esteve? — perguntou Tweedie, confusa e preocupada.

Precisando se aquecer, Kathryn se jogou em uma cadeira perto do fogão Potbelly.

— Desperdiçando meu fôlego.

17

Em fevereiro, as temperaturas subiram um pouco, espalhando os narcisos de Ronya pelo solo de seu jardim. Ela fora a primeira a comprar um anúncio no *Voice* — não que precisasse disso. Carl Rudger e Patrick Flynt logo seguiram seu exemplo. O Deets Butcher Shop comprou espaço, graças a Camilla. O novo armazém havia aberto e estava indo bem, mas o proprietário, Ernest Walker, procurou Kathryn e também comprou um anúncio. O jornal estava começando a ganhar o suficiente para se pagar e dar a Kathryn uma folga da preocupação com a compra de suprimentos.

Fez a conta do que devia pela lenha e mandou Tweedie atravessar a rua para pagar Matthias Beck.

Tweedie voltou.

— Ele não aceitou.

Os leques de penas de peru foram todos vendidos. Infelizmente, os pássaros haviam se escondido. Tweedie começou a costurar, consertando roupas para os solteiros. Kathryn sabia que logo estaria morando sozinha mais uma vez.

Evitar Matthias Beck era impossível. Ele havia criado um conselho de Calvada, com reuniões abertas. Como editora do *Voice*, Kathryn sabia que não poderia faltar. Esperou até a reunião começar e se sentou no banco de trás. Fez anotações e observou todos os presentes. Quando Matthias perguntou se havia algum assunto inacabado ou perguntas, olhou diretamente para ela com o típico sorriso zombeteiro. Ela não disse nada; suas experiências em Boston lhe haviam ensinado que qualquer coisa que uma mulher dissesse em uma reunião pública apenas provocaria agitação e não serviria para melhorar condição nenhuma. Se tivesse dúvidas, opiniões ou objeções, expressaria todas em seus artigos.

Kathryn estava sentada na cozinha de Ronya com Charlotte, Ina Bea e Tweedie, quando Ronya tirou um jornal dobrado do bolso do avental e o jogou em cima da mesa.

— Por que não me contou sobre isso?

Kathryn desdobrou o *Clarion* e lá estava, em negrito, a manchete: MATTHIAS BECK VAI SE CASAR COM KATHRYN WALSH.

— O quê? Não! Não! Não!

A matéria de Bickerson declarava que a srta. Kathryn Walsh havia concordado em se casar com o prefeito Matthias Beck assim que ele cumprisse uma lista que ela apresentara. E seguia a lista.

Ofegante, Kathryn leu toda a matéria. Depois da lista, havia um relatório de progresso. A construção da Escola Mother Lode começaria assim que a neve derretesse. O Rocker Box Saloon havia sido comprado e seria convertido em uma prefeitura e centro de eventos. A rua Chump seria pavimentada com o cascalho da extinta mina Jackrabbit, e trenós pesados seriam usados para pressionar e alisar o leito da estrada. Fossos seriam cavados para direcionar o esgoto para fora da cidade. No final do verão, os cidadãos poderiam esperar ver as ruas Champs-Élysées, Paris, Rome e Galway duras como macadame. Qualquer mineiro desempregado com habilidades de carpintaria poderia se inscrever no escritório do Beck's Hotel para trabalhar em projetos da cidade. A matéria terminava com um chamado para que homens aptos se inscrevessem para trabalhar na coleta e transporte de lixo. *Salário: US$ 2 por dia. Entrar em contato com Matthias Beck.*

Dois dólares por dia era um dólar a mais do que os mineiros da Madera ganhavam. Kathryn sabia que muitos homens fariam fila para executar um trabalho que ninguém estava disposto a aceitar.

Nenhuma palavra daquela matéria tinha erro de ortografia; cada frase era clara e concisa.

— Stu Bickerson não escreveu isto! — disse Kathryn, e amassou o jornal, furiosa.

— Foi o que eu imaginei — disse Ronya, jogando farinha na bancada. — Você concordou em se casar com ele? — Ela tirou um pedaço de massa de biscoito de uma tigela grande.

— Não! — Ela sentiu seu rosto esquentar. — Ele entendeu errado.

— E o que exatamente isso significa? Todo mundo vai me perguntar, pois todos sabem que somos amigas.

Ronya também era amiga de Matthias. Na verdade, ela fazia amizade com todas as pessoas que entravam em seu café.

— Basta dizer a todos que leiam a próxima edição do *Voice*.

Ela foi até o fogão, levantou uma das placas do queimador e jogou o *Clarion* amassado no fogo.

Kathryn escreveu furiosamente a tarde toda, terminando um editorial sobre a tendência do *Clarion* de publicar histórias exageradas e aconselhando o editor a verificar os fatos antes de publicar uma matéria. Foi procurar Scribe para fazer a composição, mas ele disse que não podia.

— Matthias pediu para eu correr pela cidade toda entregando recados. O mais cedo que consigo chegar é...

— Deixa pra lá.

Kathryn passou a noite compondo os tipos ela mesma. No dia seguinte, os irmãos Mercer apregoaram o *Voice* por toda a rua Chump e a cidade. Todas as cópias foram vendidas.

Calvada inteira leu que Kathryn Walsh *não estava* noiva de Matthias Beck, nem tinha planos de se casar. Quanto à lista de projetos cívicos, o prefeito Beck parecia estar no caminho certo para cumprir suas promessas a todos os habitantes da cidade. A editora do *Voice* não tinha envolvimento pessoal com Matthias Beck e não tinha planos para isso no futuro. Quanto ao acordo descrito por Bickerson, Kathryn escreveu que não havia assinado, selado nem autenticado nenhum contrato com o prefeito. Se ele cumprisse a lista relatada, ela se somaria a outros habitantes de Calvada para celebrar o primeiro político a manter sua palavra sobre qualquer coisa.

Stu Bickerson reagiu com outra edição do *Clarion*, e ninguém poderia duvidar de sua autoria, dessa vez.

WALSH DÁ PARA TRÁS!

Nenhuma mulher consegue manter a palavra, e eu sei porque me casei uma vez e ela disse que nunc me diria não. Isso até eu colocar a aliança no dedo dela, porque, a partir de entao, essa foi a única palavra que saiu da boca daquela mulher.

Bickerson desabafou na frente e no verso, terminando com conselhos para Matthias Beck:

Conssidere-se um homem de sorte por aquela rabugenta voltar atrás na palavra dada, porque se ela a mantivesse, voc estaria preso a ela para sempre.

Kathryn escreveu, compôs e imprimiu outra edição do *Voice*.

Quando uma mulher diz "vou pensar", isso não constitui um sim. Se o prefeito Beck conseguir cumprir sua palavra para com os cidadãos de Calvada, e todos os projetos que ele prometeu em sua campanha forem concluídos, eu serei a primeira da fila a parabenizá-lo por um bom trabalho. Manterei minha palavra e pensarei em sua brincadeira casual envolvendo casamento, mas certamente não tenho nenhuma obrigação de fazer algo a respeito.

Um dia depois que os irmãos Mercer venderam todos os exemplares, ainda furiosa, Kathryn se sentou diante de Ronya, com o lápis pronto para fazer anotações, enquanto Tweedie estava no andar de cima ajudando Ina Bea a arrumar as camas. O cheiro delicioso de bolo de carne enchia a cozinha.

— Vou precisar de todas as instruções para fazer aquele ensopado de veado delicioso que você serviu ontem.

Ronya tomou um gole de café, fazendo um de seus raros intervalos.

— Parece que você está pensando em montar um restaurante.

— Ah, por favor, não brinque. Você sabe que é para minha coluna de cuidados com o lar. É uma seção bastante popular, e não só entre as mulheres. Homens solteiros também precisam realizar tarefas domésticas.

Charlotte riu.

— Você tem razão. A maioria dos homens repetem tanto o mesmo macacão que o traje aprende a ficar em pé sozinho. E tudo que sabem fazer na cozinha é abrir uma lata. — Ela secou o último prato e o colocou na prateleira. — Consertei algumas camisas de Henry, mas ele manda lavar suas roupas em Jian Lin Gong. Claro, farei isso depois que nos casarmos.

Tweedie e Ina Bea entraram na cozinha assim que terminaram o trabalho em cima.

— A maioria dos homens não tem dinheiro nem tempo para lavar roupa — acrescentou Tweedie, tirando suas agulhas de tricô de uma bolsa que sempre levava com ela quando saía. — E está frio demais. No verão passado, vi homens lavando roupa no riacho. Com elas no corpo!

Suas agulhas estalavam como esgrimistas em uma luta.

— Isso porque alguns só têm a roupa do corpo — comentou Ina Bea.

— Escreva uma matéria sobre isso, Kathryn — disse Ronya, olhando-a por cima de sua caneca.

— Talvez isso acabe com os comentários desagradáveis do sr. Bickerson insinuando que as mulheres não são confiáveis.

A ponta do lápis de Kathryn quebrou. Suspirando, ela pegou o canivete e raspou a madeira, tomando cuidado para não a quebrar de novo.

— Estou pensando em escrever outro editorial sobre a rapidez com que alguns homens esquecem seus votos de casamento e abandonam suas esposas para ir caçar ouro!

Charlotte sacudiu a cabeça.

— Se fizer isso, suas janelas serão apedrejadas de novo.

Tweedie suspirou.

— Às vezes, queria que Joe e eu nunca houvéssemos saído de Ohio.

Ronya se levantou, pronta para voltar ao trabalho.

— Quando uma mulher se casa com um sonhador, é melhor ter um plano para manter o corpo e a alma reunidos, mesmo que isso signifique esconder a manteiga e o dinheiro dos ovos para quando os tempos difíceis chegarem. Abri meu primeiro café com o dinheiro que escondi em uma meia dentro de um barril de farinha.

Kathryn pensou em seu pai. Ele tinha abandonado a esposa para entrar na corrida do ouro de 1849, e morrido poucos dias depois de deixar Independence, levando com ele seu sonho de ficar rico.

— Normalmente, os sonhadores têm muito charme. — Ronya colocou tigelas na bancada. — Mas, quando escolhe um marido, uma mulher precisa proteger o coração e usar a cabeça. — Ela olhou para Kathryn com um ar aguçado.

— Não comece! — Kathryn soltou um suspiro e escreveu algo.

Ina Bea deixou uma cesta de maçãs de inverno no balcão onde Ronya estava trabalhando, e sussurrou:

— Espero que ela não escolha Morgan Sanders.

Kathryn ouviu.

— Eu não quero um marido! Já tenho poucos direitos como mulher sem ter que os entregar a um homem!

— Depende do homem. — Tweedie sorriu. — O sr. Beck...

— Esqueça o sr. Beck, Tweedie.

Kathryn tentou voltar a falar sobre culinária, mas Ronya colocou as mãos nos quadris e perguntou:

— Matthias a pediu ou não em casamento?

— Não. — Kathryn se sentiu corar quando Ronya, Ina Bea e Charlotte olharam para ela. — As palavras exatas dele foram "É melhor nos casarmos". Isso não é um pedido de casamento.

— Você poderia ter dito não.

— Eu disse não. Várias vezes. — Exasperada, Kathryn se levantou e começou a andar de um lado para o outro. — Ele me encurralou, e tudo que eu consegui pensar foi em fazer uma lista que ele não poderia cumprir.

As mulheres riram; nenhuma delas se solidarizava com ela.

— Alguns homens são capazes de fazer praticamente qualquer coisa que decidam — disse Ronya, e sorriu. — Matthias é um deles.

Charlotte perguntou enquanto descascava maçãs:

— O que há de errado com Matthias? Ele é bonito, rico, e é sócio de Henry. Não há homem mais honrado neste mundo inteiro que meu Henry.

Kathryn se aprumou.

— Sócio? No hotel?

— Abriram uma empresa de transporte. Estão trabalhando nisso desde que Henry chegou. Já têm as rotas mapeadas e quatro carroças já construídas, cavalos e contratos com as estações de diligências. Em março, já estarão transportando mercadoria para o Cole's Market, o Rowe's Tack Room, o Carlile's Apothecary e o novo armazém geral, claro. Quando menos esperarmos, estarão transportando de Sacramento para outras cidades. Somos os últimos da fila.

— Como eu não soube disso? — perguntou Kathryn em voz alta.

Charlotte ficou surpresa.

— Achei que todos soubessem. Assim que Henry e eu nos casarmos, vamos nos mudar para Sacramento.

O coração de Kathryn se apertou. Matthias Beck também pretendia deixar a cidade?

— Beck acabou de ser eleito e agora vai...

— Ah, não. Ele vai ficar. Ele ainda tem o hotel e a nova sociedade com Ernest Walker. E já está fazendo negócios com o Aday's. — Ela ergueu as sobrancelhas quando olhou para Kathryn. — Pensei que soubesse. Você colocou aquele grande anúncio no *Voice*...

Ronya ria enquanto colocava farinha na banha para fazer uma torta.

— Beck and Call. Belo nome para uma empresa de transporte, não acha? E uma escolha sábia, se esta cidade morrer.

Kathryn estava revoltada por não saber nada daquilo. Que tipo de jornalista era? Estava evitando um homem em plena atividade. Matthias lhe dissera que seus dias de dono de saloon tinham acabado. Por que não o questionara mais sobre isso? Talvez houvesse perguntado se ele não a deixasse perturbada a ponto de não conseguir pensar direito. E Matthias Beck publicara aquele anúncio de casamento no *Clarion* fazendo de conta que Bickerson tinha escrito a matéria. Estava tão focada em suas refutações que não percebeu o que estava acontecendo ao seu redor! Pois bem, isso tinha que acabar.

A campainha da porta do salão de jantar de Ronya tocou, e o coração de Kathryn disparou.

— Vou ver quem é.

Ina Bea enxugou as mãos e tirou o avental antes de ir para o salão. Como ela não voltou, Kathryn se inclinou para trás para dar uma espiada. Viu Axel Borgeson pendurando o chapéu no gancho e tirando o casaco pesado. Deu um sorriso caloroso a Ina Bea. Kathryn olhou para Ronya e ergueu as sobrancelhas.

— Outra mulher solteira que vai acabar com a vida dela.

— Tenho a impressão de que você está começando a entender o que ela sente.

Rindo, Charlotte piscou para Kathryn.

— Case-se com Matthias. Ele é um bom homem. Seríamos praticamente irmãs.

Um bom homem?

— Ainda não o vi na igreja.

Henry não havia perdido um culto desde que chegara à cidade, e até Morgan Sanders fazia questão de comparecer.

Ronya olhou feio para ela.

— Você também não me viu lá. Uma pessoa não ir a...

— Ir à igreja também não testifica caráter — interrompeu Tweedie.

Kathryn entendeu a reprimenda; sabia que não tinha o direito de julgar. Abrindo a massa, Ronya prosseguiu.

— O importante não é o que um homem diz, e sim o que faz. E Matthias está indo muito bem. — Olhou para Kathryn. — Mas como você não pediu minha opinião...

— Quanto ao ensopado de veado — disse Kathryn, tentando mais uma vez se concentrar em sua coluna enquanto pensava em entrevistar Matthias Beck para saber de seus novos empreendimentos.

Pensar em ficar sozinha com ele a deixava nervosa. Talvez levasse alguém consigo, ou só falasse com ele com mais pessoas presentes; assim, ele teria que se comportar. Céus, ela estaria mais segura se convidasse Morgan Sanders para uma entrevista regada a chá no escritório do *Voice*!

Talvez devesse mesmo falar com o dono da mina Madera. Poderia convencê-lo a criar um fundo para viúvas.

— Kathryn? Você está com aquele olhar de novo.

Kathryn olhou para Ronya.

— Que olhar?

— De quem vai arranjar problemas.

Matthias estava dentro do Rocker Box Saloon, repassando os planos com o mestre carpinteiro, enquanto dois homens tiravam aquela pintura indecente de um metro por um metro e oitenta. As portas de vaivém haviam sido retiradas, assim como as mesas e cadeiras de jogo — tudo vendido a outros saloons da cidade e a renda devolvida aos cofres da cidade. A pintura fora vendida por um preço alto e seria transportada pela Beck and Call Drayage até um saloon em Placerville. Os pregos chiavam enquanto dois homens desmontavam o balcão e jogavam as tábuas em uma pilha com outras.

Hoss Wrangler nunca havia ganhado muita coisa ali, apesar de estar em uma localização privilegiada no centro da cidade. Ele batizava o uísque e cobrava uma comissão alta dos jogos. Os clientes não gostavam disso. Quando Matthias disse ao conselho da cidade que Wrangler estava ansioso para vender seu saloon, ninguém precisou perguntar por quê. Todos concordaram que o local serviria bem como sala de reuniões públicas e tribunal.

Não foi surpresa para Matthias encontrar mineiros habilidosos em carpintaria loucos para desistir da mineração e retomar seu ofício original, em vez de passar a vida cavando as entranhas da terra.

Tal como Hoss Wrangler, empreendedores chegavam a Calvada e partiam, cada um por seus próprios motivos. Alguns porque eram inquietos e sonhavam com melhor sorte em outro lugar. Outros deixavam o pouco que possuíam porque não aguentavam mais a solidão. Matthias já tinha visto casas abandonadas com pratos sujos ainda nas mesas. Ele entendia; também havia seguido em frente.

City também entendia isso. *Você não terá mais sorte do que eu tive tentando fugir de seus fardos.* City falava muito quando tomava alguns drinques. Mas, às vezes, compartilhava a sabedoria adquirida com a mágoa. *Alguns arrependimentos transformam um homem em pó. Encontre algo que valha a pena fazer da sua vida. Um homem que não acredita em nada é como um cadáver sentado na cadeira de um velório.* O irlandês rebelde passara a maior parte dos dias trabalhando na redação de seu jornal e a maioria das noites bebendo no bar de Beck. *Não acredite em tudo que você pensa. Mentimos mais para nós mesmos que para os outros.* Às vezes ele mencionava por alto as coisas que desejava ter feito, e as que preferia não ter feito. *Algumas decisões nos assombram. Você pode mudar de ideia, mas não pode voltar atrás. E, mesmo que pudesse, tudo teria mudado quando decidisse isso.*

City lidara com seus segredos e dores bebendo muito e criando confusão com palavras e punhos. Matthias nunca o vira recuar em nada. Bêbado e desesperado, provocava brigas sem motivo. Sóbrio, dizia a verdade sem meias palavras nem compaixão. A única pessoa que conhecia City melhor que ninguém era Fiona Hawthorne. Ela guardava os segredos que City estivesse disposto a compartilhar. A cidade inteira sabia que, quando City não estava em um bar, estava na Casa de Bonecas, com a madame. Fosse qual fosse os sentimentos que haviam tido um pelo outro, ficaram entre os dois.

Matthias sentia falta de City. Os conselhos dele lhe cairiam bem. Sentia falta da franqueza do amigo, e da amizade que havia crescido entre eles, embora tivessem muitos anos de diferença. Eles se entendiam. Matthias, o filho deserdado de um pregador, e City Walsh, um renegado católico irlandês que havia sido expulso da Irlanda por seu próprio povo. City ria disso. *Era pegar um navio ou acabar enforcado pelos britânicos, e meus parentes não gostaram dessa ideia.*

City dissera a Matthias que, assim como milhares de outros irlandeses que inundaram as costas dos Estados Unidos, pensara que as coisas seriam diferentes na América. Mas logo todos descobriram o contrário: era comum que lojas e indústrias informassem nas placas em que anunciavam as vagas disponíveis que não contratariam irlandeses. Nas fábricas, seus compatriotas trabalhavam em péssimas condições, e logo eram substituídos por quem aceitasse um salário menor. City e seu irmão se rebelaram contra os proprietários e tentaram organizar os homens para se unirem e se recusarem a trabalhar enquanto não tivessem um salário digno. Aquilo foi como estar de novo na Irlanda, lutando contra os britânicos proprietários de terras.

A corrida do ouro de 1849 significara uma oportunidade de fazer algo por si mesmo, de procurar por uma vida melhor, com todos os benefícios da riqueza. Garimpar ouro era um trabalho árduo, às vezes com poucos resultados. City dizia que a vida era tão difícil que sugava o coração do homem, deixando-o vazio. *Essa ironia me deixa doente. Passei a vida inteira odiando os ricos, e lá estava eu tentando ser um deles.* Ele nunca contara a Matthias o que acontecera com o irmão nem como acabara no ramo do jornalismo, mas escrever lhe dera estabilidade. *A verdade é que não fui feito para ser rico. Deus criou em mim um espinho.* Ele tinha paixão e o *Voice* lhe dera um propósito.

O velho City estava certo. A visão de seu amigo estirado em uma poça de sangue fizera Matthias despertar. Enquanto os homens no bar faziam o velório, ele fora ao cemitério. Fiona Hawthorne já estava lá, vestida de preto, com o rosto escondido sob um véu. Matthias a ouvira chorando baixinho enquanto observavam a terra sendo jogada sobre o caixão de pinho.

A falta de lei sempre incomodara Matthias, mas não o suficiente para fazer algo a respeito. Quando o problema acontecia em seu saloon, ele mesmo o resolvia. O resto da cidade que cuidasse de suas questões. City ficava furioso com a indiferença de Matthias. *Entre no jogo! Você foi um capitão do Exército da União, sabe como liderar os homens.*

O barulho de madeira caindo sobre a pilha puxou Matthias de volta ao presente. City o queria no jogo; pois bem, Matthias estava mergulhado até o pescoço, vendo desafios por todos os lados, tomando decisões todos os dias. Calvada era como tantas outras cidades mineiras de Sierra Nevada; quando as minas esgotavam, as cidades morriam. No momento, havia prata e ouro suficientes para manter os homens trabalhando. Mas quanto tempo isso duraria?

As coisas estavam esquentando na cidade, e ele sabia que Kathryn indagaria como City. Pensara que anunciar o noivado deles no *Clarion* a manteria distraída. Não conseguira um sim naquela noite, mas se tivesse ficado um pouco mais, talvez conseguisse. Ela também sabia disso, ou não o estaria evitando e escrevendo réplicas ferozes. *Sob pressão*, alegara ela. Matthias riu. Havia certa verdade nisso; ela estava vulnerável naquela noite. Fora difícil para ele manter a cabeça no lugar com ela em seus braços. Queria que ela dissesse sim de verdade. E que o dissesse diante de Deus e de uma multidão de testemunhas na Igreja da Comunidade de Calvada.

Talvez devesse voltar a frequentar a igreja.

As lembranças o puxaram outra vez. Lembrou-se de estar sentado na igreja vazia, ouvindo o pai ensaiar o sermão de domingo no púlpito. Ele falava com poder e eloquência. Quando garoto, Matthias achava que seu pai era o mais próximo de Deus a que qualquer homem poderia chegar; ele não errava. A mãe de Matthias dizia que ele era o embaixador de Deus, e que tudo que saísse da boca de seu marido era verdade.

Quando o pai o amaldiçoou, Matthias sentiu a maldição de Deus cair sobre si também. Mas se pudesse voltar atrás, sabendo do custo, teria escolhido lutar pela Confederação? Já se havia feito essa pergunta mil vezes. E toda vez, depois de analisar o assunto de todos os lados, a resposta era a mesma: o país tinha que se manter unido, ou o Grande Experimento desmoronaria.

Como prefeito, voltar à igreja depois da vida que levara certamente chamaria a atenção das pessoas; e atenção não era algo que ele procurava. Queria ficar em paz; queria saber que fora perdoado, se não por seu pai, pelo menos por Deus. Queria sentir que sua vida importava para alguma coisa. E queria estar mais perto de Kathryn.

Começara a fazer mudanças logo após a eleição não só para honrar City Walsh ou provar seu valor para Kathryn, mas para fazer da própria vida algo que valesse a pena. Assumir um cargo de autoridade implicava uma responsabilidade pesada. Vira-se pedindo a Deus que direcionasse seus passos e o iluminasse para que pudesse ver o caminho certo a seguir. O que aprendera quando criança estava voltando para ele, agora que já era um homem feito. Pegara-se pensando menos na última explosão de raiva de seu pai e mais na fé de sua mãe.

Quando o pai lhe dera as costas, Matthias dera as costas para Deus. Perguntava-se, agora, se fora para se vingar de um homem que ele sempre vira como um representante terreno do Senhor. Seu pai havia sido seu ídolo, mas acabara se mostrando um homem amargurado.

Outra tábua caiu na pilha de madeira; tudo seria armazenado no Rudger's e usado na primavera para construir a escola. Matthias terminou de revisar os planos e foi embora. Tinha trabalho a fazer na Beck and Call Drayage. No calçadão, viu Kathryn saindo do Ronya's. Com o coração disparado, parou em frente ao hotel e ficou à beira do calçadão observando-a. Tweedie a acompanhava. Ele sorriu. Kathryn realmente pensava que a presença de outra mulher na casa o deteria? Ele não estava mais fazendo visitas noturnas, mas isso não significava que não a procuraria quando estivesse pronto. Kathryn olhou em sua direção e fingiu que não o viu.

As palavras de City ecoaram mais uma vez. *Entre no jogo.*

Matthias não estava mais jogando cartas, mas as punha na mesa para que todos as vissem.

Kathryn entrou em sua casinha. Tweedie olhou para ele e sorriu antes de entrar. Matthias sabia que tinha aliados.

Kathryn mandou Scribe até Morgan Sanders com um convite para tomar um chá com ela no escritório do jornal o quanto antes. O rapaz voltou carrancudo.

— Ele disse que está disponível esta tarde às duas. E você está louca se vai fazer isso! Ou não se lembra do que aconteceu da última vez que ele veio aqui?

— Eu me lembro, Scribe. Ele pediu desculpas, e temos assuntos de grande importância para discutir.

— Que assuntos?

Como ela não respondeu, ele saiu batendo a porta.

Tweedie ouvira a conversa do outro cômodo.

— Morgan Sanders vem aqui hoje?

— Sim.

— Por quê?

A voz de Tweedie era ao mesmo tempo chocada e cautelosa. Kathryn não deveria ter ficado surpresa com a reação de Tweedie. O marido dela havia morrido na mina Madera.

— Quero fazer algumas perguntas, e também um apelo.

— Você não pode confiar naquele homem, Kathryn. E não deveria ficar sozinha com ele.

— Eu sei. Sei que é pedir muito, mas você ficaria enquanto...

— Não! — Tweedie empalideceu. — Não; ele me assusta. — Ela pegou seu xale. — Estarei na casa de Ronya ajudando Charlotte e Ina Bea.

Antes de sair pela porta, ela parou:

— Pergunte a ele por que não se importa com seus trabalhadores o suficiente para reforçar os túneis com mais vigas. — Seus olhos estavam marejados. — Joe ainda estaria vivo se Sanders houvesse dado ouvidos a seus capatazes.

Tweedie saiu. Kathryn fechou os olhos. Independentemente do que ela fizesse, alguém sempre acabava magoado ou furioso.

Fechando a redação do jornal, ela desceu a rua até o padeiro e usou algumas preciosas moedas para comprar um bolo de cidra pequeno. Levou a cadeira de seu quarto para o escritório e colocou uma toalha na mesa. Arrumou tudo com seu jogo de chá Minton vermelho e dourado. Tudo estava pronto quando Morgan Sanders bateu à porta, poucos minutos antes das duas.

Ele estava vestido para a ocasião, distinto e bonito com seu chapéu preto, paletó escuro, camisa branca e colete. Tudo feito sob medida, provavelmente em São Francisco. Tinha um relógio de ouro na mão e olhava a hora. Fechando-o, guardou-o no bolso do colete. Sua camisa branca era de algodão fino, a gravata de seda vermelha com um nó frouxo e modelagem quadrada. Parecia mais um cavalheiro de Boston do que o dono de uma mina em Calvada. Kathryn o convidou a entrar.

— Obrigado pelo convite. — Sanders tirou o chapéu, olhando-a atentamente. — Você fica linda neste tom de lavanda, Kathryn. Vestido novo?

— Não. Só não tive oportunidade de usá-lo antes.

Ela sentiu uma estranha trepidação sob o olhar dele e desejou ter vestido a saia marrom com a blusa branca. A presença de Sanders enchia a sala de uma maneira muito diferente da de Matthias Beck.

Ele jogou o chapéu no sofá como se estivesse marcando território. Sorrindo levemente, observou a toalha de linho branca sobre a mesa, as xícaras e pires Minton, o bolo de cidra. Deu um leve sorriso irônico.

— Todo este trabalho deve ser porque você está querendo pedir alguma coisa. — Sanders ergueu as sobrancelhas. — Precisa de dinheiro, Kathryn?

— Um pouco — admitiu ela, recusando-se a dissimular —, mas não para mim. Para uma boa causa.

— Ah, sempre é — disse ele, dando uma leve risadinha zombeteira.

Ela lhe ofereceu sentar-se e serviu o chá, já preparado.

— Espero que não prefira com creme e açúcar. Não tenho nada a oferecer, mas me disseram que o bolo de cidra de Wynham é bem doce.

— Assim como você, minha querida.

Morgan ergueu sua xícara de chá em uma saudação. Ela cortou uma fatia grossa de bolo, serviu-a em um prato, acrescentou um garfo de prata e o colocou diante dele.

— Você interpreta muito bem o papel de anfitriã. Será uma ótima mãe.

Ela ergueu os olhos, perturbada pela observação e sem entender por quê.

Reclinando-se para trás, ele se acomodou. Kathryn notou as belas botas de couro preto que ele usava. Sanders certamente sabia se vestir como um cavalheiro.

— Fiquei aliviado ao saber que não há noivado entre você e Matthias Beck.

Era uma observação muito pessoal, mas ela decidiu ser franca.

— Creio que Calvada inteira já saiba que não estou procurando um marido.

— Talvez não, mas isso não impede um homem de olhar para você como uma futura esposa.

Kathryn entendeu o significado do comentário e percebeu que ele poderia interpretar aquele convite como algo mais do que ela pretendia.

— Calvada tem boas mulheres para casar, Morgan.

Talvez alguns fatos sobre ela o ajudassem a procurar em outro lugar.

— Não tenho pedigree; sou filha de um imigrante católico irlandês que abandonou a esposa após um ano de casamento. Meu avô não aprovou o casamento, mas permitiu que minha mãe voltasse para casa. Eu nasci sob o teto dele; não que ele tenha ficado feliz com isso, nem que me desse atenção. Ele arranjou um segundo casamento para minha mãe, com um homem que aprovava, e fez dele seu herdeiro. Meu padrasto me via como um fardo. Surgiu uma oportunidade para me mandar embora, e aqui estou eu. Não vim para a Califórnia por vontade própria; fui mandada para cá. — Ela apoiou a xícara de chá sobre o pires.

— Calvada deve ter sido um choque para você, depois de Boston.

— Sim, mas tive que fazer uma escolha. Eu poderia ver este lugar como um exílio ou uma oportunidade, e escolhi a segunda opção. Agora Calvada é o meu lar.

— Você e eu temos algo em comum — disse ele, pousando a xícara e o pires.

— Nós dois? — Como ele não disse nada, ela pressionou. — Eu lhe contei minha história de vida; estou curiosa sobre a sua.

Ele deu uma risadinha zombeteira.

— Devo confiar minha história a uma jornalista?

Ela lhe ofereceu seu sorriso mais encantador.

— Prometo não divulgar nem uma palavra, a menos que você admita algum crime hediondo. — Ela cruzou as mãos e acrescentou, mais séria: — Sou uma mulher de palavra.

— Matthias Beck diria o contrário.

Ela se surpreendeu e ficou furiosa.

— Você aceitou meu convite apenas para me insultar?

Ele observou o rosto de Kathryn avidamente, rindo baixinho.

— Toda charme e doçura em um minuto, e toda passional no outro. Não, não vim para insultá-la. Pois bem, qual é a pequena quantia de dinheiro que você quer, e para quê?

Ela supôs que Morgan não satisfaria sua curiosidade sobre o passado dele.

— Uma doação para a igreja, a ser reservada para as viúvas necessitadas.

Ele estreitou os olhos e seu olhar escureceu.

— Agora quem está insultando quem? Não há mais viúvas em Willow Creek. Ronya Vanderstrom e você cuidaram disso.

— Isso é bom, não é? Mas havia outra, e...

— Elvira Haines escolheu seu caminho.

Ela se irritou com a indiferença dele.

— Você tem certa responsabilidade pelo que aconteceu com Elvira. O marido dela morreu em sua mina.

Os olhos dele cintilaram.

— Os homens conhecem os perigos do trabalho que fazem, Kathryn. Você perguntou sobre minha vida? Pois bem, eu cresci muito pobre. Minha mãe morreu quando eu era garoto e fiquei sozinho enquanto meu pai trabalhava no Estaleiro Naval de Norfolk, na Virgínia. Ele morreu quando eu tinha quinze anos. Sem um tostão. Eu não queria acabar da mesma maneira. — Ele se inclinou para a frente, com uma expressão dura.

— Fui para o Norte, até a capital, tive uma dúzia de empregos, tentando encontrar onde me apoiar para me levantar. Eu era bom com vendas; sabia o que as pessoas queriam. Foi na guerra que ganhei dinheiro de verdade.

— Com munições? — perguntou ela, antes de pensar duas vezes.

Ele soltou uma risada.

— Nada tão grandioso. Fui vivandeiro, autorizado pelo Exército da União a vender mercadorias às tropas. Não suprimentos, e sim coisas que eles queriam. Os homens não gostavam dos meus preços, mas eu não estava ali para fazer amigos. Meu pai tivera muitos, mas, mesmo assim, acabara sem nada além de um caixão e um buraco no chão onde o colocar. Quando a guerra acabou, vim para o Oeste e comprei uma parte da Madera. Meu sócio morreu em um desmoronamento. — Ele retorceu os lábios. — Alguns pensam que eu o matei.

— Quem diz isso, e por quê?

Reclinando-se mais uma vez, ele respirou devagar.

— Posso ser muitas coisas, Kathryn, mas não sou um assassino. E você, minha querida, está começando a parecer uma jornalista.

— Em outras circunstâncias, eu tomaria isso como um elogio. Sinto muito, Morgan.

— Você não tem ideia de quem sou, não é? De como sou determinado? — disse ele baixinho, com um olhar tão intenso que ela pestanejou e sentiu uma estranha tensão.

— Talvez não, eu o conheço há pouco tempo.

— Ah, mas você vai me conhecer. Serei franco como você foi. Não me importa o que as pessoas pensam de mim. Se me importasse, eu seria pobre como meu pai.

Ela discordou.

— Seu pai era rico em amigos, você disse, e o que terá no final da vida se tudo que fizer for por dinheiro?

Ele se inclinou para a frente de novo, sem deixar de encará-la.

— Há três coisas que sempre quis desde que me tornei homem, Kathryn. Fortuna, uma esposa bonita e culta, e um filho para herdar o que construí. Tenho o primeiro. Você será a segunda. E de você, eu terei o terceiro.

O coração de Kathryn batia forte sob o olhar feroz dele.

— Está supondo muitas coisas, senhor.

— Eu não suponho, planejo. E trabalho para conseguir o que quero. No final, terei tudo.

Embora assustada com a intensidade dele, ela manteve a calma.

— Você não vai me ter.

Morgan Sanders a fitou até que ela baixou os olhos. Então ele se levantou, pegou o chapéu e saiu pela porta sem dizer mais nada.

≫ 18 ≪

Matthias não ia à igreja desde que saíra de casa para ir à guerra, mas ainda tinha a Bíblia que seu pai lhe dera quando era garoto e que lera com frequência entre as batalhas. Quando seu pai o amaldiçoara, Matthias a deixara no púlpito com a intenção de abandoná-la, mas sua mãe o chamara enquanto ele se afastava e a colocara em seu alforje. *Guarde-a por mim, Matthias. Prometa.*

Ele cumprira a promessa, mas não a abrira nem pisara em uma igreja nos últimos dez anos.

Já para Kathryn, ser expulsa da família, admoestada em público pelo reverendo Thacker e enfrentar críticas constantes não diminuíra sua fé em Deus — nem na humanidade. Matthias tinha ouvido falar do chá que ela marcara com Morgan Sanders. A cidade inteira sabia e comentava o assunto. Somente Kathryn permanecia em silêncio.

Matthias estava sentado em seu quarto, com a lamparina acesa, folheando a Bíblia. Quando criança, ele marcara passagens no Salmo 119, ansiando ser como seu piedoso pai. *Abre os meus olhos para que eu veja as maravilhas de tua lei... Afasta de mim o caminho da mentira... Livra-me dos insultos, que me causam medo... Dá-me sabedoria e conhecimento, pois confio nos teus mandamentos.*

Outras passagens tinham sido marcadas, antes e durante a guerra: *Cria em mim um coração puro, ó Deus, e renova dentro de mim um espírito estável.*

Ele quase podia ouvir o conselho de sua mãe: *Matthias, perdoe seu pai, assim como você foi perdoado por Deus.*

Ele sabia que nunca estaria totalmente em paz enquanto não o perdoasse.

Talvez estar na companhia de seguidores de Cristo o ajudasse; e estar na companhia de Kathryn Walsh. Talvez fosse a hora de os perdidos buscarem comunhão com os achados.

Matthias vestiu seu melhor terno, com colete, camisa branca e gravata. Quando o sino do campanário tocou, subiu a colina, chegando deliberadamente atrasado. Sentou-se na última fileira, em frente a Fiona Hawthorne e suas bonecas. Quando ela olhou para ele, Matthias sorriu para ela e acenou com a cabeça. Viu Kathryn na fileira do meio, Tweedie Witt ao lado dela, e ficou surpreso ao ver Morgan Sanders sentado do outro lado do corredor. Acaso Sanders estava ali pelas mesmas razões que ele, ou só tentando impressionar a dama? Irritado, Matthias tentou se concentrar na homilia do reverendo Thacker. Ele não era o orador que seu pai havia sido, mas estava fazendo um bom trabalho pregando sobre as bem-aventuranças.

Com a mente divagando, Matthias pensou em seu pai. Teria se arrependido da maldição que lançara sobre o próprio filho? E sua mãe? Arrependera-se pelo marido? Sem dúvida. Será que ela orava por Matthias? Certamente. Talvez ele devesse escrever para ela. E dizer o quê? Que havia dado as costas a Deus, que era dono de um saloon em uma cidade dos infernos em Sierra Nevada e que também era o prefeito? Isso não lhe daria conforto algum.

Vocês foram ensinados a despir-se do velho homem, que se corrompe por desejos enganosos.

As palavras que ele aprendera quando era garoto voltavam à memória dele.

Henry Call e Charlotte Arnett estavam sentados lado a lado mais à frente. Iam se casar na semana seguinte. Matthias seria o padrinho, Ronya a madrinha. O casal passaria a noite de núpcias no quarto de hotel que Kathryn havia ocupado por alguns dias, e na manhã seguinte partiria para Sacramento, onde Henry administraria o novo escritório da Beck and Call Drayage. Matthias cumpriria seu compromisso de dois anos com Calvada, terminaria os projetos que havia estabelecido para si mesmo e, se

Deus quisesse, se casaria com Kathryn Walsh até o final do ano. Olhou para a parte de trás da cabeça dela, de onde escapavam alguns fios macios de cabelo ruivo. *Tenha paciência, Matthias.*

Thacker falava sem parar. Matthias se reclinou e cruzou os braços. Acaso o homem passara tanto tempo criticando Kathryn? Ele estremeceu, pois sabia que a culpa daquilo era dele. Pensara que assim a protegeria, mas tudo que conseguira fora magoá-la.

Sanders olhou para Kathryn, mas ela não retribuiu. O que acontecera naquele chá? Tinha sido rápido, pelo que lhe disseram.

O culto terminou e Matthias se levantou para o hino final. Ele o conhecia bem e cantou sem abrir o hinário, ganhando olhares surpresos dos paroquianos ao redor. O reverendo Thacker deu a bênção, juntou-se à esposa e foi o primeiro a subir o corredor para cumprimentar as pessoas à porta. Todos começaram a sair da igreja; a maioria notou Matthias, e alguns pararam para cumprimentá-lo.

Kathryn se levantou e conversou com várias mulheres. Ostensivamente irritado, Morgan seguiu pelo corredor. Enquanto se dirigia à saída, viu Matthias. Os olhos de ambos se encontraram e se sustentaram. Quando eles se cruzaram, Matthias falou baixinho.

— Essa dama é minha.

A expressão de Sanders endureceu e ele abriu um leve sorriso.

— Não aposte nisso.

Matthias esperou até Kathryn chegar à última fileira para também sair.

— Senhorita Walsh.

Ela sabia que ele estava ali, mas fingiu que não havia notado.

— Que bom vê-lo na igreja, sr. Beck.

— Faz muito tempo que não venho, mas é bom voltar.

Ele não ficava tão perto dela havia semanas, e não pretendia manter distância daquele momento em diante.

— O casamento é semana que vem.

Ela arregalou os olhos e corou.

— Casamento?

Ele sorriu.

— Não o nosso, querida.

Ela fingiu calma e controle, mas por dentro estava trêmula.

— Henry e Charlotte, lembra?

O reverendo Thacker cumprimentou Matthias com satisfação.

— Quase perdi a linha do raciocínio quando vi você sentado ali. Sally e eu oramos por você desde que chegamos a Calvada.

Kathryn passou por eles e desceu os degraus da frente. Quando Matthias saiu, viu que ela estava com Tweedie e outras mulheres. Felizmente, Sanders já havia partido em sua carruagem.

O céu estava claro, o ar ainda fresco, a primavera chegava firme. Muitas pessoas tentavam atraí-lo para conversar. Kathryn estava indo embora. Matthias interrompeu uma conversa, mas foi interceptado por Nabor Aday, que queria reclamar dos impostos municipais. Matthias sabia como Nabor tratara Kathryn.

— Você queria melhorias, Aday. Elas têm um custo.

— Um dólar de aumento é roubo!

Matthias perdeu a paciência quando perdeu Kathryn de vista. Aproximou-se, quase pisando no calo de Aday, e baixou a voz para que Abbie Aday não ouvisse.

— Você desperdiça mais de dez dólares por semana nas mesas de Faro e aumenta seus preços aleatoriamente para fazer com que sua clientela arque com sua perda.

Com o rosto vermelho, Aday empinou o queixo.

— E eu votei em você!

— Então você sabia exatamente o que esperar, porque eu deixei bem claro todos os meus planos.

Nabor disse com escárnio:

— As melhorias não são para a cidade. É por causa daquela lista! Você está gastando nosso dinheiro suado para conquistar aquela mulher.

Aquela mulher? Matthias queria agarrar aquele pescoço esquelético e sacudi-lo.

— Você tem uma localização privilegiada no centro da cidade, mas em um ano estará fechado, Aday.

— Está me ameaçando?

— Estou só dizendo a verdade. Ernest Walker trabalha muito, paga um salário decente e cobra preços justos e iguais para todos. Onde você acha que as pessoas vão preferir fazer suas compras?

Matthias foi para o Ronya's Café, esperando encontrar Kathryn no restaurante. Todas as mesas estavam ocupadas, e Charlotte e Ina Bea se dividiam servindo as refeições — se bem que esta última não parecia ter pressa para deixar a mesa de Axel Borgeson. Matthias foi até a cozinha. Kathryn não estava lá. Ronya estava passando alguns biscoitos para uma travessa.

— Olha só que bonitão está, todo bem vestido. Charlotte e Ina Bea me contaram que esteve na igreja hoje. — Ela riu. — Se está procurando por Kathryn, ela deve estar em casa. Tweedie diz que ela lê quase todos os domingos. Veio comer mais cedo, só voltará amanhã.

Ela olhou o bacon e virou algumas fatias.

— O que quer de café da manhã? Panquecas, ovos, bacon, salsicha?

— Isso.

Ela riu.

— Você tem um lobo faminto dentro da barriga. — Ela o fitou. — Tem feito muitas melhorias na cidade, Matthias, e isso é ótimo. Estranho que Kathryn não tenha escrito muito sobre isso.

— Acho que ela está deixando tudo para Stu Bickerson.

— Talvez eu devesse colocar uma pulguinha atrás da orelha dela.

— Sugira que ela converse comigo aqui. Acho que ela não vai querer que eu vá ao escritório dela.

— Sério? — Os olhos de Ronya estavam cheios de malícia. — Por que será?

Ele não respondeu, então ela encheu um prato e o passou para ele. Ina Bea lhe deu talheres e um guardanapo xadrez vermelho e branco, depois voltou ao salão com dois pratos de panquecas. Ronya serviu café em uma caneca.

— É uma Bíblia que você tem aí? — perguntou Ronya, olhando o livro preto e desgastado que ele deixara no balcão. — É a primeira vez que o vejo com uma. Já leu?

— Fui criado com ela, tive que decorar muitas partes. Meu pai era pregador.

— Ora, mas que surpresa! — Ela lhe lançou um olhar desafiador. — Então talvez seja melhor você fazer uma leitura mais atenta.

Ele tomou um gole do café e olhou para Ronya por cima da caneca.

— O que está tentando me dizer? Diga de uma vez.

Ela cruzou os braços.

— Quando um homem vê uma mulher bonita, esquece que a cabeça não serve só para crescer cabelo. É melhor levar a sério o que Kathryn diz sobre casamento. — Ela deu uma gargalhada. — Não sou uma mulher bonita, mas recebi muitas propostas de homens nos últimos vinte anos, inclusive no dia em que meu marido foi enterrado. E recusei todas pelas mesmas razões que Kathryn.

— Ela não confia em mim.

— Não há razão para confiar, não é?

Ronya bufou e olhou para o bacon, virando uma dúzia de fatias com uma espátula.

— Mas, Ronya...

Ela o fitou de novo.

— Você está tentando fechar o *Voice* desde que ela o reabriu. A questão não é você, e sim as leis. Kathryn está apaixonada por você, Matthias. Não sei se ela sabe disso, mas está lutando muito contra o que está sentindo. — Ela deu uma risadinha. — E estou vendo que você gostou de ouvir o que eu disse. Claro que sim. Isso lhe dá uma vantagem, não é? O problema é que você não conhece Kathryn Walsh. Ela não é como Charlotte, Ina Bea ou a maioria das mulheres, que não querem nada além de um marido e filhos.

Matthias já havia ouvido o suficiente.

— Você fala como se eu quisesse tirar tudo dela.

— E não quer? Você tentou comprar a prensa quando ela chegou aqui, não tentou? — Ela apoiou as duas mãos na bancada. — Se não a ama, deixe-a em paz. E se a ama, deixe que seja a mulher que ela é. Você encontrará uma boa descrição disso nessa sua Bíblia. Provérbios 31, se bem me lembro.

— Uma mulher de virtude...

— Assim como será o homem que focar sua atenção nela. Quem já teve um casamento assim? — Ela sacudiu a cabeça. — Se eu conhecesse um homem que me tratasse com esse tipo de respeito, poderia até me casar de novo.

Embora Kathryn tivesse tomado a decisão de nunca se casar, adorava casamentos. Charlotte estava linda em um vestido cor de pêssego, e a expressão de Henry quando viu sua noiva fez lágrimas brotarem nos olhos de Kathryn. Matthias, mais alto que o amigo, estava ao lado dele como o belo cavalheiro sulista que era, enquanto o reverendo Thacker conduzia os votos de Henry e Charlotte. Tudo selado no final com um beijo doce e casto, tão distante daquele que Matthias lhe dera...

Agitada, ela se sentou. Aquele homem aparecia em seus pensamentos o tempo todo. Ele era como uma febre que ela não conseguia fazer desaparecer. Pegou-se observando-o enquanto ele estava com os recém-casados, certificando-se de que tivessem tudo de que precisassem. Ah, como seria fácil deixar o coração dominar a cabeça; mas ela tinha muito a perder, não podia permitir que isso acontecesse.

Ronya havia feito o bolo do casamento e Kathryn estava ajudando a servir os convidados. Quando o casal cortou o bolo, Kathryn não conseguiu evitar sentir uma pontada de inveja, mesmo que efêmera. Charlotte a abraçou em seguida, emocionada.

— Estou tão feliz que parece que vou explodir — disse, com os olhos úmidos de lágrimas.

— Vão partir amanhã de manhã?

— Bem cedo. Vou sentir sua falta, Kathryn. E de Ronya, Ina Bea e Tweedie. Precisa ir a Sacramento nos visitar.

Os músicos começaram a tocar. Henry puxou a noiva para dançar. Matthias se aproximou e assustou Kathryn ao falar:

— O que achou?

O coração de Kathryn acelerou. Ela não sabia a que ele se referia, e achou melhor não perguntar.

— Os dois estão muito felizes. Sacramento será um lugar maravilhoso para eles. Ouvi dizer que as fazendas da região e em todo o Vale Central estão indo bem. Os mercados do Leste estarão famintos pela produção, que terá que ser transportada para as estações ferroviárias. Ouvi dizer que vocês já trabalham com carros refrigerados. — Ela falava sem parar, toda confusa, mas não conseguia se conter. — É um bom lugar para uma empresa de transporte.

— É sim.

Ele a fitou com um sorriso irônico, fazendo-a corar. Kathryn ficou brava e desviou o olhar.

— Já pensou no que vai fazer se Calvada não sobreviver?

Surpresa diante de tal sugestão, ela ergueu os olhos.

— Não sobreviver? Você é o prefeito e acha que a cidade vai morrer?

— Quando o minério acabar, e ele vai acabar, a cidade vai morrer.

Ela não queria pensar naquilo e no que poderia significar para todas as pessoas que moravam ali.

— O amanhã trará as suas próprias preocupações. Basta a cada dia o seu próprio mal.

— É sempre bom ter um plano B. Ouvi dizer que Tweedie vai morar com Ina Bea.

Ela não se atreveu a olhar para ele. Quem teria lhe contado?

— Acho que vou ter que trancar as portas da frente e dos fundos todas as noites. Axel passa para ver como estou nos fins de tarde e Scribe trabalha comigo na maioria dos dias.

— Sim, eu sei. Mas você estava mais segura morando com Tweedie.

O coração de Kathryn batia forte, e o calor que sentia no corpo a fazia lembrar do beijo memorável. Seria melhor que ela não pensasse mais nisso, especialmente com Matthias tão perto.

— Bem, não se preocupe, sr. Beck. Não vou deixar ninguém entrar em minha casa à noite.

Ele não respondeu.

— Tenho ouvido bons relatos sobre o progresso da cidade. Estaria disposto a me encontrar para tomar um café no Ronya's?

A amiga lhe havia perguntado por que ela nunca escrevia sobre o que o novo prefeito estava realizando. Já era hora de deixar os sentimentos pessoais de lado e fazer um bom trabalho jornalístico.

Matthias sorriu.

— Diga o dia e a hora, será um prazer. — Seu olhar era quente. — Depois de conversarmos, gostaria de lhe mostrar um pouco do que está sendo feito.

Kathryn se sentiu em terreno mais firme.

— A prefeitura, espero.

— Estará pronta até o final da semana. Estamos planejando um evento de inauguração, mas acho que a editora do *Voice* deveria publicar sobre isso depois de ver tudo. O local também servirá como tribunal, até que tenhamos dinheiro suficiente para comprar e reformar outro saloon. — Ele deu um sorriso pesaroso. — Imagino que goste da ideia de que mais alguns fechem.

Ela riu, sentindo-se à vontade.

— Sim, se bem que ainda haverá uma dúzia para os homens escolherem.

— Aposto que você fecharia todos eles, se pudesse.

Ele recordou que ela era uma defensora da temperança.

— Não é uma batalha que pretendo travar. Duvido que os homens pensem em dar às mulheres o direito de votar se a primeira coisa que fizerem for fechar os saloons.

Ele ergueu as sobrancelhas.

— Boa resposta para uma mulher que não bebe — disse ele, e deu um sorriso sarcástico. — Com exceção de uma noite bastante memorável.

— Precisa me recordar disso? — Ela sabia que ele estava brincando. — Embora tenha me sentido tentada, não tomei outro elixir de Ronya desde então.

— É uma pena. Tivemos uma boa conversa naquela noite, Kathryn. Você estava menos na defensiva.

Ela se lembrava de cada palavra que haviam dito e nunca se sentira tão próxima de um homem. Mas havia sido sábio? Melhor mudar de assunto para algo mais seguro.

— Você realmente acha que as minas podem fechar?

— Você escreveu sobre o fechamento da Jackrabbit — disse ele, e se calou por um momento. — O que Morgan Sanders disse sobre a Madera?

As notícias corriam depressa em Calvada.

— Não convidei o homem para tomar chá comigo para perguntar sobre a Madera.

Às vezes, ela se perguntava para que a cidade precisava de um jornal.

— Por que não? Tinham outras coisas para falar?

O tom de Matthias deixou claro que ele não estava contente com aquela intimidade toda com o dono daquela mina.

— Foi bom ver você na igreja no domingo passado.

Ela percebeu que Matthias ficara contrariado com a mudança de assunto, mas ele não a pressionou.

— Foi a primeira vez depois de muito tempo. Despertou muitas lembranças.

Ela esperava que fossem boas, considerando o que ele havia revelado a ela sobre a última conversa com o pai.

Ele apertou os lábios.

— Percebi que Morgan Sanders começou a frequentar a igreja por sua causa.

— Ele já ia antes de eu...

— Não, não ia. Ele começou a frequentar na semana em que você chegou na cidade. Foi uma grande notícia, mas você ainda não estava no *Voice*.

Com os lábios entreabertos, ela ergueu os olhos, e dessa vez não houve dúvidas.

— Você está zangado comigo. Eu só queria pedir a ele que criasse um fundo para viúvas...

— E achou que chá e bolo de cidra iriam... — Ele se interrompeu. — Na verdade, estou com ciúmes. Você confia mais nele que em mim.

— Não confiarei mais.

Os olhos de Matthias cintilaram.

— Ele tentou alguma coisa?

— Não — disse ela com uma voz calma, e acrescentou, feroz: — E não é meio hipócrita de sua parte você se sentir ofendido por minha causa sendo que... Esqueça.

— Está com dificuldade para esquecer aquele beijo também, não é?

Um calor percorreu todo o corpo de Kathryn.

— Acho que Henry está procurando por você — comentou, vendo que o advogado olhava para eles.

— Se me der licença, srta. Walsh...

Matthias não se aproximou dela de novo.

Kathryn disse a si mesma que estava feliz com isso.

Ina Bea e Axel deixaram a festa juntos. Tweedie saiu logo depois. Kathryn ajudou Ronya a colocar pratos e tigelas em dois carrinhos e empurrou um deles de volta para o café. Ronya a mandou para casa depois disso. Quando ela entrou em sua casa, Tweedie estava sentada no sofá, com suas coisas arrumadas dentro de um saco de aniagem ao lado.

— Estava esperando por você. Obrigada por tudo que fez por mim, Kathryn. Eu nunca poderei retribuir. É que Ina Bea e eu passamos tempos tão difíceis na Willow Creek que nos tornamos muito amigas...

Kathryn não deixou que ela continuasse e a abraçou.

— Eu entendo.

Tweedie complementou, com os olhos marejados:

— Ficarei com o quarto só para mim quando Ina Bea estiver trabalhando. Posso render muito mais...

— Sem pessoas entrando e saindo — completou Kathryn.

Ela sabia que Tweedie temia que Morgan Sanders fosse uma dessas pessoas. E Kathryn temia que talvez ela estivesse certa. Ainda assim, era da natureza de seu negócio manter a porta aberta.

— Gostaria de escrever uma matéria sobre você e seu trabalho.

— Você faria isso? Seria maravilhoso!

— Com prazer, Tweedie. Você é uma mulher independente. Vai fazer mais leques para mandar para o Leste?

— Ah, não, acho que não. Já tenho mais costura do que dou conta. Espero que sua mãe não se importe. — Ela levou o saco ao ombro.

— Tenho certeza de que ela ficará satisfeita por você estar indo tão bem.

Kathryn abriu a porta e ficou vendo Tweedie se dirigir ao Ronya's. Veria sua amiga todos os dias quando fosse comer lá, mas não seria a mesma coisa.

Triste, Kathryn preparou uma xícara de chá e se sentou à mesa, mordiscando a fatia de bolo do casamento que Ronya havia lhe dado. O sol estava se pondo e a atividade no salão de fandango estava começando. Como seria se divertir despreocupadamente, ter a liberdade de bater os pés e dançar e cantar? Suspirou. Uma dama não podia se permitir a tal luxo.

Axel bateu à sua porta às nove. Ela abriu e trocaram algumas palavras antes de ele prosseguir a ronda. Kathryn trancou a porta e foi para o quarto se preparar para dormir. Estava vazio sem Tweedie. A folia ao lado exacerbava sua solidão. Ela pegou *Ivanhoé*, lembrando-se de como Tweedie ficara extasiada com a história. Aprendera rapidamente os rudimentos da leitura. Kathryn esperava que ela continuasse aprendendo sozinha.

Já meio adormecida, Kathryn ouviu um barulho na porta dos fundos. Com o coração agitado, apurou os ouvidos, mas só ouviu barulho de alguém se coçando, fungando e choramingando. Kathryn saiu das cobertas, acendeu a lamparina e abriu a porta com cautela. Um cachorro maltrapilho e malhado olhou para ela com tristes olhos castanhos. Ela já havia visto aquele cachorro pela cidade. Aparentemente, não pertencia a ninguém.

— Pobrezinho! Está com fome? — O cachorro abanou o rabo. — Espere aqui mesmo.

Procurou algo em sua pequena despensa; abriu uma lata de feijão com presunto.

O cachorro enfiou o focinho na lata. Kathryn fez um carinho atrás das orelhas dele e fechou a porta, trancando-a de novo.

Quando Kathryn se levantou, na manhã seguinte, ele ainda estava lá.

Ronya disse a Kathryn para dar banho no cachorro com vinagre e esfregá-lo com uma mistura de alecrim moído, erva-doce, hamamélis e óleo de eucalipto. O pobre animal ficou arrasado, de orelhas baixas, tremendo. Assim que toda a sujeira desapareceu e ela o secou com uma toalha, descobriu que o cachorro tinha uma saudável pelagem preta, caramelo e branca. Ele a fitava com adoração. O cãozinho tinha olhos castanhos contornados de preto, e focinho e bochechas brancas.

Kathryn fez um carinho embaixo do queixo do cão.

— Você vai se chamar Bandit.

Quando Kathryn foi para o Ronya's, Bandit a seguiu.

— Desculpe, meu amigo peludo, mas você não pode entrar. Vou guardar um pouco do meu jantar para você.

Matthias chegou minutos antes da hora marcada para a entrevista. Kathryn pretendia manter a conversa focada em melhorias cívicas e o bombardeou com perguntas.

Ele olhou a pilha de anotações dela com um sorriso irônico.

— Achei que seria uma boa conversa, mas parece mais um interrogatório.

— Só estou fazendo meu trabalho.

Ela revirou sua bolsinha de cordão e colocou uma moeda de dez centavos na mesa.

Ele estreitou os olhos.
— O que você pensa que está fazendo?
— Pagando nosso café.
Ela empurrou a cadeira para trás e se levantou antes que ele protestasse.
— Você prometeu me mostrar a prefeitura. Podemos ir?
— Hoje só falaremos de negócios, hein? — Matthias comentou secamente.
— Tudo pelo povo, sr. Beck.
Bandit se levantou quando ela saiu pela porta. Matthias levantou uma sobrancelha.
— Amigo novo? O que você fez? Deu comida para ele?
— Uma lata de feijão com presunto, e Ronya está me dando as sobras.
Matthias riu.
— Você nunca vai se livrar dele.
— Não quero me livrar dele. Ele é uma boa companhia.
— Por quê? Porque ele deixa só você falar?
Ela sorriu.
— Exatamente.
— Ou espera que ele mantenha as visitas afastadas?
— Isso também. — Kathryn deu a Matthias um sorriso travesso. — Ele é bastante protetor. Quase arrancou um pedaço da perna de Scribe esta manhã quando ele entrou no escritório sem bater.
— Obrigado pelo aviso. — Matthias sorriu. — Levarei um osso carnudo quando for à sua casa.

O saloon reformado tornara-se funcional tanto para um tribunal quanto para a prefeitura; tinha cadeiras enfileiradas, duas mesas, o banco do juiz e uma tribuna para o júri, todas peças móveis. Kathryn ficou impressionada com o acabamento. Matthias explicou que a disposição poderia ser mudada para servir a vários propósitos. Enquanto explicava, ele passava a mão na cabeça de Bandit, voltada para cima. O cachorro estava sentado com a boca aberta, com um sorriso canino, e a língua de fora.

Kathryn o observou, contrariada.

— Está fazendo amizade com o meu guardião?

— Achei que seria sensato. — Matthias lhe deu um olhar provocador. — Parece que ele gosta de mim.

— Gosto não se discute.

— Não fique com ciúmes!

Ela riu.

— Você é incorrigível, sr. Beck, mas fez um bom trabalho na cidade. Mencionou um lugar para a escola, não é?

— Descendo a colina da igreja. Começaremos a construir mês que vem.

— Escola Mother Lode? — disse ela secamente.

— Me pareceu um nome apropriado. E anunciei que estamos em busca de um professor. Infelizmente, só temos trinta crianças em Calvada. As pessoas vão protestar pelo custo por tão poucos.

— Haverá mais crianças à medida que a cidade crescer.

Ele sorriu.

— É o que espero.

O coração de Kathryn acelerou. Quando saíram, Gus Blather chamou Kathryn.

— Estava procurando por você, srta. Walsh. — Ele estendeu um pedaço de papel amarelo. — Um telegrama de Sacramento, de alguém chamado Amos Stearns.

Kathryn agradeceu e abriu o papel dobrado.

```
Chego em 10 de abril por diligência. Gostaria
de falar sobre sua mina.
Amos Stearns
```

Kathryn dobrou o telegrama e o guardou na bolsa. Blather ficou esperando. Ela agradeceu mais uma vez e disse que não havia necessidade de resposta. Matthias ergueu as sobrancelhas depois que Blather saiu.

— Boas notícias?

— É o que espero.

Kathryn encontrou Amos Stearns na estação. Quando ele desceu da diligência, coberto de poeira e cansado, o rosto dele se iluminou.

— Que prazer vê-la mais uma vez, srta. Walsh.

Cussler lhe atirou uma maleta e ele foi caminhando ao lado de Kathryn. Ela lhe recomendou o Beck's Hotel. Seguiram na direção do estabelecimento pelo calçadão.

— Tenho o relatório, srta. Walsh, e repassarei tudo com você o mais rápido possível. Esta noite, se estiver livre. Sei que é em cima da hora...

— Ronya Vanderstrom abre para o jantar às cinco.

Ela disse que ficaria encantada se ele a encontrasse em sua casa para então irem até o Ronya's. Quando apontou para o outro lado da rua, se espantou quando viu duas parelhas de quatro cavalos puxando uma carroça onde se lia Hall e Debree Trash coletando lixo. Quando aquele serviço havia começado a funcionar?

Kathryn contou ao homem sobre sua atividade.

— *Calvada Voice*?

— Um jornal.

— Um jornal dirigido por uma mulher? Os tempos estão mudando, sem dúvida.

Não deu para entender se ele aprovava ou não.

— Sim, estão, e já era hora.

Matthias entrou pelas portas de vaivém. Ela fez as apresentações, disse a Amos que o esperava mais tarde e foi embora. Quando olhou para trás antes de entrar em sua casa, viu que os dois estavam conversando. Abriu a porta e Bandit pulou em volta dela.

Scribe estava finalizando a composição do artigo que sairia na coluna de cuidados da casa.

— Sanders mandou uma mensagem — disse ele, não muito feliz. — Está em sua mesa.

Ela abriu o envelope.

Querida Kathryn,
Receio ter deixado você desconfortável com minha recente declaração. Posso ter o prazer de sua companhia para o jantar esta noite para esclarecer quaisquer dúvidas que tenha? Irei buscá-la às seis.

Atenciosamente,
Morgan

Scribe ficou olhando carrancudo para a prensa.
— Um bilhete de amor?
— Não.
Parecia mais uma convocação. Ela se sentou à mesa e pegou seu material de escrita.

Prezado Morgan,
Obrigada por seu amável convite, mas tenho um compromisso esta noite.

Kathryn

Ela dobrou o bilhete e o enfiou em um envelope, selou-o, escreveu *Sr. Morgan Sanders* na frente e o estendeu.
— Poderia, por favor, levar isto...
— Agora faço tarefas de rua para você também?
— Desculpe, Scribe, mas não posso eu mesma o entregar.
Arrancando o avental, ele pegou o envelope e se dirigiu à porta.
— Algumas pessoas não entendem de limite — disse ele, e bateu a porta ao sair.
Quando voltou, estava ainda mais irritado.
— Ele me perguntou sobre um homem que você foi encontrar na estação da diligência.
Minha nossa! Ele mantinha alguém observando cada movimento dela?
— Que homem é esse? — perguntou Scribe parado em frente à mesa.

Ela percebeu que ele estava com ciúmes.

— Amos Stearns. É um dos avaliadores com quem falei em Sacramento.

— Avaliador? Ele veio para cá por causa da mina de City?

Kathryn preferiria não ter dito nada.

— Sim, mas ainda não sei o que ele tem a dizer.

— Ora, ele não faria uma viagem até aqui se fosse uma má notícia. Poderia mandar uma mensagem. — Ele foi se encaminhando para a prensa, mas parou. — Faça o que quiser, mas não venda essa mina para Sanders!

Scribe continuou encaixando as linhas amarradas na matriz. Ambos trabalhavam em silêncio, até que Scribe fechou a prensa e fez uma cópia para Kathryn revisar.

— Então? Posso ir junto e ouvir o que esse avaliador tem a dizer?

Amos Stearns não parecia muito feliz quando viu que Scribe os acompanharia no jantar. Kathryn lhe assegurou que qualquer coisa que ele tivesse a dizer poderia falar na frente de seu amigo. O salão de Ronya estava movimentado, como sempre, e os três chamaram a atenção quando entraram. Felizmente, havia uma mesa mais ao fundo. Ina Bea estava trabalhando no salão, no lugar de Charlotte, e serviu ensopado de veado com biscoitos frescos. Amos comeu como se fosse um mineiro que houvesse trabalhado um dia inteiro. Para um homem magro como ele, tinha um grande apetite. Kathryn não fez perguntas até que Ina Bea voltou com três tigelas de pudim de pão com passas e creme, e canecas de café forte e quente.

— Sobre o relatório...

— Cobre. — Amos mergulhou a colher na tigela. — As amostras que você nos levou são ricas em cobre e têm traços de prata. Eu gostaria de examinar a mina amanhã, se...

— Sim, claro. — Kathryn olhou para Scribe.

O garoto, animado, a fitou com os olhos arregalados e brilhantes.

— Estamos ricos!

Kathryn apertou o pulso de Scribe.

— Quieto.

Scribe olhou ao redor e se inclinou para a frente, com os olhos fixos no avaliador.

Kathryn apertou o pulso dele.

— Tenho certeza de que explorar a mina não é tão simples quanto encontrar o tesouro. Será preciso escavá-lo da montanha e processá-lo. O que significa que são necessários equipamentos, suprimentos, funcionários, além de conhecimentos e habilidades de gestão...

Amos assentiu.

— Vamos resolver uma coisa de cada vez, srta. Walsh. Meu pai foi superintendente de uma mina de carvão em Kentucky. Depois que minha mãe morreu, passei mais tempo debaixo da terra com ele que ao ar livre. Eu estudava à noite. A mineração me fascina, sempre fascinou. Estudei dois anos na Escola de Engenharia Civil e Mineração antes de vir para a Califórnia. Se sua mina mostrar o que eu acho que vai, podemos conversar sobre você querer minha ajuda ou de outra pessoa.

Os modos de Amos surpreenderam Kathryn. Ele lhe parecera um jovem calmo e tranquilo em Sacramento, mas, agora, estava cheio de confiança. Falar de geologia fazia seus olhos brilharem. Scribe parecia estar com febre.

Matthias entrou no restaurante e o coração dela pulou. Quando o viu olhando ao redor, soube que ele a procurava. Seus olhos se encontraram e ela sentiu um misto de sensações no estômago. Ele atravessou o salão.

— Kathryn. — Ele a cumprimentou casualmente e se voltou para Amos. — Stearns, Espero que esteja gostando de sua estadia em Calvada.

— Estou ansioso por esta visita há algum tempo — disse ele, e sorriu para Kathryn.

Scribe sorriu para Matthias.

— Ele disse que a mina de City está cheia de cobre. Ai! — Scribe franziu a testa e olhou para Kathryn. — Por que me chutou?

Vários homens próximos mostraram um súbito interesse na conversa deles.

— Não foi isso que o sr. Stearns disse, Scribe.

— Claro que foi!

Inclinando-se para ele, ela rosnou:

— Fique quieto. Não faça eu me arrepender de ter deixado você vir aqui.

Os murmúrios foram morrendo ao redor deles.

Matthias estava sério.

— Parece que sua sorte está mudando, Kathryn — disse Matthias, olhando para Amos. — Se tiver recurso, é melhor começar antes que outro saiba da notícia.

Ela sabia que ele se referia a Morgan Sanders.

— Acho que todos estão se antecipando um pouco.

— Mineração não é assunto de mulher.

Kathryn ficou rígida.

— Você disse a mesma coisa sobre a administração de um jornal.

— São dois empreendimentos muito diferentes, Vossa Senhoria.

Ela não podia concordar mais, mas não tinha intenção de admitir naquele momento, diante da atitude desdenhosa dele em relação às habilidades de uma mulher.

— Veremos.

Matthias riu.

— Tenho certeza de que você verá.

Ele fez uma leve reverência, pedindo licença.

— Vou deixá-la para que faça sua expedição de apuração de fatos.

Então Matthias foi até a mesa onde estavam Herr Neumann, Patrick Flynt e Carl Rudger.

Scribe já foi abrindo a boca, mas Kathryn o interrompeu.

— Não falaremos mais sobre este assunto enquanto estivermos em um café onde todos podem ouvir. — Ela se dirigiu a Amos. — Podemos nos encontrar amanhã de manhã no Cole's Livery Stable. Vou providenciar o aluguel de uma carroça.

☙ 19 ☙

Lembrando-se de sua primeira visita à mina, Kathryn vestiu uma saia marrom simples, a jaqueta de peplum, uma camisa bege e botas. Um chapéu de palha com laços de fita cobria todo o cabelo. Ela também levava um pano guardado em um bolso lateral. Amos e Scribe já haviam chegado ao estábulo, ambos de calça jeans e camisa de flanela xadrez, o primeiro com um cinto de ferramentas com picareta, martelo, uma pá pequena, uma ferramenta para aparafusar e uma bússola. Scribe estava enchendo o homem de perguntas, e Kit Cole escutava cada palavra enquanto atrelava o cavalo.

Revirando os olhos, Kathryn se juntou a eles.

— Tocando a corneta, Scribe? Contando à cidade inteira aonde estamos indo e por quê?

Contrito, ele corou e disse que os encontraria na mina.

— Conheço um atalho que City me mostrou.

— Um atalho? — Kathryn o chamou, mas ele já estava fora de vista. Ela deu de ombros. — Ainda há muitas coisas que não sei sobre esta cidade.

Ela insistiu em dirigir a carruagem; notou que Amos estava tenso. Não estava indo tão rápido, mas os homens sempre gostavam de dar as rédeas. No final da estrada, ela desembarcou antes que Amos pudesse dar a volta na carroça para ajudá-la a descer e amarrou as rédeas em um grosso galho de pinheiro.

— Você vai precisar de uma estrada — disse Amos alguns minutos depois, soltando vapor pela boca por causa do ar frio.

A subida e o ar rarefeito da montanha haviam deixado os dois sem fôlego.

Kathryn se perguntava de onde sairia o dinheiro para construir uma estrada.

Scribe estava à entrada da mina.

— Nossa, como demoraram! — Scribe acendeu a lamparina, pegou uma pá e entrou. — Cuidado com as cobras! Da última vez que City e eu viemos aqui, encontramos um covil com seis. Está esquentando, elas devem estar se movimentando.

Cobras? Como ela tinha esquecido o aviso de Wiley Baer quando ele a levara até ali, no outono passado? Ela não estava preparada para cobras. Kathryn pendurou o chapéu no gancho da lamparina e cobriu a cabeça com o pano. Pelo menos as aranhas não rastejariam por seu cabelo.

— Você vem? — gritou Scribe.

— Tenha calma, Scribe!

Ela entrou; não havia andado nem dois metros quando sentiu fios de seda pegajosos tocando seu rosto. Sacudiu a mão, deu um tapa e os rasgou.

Amos olhou para trás.

— Por que não espera na entrada, srta. Walsh? Seria mais seguro.

Ela deu uma risada nervosa.

— E perder toda a emoção?

Ela prosseguiu, olhando para todo lado. Um som estranho encheu o túnel à frente.

— O que é isso?

— Uma cascavel! — disse Scribe, entregando a lamparina para Amos. — Fiquem aqui atrás! Vou cuidar disso.

Erguendo a pá, Scribe avançou e a baixou com um estrondo. O som continuou. Ele praguejou. *Pá, pá, pá.*

— Peguei! Não cheguem perto da cabeça, ela ainda pode fincar as presas depois de morta.

Ela viu a cobra se contorcendo no chão.

— A mim, parecia viva.

— São só uns últimos reflexos.

Pá, pá, pá.

— Pronto, agora já está mortinha.

— Tem outra ali — apontou Amos.

Kathryn queria dar a volta e sair correndo dali, mas ficou plantada onde estava enquanto Scribe despachava a segunda cobra. Agitada e tremendo por dentro, ela tratou de ficar bem perto dos dois enquanto avançavam; as paredes pareciam cada vez mais próximas, e o ar úmido.

— Já posso afirmar com certeza que não serei uma boa mineira.

Amos riu.

— Os homens vão cavar.

Scribe bufou.

— Mas *ela* é quem vai dar as ordens.

Ela riu.

— Gosto desse arranjo.

Sua voz saía estranha naquele espaço confinado.

Amos parou, ergueu a lamparina e passou a mão pela parede. Sem pressa, analisou o túnel. Quando chegaram à câmara onde City havia parado de cavar e empilhar pedras, ele deixou a lamparina no centro. Usando uma picareta, colheu mais amostras. Agachou-se perto da luz e virou as pedras nas mãos.

— A prata é de alta qualidade. E veja isso! Um pequeno veio de ouro!

Ele se endireitou e voltou ao trabalho.

— Seu tio trabalhou muito neste túnel e nesta câmara.

Kathryn olhou para Scribe e ele deu de ombros.

— City nunca trabalhou aqui de verdade desde que eu o conheci. Vinha a cada duas semanas, mas geralmente ficava só um ou dois dias. Mais para sair da cidade.

— Bem, alguém trabalhou.

Kathryn suspeitava quem poderia ser.

— Eu só conheci este lugar há dois anos. — Scribe olhou ao redor, franzindo a testa. — City disse que iríamos prospectar. Disse para eu trazer cantis e comida e me mostrou o atalho. Quando chegamos, o abrigo, as picaretas e a pá já estavam aqui, e uma caixa de uísque. Ele trabalhou como se estivesse bravo com alguém. Ficava jogando pedras naquelas pilhas. Para mim, parecia uma perda de tempo. Quando voltamos em uma outra vez, a maioria das rochas havia desaparecido e começamos a construir a pilha mais uma vez.

— Wiley Baer.

Kathryn pretendia falar com esse homem da próxima vez que o visse na cidade. Sua capacidade de julgar o caráter de um homem era mesmo péssima...

Amos a fitou.

— Quem é Wiley Baer?

Pegando uma pedra, ela observou o brilho à luz da lamparina.

— Um velho mineiro que se gaba de sua mina secreta. — Magoada e desiludida, ela jogou a pedra para trás. Gostava de Wiley. — Talvez seja isso: ele está roubando daqui.

— Duvido — disse Scribe, sacudindo a cabeça. — É mais provável que ele esteja mantendo esse lugar em segredo porque City queria assim.

— Se Wiley era sócio, por que havia só um nome na concessão?

— Não sei dizer. — Scribe deu de ombros. — Eles eram amigos de muito tempo. City contava que chegaram no Oeste na mesma diligência. Wiley o salvou de afogamento na travessia de um rio.

Ela franziu a testa.

— É mesmo? Isso deve ter sido quando meu pai morreu. Pelo jeito tio Casey quase se afogou, mas Wiley conseguiu salvá-lo. — Se ao menos alguém houvesse conseguido salvar seu pai também... — Está dizendo que Wiley veio para Calvada com meu tio?

— Acho que ele fica indo e vindo. Estou em Calvada desde os cinco anos de idade e nunca tinha visto Wiley antes de City me acolher. — Ele coçou a cabeça. — Foi Wiley quem disse a Herr que City tinha família no Leste. Ele não sabia quem nem onde, mas achava que Fiona Hawthorne saberia. Foi assim que Herr encontrou sua mãe.

Amos guardou a picareta no cinto de ferramentas.

— Quaisquer que fossem, seu tio devia ter razões para não explorar esta mina. Parece muito rica. Vamos voltar à cidade, nada mais podemos fazer agora, mas temos muito a conversar. Scribe, se alguém perguntar o que encontramos, diga que foi só pedra e terra. Quanto menos você falar, melhor.

Os olhos do Scribe brilharam como dois pontos de luz.

— E tente não demonstrar que encontramos o pote no fim do arco-íris.

Na saída, Amos sussurrou para Kathryn:

— Se esta mina fosse minha, eu poria guardas para vigiá-la.

— Agora?

— Quanto antes, melhor. A notícia se espalhará depressa, e há certos homens que fariam qualquer coisa para tirá-la de você.

Matthias estava parado na rua, conversando com os trabalhadores da estrada, quando Kathryn e Amos Stearns devolveram a carroça ao estábulo. Ele havia visto Scribe minutos antes, corado de tanto correr, com os olhos brilhantes. Fora direto para a redação do jornal. Kathryn e Amos desceram o calçadão. Kathryn estava coberta de poeira e um tanto desgrenhada. Só o homem falava. Algo sério, a julgar pela intensidade do jovem avaliador. Devia ter sentido o interesse de Matthias, pois olhou em sua direção e ergueu o queixo em saudação enquanto abria a porta para Kathryn. Ela olhou para trás por cima do ombro. Matthias ergueu as sobrancelhas, inquisitivo. Ela parecia perturbada, como se o que Amos lhe dissera a preocupasse. Acaso ela conversaria com ele sobre isso? Matthias duvidava. Voltou sua atenção aos trabalhadores da estrada pavimentando a rua com o cascalho da extinta mina Jackrabbit.

— Mais duas cargas hoje — disse o capataz. — Sanders vai aumentar o preço.

Matthias tivera essa intuição quando soubera que Sanders havia comprado a propriedade. Sempre que houvesse uma maneira de ganhar dinheiro, Sanders estaria na frente da fila. Mas Matthias não podia culpar o homem por isso, pois estava fazendo a mesma coisa.

Kathryn virou a placa da redação do *Voice* de "aberto" para "fechado".

Ela parecia ter tido suas esperanças frustradas, mas o comportamento de Scribe e o olhar atento de Amos Stearns contavam outra história.

Sobrecarregada com a conversa de Amos sobre métodos de mineração subterrânea, engenharia, maquinário, ventilação, explosivos e mecânica de rochas, Kathryn ergueu a mão em sinal de rendição.

— Preciso de tempo para pensar, Amos.

— Infelizmente, não temos tempo a perder. A notícia provavelmente já está se espalhando, graças ao nosso jovem amigo. Cheguei a Calvada esperando encontrar exatamente o que encontramos. Meus sócios estão esperando notícias minhas, prontos para lhe dar o capital de que você precisa para iniciar as operações.

Aquele homem quieto era, sem dúvida, determinado.

— Eu agradeço, mas...

— Posso atuar como seu superintendente e fazer as coisas acontecerem. Você vai precisar de um capataz subterrâneo, um engenheiro de mina, um supervisor de manutenção e uma equipe...

Ele não a estava ouvindo.

— Pare! Agora!

Ela sabia que Amos Stearns era experiente e ansioso, mas teria experiência suficiente para supervisionar uma mina? Ele queria estar no comando, isso estava bastante claro. Apesar da maneira como Matthias havia falado, que a deixara furiosa, Kathryn concordava totalmente que não conseguiria lidar com mineração da maneira que conseguira lidar com o *Voice*. Um minuto dentro daquele covil de cobras escuro e úmido, cheio de teias de aranha, deixara isso claro. Ela não queria pisar nunca mais dentro daquele túnel. Mas a mina pertencia a ela; Kathryn não podia fugir da responsabilidade e jogar todas as decisões de gestão sobre outra pessoa.

Não é assunto de mulher, ela pensou mais uma vez, irritada. Bem, nem a edição de jornais era, e o *Voice* agora rendia dinheiro suficiente para sustentá-la. Não era muito, mas pagava suas contas e mantinha um teto sobre sua cabeça.

Com a mina Jackrabbit fechada, os homens precisavam de trabalho. Alguns já haviam partido para outras cidades, e mais iriam embora se outra mina não abrisse.

Uma mina rica.

Morgan Sanders já devia ter ouvido falar de seu encontro com Amos no Ronya's e sua aventura fora da cidade esta manhã.

— Kathryn...

Ela ergueu a mão mais uma vez.

— Por favor.

Amos queria lhe oferecer ajuda. Ajuda? Não, ele estava ali para administrar uma mina, sem dúvida pensando que uma mulher não conseguiria fazer isso. Ele também tinha pensado que ela não seria capaz de dirigir a carroça!

Quando a notícia se espalhasse, ela receberia ofertas pela mina, sabia disso. Decidiu:

— Conversaremos amanhã de manhã.

Amos não ficou satisfeito, mas se levantou.

— Pode me dar sua permissão para entrar em contato com meus sócios e contar a eles o que vi?

— Sim, mas diga também que ainda não estou pronta para fechar nenhum contrato com eles.

Ele ergueu as sobrancelhas.

— Eu entendo, mas se você decidir vender, eles podem lhe aconselhar o melhor preço a pedir pela mina. Se decidir ficar com ela, tenho certeza de que eles investiriam. Como eu disse, eles têm interesses em Virginia City. Também possuem participação em minas em Sutter Creek, Jackson e Placerville. Estão nesse ramo há mais tempo e têm mais recursos financeiros que eu. Francamente, a única coisa que tenho a oferecer é a experiência que ganhei trabalhando com meu pai; ele era capataz. A verdade é que sinto falta disso. Estou ansioso para fazer algo além de trabalhar como avaliador.

Kathryn gostava dele.

— Vejo que está mesmo muito animado, Amos, mas terá que ter paciência e esperar que eu me anime também.

— Então não direi mais nada, deixarei você pensar, Kathryn. — Ele pegou seu chapéu. — Você pode ser uma jovem muito rica nos próximos meses.

Combinaram de se encontrar de novo no Ronya's para jantar, desde que não falassem de minas.

Matthias não gostava de ver Kathryn com outro homem, especialmente duas noites seguidas, ainda mais um que cativava a atenção dela daquela maneira. O avaliador de Sacramento havia feito uma viagem até Calvada só para entregar um relatório e ver uma mina? Stearns sabia bem ver uma oportunidade de negócio, mas bastava observar os dois para ver que o homem estava encantado com a mulher que detinha o direito da mina. Ina Bea parou à mesa deles e conversou com os dois. As duas mulheres riram e conversaram enquanto Stearns, em silêncio, mantinha os olhos fixos em Kathryn. Bem-vestido, magro, cabelo louro-escuro, barba aparada, parecia mais um atendente de loja que um mineiro. Quando Ina Bea se retirou, Kathryn voltou a falar com Stearns, calorosamente, como se fossem amigos. Ela ficava perfeitamente à vontade com ele. Sempre que Matthias se aproximava dela, ela se cobria de formalidade e cautela. Não que ele não tivesse lhe dado motivos...

Ele se comportara como um cavalheiro nas últimas vezes que se encontraram. Mostrara a ela tudo que vinha fazendo desde a eleição, contente por vê-la satisfeita. Não por si mesma, ela deixara claro, mas pelos benefícios para todos os habitantes de Calvada. Mas decidira que era hora de agir.

Axel Borgeson se sentou com Matthias. Felizmente, a cidade se acalmara consideravelmente desde que ele assumira o distintivo. Borgeson não tolerava disparates. Dois homens que haviam testado seu temperamento acabaram machucados, ensanguentados e ficaram presos até o amanhecer, quando foram conduzidos para fora da delegacia e obrigados a jogar soda cáustica nos banheiros públicos e recolher esterco de cavalo da rua Chump.

Borgeson fez seu pedido a Ina Bea; olhava fixo o balanço do quadril da moça enquanto ela se afastava.

— Aconteceu uma briga no Redx Lantern. Dois bêbados. Não houve danos, exceto os causados um ao outro. Eu disse a eles que podiam escolher: ou se comportar ou sair da cidade.

Borgeson olhou para o outro lado do salão e depois de volta para Matthias, divertido.

— Sua cabeça parece estar em outro lugar. Estou vendo por quê. Não se veem muitas mulheres como Kathryn em uma cidade como esta, não é?

— Não.

Ina Bea colocou duas canecas na mesa e serviu o café. Depois voltou com dois pratos cheios de carne curada em salmoura, batatas, cenouras e repolho cozido com manteiga no vapor. Perguntou a Axel se estava indo tudo bem em suas rondas. Ele disse que a cidade estava tranquila, e que soubera de um baile no Rocker Box Hall na sexta à noite. Será que ela estava interessada em ir? Corando, ela disse que sim, que seria maravilhoso.

Enquanto Ina Bea voltava para a cozinha, Matthias olhou para ele de um jeito brincalhão.

Axel pegou a faca e o garfo e perguntou, sorrindo, antes de comer um pedaço de carne:

— Como está indo a lista de Kathryn?

Kathryn e Amos haviam terminado o jantar fazia muito tempo e estavam se levantando para ir embora. Ambos sorriram para eles e acenaram com a cabeça enquanto saíam juntos.

— Outra conquista — comentou Axel. — Parece que as emoções estão à flor da pele no que diz respeito à srta. Walsh. Alguns homens não têm nada de bom a dizer sobre ela, ao passo que outros admiram sua coragem.

— Ela já ouviu muitos disparates desde que chegou à cidade, a maior parte de mim.

— Ouvi dizer. — Axel riu. — Você jogou mesmo aquela garota por cima do ombro e a carregou para seu hotel?

— Não! Ela foi de boa vontade. Se bem que... — Matthias corou — ... eu a carreguei pela rua. Fiz o que me pareceu ser a única maneira de mantê-la longe de problemas.

Naquela mesma noite, Matthias decidiu ver como estava Kathryn e se surpreendeu quando ela o convidou a entrar. Disse que queria discutir um assunto com ele.

— Tenho que decidir o que fazer com a mina de City.

Kathryn esperava que ele dissesse alguma coisa.

— Não tem uma opinião?

— A mina não é minha.

Ela estava se inclinando na direção dele ou isso era apenas o que ele desejava?

Suspirando, Kathryn se levantou e se afastou.

— Agora que a notícia se espalhou, graças à boca grande de Scribe, terei que fazer alguma coisa.

Matthias a observava enquanto ela andava inquieta pela sala.

— O que Amos Stearns tem a dizer sobre isso?

Ele não queria inserir o avaliador na conversa, mas precisava saber o que estava acontecendo entre eles.

Kathryn se sentou à mesa, mexendo nos papéis.

— Ele acha que os sócios vão querer investir e ele gostaria de administrá-la.

— E o que você pensa disso? — perguntou ele, tentando manter a voz calma.

— Não sei nada sobre mineração. Ele tem experiência e está confiante de que pode fazer o trabalho.

Matthias também não sabia nada sobre mineração, mas entendia de negócios.

— Você confia nele?

— Gosto dele, e ele parece uma pessoa confiável.

— Mas?

Ela deu de ombros.

— Acho que ele está muito interessado na mina, mas que também está interessado em... outras coisas.

— Em você.

Matthias e todos os outros que os viram no Ronya's sabiam reconhecer um homem apaixonado por uma mulher.

— Isso pode dificultar a relação de trabalho. E não sei se quero alguém assumindo e administrando as coisas do jeito que se faz por aqui.

— Como na Madera.

Ele sentiu certo alívio por ela não ser tão ingênua em relação a Morgan Sanders, como alguns pensavam.

— Como funciona sua sociedade com Henry? — Ela pegou um papel e um lápis. — Importa-se de me dizer?

Ele riu.

— Vai me entrevistar *agora*?

Ela preferia manter as coisas de um jeito profissional. Ele se levantou, virou uma cadeira de espaldar reto e a colocou ao lado da mesa dela.

— O que deseja saber, Vossa Senhoria?

— Tudo.

— Está pensando em fazer sociedade com Amos Stearns?

Se ela dissesse que sim, talvez ele não quisesse ajudar.

— Até posso pensar nisso, mas ainda terei que avaliar outras opções.

Matthias gostaria de ter dinheiro para investir, mas já havia colocado muito na Walker's General Store e na Beck and Call Drayage. Contou a ela que sua sociedade com Henry era simples. Um plano sólido, clientes em potencial, capital igual investido na construção de carroças, compra de cavalos, instalação do escritório em uma cidade central...

— Sacramento — Kathryn disse categoricamente. — Você vai sair de Calvada, não vai? — Ela não tentou esconder a decepção. — Depois que seu mandato como prefeito terminar.

— Talvez não. — Ele não iria embora sem ela. — Irei a Sacramento a cada três meses e Henry e eu repassaremos todas as contas. Ele é meu amigo e confio nele, mas preciso acompanhar tudo.

Kathryn escrevia depressa. Reclinando-se, ficou brincando com o lápis entre os dedos.

Ele podia ver a mente rápida dela trabalhando.

— O que se passa nessa sua cabeça?

— Só uma ideia.

— Se confia em Stearns e ele e os sócios fizerem uma oferta, talvez seja sensato vender. Mineração não é...

— Para uma dama? — Ela jogou o lápis na mesa, irritada. — Já me disseram isso. É o que mais tenho ouvido. O que me faz querer ainda mais, só para provar que todos os homens de Calvada estão errados. Mas sei que essa não é uma boa razão. — Ela fez uma pausa. — Mas é minha herança. Preciso tomar uma decisão responsável a respeito dela. Já senti na pele os perigos de ser rica.

— Riqueza não é um mal, Kate. É o amor ao dinheiro que é. Quando não importa quanto a pessoa tenha, nunca é suficiente.

Ela pegou o lápis de novo e ficou batendo com ele na mesa.

— Amos disse que eu poderia me tornar uma jovem muito rica, mas não sei se quero. Se bem que há momentos em que eu gostaria de ter dinheiro para comprar o que quisesse. — Ela lhe deu um sorriso sem brilho. — Escondi o caixote de livros no Aday's mais para baixo da mesa para que ninguém os comprasse. E também tem a questão de saber se estou à altura da tarefa de administrar qualquer coisa.

Matthias ficou surpreso com a falta de confiança dela.

— Você já administra dois negócios.

— Como chapeleira não sou grande coisa, mas o *Voice* está indo bem.

— Talvez esses empreendimentos tenham servido para prepará-la para o que estava por vir.

O que ele estava dizendo?

Kathryn riu, espantada e divertida.

— Matthias Beck está me dizendo seriamente que acha que eu poderia administrar uma mina?

— *Poderia* não significa, necessariamente, *deveria,* Kate. Depende do resultado que deseja.

— Ah!

Ela arregalou os olhos, que brilhavam, como se as palavras dele houvessem involuntariamente desencadeado uma ideia explosiva.

Franzindo o cenho, ele a observou. Ela já estava perdida dentro daquele cérebro fértil. Uma longa mecha vermelha escapava de seu coque. Ele a pegou e a enrolou no dedo. Ela sentiu o leve puxão e olhou para ele, respirando suavemente. Quando ela entreabriu os lábios, ele sentiu o calor aumentar. Hora de se livrar da tentação. Soltando o cacho vermelho macio, ele se levantou.

— Pode me acompanhar até a porta? — disse ele com voz rouca.

Quando Kathryn deu a volta na mesa, Matthias baixou o pavio do lampião. Ela respirou fundo.

— É melhor que ninguém me veja saindo de sua casa a esta hora. Não queremos que ninguém faça suposições erradas.

— Deixei de me preocupar com o que as pessoas pensam.

Matthias olhou para ela com um sorriso provocante.

— Está dizendo que posso ficar?

Ela lhe deu um leve empurrão.

— Justo quando eu pensei que poderia confiar em você!

Matthias queria beijá-la. Quando ela abriu a porta e o fitou mais uma vez, ele teve a sensação de que ela queria o mesmo. Mas algo o deteve.

Para tudo há uma ocasião, e um tempo para cada propósito debaixo do céu.

Eles estavam tão próximos que Matthias podia sentir o calor de Kathryn, o cheiro dela. Podia respirá-la. Quando estendeu a mão devagar, ela não se afastou. Ele passou a mão pelo braço dela, pegou sua mão, apertando-a suavemente. Inclinando-se, deu-lhe um beijo no rosto.

— Boa noite, Vossa Senhoria.

❦ 20 ❦

NA QUARTA-FEIRA DE MANHÃ, outro bilhete apareceu por baixo da porta de Kathryn. Ela reconheceu a caligrafia.

Querida Kathryn,
   Estamos organizando uma importante reunião dos donos das minas esta tarde. Mandarei a carruagem buscá-la às cinco, a menos que recuse o convite.

Seu,
Morgan

Kathryn não hesitou. Claro que ela queria participar. Claro que queria saber o que estava acontecendo. Estava pronta quando o condutor chegou para buscá-la, mas questionou a rota quando viu que ele tinha se dirigido para o final da cidade e virou na Gomorrah.

— Aonde está me levando?

— Ao sr. Sanders. Só estou fazendo este caminho porque o cavalo está acostumado.

Então, por que diminuiu a velocidade da carruagem ao chegar à casa de Fiona Hawthorne? Kathryn viu Monique olhando para eles de uma janela do primeiro andar. O condutor olhou para ela e Monique deu um passo para trás, fechando a cortina. Kathryn se inclinou para a frente.

— O sr. Sanders lhe disse para vir por aqui?

— O patrão me disse para levá-la até ele, e o cavalo pegou o caminho para o sul. Além disso, é bom que as pessoas saibam onde está.

Ela não sabia se ele estava falando de Monique Beaulieu ou dela.

— Minha visita é estritamente profissional.

— Não seria da minha conta se não fosse.

Ele virou à direita no alto do morro onde os donos das minas moravam. A casa de Morgan era a maior: tinha três andares e era rodeada por uma cerca baixa decorativa, de ferro. Dois homens, obviamente funcionários da casa, trabalhavam no jardim.

O condutor parou ao portão, pulou e estendeu a mão para ajudá-la a desembarcar. Ela subiu os degraus e bateu à porta. Outro criado, um chinês, abriu. Ele se curvou e deu um passo para trás quando Morgan, vestido com todo seu esplendor, passou por uma porta em arco.

— Kathryn — disse ele calorosamente, olhando para ela com ostensiva admiração.

O homem fechou a porta e desceu o corredor sombreado com as mãos dentro de sua túnica de seda preta de mangas soltas.

Enquanto Morgan a conduzia para a porta em arco, Kathryn admirava os três arcos de mogno. O primeiro dava em uma escadaria para o andar de cima e o segundo em um longo corredor. O terceiro levava a uma sala de estar lindamente mobiliada, na qual reinavam móveis como um sofá imperial de mogno com estofado azul felpudo com flores-de-lis de veludo cor-de-rosa, um conjunto de cadeiras e canapé de nogueira recém-polida, mesas com tampo de mármore e pernas curvas, e cortinas de renda com drapeados de chintz. Um espelho de moldura dourada sobre uma lareira georgiana com uma tela de latão polido em forma de pavão fazia a sala parecer maior. Perto das janelas, em um canto, havia um piano de cauda. Ela já havia visto casas mais refinadas no Leste, mas, para os padrões de Calvada, estava em uma mansão.

— O que achou de minha casa?

— É adorável.

Fez-se silêncio.

— Onde está todo mundo? Você disse que haveria uma reunião.

— Houve, às três da tarde. Foi adiantada.

O coração de Kathryn deu um salto e ela sentiu um tremor repentino. Que jogo era esse que ele estava fazendo? Ela deu um passo para trás.

— Você me fez acreditar que...

— Eu disse que haveria uma reunião e pensei que você poderia achar interessante. Falaremos sobre ela durante o jantar.

— Não gosto de ser enganada, Morgan.

Ela fez menção de ir embora, mas ele a segurou pelo braço e a fez virar.

— E eu não gosto de ser dispensado como um adolescente.

Ele a empurrou em direção a uma poltrona e praticamente a jogou nela.

— O que pensa que está fazendo?

Kathryn tentou se levantar, mas Morgan ficou parado na frente dela com tal expressão que ela afundou, assustada.

— Vamos jantar juntos e, no final, chegaremos a um consenso.

Algo no sorriso dele fez o estômago de Kathryn se apertar. Estava zonza. Quantas pessoas a haviam visto entrar naquela carruagem e ser conduzida pela rua Chump?

— Eu não deveria estar aqui, em sua casa, sozinha com você. É altamente inadequado.

Ele sorriu.

— Estávamos sozinhos quando você me convidou para tomar chá.

— A porta da frente ficou parcialmente aberta para que qualquer pessoa que passasse pudesse ver que estávamos conversando. Eu deveria estar acompanhada.

Morgan riu.

— E quem teria sido? Tweedie Witt? Ela se mudou para o Ronya's Café, não foi? Vocês se desentenderam, foi isso? Talvez tenha sido porque você me convidou para tomar chá com bolo em seu santuário.

Kathryn não gostou do tom dele e ficou furiosa com a satisfação presunçosa que o homem irradiava.

Ele a observou.

— Tem medo de mim?

Ela estava com medo sim, mas intuiu que não deveria admitir. Morgan ainda não havia se sentado. Acaso tentaria impedi-la de sair se a oportunidade surgisse? O que ele pretendia? As pessoas já a achavam pouco convencional, se a notícia se espalhasse, também a considerariam imoral.

Cruzando as mãos no colo, Kathryn levantou o queixo e o olhou nos olhos. Tinha que ficar calma, ou pelo menos parecer estar.

— Esse comportamento não condiz com você, Morgan.

— Acha mesmo? Teria vindo se soubesse que estaríamos sozinhos?

— Não. — Ela se levantou calmamente, esperando que ele a deixasse sair. — E devo ir agora para preservar minha reputação.

— Diz uma jovem que pouco se importou com convenções desde o dia em que desceu da diligência — disse ele secamente, já sem calor em seus olhos escuros. — Você e eu temos muito o que discutir. Assuntos que não devem ser ouvidos por mais ninguém.

O coração de Kathryn disparou. Ela não se atreveu a ir em direção à porta, pois teria que se aproximar dele para isso. Esforçando-se para manter a calma e pensar, ela se sentou e alisou a saia.

— Muito bem. O que deseja discutir que o fez ir tão longe?

Morgan se sentou na beira de uma cadeira, como se estivesse pronto para reagir se ela se levantasse.

— Me disseram que Amos Stearns fez um relatório sobre a mina de City.

Kathryn estava começando a entender.

— Conhece o sr. Stearns?

— Não posso dizer que já tive o prazer, mas Hollis e Pruitt são bem conhecidos em Sacramento. O que ele lhe disse? — perguntou Morgan, recostando-se na cadeira, mas tenso. — Diga, minha querida.

Kathryn continuou em silêncio. Havia sido ingênua ao pensar que uma visita amigável com chá e bolo de cidra iria influenciar aquele homem. Não queria contar nada a ele, mas conversar era preferível à crescente ameaça que ela sentia ao permanecer em silêncio.

— O sr. Stearns trouxe um relatório. Scribe ficou animado demais com as possibilidades. — Ela deu um sorriso recatado, sabendo que ele já tinha todas as informações. — Você se ofereceu para comprar a mina quando cheguei a Calvada. Já a havia visto?

— Não, mas achava a concessão inútil. E me ofereci para comprá-la para ajudar uma jovem pobre e necessitada.

— É mesmo? Por quê?

Ele estreitou os olhos.

— Não seja impertinente. Não é apropriado para uma dama. Hollis e Pruitt não teriam mandado Stearns se não houvessem encontrado algo que valesse a pena. — Ele estava se divertindo. — Eu sempre me perguntei por que City nunca desistiu da concessão, mas agora me pergunto ainda mais por que ele não a explorou. — Ele ergueu as sobrancelhas. — Stearns lhe disse quanto vale a mina?

— O sr. Stearns não mencionou um preço, mas qualquer que seja o valor que ele dê, não pretendo vendê-la.

Morgan sorriu com escárnio.

— Você certamente não pode cuidar dela.

Um fogo ardia dentro dela. Estava cansada de que homens lhe dissessem o que ela podia ou não fazer.

— Por que não? — perguntou ela, ainda em tom leve, embora a raiva aquecesse seu sangue.

— Não seja ridícula, Kathryn. Você é uma dama.

Ela era uma mulher, e a maioria dos homens parecia pensar que as mulheres eram incapazes de qualquer coisa além de cozinhar, lavar e atender a todas as necessidades masculinas enquanto davam à luz e cuidavam dos filhos.

— Todos dizem o mesmo, mas não serei intimidada a vender.

— Essa nunca foi minha intenção. — Ele passou os olhos pelo rosto e o corpo dela. — Estou muito mais interessado em você do que na mina. Deixei isso claro muito antes de saber que ela poderia valer alguma coisa. Mas se eu tiver você, terei tudo, não é?

Ela não podia demonstrar o medo que tomava todo seu corpo. Até onde aquele homem iria para conseguir o que queria?

— Este não é o comportamento de um cavalheiro.

— Você é muito jovem, minha querida. Um cavalheiro sabe o que quer, e eu quero você.

Por que não ser franca, já que ele parecia dar muito valor a isso?

— Você não me quer. Quer a mina de City.

— Você subestima seus encantos. Eu me decidi a seu respeito na primeira noite em que jantamos juntos.

Morgan se levantou, e ela tentou não entrar em pânico. Ouviu passos se aproximando pelo corredor; o cozinheiro canadense do hotel Morgan entrou na sala com um prato elegante de *hors d'oeuvres*. Kathryn pegou um.

— Não vai abrir o restaurante esta noite? — perguntou ela, tentando atrasar sua partida.

O cozinheiro sorriu.

— Não, *mademoiselle*. Philippe...

— Isso é tudo, Louis — disse Morgan, dispensando-o.

O homem assentiu e saiu. Morgan lançou a ela um olhar severo.

— Uma dama nunca se dirige aos criados.

— Talvez eu não seja a dama que você pensou que eu fosse.

Assim que as palavras saíram de seus lábios, ela desejou não as ter pronunciado, pois ele poderia interpretá-las de maneira errada.

Ele riu, claramente ciente do desconforto dela, e gostando.

— Sua inocência é uma delícia. Vamos ter uma noite agradável juntos.

— Isso é uma ordem?

— Se for preciso...

Ele serviu duas taças de vinho tinto e entregou uma a ela.

— Eu não bebo.

— Esta noite vai beber, porque estou oferecendo.

Kathryn respirou trêmula, mas não aceitou a taça.

— Experimente o vinho. Garanto que é da melhor qualidade. Foi comprado em São Francisco e é proveniente da França.

— Não, obrigada.

— Que hipócrita bem educada!

— Como disse?

— Ouvi falar que você gostou bastante do famoso elixir de Ronya.

Ela abriu a boca, mas não viu razão para se defender.

— As pessoas se interessam demais pela minha vida, sr. Sanders. Especialmente você.

Em uma cidade com três mil homens e menos de cem mulheres, era difícil manter qualquer coisa privada, mesmo com as portas trancadas e as persianas abaixadas.

Morgan tomou um gole de vinho sem pressa.

— Eu sei muita coisa sobre você. Matthias Beck entra e sai de sua casa a qualquer hora — disse ele, retorcendo os lábios com desagrado. — Não é?

Ela corou.

— Não pelas razões que você está claramente insinuando. O sr. Beck é mais amigo do que você está mostrando ser.

Aproveitando a oportunidade enquanto ele deixava a taça de lado, Kathryn correu para a porta. Ainda não havia alcançado o arco quando Morgan a pegou pelo braço e a fez girar.

Ele a segurou pelo queixo e a fitou com olhos em chamas.

— Você não vai a lugar nenhum.

O tratamento rude fez Kathryn ofegar. Assustada de verdade, tentou desesperadamente fingir indignação.

— Solte-me! Você está me machucando!

Ele a segurou com mais força e se inclinou bem perto dela.

— Então, Beck é seu *amigo*. Não posso deixar de me perguntar quão próximo é o relacionamento de vocês.

Ele a levou de volta para a cadeira e a fez sentar. Apoiando as mãos nos braços, inclinou-se sobre ela.

— Olhe para mim, Kathryn. Eu disse para *olhar para mim!*

Ela obedeceu, odiando-se por tudo o que estava acontecendo.

— Você ainda é virgem?

Ele riu, observando seu rosto com preocupação fingida. Deu uma risadinha e se endireitou.

— Sim, você é. — Ele passou os dedos pelo rosto dela, provocando-lhe um calafrio. — Tão macia... tão pura.

Afastou-se e se sentou de frente para ela mais uma vez, já totalmente relaxado, no controle da situação.

— Você será minha esposa. Já decidi isso há meses.

Ela engoliu em seco convulsivamente.

— Eu tenho algo a dizer sobre isso, e a resposta é não.

— Eu não perguntei. — Morgan deu uma risada irônica. — Preciso de uma esposa, e você está pronta para o casamento. E quero um filho. Case-se comigo e você terá tudo que uma mulher poderia desejar. Mas, se recusar, espalharei a notícia de que você costuma passar o tempo na Gomorrah.

A ameaça impiedosa a deixou furiosa.

— Tenho certeza de que se essa mesma proposta fosse feita à srta. Beaulieu teria sido mais bem recebida.

— Monique sabe o lugar dela — disse ele com um leve sorriso. — Ela continuará sendo minha amante.

O criado chinês apareceu à porta.

— O jantar está servido.

Morgan se levantou, voltando ao papel de anfitrião gentil.

— Vamos?

Kathryn não se levantou, então ele a puxou e sussurrou:

— Não teste minha paciência.

Ela olhou para a porta, mas ele a fez andar. Ela seguiu o funcionário, sentindo a presença iminente de Morgan atrás de si, bloqueando a fuga.

Morgan a fez sentar e tomou seu lugar à cabeceira da mesa. Observou-a por um momento, em silêncio, contemplativo, como se decidisse como a noite terminaria. Kathryn sentiu-se grata pela mesa de dois metros e meio que os separava. Os talheres dispostos previam cinco pratos. Morgan sacudiu o guardanapo e o colocou no colo. Kathryn fez o mesmo, e notou que a faca do prato principal parecia afiada o bastante para ser usada como arma.

O cozinheiro serviu o primeiro prato e explicou que havia preparado um suntuoso bife Wellington com cenouras glaceadas e vegetais de inverno. Kathryn recusou o vinho quando um cogumelo recheado foi posto diante dela. Irritado, Morgan pediu a Louis que servisse à dama um copo de água de nascente. Quando ele pegou a faca e o garfo, ela baixou a cabeça. *Senhor, socorro!* Assim que ergueu o olhar, deu de cara com Morgan olhando para ela com humor sardônico. Passou os dedos pelos talheres antes de selecionar a faca. A primeira mordida ressuscitou seu apetite; não comia nada desde o café da manhã, ocupada demais com o jornal. Depois do aperitivo, foi servida uma salada verde com molho doce, seguida do prato principal, que estava, de fato, delicioso.

— Seu cozinheiro se superou — disse ela, lembrando-se do bife de veado cozido demais que lhe serviram no hotel.

— Nunca vi uma dama com tanto apetite.

Ela sorriu; comera o suficiente para sentir o espartilho pressionar a pele, e possivelmente o suficiente para passar mal. Se Morgan a tocasse, ela poderia surpreendê-lo de uma maneira que diminuiria seu ardor.

— Você vai comer assim todos os dias, minha querida.

Ela não conseguiu evitar.

— É uma pena que tantos homens que trabalham para você só possam pagar duas refeições simples por dia. — Ela garfou um pedaço pequeno. — Está interessado em comprar minha mina porque a sua está se esgotando?

Morgan a fitou.

— Você tem uma língua afiada.

Kathryn esperava que a faca que pretendia esconder em seu colo fosse muito mais afiada.

— A Jackrabbit fechou — disse ela, como se ele já não soubesse. — A Twin Peaks está dando menos lucro... — Ela ergueu a sobrancelha.

— Garanto que a Madera ainda tem muito minério para explorar.

A veemência dele demonstrava que ela havia tocado em um ponto sensível. Era evidente que ele estava ansioso para comprar a mina do tio dela, ou encontrar uma maneira de controlá-la. Morgan comeu como um homem que usa uma picareta e uma pá, não como quem fica sentado atrás de uma mesa no hotel dando ordens aos capatazes.

Em certo momento, enquanto Morgan falava com Louis, ela conseguiu esconder a faca na dobra de sua saia. Os pratos foram retirados, e uma torta de frutas foi servida. Morgan recusou. Era irritante saber que ele a observava enquanto comia, mas ela fingiu não se importar. Quando por fim não conseguia comer mais nada, ela limpou a boca no guardanapo e o dobrou sobre o prato de porcelana, dando a Morgan toda a atenção.

— Não fazia uma refeição de cinco pratos desde que fui expulsa de Boston.

— Fico feliz por ter gostado. — Ele sorriu. — Agora, deixe a faca na mesa, Kathryn. É falta de educação roubar a prataria.

Ela obedeceu.

Empurrando a cadeira para trás, Morgan se levantou. Então se aproximou dela e puxou sua cadeira, fazendo com que ela sentisse um arrepio de apreensão. Desesperada, disse a primeira coisa que lhe passou pela cabeça.

— Um dia, todo o minério valioso terá sido arrancado, explodido e transportado. E então, o que acontecerá com Calvada?

Ela poderia dizer a Sanders que aquela mansão seria um monumento vazio à arrogância e ao orgulho dele, sem valor, abandonado, apodrecendo ou demolido para construir outras estruturas em outro lugar. De que lhe serviriam todas aquelas maquinações, então?

Ele ficou perto dela.

— Não me importo nem um pouco com Calvada. Terei vendido tudo por um alto valor antes de o minério acabar.

Ele fez um movimento com a cabeça — uma ordem para que ela saísse antes dele. Quando chegaram ao corredor, pousou a mão nas costas dela.

Ao se aproximarem da escada, ela ficou tensa, pronta para correr para a porta; mas ele segurou seu braço com firmeza e a girou em direção às escadas.

— O que pensa que está fazendo? — gritou ela, tentando se soltar.

— Vou fazer o que quero fazer há meses. Depois desta noite, você saberá que é minha.

Ele a puxou pelos primeiros degraus.

Então Kathryn lutou a sério e conseguiu se soltar. Ele tentou agarrá-la pela cintura e levantá-la, e ela arranhou o rosto dele e quase conseguiu escapar. Ele a chamou de um nome sujo, segurou-a pelos cabelos e levantou a mão para bater nela.

De repente, a escada tremeu sob seus pés e ela gritou.

Morgan, com a mão ainda erguida, ficou alarmado ao ver o candelabro sacudir com violência. O homem afrouxou os dedos e Kathryn se soltou, caindo de joelhos três degraus abaixo. Um dos criados, correndo e gritando, passou por ela e abriu a porta da frente. Kathryn se levantou, suspendeu a saia e fugiu atrás dele.

Enquanto descia os degraus da frente, quase caiu de novo. Segurando-se firme no corrimão, tentou recuperar o equilíbrio, mas o chão tremia. O que estava acontecendo? Uma explosão na Madera?

— Terremoto! — alguém gritou na rua.

Uma carruagem passava, e o cavalo logo empinou.

— Kathryn! — rugiu Morgan, com o rosto lívido, correndo atrás dela.

Ela empurrou o portão. O cavalo, aterrorizado, soltou um relincho estridente e empinou de novo. Kathryn saiu em disparada em volta do animal, que bateu os cascos com força no chão, impedindo Morgan de a perseguir.

O tremor não durou muito, mas o cavalo deu um passo para o lado e quase derrubou a carruagem sobre a cerca de ferro ornamentada do jardim de Morgan. Ele praguejou em voz alta.

— Ninguém vai controlar esse cavalo?

Kathryn chegou à esquina. Ofegante, diminuiu a velocidade e levou a mão à barriga. Olhando para trás, viu Morgan segurando o arreio do cavalo, com o rosto rígido e os olhos fixos nela, escuros de fúria.

Com o coração acelerado, Kathryn continuou andando depressa. Quando chegou à Paris Avenue, cedeu ao medo que se abatera sobre ela nas últimas duas horas, levantou a bainha da saia e saiu correndo.

Matthias estava no meio da rua. O terremoto sacudira os edifícios, estilhaçando algumas janelas. Só uma casa, mal construída, tombara. Viu Kathryn correndo pelo calçadão. De onde estava vindo? Parecia aterrorizada. A garota abriu a porta de casa, entrou correndo e a fechou depressa.

Ele atravessou a rua e bateu à porta, preocupado. Ela não atendeu. Nem sequer espiou pela cortina.

— Kathryn! Você está bem? Está machucada?

— Está tudo bem, obrigada.

Ela não parecia bem; estava sem fôlego e assustada.

— Foi um terremoto; acabou. Pode haver mais alguns tremores, mas menos graves. — Ele fez uma pausa. — Tem certeza de que está tudo bem?

— Tudo ótimo. Simplesmente ótimo.

A voz dela estava trêmula.

Ele tentou aliviar a tensão. Inclinando-se contra a porta, falou mais suavemente.

— O que acha de um casamento em junho?

— *Vá embora!*

Matthias se endireitou. Nunca a ouvira gritar daquela maneira. Bandit arranhou a porta.

— É melhor deixar o cachorro entrar.

— A qual cachorro se refere?

— Ao que late.

— Todos os homens desta cidade estão latindo como loucos!

Ela abriu a porta só o suficiente para que Bandit entrasse, e em seguida a fechou com firmeza, passando a tranca.

Kathryn não saiu de casa durante três dias, mas sua lamparina se acendia todas as noites. Abria a porta todas as manhãs para deixar Bandit sair. Ele passava o dia marcando postes, farejando ratos e uivando para os violinos estridentes no salão de fandango. À noite, quando Kathryn abria a porta, ele entrava e só saía no dia seguinte.

Axel disse a Matthias que Morgan Sanders estivera à porta dela na noite anterior.

— Ouvi Bandit fazendo barulho e desci para ver o que estava acontecendo. Sanders tinha ido embora.

Preocupado, Matthias perguntou a Ronya se havia visto Kathryn.

— Não desde quarta, quando ela veio tomar o café da manhã. Nem Amos. Ele disse que bateu na casa dela, e que ela disse que o avisaria quando estivesse pronta para falar sobre a mina. Mandei Ina Bea ver como ela estava. Estamos dando comida para Bandit. Não sei o que ela está comendo. Talvez esteja trabalhando em outra edição do *Voice*.

A última vez que Matthias havia visto Kathryn, ela estava correndo pelo calçadão como o diabo fugindo da cruz. Concluíra que ela estava amedrontada devido ao terremoto. Mas agora se perguntava o que mais poderia ter acontecido naquela noite. Sem conseguir dormir, ele decidiu que se Kathryn não aparecesse na igreja ele iria direto para a casa dela; e, se ela não abrisse a porta, ele a derrubaria.

Logo cedo, Matthias se vestiu com sua melhor roupa. A placa com os dizeres "fechado" ainda estava pendurada na janela de Kathryn, como estivera desde a tarde de quarta-feira. Faltava uma hora e meia para o culto começar. Sem paciência de esperar, ele colocou o chapéu, atravessou a rua e bateu à porta.

— Kathryn!

Sem resposta. Decidiu dar um empurrãozinho, e a porta se abriu sem resistência. O coração de Matthias caiu como um barômetro avisando de uma tempestade: não tinha ninguém ali.

Ele fechou a casa e subiu a colina rezando para que ela estivesse na igreja. Sentiu alívio, e depois sua pulsação se acelerar, quando a viu sentada dentro do santuário. *Obrigado, Jesus.* Ela não estava em seu lugar habitual, e sim mais ao fundo, do lado direito, ao lado de uma das janelas altas. Exatamente onde ele se sentara nos últimos cultos. Estava de cabeça baixa, com os olhos fechados. Estaria orando ou pensando? Enquanto ele a fitava, um raio de sol entrou pela janela e brilhou sobre ela. Matthias sentiu uma pontada de emoção. Se não a tivesse encontrado sentada na igreja, teria saído para procurá-la.

Soltando a respiração lentamente, ele se sentou ao lado dela. O corpo de Kathryn estremeceu levemente. Ela não ergueu os olhos, mas os abriu.

— Chegou cedo hoje, sr. Beck.

— Sim, srta. Walsh. Espero não estar interrompendo sua oração.

— Estou aqui há um tempo.

O reverendo Thacker se aproximou do banco.

— Bom dia, sr. Beck. Vocês dois chegaram mais cedo esta manhã.

Matthias o cumprimentou. Sally descia o corredor carregando um vaso cheio de narcisos amarelos. Parou e os cumprimentou, depois continuou andando com um olhar meditativo. Colocou o arranjo de flores no altar. O reverendo Thacker folheou as anotações no púlpito, depois falou com a esposa em voz baixa e saíram pela porta lateral em direção ao gabinete.

Kathryn manteve o silêncio. Ela podia demorar o tempo que fosse, Matthias esperaria. Os minutos foram passando e ele se viu pedindo a Deus que desse a ela uma direção clara sobre o que a incomodava. Ela soltou um longo suspiro e olhou para ele com aqueles olhos esverdeados, límpidos como um prado depois de uma chuva.

— Estou feliz por você estar aqui, Matthias.

Acaso ela estava começando a perceber que pertenciam um ao outro? Ele duvidada. Mas ela confiava nele, e esse era um grande passo na direção certa.

— O que andou fazendo nos últimos três dias? Seus amigos estão preocupados com você. Eu estou preocupado com você.

Ela estremeceu.

— Sinto muito. Eu estava... — Ela deu de ombros. — Andei escrevendo, pensando, tomando decisões.

Ele deu um sorriso irônico.

— O-oh.

Ela riu baixinho.

— Pois é. Bom, já sei o que fazer com a mina — disse ela com confiança.

— Vai vender?

— Não. — Ela olhou para ele mais uma vez, com um sorriso travesso e provocador. — É só uma ideia que tive. Um experimento, se preferir.

Ele sentiu uma apreensão imediata.

— Poderia explicar melhor?

— Ainda não. Posso me encontrar com você para conversarmos sobre o aluguel da prefeitura?

Ela estava cheia de segredos. Ele esperava que aquela não fosse a única razão pela qual havia se sentado onde ele normalmente ficava.

— Quando quiser, Vossa Senhoria. Meu escritório ou o seu?

— O seu. Amanhã de manhã, dez horas. Tem disponibilidade?

Tão formal, tão profissional... independentemente de ter ou não disponibilidade, ele arranjaria tempo para ela.

— Sim.

Mais pessoas foram entrando no santuário. Kathryn ficou menos à vontade. Olhou por cima do ombro e sorriu para alguém. Olhando para trás, Matthias viu Fiona Hawthorne, Monique Beaulieu e mais três mulheres se sentando no último banco à esquerda, o mais próximo da porta. Ele notou que Kathryn tinha ficado tensa. Ela ficou olhando para a frente.

Morgan Sanders percorria o corredor. Matthias soube que ele estava procurando por Kathryn quando o homem fixou o olhar no banco vazio em frente ao assento habitual dela, e então observou ao redor. Sua expressão escureceu quando viu onde ela estava sentada. Kathryn não se mexeu. Nem respirou. Matthias sentiu o corpo dela tremer. Ele olhou nos olhos de Sanders e sentiu crescer uma sede de sangue dentro de si. Em vez de se sentar, Sanders caminhou de volta pelo corredor, ordenou que alguém saísse do caminho e saiu da igreja. Matthias ouviu o leve suspiro de alívio de Kathryn. Ela baixou a cabeça, mas não antes de Matthias ver que não havia mais cor em seu rosto.

O que Sanders havia feito com ela? Ele ia se levantar para ir atrás de Sanders e descobrir, mas Kathryn pousou a mão em seu braço. Controlando a raiva, ele pegou a mão dela e a sentiu fria e trêmula.

— Ele merece um tiro? — perguntou ele, a voz fria e rouca.

Ela não fingiu não entender.

— Não. E ele é menos tolo do que imaginei — disse ela, e deu um sorriso. — Talvez eu compre uma arma.

Matthias sabia que ela queria aliviar a tensão, mas o coração dele disparou.

— Quer voltar para o hotel? Posso garantir sua segurança.

O humor dela melhorou.

— Oh, não. Acho que não seria uma boa ideia.

Matthias lhe deu um olhar magoado.

— Achei que estava começando a confiar em mim, Vossa Senhoria.

Kathryn o olhou com seriedade.

— Eu confio em você mais do que em qualquer homem nesta cidade, Matthias.

Ela sustentou o olhar dele por alguns segundos, tirou a mão da dele e olhou para o reverendo Thacker, que estava dando as boas-vindas a todos.

⇶ 21 ⇷

Matthias estava na calçada em frente ao hotel, conversando com Henry, quando Kathryn saiu, deslumbrante, usando suas roupas de Boston. Meia dúzia de homens ficaram parados, embasbacados, olhando para ela — inclusive ele. As roupas dela eram um sinal de guerra ou de abrandamento? O cachorro a acompanhava. Matthias se considerava um homem de sorte por ter feito amizade com aquele animal.

Kathryn subiu os degraus e cumprimentou Henry e Matthias, que apontou para Bandit.

— Vejo que trouxe seu guarda-costas.

— Pode voltar para casa — disse ela ao cachorro, e perguntou a Matthias se ele estava pronto para falar de negócios.

Ele a acompanhou até o hotel. O cachorro continuava com ela, grudado como um carrapicho.

— Vai, Bandit — disse ela, franzindo a testa, mas o cachorro permaneceu ao seu lado.

Bandit tinha ficado preso dentro de casa no dia que o condutor de Morgan Sanders levara Kathryn para a suposta reunião de donos de minas. Fora uma pena o cachorro não a ter seguido. Morgan não o teria deixado entrar, mas Bandit teria feito um escândalo se sentisse alguma ameaça à sua dona.

Kathryn tentou mais uma vez.

— Fora, Bandit.

O cachorro deitou, encaixou a cabeça sobre as patas e ficou olhando para ela. Matthias riu.

Kathryn olhou para Matthias, constrangida.

— Desculpe, ele não é muito obediente.

— Ele sabe o que quer.

Kathryn ocupou o lugar que ele lhe ofereceu; havia uma mesinha entre eles com café recém-preparado. Servindo, ele perguntou se ela queria creme ou açúcar. Ela recusou ambos. Matthias entregou a xícara e o pires para ela e serviu um puro para si mesmo. A postura rígida de Kathryn demonstrava que estava nervosa.

— Você comentou que gostaria de usar a prefeitura...

— Sim, para uma reunião.

Matthias ergueu as sobrancelhas, esperando que ela se explicasse. Kathryn tomou um gole de café e ignorou a curiosidade dele. Deixando a xícara de volta no pires, olhou para ele.

— Assim que o salão estiver reservado, colocarei um anúncio no *Voice*.

Talvez ela não confiasse nele tanto quanto ele pensava. Curioso, tentou mais uma vez.

— Não vai me dar uma dica?

Ela pensou antes de responder.

— É sobre a mina.

— Imaginei.

Ele notou que Kathryn se debatia entre contar ou não mais alguma coisa.

— Quero apresentar um novo empreendimento aos mineiros desempregados da Mina Jackrabbit. — Ela deixou a xícara e o pires na mesa. — Talvez a prefeitura não seja grande o suficiente. Provavelmente a cidade inteira vai querer comparecer só para me ver fazer papel de boba. Talvez eu deva perguntar a Carl Rudger se poderia realizar a reunião no depósito de madeira dele.

Carl Rudger era solteiro e ficaria muito feliz em fazer qualquer coisa para agradar Kathryn, o que ela sem dúvida sabia.

— Pode perguntar, mas ele teria que fechar a loja para acomodá-los. A menos que faça uma reunião noturna, o que não seria sensato.

— Ah... eu não havia pensado nisso. — Ela franziu a testa. — Não quero que ele tenha prejuízo. Devo ir ao conselho da cidade fazer minha solicitação?

— Você não está em um julgamento.

Que ironia Kathryn pensar que teria que implorar para usar a prefeitura que ela mesma havia inspirado. Ela não esperava receber nenhum favor. O conselho provavelmente decidiria por cobrar uma taxa de aluguel, o que seria demais para ela.

— Pode fazer a reunião na prefeitura sem pagar nada, Kate. Caso alguém questione, mande me procurar.

Kathryn riu baixinho.

— Ah, tenho certeza de que haverá questionamentos. — Ela deu de ombros. — E provavelmente muitas risadas também.

Risadas? Ele gostaria de evitar que ela fizesse papel ridículo em público.

— Qual é a sua ideia, Kathryn?

Ela deu um sorriso travesso.

— Vá à reunião e você saberá.

Agradecendo, ela se levantou. Ele nunca a vira tão relaxada e esperançosa.

— Pensei em discutir o assunto com você, Matthias, mas concluí que poderia tentar me convencer a desistir.

Ele ponderou.

— Acha que eu deveria fazer isso? — perguntou ele, enquanto caminhavam pelo corredor lado a lado.

— É melhor você saber o que pretendo fazer com a mina junto com todos os outros.

Matthias pretendia ser o primeiro a chegar, pois sabia que haveria uma multidão.

Evidentemente, tanto Amos quanto Scribe tentaram convencê-la a desistir de seus planos. Começaram com conselhos gentis, como se estivessem conversando com uma criança, mas logo estavam no meio de uma discussão acalorada. Amos dizia que era loucura. Scribe dizia coisa pior. Ambos pensavam que ela estava dando chance ao desastre.

— Você pode vender para Sanders! — rosnou Scribe.

Os dois se revezaram dizendo que ela era só uma mulher que não sabia nada sobre mineração — ou sobre qualquer negócio, a propósito, aparentemente esquecendo que ela comandava o *Voice*. Amos disse que ela deveria deixá-lo organizar e fazer as contratações. Kathryn ficou em silêncio e os deixou tagarelar, sabendo que enfrentaria todos esses mesmos argumentos e insultos na reunião. Estaria preparada para o ataque.

Scribe finalmente notou seu silêncio.

— Não vai dizer nada?

— Sim. — Levantou-se. — Obrigada a ambos pelas opiniões fervorosas. A questão é que a mina me pertence e posso fazer com ela o que bem entender.

Amos e Scribe abriram a boca mais uma vez, mas ela levantou a mão.

— Estou ouvindo o que vocês pensam há uma hora. Agora, façam a gentileza de me permitir terminar uma frase sem ser interrompida.

Talvez um pouco de sua raiva tenha vazado em suas palavras, pois eles se calaram.

— Eu amo você como a um irmão mais novo, Scribe, e tenho grande respeito por você, Amos. Mas já tomei minha decisão.

O plano que ela traçara parecia totalmente insensato da maneira que eles o apresentavam, mas ela acreditava que com ele poderia fazer um grande bem e ser muito bem-sucedida. Eles simplesmente não acreditavam nela. Nem nos homens, aliás.

— Vocês podem ficar ao meu lado ou ir embora. Respeitarei a decisão que tomarem.

Kathryn disse a eles quando e onde a reunião aconteceria, foi até a porta e a abriu.

— Bom dia, senhores.

Eles saíram como se um juiz houvesse acabado de lhes dar uma sentença de vinte anos de prisão em um presídio no deserto.

A edição seguinte do *Voice* apresentava vários artigos bem escritos, entre eles a matéria cujo título era SAPATEIRO FAZ SERVIÇO PARA CORREIO DA CIDADE e a coluna de maior sucesso do jornal. Matthias leu a coluna "Artes para Solteiros". O foco da semana eram as maneiras apropriadas para cortejar uma dama. Mas foi o anúncio de um quarto de página que chamou a atenção de Matthias: ... *reunião na prefeitura na próxima quinta-feira às 14h; o assunto tratado será uma oportunidade nova e incomum para homens experientes em operações de minas...* Era como se acenasse uma manta vermelha na frente do touro da cidade: Morgan Sanders.

Os homens começaram a fazer perguntas a Matthias.

— O que ela quer dizer com *incomum*?

Matthias bem que gostaria de saber.

— Sei tanto quanto você.

— Ela não lhe contou?

— Não, ela não me contou.

— Você vai se casar com aquela garota, não é? Está se esforçando para conquistá-la. Deveria saber um pouco sobre o que ela pensa.

Matthias deu uma risada sombria.

— Ainda tenho que descobrir como funciona a mente daquela mulher.

Wiley Baer se inclinou sobre o balcão.

— Deixe de ser tolo! Ele não está interessado na mente dela. — Wiley piscou para Matthias. — Ela é a mulher mais bonita deste lado das Montanhas Rochosas.

— E tem a língua de uma vespa! — gritou alguém atrás.

— E mete o nariz nos negócios de todo mundo — resmungou Herr.

— Porque Stu Bickerson não tem coragem de publicar a verdade! — disse outra voz.

Scribe.

— Para que ela quer mineiros, afinal?

Wiley observou Brady encher seu copo uma segunda vez.

— City tinha aquela velha concessão. Pode ser que ela tenha algo mais que uma prensa manual Washington.

Todos os homens começaram a falar ao mesmo tempo. Wiley bebeu seu uísque e caminhou pela multidão, levantando a mão em despedida enquanto passava pelas portas de vaivém. Matthias deixou os homens tagarelando e o seguiu.

— Sabe alguma coisa sobre tudo isso, Wiley?

— Pode ser. Talvez não.

Axel estava subindo o calçadão.

— O que está acontecendo? — perguntou, apontando o queixo para a algazarra dos homens no Brady's Saloon.

— Estão especulando sobre a reunião que Kathryn marcou na prefeitura.

— Acho que será interessante.

Interessante era uma maneira morna de descrever o que provavelmente se transformaria em uma erupção vulcânica.

Kathryn esperou no escritório da frente, imaginando se Amos e Scribe apareceriam. Não falava com eles desde a discussão acalorada.

Verificando o relógio, Kathryn viu que a hora havia chegado. Sentiu certo desespero; talvez houvesse depositado muita esperança em seus amigos.

Nervosa, ajeitou o chapéu uma última vez e abriu a porta. Amos e Scribe estavam do lado de fora, de banho tomado, penteados e vestidos com suas melhores roupas.

— Graças a Deus — murmurou Kathryn.

Scribe, boquiaberto, a olhava de cima a baixo. Amos pestanejou, corou e gaguejou:

— S-srta. Walsh... você está linda.

— Armadura feminina — disse Kathryn, e sorriu. — Imagino que vieram para me acompanhar na reunião, não?

— Sim — disse Amos.

Gotinhas de suor cobriam a testa do rapaz. Estava tão preocupado assim com o que poderia acontecer?

— Dei uma olhada no lugar; podemos tirar você pela porta dos fundos se as coisas derem errado — disse Scribe todo trêmulo.

Que palavras reconfortantes... Ela ergueu o queixo, demonstrando uma coragem que estava longe de sentir.

— Vamos, senhores?

Quando Kathryn viu a multidão diante da prefeitura, seu coração entrou em pânico. Sentiu vontade de fugir. Talvez o salão ainda não estivesse aberto, e por isso tantos homens estavam do lado de fora. Todos se voltaram para olhar quando ela desceu o calçadão. Olhavam e abriam espaço para ela. Alguns tiraram o chapéu e fizeram um cumprimento respeitoso. Ao se aproximar, ela viu que as portas estavam escancaradas e o salão mais lotado do que ficara nas noites em que recebera a apresentação de uma trupe itinerante. A sala fedia a uísque e suor masculino. Todas as cadeiras estavam ocupadas, e homens enchiam o corredor e se encostavam nas paredes.

Kathryn engoliu em seco e se esforçou para acalmar os cavalos selvagens que galopavam em seu peito enquanto caminhava pelo corredor central com Amos à frente e Scribe atrás. Queixo erguido, ombros aprumados, ela olhava firme para a frente, ouvindo os murmúrios dos homens. Amos abriu o portão da frente e ela passou, aproximando-se do estrado e tomando seu lugar atrás da mesa onde se sentaria um juiz, se por acaso algum se perdesse e acabasse em Calvada.

Arrumando os formulários que havia preparado, Kathryn apoiou os dedos na mesa para evitar que suas mãos tremessem. Inspirou fundo, expirou e olhou para aquela multidão de homens que a fitava. Sentiu a boca seca. O murmúrio das vozes foi diminuindo enquanto ela esperava que todos silenciassem, rezando para que eles não percebessem como ela tremia, para que sua voz não falhasse. Amos estava à sua direita, Scribe à esquerda; mais pareciam sentinelas que parceiros. Observando a multidão, ela reconheceu muitos homens que já havia visto pela cidade, a maioria entrando ou saindo de saloons ou rondando em frente ao salão de fandango que ficava ao lado de sua casinha. Ela só se deu conta de que estava procurando um homem específico quando viu Matthias parado logo atrás, perto da porta. Sorriu levemente e acenou com a cabeça. Por alguma razão que ela não quis analisar, a presença dele a acalmou.

— Senhores, obrigada por terem vindo. Vou apresentar um plano de negócios para a mina de meu tio. Peço que guardem seus comentários e perguntas até que eu termine de falar.

Fez uma pausa, esperando os murmúrios de assentimento. Todos ficaram parados olhando para ela.

— City Walsh tinha uma mina, que, por algum motivo, explorou só o suficiente para manter a concessão ativa. Peguei amostras daquela mina e mandei examiná-las em Sacramento, onde as entreguei aos avaliadores da empresa Hollis, Pruitt e Stearns...

Os homens começaram a falar, animados.

Kathryn esperou até que se aquietassem.

— O sr. Stearns me entregou o relatório em mãos na esperança de examinar a mina ele mesmo, coisa que fez. Confirmou que há cobre, prata e um veio visível de ouro...

O estrondo ficou mais alto; alguns conversavam animadamente entre si. Outros silenciaram aqueles que murmuravam e sussurravam. Alguns fizeram perguntas. Ela venderia a mina a Sanders? Stearns ia comprá-la? Ele lideraria a operação de mina? De quantos homens Stearns precisava? Ela ficou em silêncio, com as mãos frouxamente cruzadas, esperando.

Um assobio penetrante silenciou a todos.

— Deixem a dama falar! — disse Matthias, do fundo.

— Obrigada, prefeito Beck.

Kathryn prosseguiu:

— Em resposta a algumas de suas perguntas, senhores, garanto que não vou vender. Pretendo iniciar as operações o mais rápido possível. O sr. Stearns concordou em me emprestar o dinheiro inicial para começar, que devolveremos o mais rápido possível para que a mina fique livre de quaisquer ônus.

— Quem são esses *nós*? — gritou alguém. — Você e Stearns?

— Cale-se! — gritaram vários outros.

Quando ficaram quietos de novo, Kathryn prosseguiu.

— Meu plano é o seguinte: toda pessoa que trabalhar na mina vai participar dos lucros. Quem concordar com minha proposta fará um contrato comigo. Preciso de homens honestos, dispostos a trabalhar com afinco e que me ajudem a construir uma operação de mina; talvez os trabalhadores desempregados desde o fechamento da Jackrabbit. Homens dispostos a correr os mesmos riscos que eu para tornar a mina de City Walsh um empreendimento lucrativo.

Kathryn viu Wiley sentado mais à frente. Fitou-o, e ele baixou a cabeça. Quando ele começou a deslizar na cadeira para tentar sair, ela falou impulsivamente.

— Wiley Baer, gostaria que você fosse o primeiro a se inscrever.

Ele parou e olhou para ela com surpresa.

— Por que Wiley?

— Wiley Baer trabalha em minas desde 1849 e sabe mais sobre o que há nestas montanhas do que a maioria das pessoas nesta sala. Ele e City Walsh vieram para cá na mesma caravana. Se não fosse por Wiley, meu tio não teria chegado à Califórnia. City devia a vida a Wiley Baer.

Com a cabeça um pouco mais alta, Wiley se sentou. Ela sorriu, grata.

— De quantos homens precisa? — gritou alguém.

— Vinte, para começar. E terão que estar dispostos a trabalhar para uma mulher.

Metade dos homens foi embora, falando alto, alguns rindo, outros comentando o quanto mulheres podiam ser desmioladas, que sabiam tudo sobre gastar ouro em roupas e chapéus extravagantes, mas nada sobre garimpar. Kathryn não se atreveu a olhar para Matthias, imaginando seu desdém, ou pior, diversão. Ela viu o condutor da carruagem de Sanders empurrando os presentes para conseguir chegar até a porta, sem dúvida saindo para relatar tudo o que ela havia dito. Não importava, todos saberiam em breve, pois ela já havia escrito o plano em detalhes e pretendia publicá-lo na próxima edição do *Voice*.

À medida que a multidão foi diminuindo, os homens que tinham ficado do lado de fora foram entrando, fazendo perguntas, tão desesperados por trabalho que queriam ouvir as respostas dela. Parecia uma repetição de tudo que Amos e Scribe tinham argumentado alguns dias antes.

— Por que vamos acreditar que você honraria o contrato?

— Eu lhes dou minha palavra de honra.

Um homem deu uma risada rude.

— Que honra? Você não cumpriu sua palavra!

Kathryn ficou rígida. Do que aquele homem estava falando? E então, ela entendeu. Olhou para Matthias e rapidamente para longe. Certamente *esse* assunto não seria comentado em público!

— Você não se casou com Matthias Beck.

— Deus o ajude se ela se casar! — alguém gritou, provocando risos.

O rosto de Kathryn ardia de vergonha. O que poderia dizer?

— Eu... Ele... Nós...

— Ele cumpriu todos os itens da lista, não foi?

Os homens riam.

— Não disse que é uma mulher de palavra? Então é bom que se case com o prefeito Beck!

Todos começaram a repetir em coro.

— Case-se com Beck! Case-se com Beck!

Kathryn viu Axel Borgeson, com o rosto sério e pronto para a briga, abrindo caminho entre a multidão. Horrorizada, percebeu que aquilo poderia, involuntariamente, ser motivo de uma briga. Scribe a pegou pelo braço e disse que tinham que sair pela porta dos fundos. Ela se soltou.

Um segundo assobio penetrante chamou a atenção de todos. Matthias Beck saiu dos fundos e foi em direção a ela. Os homens se afastaram como se ele fosse Moisés abrindo o Mar Vermelho e Kathryn a Terra Prometida.

Kathryn engoliu em seco. Ele passou pelo portão e se voltou para os homens como um escudo diante dela.

— A srta. Walsh é uma mulher de palavra.

Ele a fitou e Kathryn sentiu todo o impacto daquele olhar cintilante, diabólico e divertido.

— Quando eu cumprir as obrigações que assumi, ela cumprirá a dela.

Kathryn não ousou discutir isso naquele momento.

— Os interessados na proposta da srta. Walsh devem ficar. O restante está dispensado.

Axel reiterou as instruções, apontando para que os vários resmungões saíssem.

A sala parecia vazia com os poucos homens que restaram. Apenas onze, muito menos do que ela esperava.

Matthias se aproximou dela e falou em voz baixa para que ninguém ouvisse:

— Vinte homens? Lamento, Kathryn, mas acho que esta é a sua equipe.

A expressão enigmática de Matthias não deu nenhuma dica do que ele pensava sobre o experimento dela. Ele se encaminhou para o portão.

— Boa sorte, senhores.

Ela o observou sair do salão.

Kathryn explicou melhor seu plano. Quando terminou, desceu do estrado, passou pelo portão e entregou a cada homem uma folha para preencher.

— Se alguém não souber ler e escrever, Amos e Scribe vão ajudar.

Ela sabia que aqueles homens eram orgulhosos demais para admitir o analfabetismo. Demorou um pouco, mas ela conseguiu reunir os onze formulários antes que os homens começassem a sair com Amos e Scribe. Ela sabia que o garoto estava indo para o saloon de Brady, onde ainda trabalhava meio período; os outros iam beber e conversar mais com Amos.

Havia outro homem nas sombras, encostado na parede dos fundos. Ele avançou devagar. Quando ele tirou o chapéu, Kathryn sentiu um choque. Ela o procurara por meses, mas por fim concluíra que ele havia deixado a cidade.

— Tem serventia para mais um? — disse o homem com tom respeitoso e a voz desprovida de esperança, não cheia de ódio como quando ela o ouvira tramando um assassinato debaixo da ponte.

Kathryn viu nos olhos dele que ele sabia que ela o reconhecera. Mudando de posição, ele respirou fundo.

— Achei que talvez se lembrasse de mim.

Acaso ela deveria mentir para se proteger? O medo era um conselheiro terrível, e ela não seria escrava dele.

— Você é um homem difícil de esquecer. Não lamento que as coisas não tenham saído como planejou.

Era estranho que ela sentisse uma calma inexplicável naquele momento, frente a frente com ele e olhando-o nos olhos cor de avelã. Ele não parecia um monstro.

Ele esboçou um sorriso.

— Você me impediu de fazer algo que acabaria me levando à forca — disse ele, girando a aba do chapéu nas mãos.

Acaso ele confessaria mais?

— Foi você que jogou um tijolo em minha janela?

— Sim, senhora. Pensei em jogar uma tocha também, mas não fiz isso porque sabia que a cidade inteira pegaria fogo.

Gelada, Kathryn só conseguia olhar para ele. A confissão não estava sendo fácil para ele, ela podia notar. Ele suspirou e foi mais longe, como se quisesse se livrar da culpa.

— Ainda bem que avisou McNabb; ele era meu amigo. A raiva faz mal a um homem. Não tenho orgulho do que planejei nem do que fiz. Os homens dizem e fazem coisas estúpidas quando são pressionados. Não foi você que me pressionou, mas arcou com o peso da ira acumulada contra o homem que o fez.

Morgan Sanders.

O homem segurou o chapéu com firmeza, como se fosse colocá-lo de volta.

— Você não tem motivos para confiar em mim, srta. Walsh, e não a culpo por isso. Mas pensei em correr o risco e tentar entrar no jogo. Tenha um bom dia.

Voltando-se, ele colocou o chapéu e se dirigiu para a saída.

Travava-se uma guerra dentro dela, e a calma venceu.

— Só um minuto, por favor. — Ela foi em direção a ele com os onze formulários na mão. — Qual é seu nome?

Ele pestanejou.

— E se eu lhe disser?

Acaso ele pensava que ela pretendia denunciá-lo a Axel Borgeson? O que o xerife poderia fazer?

— Nenhum crime foi cometido.

— O tijolo.

— Perdoado.

— Wyn Reese.

— Você ainda trabalha para Morgan Sanders, sr. Reese?

— Sou um de seus capatazes.

Se Wyn estivesse realmente decidido a matar Sanders, poderia tê-lo feito.

— E agora, quer trabalhar para uma mulher?

— Não, senhorita. Quero trabalhar para *você*. Você foi inteligente o suficiente para colocar o jornal de City em funcionamento de novo; isso não foi tarefa fácil, e está quase conseguindo tirar Bickerson do negócio, caso não saiba. Nem City conseguiu isso. Talvez você surpreenda a todos com suas ideias de como administrar uma mina. — Ele deu uma risada sombria. — Eu sei como Sanders administra a dele. Fiz parte do controle das coisas e pessoas, mas não tenho mais estômago para isso. Os homens dele vivem em condições de escravidão.

— E você?

— Não muito melhor que eles, mas não estou endividado. — Ele hesitou. — Sei que não confia em mim, mas se me der uma chance, eu gostaria de trabalhar para uma operação que cuida de si mesma, em vez de colocar todo o lucro no bolso de um homem só.

— Pode me falar um pouco mais sobre você?

— Meus pais morreram quando eu era pequeno. Sei que é uma mulher cristã, srta. Walsh, mas tenho que lhe dizer que a fé me abandonou há muito tempo. Minha avó me levava à igreja, e eu acreditava, até ter idade suficiente para ir para o Norte e tentar fazer algo da vida. Trabalhei nas fábricas e depois vim para o Oeste e acabei nas minas. — Ele sacudiu a cabeça. — Difícil acreditar que existe um Deus que se importa conosco quando temos que trabalhar para um demônio no poço do inferno.

Kathryn entendia a dor e a desilusão dele. Também sabia que mesmo a menor semente poderia se transformar em uma árvore poderosa.

— Tínhamos onze homens, sr. Reese. — Ela estendeu a mão. — Agora, temos doze.

"Os Doze" contratados por Kathryn começaram a trabalhar em seguida, colocando em prática sua experiência e conhecimento. Matthias ficou surpreso e preocupado quando viu que ela havia contratado o capataz-chefe de Morgan Sanders, Wyn Reese, um homem forte o bastante para matar uma onça-parda com os dentes. Por outro lado, quando Sanders se viu sem um capataz e percebeu outros de seus homens, que também não tinham dívidas com ele, lançando olhares de inveja para o empreendimento com participação nos lucros, aumentou os salários. Mas muitos deixaram a mina de Sanders mesmo assim, atrapalhando a produção, enquanto Kathryn recebia filas de homens querendo trabalhar com ela. As afirmações proféticas de Stearns estavam se mostrando verdadeiras: a mina de City Walsh era próspera. Tudo o que Reese e os outros mineiros sabiam aplicavam ao trabalho, e quanto mais trabalhavam, mais dinheiro ganhavam.

Stu Bickerson havia comparecido à reunião na prefeitura e a encurralara na saída. Ela dera à mina o nome de Civitas, mas Bickerson, sem conhecimento de latim, escrevera a palavra na fonética americana na manchete do *Clarion* no dia seguinte: WALSH ABRE A MINA KEEWEETOSS. Matthias riu quando leu.

Kathryn logo publicou um editorial sobre a comunidade mineira "Civitas" e sua visão de participação nos lucros para elevar o padrão de vida dos mineiros e que também resultaria prosperidade a Calvada. Não importava quantas vezes ela escrevesse "Civitas", ele continuava escrevendo Keeweetoss, e o nome pegou. Na edição seguinte do *Clarion*, Bickerson afirmou que a filha do grande guerreiro Chefe Keeweetoss sacrificara sua vida pulando de um penhasco que dava em uma corredeira, encerrando dessa maneira uma guerra entre tribos vizinhas.

Domingo era o único dia da semana em que Matthias sabia que veria Kathryn. Ela havia estabelecido uma regra inflexível na mina: *domingo é dia de descanso*. Nem todos compartilhavam sua fé; alguns seguiam seu exemplo e frequentava a igreja, mas a maioria valorizava o dia de folga.

A jovem certamente pensava por si mesma, e era boa nisso. Ninguém na cidade ficou mais surpreso que Matthias quando Vossa Senhoria vestiu uma camisa, calça jeans e botas para descer na mina e ver com os próprios olhos o que acontecia ali. Aparentemente, estava interessada em todas as etapas de trabalho, fazendo centenas de perguntas aos mineiros e passando horas em companhia de Amos Stearns. Matthias os ouvira conversando no Ronya's Café. Aquele homem conseguia falar sem parar sobre o processamento de cobre e prata! Pedras eram sua especialidade, e Matthias se irritava vendo Kathryn absorver cada palavra.

Ela podia não saber muito sobre mineração, mas tinha um tino comercial aguçado. Tomou precauções relacionadas à segurança, entre elas a instalação de vigas mais fortes para suportar o túnel. Mandou escavar uma câmara fria e encomendou gelo para enchê-la; assim os mineiros poderiam fazer intervalos para se refrescar no calor intenso. Anunciou nos jornais de São Francisco e Sacramento que estava contratando um médico — algo muito necessário. Quando Marcus Blackstone chegou, ela fez um acordo com ele para atender a qualquer necessidade dos trabalhadores da mina e suas famílias. Todas as despesas médicas eram pagas pela Calvada Keeweetoss Mine Company.

Os homens reclamaram que essas extravagâncias consumiriam seus lucros. Por que as esposas, que não trabalhavam na mina, deveriam receber algum benefício dos homens? Kathryn respondeu com um editorial passional sobre os direitos que uma mulher perdia ao se casar.

Alguns homens esperavam que Kathryn lhes fornecesse moradia. Ela publicou que acreditava que cabia a cada mineiro decidir como gastar sua parte do dinheiro. Ela não tinha intenção de abrir uma loja. Deu uma lista dos comerciantes de Calvada que ofereciam preços e crédito justos, se necessário. Matthias ficou satisfeito ao ver a Walker's General Store no topo da lista. E o mais surpreendente para a maioria masculina de Calvada foi que Kathryn manteve sua palavra sobre a divisão de lucros.

Kathryn Walsh trabalhava do amanhecer ao anoitecer para transformar a cidade em uma comunidade próspera. Matthias sentia um impulso semelhante. Apaixonar-se por ela primeiro o abalara, mas depois o inspirara. Ele admirava e respeitava as habilidades de Kathryn. Nunca havia conhecido alguém com uma paixão tão grande para fazer o que acreditava ser certo. Ele estava brincando quando a forçara a fazer uma lista. Mas, agora que estava perto de cumpri-la, sentia-se encurralado. Ele não queria ganhar a aposta; desejava conquistar o coração de Kathryn Walsh.

Ela lhe dera esperanças quando se sentara ao lado dele na igreja e permitira que pegasse sua mão. O que quer que houvesse acontecido entre ela e Morgan Sanders, ela escolhera a proteção de Matthias. Fora um movimento na direção certa.

Ser paciente estava se mostrando uma longa jornada cheia de frustração. Ele ficava de olho nela, mas suas responsabilidades aumentaram. Quanto mais Matthias trabalhava, mais descobria coisas que precisavam ser feitas para tornar a cidade segura e próspera. Se Deus permitisse, ele conseguiria realizar mais de meia dúzia de projetos antes de terminar seu mandato de prefeito. E então teria que decidir se iria para Sacramento ou ficaria em Calvada. Tudo dependia do único projeto que ele ainda tinha que concluir. Matthias tinha a intenção de aquecer os pés frios de Kathryn.

⇢ 22 ⇠

KATHRYN FICOU FELIZ QUANDO acordou e lembrou que era domingo. Havia sido uma semana longa e difícil de trabalho interminável entre publicar uma edição do *Voice* e se manter informada sobre o que estava acontecendo na mina Keeweetoss. A rua Chump estava deserta àquela hora da manhã; o calor do verão estava chegando. Na noite anterior, o salão de fandango estivera lotado de gente até bem depois da meia-noite, mas Kathryn estava tão acostumada com o barulho que dormira com a música e acordara com o silêncio.

Ela passou pelo Ronya's Café, cuja porta estava aberta; havia alguns clientes sentados às mesas que ficavam perto das janelas, tomando café da manhã. Bandit correu para a porta dos fundos e Ina Bea lhe deu uma panela de sobras. Mais um quarteirão e Kathryn deu de cara com uma grata surpresa. A nova escola estava pronta. A pintura tinha ficado bem charmosa, com paredes vermelhas e guarnição branca. O edifício tinha um pátio com campanário e era rodeado por uma cerca branca, além de um portão — naquele momento fechado e trancado.

— Pensei que você tomaria o café da manhã no Ronya's e subiríamos juntos.

Seu coração deu um pulo ao som da voz de Matthias. Ele estava bonito, com sua melhor roupa de domingo.

— Eu preparo meu café da manhã praticamente todas as manhãs.

— Você sabe cozinhar? — Ele ergueu as sobrancelhas.

Ela riu.

— O suficiente para sobreviver.

Matthias indicou a escola.

— E então, o que achou, Vossa Senhoria? Merece sua aprovação?

— Ficou maravilhosa! Você está de parabéns, prefeito Beck. A estrutura só foi erguida domingo passado, como conseguiu fazer tudo isso em uma semana?

— Motivação — disse ele, e seu sorriso e olhar fizeram o coração dela bater mais forte. — Tive uma boa equipe. Já encomendei o sino, Henry vai trazê-lo quando vier para cá.

— Espero que Charlotte venha também.

— Tenho certeza de que virá.

— Precisamos fazer uma grande inauguração! — Ela admirou o edifício mais uma vez. — E o professor?

— Já contratei Brian Hubbard, vai começar no outono. Ele foi professor em Connecticut antes de pegar a febre do ouro. Está farto da mineração. — Matthias abriu o portão. — Quer ver lá dentro?

— Sim, claro!

Quando Matthias entrou com ela e fechou o portão, ela sentiu um calor subindo pelo corpo, que não tinha nada a ver com a escola. Censurando-se por pensar bobagens românticas, subiu a escada. Ele abriu a porta da frente para ela.

Além de um fogão Potbelly, a sala estava vazia.

— Rudger e seus funcionários estão fazendo as mesas. — Matthias foi até o centro da sala e a fitou. — Ficarão prontas antes de a escola abrir. Uma grande lousa será colocada ali na frente até o final da semana, mas também teremos algumas menores espalhadas. As cartilhas e livros virão de São Francisco.

Ele a encarava com tamanha atenção que Kathryn não conseguia respirar normalmente. Ficou andando pela sala, imaginando a escola cheia de crianças animadas, ansiosas para aprender. Calado e descontraído, Matthias a observava com um leve sorriso no rosto. Era impossível ignorar aquele homem!

— Ficou maravilhoso, Matthias. Você é exatamente o prefeito de que Calvada precisava.

— Preocupada com alguma coisa, Kathryn? — perguntou ele com um tom provocativo.

Muitas coisas a preocupavam, além daquele homem que tão facilmente a enchia de fortes emoções. Um olhar dele fazia seu coração bater forte. A lembrança do beijo não a deixava dormir, pois seu corpo ansiava por mais. Ele sabia muito bem que aquela maldita lista não era um contrato formal, mesmo que houvesse feito Stu Bickerson anunciar o suposto noivado entre eles. Ela ergueu o queixo.

— Por que eu estaria preocupada?

— Realmente, por quê?

Ela recordou a reunião na prefeitura e os homens falando que as mulheres não cumpriam a palavra. Todos esperavam que ela se casasse com Matthias agora que ele havia concluído tudo que estava na lista que Stu Bickerson havia publicado. Kathryn mexeu no relógio e olhou a hora.

— O culto vai começar em breve.

— Vamos ter que falar sobre isso em algum momento, Kathryn — disse Matthias enquanto saíam. — Você sabe que a cidade inteira está nos observando, esperando para ver se você vai manter sua palavra.

Kathryn parou e o fitou.

— Quanto a isso...

— Não tenho intenção de pressioná-la, Kate, mas isso não significa que os habitantes de Calvada não tenham expectativas sobre nós. Precisamos falar desse assunto. Afinal, sua reputação está em jogo. — Ele deu de ombros casualmente. — Eu poderia dizer a Gus Blather que tudo que sinto por você agora é afeto fraternal.

Kathryn ficou surpresa com a dor que essa declaração lhe provocou. Afeto fraternal? Ela desviou o olhar.

— Ora, obrigada. Resolveria o problema.

Ela desejou ter apenas sentimentos fraternais por ele.

Vários paroquianos passaram, olhando para eles com muito interesse. Matthias segurou de leve o cotovelo dela. Ela havia dito a todos que não tinha intenção de se casar com Matthias Beck — nem com ninguém, aliás. E tinha mesmo essa convicção. Apesar disso, de vez em quando se perguntava como seria ser esposa de Matthias. Os beijos dele a deixavam sem fôlego, com o coração acelerado e o corpo quente e trêmulo. Bastava que ele a olhasse, como estava fazendo naquele momento, para agitar e confundir suas emoções.

Minha nossa! Não era de admirar que sua mãe a houvesse advertido sobre a paixão! A lógica parecia desaparecer da cabeça dela no que dizia respeito a Matthias Beck.

— Reservei uma carroça e Ronya preparou um piquenique para nós. Falaremos sobre tudo isso à tarde.

Kathryn sentiu uma excitação ao pensar em passar uma tarde ensolarada de domingo com ele, até que o bom senso interveio. Sozinha com Matthias? Em um piquenique? Um beijo poderia ser seu Waterloo! Ela ia dar uma desculpa quando alguém o chamou. Uma leve irritação cruzou o rosto dele.

— Vá — disse Kathryn, e se afastou, passando entre os congregados.

Subiu os degraus e entrou na igreja. Só conseguiu voltar a respirar com tranquilidade depois que se sentou.

— Importa-se que eu me sente ao seu lado de novo, srta. Walsh?

Wyn Reese estava no final da fileira, de chapéu na mão. Ela sorriu. Outros mineiros da Keeweetoss entraram e se sentaram com eles, até preencher a fileira. Ela se sentiu fortalecida e protegida com a presença deles. Quando Matthias entrou, as pessoas olharam para ele e depois para ela.

O reverendo Thacker foi até o meio do estrado e puxou o hino de abertura enquanto Sally tocava piano; a seguir, mergulhou em seu sermão. Kathryn tentava se concentrar, mas continuava pensando em Matthias. Precisavam conversar sobre a situação, mas quantas línguas se pronunciariam se a vissem saindo de carroça com ele? E por que ela deveria se importar com fofocas? Independentemente do que ela fizesse, sempre criava tumulto!

Ela não parava de pensar, e sua cabeça doía. Afinal, já havia decidido manter distância daquele homem, certo? Ela esfregou a têmpora. Reese a olhou, preocupado. Juntando as mãos no colo, ela levantou a cabeça. Qual seria o assunto do sermão daquele domingo? Ela não fazia ideia.

Quando o culto terminou, Kathryn se juntou às mulheres que serviam refrescos. Algumas ainda falavam com ela. Seus olhos iam a todo momento em busca de Matthias, que conversava, absorto, com Carl Rudger, Amos e Wyn. Axel e Ina Bea estavam juntos, conversando. Algumas crianças corriam entre os paroquianos enquanto seus pais conversavam com novos e velhos amigos. A escola logo estaria funcionando, cheia de meninos e meninas.

Matthias encerrou a conversa e foi na direção de Kathryn. Ela sentiu sua pulsação aumentar. Ergueu um prato de biscoitos como se fosse um escudo entre eles. Ele recusou.

— Guarde o apetite para nosso piquenique. Irei buscá-la às duas.

Dando um passo para trás, ele deu espaço a duas crianças que se espremiam tentando pegar um biscoito de melado. Com o coração martelando, ela o viu voltar até os homens e retomar a conversa.

Um dos assistentes de Axel subiu a colina e chamou o xerife de lado. Fosse o que fosse, os dois estavam muito sérios. O assistente foi embora. As pessoas já haviam começado a se dispersar, e as mulheres recolhiam os pratos vazios e dobravam as toalhas de mesa.

Axel se aproximou de Kathryn.

— Vou levar Ina Bea até a casa de Ronya. Venha conosco.

Parecia mais uma ordem que um convite. Seu primeiro pensamento foi que alguém havia vandalizado a redação do jornal de novo. Sem pensar duas vezes, ela buscou Matthias com o olhar.

Matthias havia visto Axel e o assistente conversando. Algo estava errado. Mas por que Axel fora direto até Kathryn? Ao vê-la olhar ao redor, ele entendeu que ela o procurava. Kathryn, Axel e Ina Bea foram descendo a colina. Matthias pediu licença e em pouco tempo os alcançou. Pelo olhar de advertência de Axel, ele entendeu que não devia fazer perguntas. O xerife pegou a mão de Ina Bea e lhe disse algo antes de deixá-la na porta de Ronya.

Kathryn olhou para sua casa.

— Parece que está tudo bem.

Axel indicou que ela deveria acompanhá-lo, e Kathryn se surpreendeu.

— O que aconteceu? Aonde vamos?

— À casa de Morgan Sanders.

Ela parou.

— Por que eu preciso ir junto?

Axel a fitou com uma expressão enigmática.

— Terei que lhe fazer algumas perguntas quando chegarmos lá.

Kathryn empalideceu e se voltou para Matthias, como se ele pudesse saber de algo.

— O que está acontecendo, Axel?

— Vamos, srta. Walsh — disse Axel, dando a Matthias um olhar repressor. Borgeson nunca havia feito nada sem uma boa razão.

A porta da casa de Sanders estava escancarada e havia um policial parado diante dela. Kathryn parou, pálida.

— Não quero entrar nesta casa, Axel.

— Por que não?

— Não quero explicar. Não posso.

— Você já esteve lá dentro antes?

Matthias olhou para Kathryn e viu que era verdade.

— Uma vez.

— Só uma vez? — O rosto de Axel não demonstrava nada. — Tem certeza?

— Se ela disse uma vez, foi uma vez! — rosnou Matthias.

Kathryn estava se sentindo mal.

— O que está querendo dizer?

Axel levantou a mão e ela se calou. Mais uma vez, ela hesitou no hall de entrada, claramente incomodada, mas seguiu Axel até a sala. Não havia caminhado nem dois metros quando sentiu um choque. Morgan Sanders estava caído no chão, perto de um sofá, com o rosto irreconhecível sobre o tapete ensanguentado.

Matthias conseguiu segurar Kathryn quando ela desmaiou.

Furioso, olhou para Axel.

— Que ideia foi essa?

— Testemunhas disseram que uma mulher parecida com Kathryn foi vista fugindo desta casa ontem à noite.

— E você acha que foi ela que o assassinou?

Se suas mãos estivessem livres, ele teria agarrado Axel pelo pescoço e o estrangulado.

— Calma, amigo. Eu precisava ver a reação dela quando olhasse para o corpo de Sanders. Acho que Kathryn não teve nada a ver com isso.

— Acha? — rosnou Matthias, e a levou para fora da casa.

Ela recobrou os sentidos antes de ele chegar ao último degrau.

— Me coloque no chão, Matthias.

Ela se debateu, debilmente no início, depois desesperadamente.

— Me ponha no chão! Por favor!

Quando ele a pôs de pé, Kathryn cambaleou até a cerca-viva e se debruçou sobre ela. Parado logo atrás dela, Matthias passou o braço ao redor da cintura de Kathryn para dar-lhe apoio enquanto ela vomitava.

— Lamento que tenha visto isso — sussurrou Matthias, segurando a testa dela.

Ela estava suada de choque.

Kathryn se recostou nele, tremendo violentamente.

— Por que Axel me fez ver isso? — perguntou ela, soluçando.

Matthias lhe explicou.

— Ele acha que eu fiz aquilo? — perguntou ela, se voltando para ele. Ela soltou uma risada que beirava um colapso nervoso. — Uma matéria e tanto para o *Clarion*. Posso até ver a manchete de Stu: "Editora suspeita de assassinato". — Ela cobriu a boca com as costas da mão e disse com os olhos cheios de lágrimas: — Morgan não era um homem muito gentil, mas eu não desejaria uma morte violenta a ninguém.

Matthias notava a confusão de emoções de Kathryn.

— Foi assim que Scribe encontrou meu tio? — perguntou ela, horrorizada.

Matthias não ia responder perguntas daquele tipo. Muito menos naquele momento.

— Vamos sair daqui, Kate.

As notícias corriam depressa em Calvada, e não demoraria muito para que uma multidão aparecesse. Ele pegou a mão dela, fria, e ela consentiu.

Ver Sanders caído ali o fez pensar em City Walsh. Seu assassinato chocara a cidade. Os homens lamentaram a morte de City, mas muitos veriam a de Morgan Sanders como motivo de comemoração.

Logo se espalhou a notícia de que Morgan Sanders havia sido brutalmente assassinado. Alguns homens comemoraram, especialmente aqueles que mal podiam pagar o aluguel de seus barracos e tinham contas na loja da Madera que nunca poderiam pagar. Mas todas as esperanças de alguma vantagem morreram quando a mina foi lacrada com placas de madeira. Por recomendação de Reese, Kathryn e Amos contrataram alguns dos mineiros desempregados, mas a maioria deles fez as malas e abandonou a cidade sem esperar que a nova administração chegasse — se é que chegaria. Matthias não podia deixar de se perguntar se o assassino estaria entre os que partiram.

Um dos assistentes de Axel recolheu todos os arquivos de Sanders. Na busca inicial, nenhum testamento fora encontrado, nem qualquer informação ligando Sanders a algum parente que se beneficiaria de seus bens. Levaria meses para ler todos aqueles papéis e documentos. Enquanto isso,

Axel interrogou o condutor da carruagem e a criada, cuja filha havia feito a limpeza e levado roupas para a lavanderia Jian Lin Gong.

Matthias só ouviu rumores sobre as investigações de Axel nos primeiros dois dias. Ficou longe daquela confusão até encontrar o xerife sentado a uma mesa no Brady, tomando uma cerveja depois de fazer a ronda. Sentou-se com ele.

— Como vai a investigação?

— Sanders tinha muitos inimigos. Quanto mais fundo eu cavo, mais me pergunto por que estou trabalhando tanto para solucionar o caso do assassinato dele.

— Um homem precisa ser duro para administrar uma mina.

Axel lhe lançou um olhar irônico.

— Sua dama parece estar indo muito bem sem força bruta e servidão por dívida. — Ele soltou uma risadinha de leve. — Mas isso, provavelmente, é porque metade dos homens da cidade estão apaixonados por ela.

Matthias não achou graça na insinuação.

— As pessoas odiavam Sanders, mas não sei quantas chegariam a ponto de matá-lo a sangue frio.

— Não foi a sangue frio, e acho que foi uma mulher. — Ele tomou um gole de cerveja. — O assassino não deu apenas um golpe na cabeça dele.

Matthias não havia notado; sua preocupação havia sido só Kathryn.

— Ouvi dizer que você interrogou Monique Beaulieu.

— Todos sabiam que ela era amante de Sanders. Ele sempre queria o melhor, e ela é a prostituta mais bonita da cidade. Sempre que ele mandava a carruagem, Monique entrava. Ela disse que as coisas esfriaram depois que Kathryn chegou.

Matthias se inclinou para a frente.

— Espere um minuto! — disse Matthias; ele não queria nenhum equívoco sobre a forte fibra moral de Kathryn.

— Espere você, e ouça o que estou dizendo. Monique admitiu que pulou a cerca algumas vezes. Uma garota com a profissão dela tem que cuidar de si. Ela estava com Wyn Reese na noite em que Sanders foi morto. Reese confirmou; disse que ela ainda estava na cama quando ele saiu para a Keeweetoss, às seis da manhã.

Matthias queria saber aonde ele queria chegar com aquela conversa. Axel geralmente guardava informações como essa para si mesmo, mas tocara no nome de Kathryn e fizera uma insinuação que Matthias não podia deixar passar.

Axel tomou um gole de sua bebida e prosseguiu.

— Monique disse que Sanders a chamava de quatro a cinco vezes por semana, até Kathryn chegar. Depois disso, só uma vez por semana. Disse que Sanders tinha um apetite saudável e ela concluiu que ele estava satisfazendo suas necessidades em outro lugar.

— Você a conhece — disse Matthias. — Não havia nada entre Sanders e Kathryn.

Axel terminou sua cerveja e fixou um olhar de aço em Matthias.

— Sanders não escondia seu interesse em Kathryn. Dois homens poderosos da cidade querendo a mesma mulher... pode ter algo aí.

Matthias se reclinou e riu.

— Você acha que *eu* o matei.

— Até pensei nisso, mas há muita gente em minha lista de suspeitos. Eliminei você imediatamente; você estava em uma reunião na noite em que Sanders foi morto. Conversei com membros de seu comitê de melhorias cívicas e todos confirmaram que você esteve lá do início ao fim.

— Obrigado por seu voto de confiança, xerife.

— Fazer perguntas é meu trabalho, Matt.

Axel ergueu a caneca vazia e Brady mandou alguém buscá-la. Matthias nunca havia visto Axel beber mais de uma cerveja. O xerife tinha algo preso em sua garganta; quanto tempo levaria para cuspir?

— Você está incomodado com alguma coisa.

Axel lhe lançou um olhar duro.

— A cidade inteira sabe onde você está na maior parte do tempo, Matthias — disse Axel, baixinho, inclinando-se para a frente. — Mesmo quando acha que as pessoas não estão observando, elas estão. Não se esqueça disso, meu amigo; especialmente se tiver um afeto real por Kathryn Walsh.

Matthias sentiu um calor subir por seu rosto.

— O que você está tentando me dizer? Diga de uma vez.

— Você foi visto entrando na casa de Kathryn à noite. E ficando lá.

Matthias ficou furioso.

— Fiquei um pouco, não a noite toda. E nada aconteceu.

— Conhecendo Kathryn, acredito em você, mas o que eu penso não importa muito, não é? Ela admitiu ter entrado na casa de Sanders. Pior, foi vista entrando — disse ele, baixando a voz. — Oliver Morris pegou Kathryn e a levou para Sanders, assim como fazia com Monique. Para um jantar privado, disse ele, mas, para mim, ficou claro o que ele estava pensando, especialmente porque Sanders o mandou tirar o resto da noite de folga.

Matthias não conseguia mais ficar sentado.

— Ela não foi lá pelas razões que você está insinuando.

— Não estou insinuando nada.

— Não? E eu sei o dia e a hora.

Axel se reclinou, relaxado.

— Quando foi?

— Foi no dia do terremoto. Eu a vi correndo como se fugisse do diabo. Achei que estava aterrorizada por causa do terremoto.

Axel riu baixinho.

— Aquilo aterrorizou muitas pessoas, inclusive a mim. — Inclinou a cabeça ligeiramente, estreitando os olhos. — Kathryn lhe contou o que aconteceu? Longwei disse que ela ficou na casa durante duas horas. Muita coisa pode acontecer entre um homem e uma mulher nesse tempo, mesmo que ela não queira.

Uma onda de fúria tomou Matthias.

— Matt... — disse Axel baixinho, franzindo a testa.

Matthias tentou controlar a raiva e pensar com clareza.

— Depois disso ela passou três dias trancada em casa. Bati na porta algumas vezes, ela disse que estava bem.

Ele se lembrou de ter ficado surpreso com a maneira como ela gritara e o mandara deixá-la em paz.

— Eu estava ocupado, as pessoas vinham me pedir ajuda. Estávamos reorganizando as coisas. Ela não deixou nem Scribe entrar. Eu vi você passando por lá todas as noites em suas rondas. Pontual como um relógio.

— Você está sempre de olho nela...

— Eu me preocupo com Kathryn. Ela tende a arranjar problemas.

— Você se preocupa com ela — disse Axel, divertido. — Estão todos esperando para ver o que vai acontecer agora que você cumpriu a lista.

Matthias praguejou.

— Teria sido melhor que ela não tivesse feito a lista.

— Como a convenceu de fazer a lista? — Axel riu. — Esqueça, não é assunto meu. — Ele ficou sério de novo. — Preciso fazer mais perguntas para ela, e não serão fáceis.

— Se for falar com Kathryn, mande uma mensagem pedindo que ela vá até meu escritório. — Matthias terminou seu uísque e bateu o copo na mesa. — Estarei presente.

Ele mesmo queria fazer algumas perguntas a ela sobre a noite do terremoto — perguntas que deveria ter feito muito antes. Esperava que ela confiasse nele e lhe contasse o que aconteceu. Ela não contara antes e ele decidira respeitar seu silêncio. Kathryn não havia mais mencionado Morgan Sanders, nem no jornal nem em conversas, desde o dia em que aquele homem a vira sentada com Matthias na igreja e saíra.

Kathryn parecia transtornada quando ele a vira correndo, mas não aparentava estar ferida. Mas como ele poderia ter certeza? Por que ele não a pressionara a falar? Talvez porque Matthias tinha certeza de que, se soubesse que Sanders havia encostado um dedo nela, ele mesmo o teria matado. Com as próprias mãos.

Quando Kathryn entrou no escritório de Matthias e viu Axel, percebeu que enfrentaria um interrogatório. Matthias a conduziu até uma poltrona, e ele e Axel se sentaram em cadeiras de espaldar reto de frente para ela. Kathryn tinha certeza de que seria questionada sobre seu relacionamento com Morgan Sanders. Cruzando as mãos no colo, ela olhou para Axel, tentando bloquear a presença de Matthias. Se tivesse que contar tudo àqueles homens, Matthias nunca mais a veria da mesma maneira.

Axel foi direto ao ponto.

— Conte-me tudo que aconteceu no dia do terremoto, desde o momento em que o condutor de Morgan Sanders foi buscá-la até ser vista correndo pelo calçadão, após o tremor.

O rosto dela queimava; ela se perguntava o que Axel achava que poderia ter acontecido. Não precisava olhar para Matthias para sentir a tensão que irradiava dele. Talvez ela devesse ter lhe contado; mas como poderia? Aquele episódio havia sido mortificante; e por sua própria culpa, por ser tão tola. Ela mordeu o lábio e olhou para Matthias.

— Este interrogatório não poderia ser feito em particular?

— Finja que não estou aqui — disse Matthias rispidamente.

As lágrimas queimavam seus olhos; ela tentava segurá-las.

— Difícil fazer isso.

Matthias se inclinou para ela com as mãos entrelaçadas entre os joelhos.

— Kate...

Ela não aguentou.

— Eu não matei Morgan. — Olhou nos olhos de Axel. — Eu... eu arranhei o rosto dele.

Seu coração pulou quando Matthias se levantou murmurando algo.

— Continue, Kathryn — incentivou Axel.

Mas ela estava intensamente consciente da presença de Matthias andando, inquieto, de um lado para o outro. Olhou para Axel com olhos suplicantes.

— Matt, sente-se ou vá embora — disse Axel.

Matthias esfregou a nuca e se sentou.

— Morgan me enviou uma mensagem dizendo que haveria uma reunião dos donos das minas que poderia me interessar.

Ela ouviu Matthias fazer um som de escárnio.

— Quando cheguei, não havia mais ninguém na casa além do criado e do cozinheiro. Percebi que havia caído em uma armadilha.

Matthias estava parado, tenso e calado. Axel fez um gesto para que ela continuasse. Kathryn sabia que não escaparia sem contar tudo. Por que tinha que ser humilhada pela segunda vez?

— Ele disse que tínhamos coisas a discutir. Quando tentei sair, ele bloqueou meu caminho. Ele... ele me fez sentar. Queria saber sobre a mina. Ele sabia que Amos Stearns tinha feito um relatório. — Ela deu uma risada que pareceu estranha a seus próprios ouvidos. — Claro, a cidade inteira sabia. Todo mundo sabe tudo nesta cidade, exceto quem assassinou City Walsh.

— E Morgan Sanders — acrescentou Axel.

Kathryn ergueu os olhos.

— Os assassinatos estão ligados?

— Deixe que eu faça as perguntas — disse Axel, em tom gentil, mas firme. — O que mais aconteceu?

Ela manteve a cabeça baixa, incapaz de olhar para nenhum dos dois.

— Ele não me deixou sair e me fez ficar para jantar. Disse que eu me casaria com ele. — Ela soltou uma risada sombria. — Todo mundo sabe o que penso em relação a me casar. — Sua voz deu uma leve estremecida. — Ele tentou me forçar a subir as escadas.

Ela cobriu o rosto, soluçando. Matthias disse o nome dela em um tom carinhoso, mas ela não conseguia falar.

Axel se inclinou para a frente e pousou a mão no ombro dela.

— O que for dito nesta sala ficará nesta sala, Kathryn. Você tem minha palavra.

Ela baixou as mãos trêmulas.

— Eu lutei, chutei, arranhei. — Ela deu uma risada sombria. — Eu ia tentar arranhar os olhos dele. Ele levantou a mão para me bater, e então tudo começou a tremer. O lustre... o chão parecia estar se movendo sob meus pés. O criado entrou gritando, passou correndo por nós e saiu porta afora. Morgan afrouxou o jeito como me segurava, e eu me libertei e saí correndo. Corri sem parar. — Ela começou a chorar, e morrendo de vergonha, cobriu o rosto de novo. — Eu fui estúpida, muito estúpida.

— Kate...

— Todos haviam me alertado sobre ele, mas eu não dei ouvidos. Ele foi à minha casa à noite, depois que tudo aconteceu. Bandit começou a rosnar, e quando ouviu a voz de Morgan, pulou na porta e ficou latindo como se houvesse enlouquecido.

— E você nunca mais o viu depois disso?

— Na Igreja. Ele me viu sentada com Matthias. — Ela o olhou nos olhos, rezando para que ele entendesse. — Eu me senti segura com você.

A expressão dele suavizou.

— Você sempre estará segura comigo.

Axel a pressionou mais uma vez, e ela queria acabar com tudo aquilo.

— Vi Morgan pela cidade depois disso, mas nunca mais falei com ele. Mantive distância. — Suas emoções estavam à flor da pele. — Ele me disse que queria três coisas: riqueza, uma esposa culta e um filho para herdar seu império. Disse que eu era essa segunda coisa e que lhe forneceria a terceira. Mas acho que, na verdade, ele queria me forçar a casar com ele para ganhar o controle da Keeweetoss.

Trêmula, Kathryn levantou a cabeça e olhou para Matthias e Axel.

— Posso ir agora?

Ela queria voltar para casa e ficar atrás de uma porta trancada.

Axel se levantou e estendeu a mão.

— Desculpe por fazer você passar por isso. Eu precisava ver se sua história confirmava o que outras pessoas disseram — Axel explicou e a fitou, como se desculpando. — Eu tinha certeza de que confirmaria.

Ela pegou a mão dele porque seus joelhos tremiam demais para que pudesse se levantar.

Matthias foi até ela.

— Vejo você em casa, Kate.

Ela deu uma risadinha trêmula.

— É melhor pensar duas vezes antes de se deixar ser visto comigo, Matthias. O que as pessoas vão dizer sobre mim agora, quando a notícia se espalhar?

— Eu dei minha palavra que isso não vai acontecer — disse Axel.

— Em Calvada, até as paredes têm ouvidos.

Ela sentiu a mão de Matthias em suas costas.

— Tente não se preocupar com coisas que não têm importância.

23

Naquela noite, os membros do conselho da cidade foram ao escritório de Matthias para uma reunião. A empresa Hall e Debree havia contratado outro homem, mas ainda havia muito lixo para retirar atrás dos edifícios. O cascalho continuaria saindo da mina Jackrabbit. A maior parte das reservas financeiras da cidade estava sendo usada para um bom propósito, mas o dinheiro estava se esgotando depressa, e o progresso teria que desacelerar até que entrasse mais.

Rudger esticou as pernas e se recostou na cadeira.

— Calvada está começando a parecer uma cidade de verdade.

Kit Cole, do estábulo de aluguel, concordou.

A reunião foi encerrada às dez da noite e Matthias saiu para a rua com eles. Conversaram um pouco mais no calçadão. A lamparina do escritório de Kathryn ainda estava acesa. Matthias se perguntou o que ela estaria fazendo. Escrevendo outro editorial ou a coluna Artes para Solteiros? Talvez ela simplesmente não estivesse conseguindo dormir, por causa do salão de fandango, a todo vapor.

Os membros do conselho continuavam conversando. Matthias viu Axel parar à porta de Kathryn. Ela abriu, eles conversaram brevemente e o xerife seguiu seu caminho. Matthias continuou por ali quando os membros do conselho foram embora. A lamparina de Kathryn se apagou. Ele ficou mais um pouco, pensando nela, tentado a ir até lá. Ela não poderia estar dormindo ainda, com todo aquele barulho. Mas a porta dela se abriu e Kathryn saiu, vestindo sua capa. Puxou o capuz sobre a cabeça e começou a descer o calçadão. Seus movimentos eram furtivos.

Matthias praguejou. *Lá vai ela de novo, em busca de confusão.* Deixando o calçadão, Matthias atravessou a rua e a seguiu.

Kathryn caminhava depressa, mantendo a cabeça baixa. Ao chegar ao final da rua Chump, virou à direita na via sem placa, mas que todos chamavam de Gomorrah. As casas surradas onde viviam as prostitutas alinhavam-se do lado direito da rua. Mais abaixo, ficava a casa de dois andares de Fiona Hawthorne, com uma cerca de estacas de madeira em volta do jardim da frente.

A morte brutal de Morgan Sanders fizera Kathryn voltar a pensar no assassinato ainda não resolvido de seu tio. Fazia tempo que ela queria falar com Fiona sobre City e o relacionamento deles; por fim, decidiu que não podia adiar mais. Tinha que haver alguma coisa que pudesse ajudá-la a entender seu tio e por que alguém queria matá-lo.

As janelas de cima e de baixo estavam calorosamente iluminadas. Depois de olhar ao redor rapidamente, Kathryn correu pelo portão e subiu os degraus da frente. Bateu de leve na porta. Ela ouvia vozes de mulheres, mas ninguém atendeu. Engolindo a tensão, ela bateu de novo, dessa vez com firmeza.

A porta se abriu; Monique Beaulieu estava parada diante dela, bem vestida e com o cabelo arrumado.

— Senhorita Walsh!

— *Bonsoir, mademoiselle Beaulieu* — disse Kathryn em francês, e pediu para falar com a sra. Hawthorne.

Seguindo Monique, Kathryn inalou o cheiro de perfume. Reconheceu as três mulheres e cumprimentou cada uma pelo nome, enquanto Monique ia chamar Fiona. Kathryn não sabia o que esperar do interior de um bordel, mas achou o lugar bastante confortável. Lâmpadas de querosene pintadas e o fogo da lareira davam à sala brilho e calor. Havia quadros de paisagens nas paredes brancas e um tapete vermelho Kashan, que evocava uma riqueza incomum para Calvada.

Ela ouviu passos apressados e viu Fiona Hawthorne aparecer à porta.

— O que está fazendo aqui, srta. Walsh?
— Desculpe a intromissão, sra. Hawthorne, mas preciso falar com você.
— Olhe lá fora, Carla, e veja se vem alguém. — Fiona fez um gesto para Kathryn. — Precisamos tirar você daqui. Se alguém a vir, sua reputação será arruinada!

Kathryn deu uma risadinha.
— Minha reputação não é tão imaculada quanto você pensa. E não vou a lugar nenhum.

Ela tirou a capa e a pendurou no suporte de chapéus.
— Tem uma pessoa chegando. — Carla fechou a cortina da frente. — Acho que é para Monique.
— Venha comigo — disse Fiona, levando Kathryn pelo corredor e indicando-lhe uma porta.

A mobília do cômodo se resumia a uma grande cama de latão, um armário de mogno e, em um canto, uma grande cadeira de mohair marrom ao lado de uma mesinha onde havia uma pequena lamparina e um livro. Uma janela com cortina de renda se abria para a noite escura, nos fundos da casa. Fiona estava nervosa.

— Você deveria ter mais juízo, srta. Walsh! — disse Fiona indicando a cadeira de mohair no canto. — Sente-se e faça suas perguntas. Não posso prometer responder a todas.

Kathryn se sentou na beira da cadeira, com as mãos cruzadas sobre os joelhos.

— Você sabia que meu tio tinha uma mina?
— Sabia.

Kathryn esperou por mais, mas Fiona se manteve em silêncio.
— Sabe se ele estava ciente do quanto a mina era valiosa?
— Ele estava, mas já era tarde demais. — Ela desviou o olhar. — Chamava-a de Lembrete Amargo.
— Lembrete de quê?
— É melhor deixar certas coisas em paz.

— Não posso, e não vou. Ele era o meu único parente de sangue além de minha mãe e meu meio-irmão. Quero saber tudo sobre ele. Eu li seus diários, ele mencionou você muitas vezes. Acho que ele a amava.

— Talvez. — Os olhos de Fiona estavam cheios de tristeza e dor. — Seja como for, não sei se City gostaria que você conhecesse a história dele.

— Não vou embora enquanto não souber de tudo.

Fiona avaliou o rosto de Kathryn e sua expressão se suavizou.

— Eu soube quem você era no instante em que a vi. Tem o cabelo ruivo e os olhos verdes dele. Fico imaginando o que ele teria dito a você se a tivesse conhecido.

— Scribe e Matthias disseram que você era a pessoa mais próxima de meu tio. Sally Thacker disse que você chorou no dia em que meu tio foi enterrado, e eu já vi rosas vermelhas no túmulo dele várias vezes. Você o amava, não é?

— Sim, amava. Até chegamos a falar sobre casamento. — Sacudindo a cabeça, ela desviou o olhar. — Ele disse que se casaria comigo, se não fosse por... — Fechou os olhos.

— Por quê?

Fiona a fitou.

— Um impedimento.

— Impedimento?

Fiona não disse nada, então Kathryn decidiu mudar de rumo.

— Como se conheceram?

Fiona riu friamente.

— Eu tenho um bordel, srta. Walsh. Uma noite, Monique fez City esperar. Ela faz esse jogo com os homens, às vezes; acredita que assim eles lhe darão mais valor do que dão na verdade. Ele e eu conversamos e descobrimos que tínhamos muito em comum. — Ela sorriu de leve. — Começos difíceis, finais trágicos, nós nos dávamos o melhor que podíamos. Ele nunca mais pediu Monique.

Fiona olhou nos olhos interrogativos de Kathryn.

— Ao contrário do que a maioria das boas mulheres acredita, os homens nem sempre vêm a um bordel para fazer sexo.
— Oh...
— Desculpe, srta. Walsh, vejo que minhas palavras francas a envergonharam.
— Não o suficiente para me fazer ir embora.
— Eu poderia dizer para você cuidar da sua vida.
— Meu tio faz parte de minha vida. E considerando seu relacionamento com ele, você é como uma tia para mim.
Fiona empalideceu.
— Nunca mais diga isso! Você é uma dama! Meu relacionamento com ele não me torna parte de sua família!
Ela se levantou, agitada.
Kathryn viu lágrimas querendo atravessar a dureza de Fiona.
— Se ele tivesse feito o que era certo, você seria.
Fiona olhou zangada para ela.
— City sempre fazia o que achava certo. — Afastou de lado a cortina e olhou para a escuridão. — Independentemente das consequências.
Ela voltou e se sentou de frente para Kathryn.
— Tudo bem. Vou lhe dizer o que sei.
O tom de Fiona alertou Kathryn acerca de revelações que poderiam ser difíceis de ouvir.
— City e eu chegamos à Califórnia no mesmo ano, em 1849. Eu havia perdido um marido, ele perdera um irmão. A vida nos córregos é difícil. City desistiu da prospecção e encontrou trabalho nos campos de mineração. Quando veio para cá, comprou a prensa. Ganhou a concessão da mina em um jogo de pôquer. Ele usava a mina como esconderijo sempre que escrevia algo que causava problemas.
— Com que frequência isso acontecia?
Fiona deu um sorrisinho.
— Com mais frequência do que eu gostaria. — Ela ficou em silêncio por um momento. — Wiley Baer chegara à cidade em busca de trabalho;

conheceram-se no trem. Wiley tirou City de um rio uma vez, salvou a vida dele. City o levou até a mina e o deixou trabalhar. Ele nunca tirava muito — ela sacudiu a cabeça —, só o suficiente para as pessoas ficarem imaginando de onde tirava seu dinheiro.

A mina secreta de Wiley.

— Como era meu tio?

— Piedoso e durão. Era um tipo mais calado, mas às vezes estourava. Sempre dizia a verdade, era leal...

Kathryn se inclinou para a frente.

— Sabe me dizer por que ele deixou tudo para minha mãe? Foi uma penitência por ter convencido meu pai a deixá-la para ir atrás das minas de ouro?

— Penitência? — Fiona ergueu o queixo. — Foi isso que lhe disseram? Que ele a abandonou?

— Sim! Minha mãe desafiou o pai dela quando fugiu para se casar com ele. Ela havia sido mimada a vida toda, não sabia cozinhar, lavar roupa, fazer compras, nada do que a esposa de um homem pobre precisava fazer. Quando começou a se falar da corrida do ouro, o irmão de meu pai o convenceu a ir à Califórnia. Minha mãe tinha medo de ir, então ele a deixou em casa e lhe disse para decidir o que era mais importante. Ela escreveu para ele alguns dias depois, suplicando...

— Sua mãe escreveu para ele?

— Várias vezes, mas ela nunca teve notícias dele. A primeira notícia que teve foi de meu tio, informando que o irmão havia se afogado enquanto atravessava o rio Missouri.

Kathryn hesitou. *Wiley Baer...*

— Ela sofreu? — perguntou Fiona com uma pitada de escárnio.

— Sim! Sofreu tanto que ficou doente. Meu avô chamou um médico; foi quando ela descobriu que estava grávida. Depois que nasci, meu avô arranjou o casamento dela com outro homem, que ele aprovava.

Kathryn ficou em silêncio por alguns instantes, alisando a saia. Logo prosseguiu:

— Minha lembrança mais antiga é de meu padrasto me dizendo que eu não era filha dele e para nunca mais chamá-lo de papai. — Ela deu uma risadinha e sacudiu a cabeça. — Meu cabelo ruivo e meu temperamento faziam minha mãe e meu padrasto se lembrarem de Connor Walsh. Ele foi o amor da vida de minha mãe e a ruína de meu padrasto.

Fiona estava apreensiva.

— Oh, que teias emaranhadas tecemos...

Confusa, Kathryn ergueu os olhos. Por que não parava de pensar em Wiley? O que Scribe havia dito mesmo na mina de seu tio? Ah! Ela deu uma risadinha nervosa.

— Parece uma estranha coincidência que os dois irmãos tenham caído no rio...

— Os dois irmãos chegaram à Califórnia.

— Os dois?

O coração de Kathryn começou a bater forte.

— O irmão de City morreu de pneumonia depois que chegaram.

Kathryn tentou assimilar o que seu coração queria rejeitar.

— Se meu pai se afogou no Missouri, como os dois irmãos chegaram na Califórnia?

Fiona sentia-se derrotada.

— City me disse que escreveu várias cartas à esposa e nunca recebeu resposta.

Kathryn sentiu o sangue desaparecer de seu rosto; tinha medo de acreditar no que estava prestes a descobrir.

— Esposa de City?

— Elizabeth Hyland Walsh.

— Não

O coração de Kathryn se apertou.

— City acreditava que sua mãe se arrependia do casamento. Imagino que seu avô interceptou as cartas deles. Ele quase se afogou no Missouri. Wiley Baer o puxou de volta para a barca com a ajuda de uma corda. Foi então que ele teve a ideia do que seria sua verdade pelo resto da vida. Disse ao irmão para escrever uma carta dizendo que City havia se afogado. Sendo viúva, Elizabeth poderia se casar de novo, com alguém de sua classe, que a pudesse fazer feliz e lhe dar a vida a que estava acostumada. Mas, em sua cabeça, ele ainda tinha uma esposa.

Kathryn se deu tempo para absorver as palavras, para compreender e sentir uma profunda perda que jamais sentira.

— City era Connor Walsh, meu pai. — Agitada, Kathryn se levantou. — Preciso escrever para minha mãe.

— Para quê?

— Ela acredita que ele a abandonou! Precisa saber quanto ele a amava!

— De que adiantaria isso agora? Se ela está satisfeita com seu padrasto, para que serviria? — Fiona falou suavemente. — Era correto que a herança fosse para a família dele, srta. Walsh.

Kathryn se voltou.

— Mas tudo deveria ter ficado para você e Scribe. Vocês eram a família dele. Você foi muito importante para ele, Fiona!

— Ah, minha querida, sigo o meu próprio caminho há anos. Eu não precisava de uma herança.

Fiona se levantou e impediu que Kathryn ficasse andando de um lado para o outro.

— Quanto a Scribe, City cuidou para que ele estudasse e ensinou a ele um ofício. Ele o tratava como um filho. Pelo que sei, você o trata como um irmão.

Passos pesados atravessaram o andar de cima e uma porta se abriu. Assim que se fechou, Kathryn ouviu um choro. Olhou para Fiona com preocupação.

— Elvira. — Fiona deu de ombros. — Poucas mulheres escolhem esta vida.

Kathryn sentiu um nó na garganta.

— Respondi a todas as suas perguntas?

Kathryn assentiu, incapaz de falar. Fiona havia respondido a perguntas que ela nem sabia que tinha.

— Eu gostaria de tê-lo conhecido — disse com a voz trêmula.
— Eu o vejo em você, Kathryn. — Fiona ergueu a mão. — Fique aqui até que eu tenha certeza de que é seguro você ir.
Ela abriu a porta e saiu.
Kathryn tentava se controlar; a angústia reprimida a estrangulava. Quando Fiona voltou, ela enrolou a capa em torno de Kathryn e puxou o capuz sobre sua cabeça.
— Mantenha o cabelo coberto e a cabeça baixa.
Com um dedo nos lábios, Fiona a conduziu até a porta da frente. Kathryn a abraçou.
— Quero que sejamos amigas. Você o conhecia...
Fiona a apertou com força por um instante e depois se afastou. Passou a mão no rosto de Kathryn com ternura e olhos úmidos.
— Vá agora, volte a seu lugar. — Empurrou levemente Kathryn. — Afaste-se deste lugar o mais rápido possível e nunca mais volte aqui.
Fiona fechou a porta com firmeza. Kathryn a ouviu passar o ferrolho.
Trêmula, Kathryn desceu os degraus da frente. Suas pernas estavam fracas. De cabeça baixa, atravessou a rua e correu em direção à rua Chump. Havia quase chegado à esquina quando esbarrou em um homem.
— Oh! — Ela deu um passo para trás, assustada. — O que você está fazendo deste lado da cidade?
Matthias! Com um soluço, Kathryn se jogou em seus braços como se aquele fosse o lugar mais natural para se estar quando seu mundo virava de cabeça para baixo e do avesso.

Matthias abraçou Kathryn, que tremia e soluçava. Ela se agarrava à frente da camisa de Matthias como se não pudesse ficar sem seu apoio. Com a mão na cabeça dela, ele sussurrava palavras de conforto, ciente de que não podiam continuar ali em Gomorrah, onde alguém poderia vê-los. Seu próprio coração se partiu ao ouvi-la.

— Vou levar você para casa, querida.

O tratamento carinhoso escapou, tinha sido um lapso, e ele imaginou que ela se afastaria; mas Kathryn continuou firmemente aninhada em seu peito. Recuando um pouco, ele passou o braço em volta da cintura dela.

— Precisamos sair daqui, Kathryn.

Ela cambaleou, mas ele a segurou firme enquanto dobravam a esquina da rua Chump. Um quarteirão adiante, Matthias viu Axel verificando as portas do armazém de Aday. Olhou na direção deles. Aquele homem não deixava passar nada.

Abrindo a porta da casinha dela, ele a deixou passar e entrou a seguir. Ela foi direto para o sofá e se jogou ali. Cobrindo o rosto, continuou chorando. Matthias acendeu a lamparina; queria perguntar o que havia acontecido para deixá-la naquele estado, mas sabia que um interrogatório era tudo o que ela não precisava naquele momento. Ver Kathryn em lágrimas o abalou. Ele queria fazer alguma coisa, *qualquer coisa,* para consertar o que estivesse errado.

Matthias pensou que talvez ela quisesse uma xícara de chá. Entrou no segundo cômodo, colocou lenha no fogão Potbelly e a chaleira no fogo. Ela mantinha tudo limpo e arrumado, os livros em fileiras organizadas, a cama feita, a banheira de estanho em um canto. Pegou um pano de prato e o levou até ela, deixando-o cair no seu colo. Murmurando um agradecimento lacrimoso, ela assoou o nariz. Ele se sentou ao lado de Kathryn e pousou a mão nas costas dela. Sentiu os soluços dilacerantes, a respiração ofegante, as batidas fortes do coração. Gradualmente, os ombros de Kathryn foram parando de sacudir e ela ficou quieta. Estava exausta.

Empurrando o capuz para trás, Kathryn olhou para ele com olhos vermelhos e pesarosos.

— City Walsh era meu pai.

Ela começou a chorar de novo, soluçando.

— Me desculpe — disse ela, e soluçou mais uma vez.

Isso era tão terrível? Acaso ela tinha vergonha de City?

— Ele era um bom homem, Kathryn.

— Tudo que ouvi sobre ele desde que cheguei em Calvada me fez desejar tê-lo conhecido. Agora nunca ter tido a chance dói ainda mais. Meu pai estava vivo! Todos esses anos... — Seus lábios tremiam.

— O que você teria feito se soubesse?

— Teria vindo para cá! — Ela tentou se levantar, mas afundou de volta. — Ele nem sabia que tinha uma filha! Fiona disse que ela soube quem eu era da primeira vez que me viu. — Começou a chorar de novo. — Entendo por que eu era uma pedra no sapato do juiz.

— O que Fiona disse?

— Ah, Matthias, é uma longa história...

— Não estou com pressa.

Kathryn contou e Matthias foi obtendo mais peças sobre a vida dela do que pudera juntar ao longo dos meses anteriores. Ele soube do casamento escandaloso de sua mãe com um rebelde irlandês e por que ele a deixara em casa.

A mãe de Kathryn havia lhe contado sobre Connor Thomas Walsh, o irlandês que conquistara seu coração. Contara que estava tão apaixonada por ele que abandonara a família, os amigos, a posição social, uma vida de luxo, para ficar com ele.

— Ela dizia que eu era como meu pai. Rebelde, passional, uma pessoa que queria mudar o mundo. Dizia que sua vida seria muito mais fácil sem mim. E eu sabia que era verdade.

Matthias sentiu raiva e empatia. Ela *era mesmo* como City. Não facilitava a vida das pessoas que a amavam, mas valia a pena.

Kathryn contou que Wiley havia salvado City de um afogamento, e como este acontecimento dera ao pai a ideia de libertar a esposa para que ela pudesse se casar de novo; falou também sobre o amor dele por Fiona e por que nunca se casara com ela. Enxugando as lágrimas, ela suspirou, exausta.

— Sem dúvida, já falei demais.

— Eu me sinto honrado — disse Matthias, levantando-se.

Ela se endireitou, e seus olhos expressivos fizeram as entranhas dele se derreterem.

— Já vai?

— Vou só fazer um chá.

Ela riu.

— Matthias Beck fazendo chá. Isso deveria ser manchete de jornal.

Ele sorriu.

— Ninguém acreditaria.

Matthias entregou a caneca de chá para ela e se sentou na ponta do sofá, deixando espaço entre eles. Ela o olhava através de seus cílios enquanto bebia.

— Acho que já contei tudo sobre minha vida. Bem, quase. Fui expulsa de três internatos; do primeiro, porque dei um soco em uma menina por me chamar pejorativamente de irlandesa; do segundo, porque discuti com um professor. E o último me acusou de "comportamento pouco feminino".

Matthias segurou um sorriso.

— Ah, e fui a um comício com outras sufragistas. Esse foi o derradeiro ato rebelde que me rendeu a passagem só de ida para cá. O juiz até disse que teria sido melhor se Casey tivesse morado nas Ilhas Sandwich.

Matthias riu.

— Estou feliz por City não ter ido além de Calvada. — Ele enxugou uma lágrima no rosto dela. — Nada do que você disse sairá de minha boca, Kathryn.

— Acredito em você.

Ela ainda estava perturbada.

— O que foi?

Ela lhe um lançou olhar interrogativo e suas faces ganharam cor.

— Por que você estava ali, em Gomorrah?

Ele a olhou nos olhos, mas ela desviou o olhar, envergonhada. Matthias sabia no que ela estava pensando.

— Eu vi você sair de casa camuflada e se esgueirando até o outro lado da cidade. Achei melhor ficar de olho em você. — Ele deu um sorriso irônico. — O que achou que eu estava fazendo lá?

Ela deu de ombros.

— Realmente, não é da minha conta.

Matthias queria as coisas claras entre eles.

— Eu só quero uma mulher, e estou olhando para ela agora.

Ela corou e deu uma risadinha suave e provocante.

— De novo esse assunto?

Ele viu mais nos olhos dela do que ela queria deixar transparecer. Kathryn segurava a caneca com as duas mãos e a cabeça baixa.

— Algumas vezes, o amor não é suficiente. E a paixão anula a razão.

Ele franziu a testa.

— Parece que está citando alguém.

— Minha mãe.

Acaso ela havia percebido que acabara de dizer a ele que o amava? O coração dele acelerou.

— Você não é sua mãe, Kathryn, e eu não sou City Walsh.

Ela tomou outro gole de chá, com os olhos baixos. Ele sentiu que ela reunia suas defesas. Sabia que poderia romper os muros de Kathryn naquele momento. Tentado, Matthias se levantou, pois não queria que nenhum dos dois se arrependesse mais tarde. Ela estava vulnerável demais para ser tocada.

— City sabia o valor da mina?

Kathryn ergueu os olhos, confusa.

— Mina? — Os olhos dela já estavam mais claros. — Ah, sim. Ele sabia que era valiosa.

— E por que não a explorava?

— Ele a chamava de Lembrete Amargo. — Ela deixou a caneca de lado. — Talvez o fizesse lembrar do motivo pelo qual deixara minha mãe e viera para o Oeste. Ele queria ficar rico para poder dar a ela a vida que merecia. Como se isso fosse o mais importante para ela. Ele nunca soube quanto ela o amava, ou que não podia ir atrás dele porque estava adoecida e carregando a filha dele.

Ela ficou distante por um momento, pensando.

— Meu pai deixou de procurar ouro quando o irmão morreu. Ganhou a concessão da mina em um jogo de cartas. Ele ia para a mina e trabalhava nela quando seus editoriais lhe causavam problemas.

Matthias riu.

— Que eu me lembre, ele desaparecia de vez em quando.

Ela sorriu.

— Tem vezes que eu mesma sinto vontade de me esconder.

— Aposto que sim.

Ele queria arrumar uma mecha solta de cabelo ruivo atrás da orelha dela. Kathryn o olhou nos olhos e desviou o olhar.

— Quando City percebeu o que tinha, deve ter sido uma lembrança cruel do sonho que o trouxera à Califórnia. De que servia o ouro se ele já estava morto para a mulher que amava? Não poderia ressuscitar a si mesmo.

— E além disso ele deve ter imaginado que o pai dela já deveria ter arranjado um casamento que considerasse adequado — completou Matthias.

— Ouro nenhum poderia desfazer a decisão que ele havia tomado. Deve ter pensado que minha mãe se casara de novo e estava feliz, com filhos... — Seus olhos se encheram de lágrimas mais uma vez. — Que confusão criam os homens quando tentam brincar de Deus!

— Ele fez o que achava melhor para sua mãe, Kate.

— Se ele tivesse voltado para buscá-la! Se ele tivesse esperado um pouco antes de vir, eu já teria nascido. Teríamos vindo para a Califórnia juntos.

— Tem certeza disso? Sua mãe estaria disposta a passar pelas dificuldades de uma viagem de quase cinco mil quilômetros, em uma carroça, com um bebê?

Ela franziu o cenho.

— Talvez.

Matthias sabia que ela ficara em dúvida.

Kathryn ficou em silêncio por um momento.

— Suponho que não adianta ficar imaginando. E se... e se... Nunca saberemos, e desejar somente dói.

— As coisas funcionam segundo o plano de Deus — disse ele.

Isso chamou a atenção dela. Ele deu um sorrisinho.

— A rejeição de meu pai me fez ir a tantos lugares. Por que me estabeleci logo aqui?

Por você, ele queria dizer. *Para que eu estivesse aqui quando você chegasse.*

Ela fechou os olhos.

— *Ainda que o meu pai e a minha mãe me abandonem, o Senhor cuidará de mim.*

Salmo 27. Ele conhecia esse versículo.

Abrindo os olhos, ela olhou para ele e riu.

— Veja só nós dois, citando as Escrituras...

Matthias adorou ver o calor nos olhos dela.

— Meu pai era pregador, mas foi minha mãe quem me ensinou a Bíblia. — Ele colocou aquela mecha de cabelo atrás da orelha dela. — Nunca subestime a importância daquela a ninar o bebê.

⇒ 24 ⇐

NA MANHÃ SEGUINTE, DEPOIS de pedir a Ronya que preparasse uma cesta de piquenique, Matthias bateu à porta de Kathryn.

— Quer sair da cidade por algumas horas? Tenho uma carroça esperando lá fora.

— Oh... Sim, acho que eu gostaria disso. Obrigada. Vou pegar meu xale.

Surpreso, Matthias esperou no escritório.

— Achei que você fosse recusar.

Kathryn voltou com um chapéu que não combinava com seu vestido, um sinal claro de problemas à vista. Ela colocou o chapéu na cabeça e amarrou as fitas de seda sob o queixo. Bandit mal conseguiu sair pela porta antes de ela a fechar.

— Eu quero conduzir.

— Desculpe, mas nada feito.

Revoltada, ela o fitou.

— Por que não? Porque sou mulher?

— Porque parece que está prestes a explodir. Pode assumir as rédeas no caminho de volta, quando estiver mais calma.

Ela o observou e soltou um suspiro.

— Você tem razão.

— É a primeira vez.

Ela embarcou antes que ele a pudesse ajudar. Matthias deu a volta e sentou-se ao lado dela.

— Más notícias? — perguntou ele, pegando as rédeas.

— Uma carta de casa.

Ela estava rígida, com os olhos inquietos e as faces coradas; cada músculo de seu corpo estava tenso devido a uma raiva que Matthias sabia que não era contra ele. A cabeça dela estava em outro lugar. Ele decidiu ficar calado enquanto ela fervia por dentro. Tentando relaxar, ele decidiu aproveitar a companhia de Kathryn, apesar do péssimo humor e da distração dela. A viagem para fora da cidade lhe deu muito tempo para sonhar acordado com possibilidades futuras. Os únicos sons que quebravam o silêncio eram o tropel do cavalo, o sussurro do vento e o canto dos pássaros.

Matthias saiu da estrada. O interrogatório de Axel, tudo que ela havia descoberto com Fiona e agora a maldita carta lhe davam certeza de que seus interesses pessoais teriam que esperar; mas pelo menos ela estava sentada ao lado dele. Ele parou a charrete perto de uns pinheiros e deu a volta para ajudá-la a descer.

— Onde estamos? — perguntou ela, repousando as mãos sobre os ombros dele.

— A alguns quilômetros da cidade.

Ele a apoiou no chão, mas não a soltou. Quando seus olhos se encontraram, ela suspirou suavemente e deu um passo para trás.

Matthias a observava enquanto tirava o arreio e amarrava o cavalo. Pegando a cesta embaixo da sela, foi até ela.

— O paraíso é por aqui, Vossa Senhoria.

Ele foi na frente por uma trilha de cervos até chegarem a um caramanchão com vista para as corredeiras.

— Que lugar mais lindo! Como encontrou este lugar? É tão escondido!

Ele procurou um lugar reservado onde pudessem conversar sem olhares indiscretos os observando.

— Há outros lugares como este ao redor dessas montanhas.

Fechando os olhos, Kathryn respirou fundo.

— Tem cheiro de céu.

— Bem diferente de Calvada, é o que quer dizer?

— Sem dúvida.

Ela sorriu para ele e foi pegando a toalha na cesta. Matthias ficou observando enquanto ela a estendia na grama. Aquela era a segunda surpresa do dia. Em vez de dizer que era impróprio ficar sozinha com ele, ela assumiu o comando. Enquanto seu olhar vagava sobre ela, ele viu um papel amassado na grama.

— O que é isso?

Ele a pegou.

— A carta que o sr. Blather me entregou; é do meu padrasto, o juiz.

Os olhos dela brilharam mais uma vez, e Matthias desejou já ter deixado passar tempo suficiente.

— Ande, leia a carta! — disse ela.

Ele só conseguiu ler a saudação antes de Kathryn a arrancar dele e a amassar de novo, depois jogá-la no chão e pisoteá-la.

— Aparentemente, minha mãe contou ao juiz sobre a mina e meus planos para ela. Ele diz que meus motivos são *admiráveis* e sugere que seria sensato analisar *alternativas*. Sugere mandar *Freddie*, dentre todas as pessoas, para administrá-la.

Lágrimas de raiva enchiam seus olhos enquanto ela andava, furiosa.

— Só porque uma mulher é solteira não significa que seja incapaz de cuidar de seus próprios assuntos! Ele certamente pensou que eu estava à altura quando me deu uma passagem de trem só de ida para cá.

Tremendo de raiva, ela desabafou.

— Ele quer assumir a mina. Infelizmente, é seu direito legal. Ah, ele me conhece bem o suficiente para não dizer isso com essas palavras, mas está tudo aí, disfarçado de *preocupação* com meu bem-estar e futuro. — Ela gaguejava. — Agora ele se refere a mim como sua *filha*. Não sou mais filha dele do que esse cavalo é seu irmão, Matthias!

Matthias reprimiu um sorriso. Sua pequena general estava pronta para a batalha.

— O juiz diz que deseja agir para o meu melhor. *Uma ova!* — Ela bateu o pé. — Tenho vontade de dizer que minha mãe se transformou em bígama quando se casou com ele. — Ela fez uma pausa, franzindo a testa. — Não, não posso fazer isso. — Desanimada, Kathryn voltou a arrumar a toalha xadrez. — Não é justo.

Matthias absorvia tudo, mas queria saber só uma coisa.

— Quem é Freddie?

Kathryn olhou para ele com surpresa.

— Foi só isso que você ouviu?

— Não, eu ouvi tudo; só quero saber quem ele é e o que significa para você.

— Ninguém com quem você precise se preocupar.

Ele gostou do jeito como ela falou, mas isso não respondia à pergunta.

— Um velho namorado que você deixou para trás?

— Frederick Taylor Underhill é o filho detestável de um industrial que acha que não há nada de errado em empregar crianças. Quem se importa se elas nunca veem a luz do dia? Quem se importa se acabam esmagadas no maquinário? Lucro é só o que importa! — Ela evitava olhar para ele. — É alguém com quem meu padrasto e minha mãe queriam que eu me casasse. Freddie me pediu em casamento uma vez e eu recusei. Enfaticamente! E agora meu padrasto está sugerindo que pode mandá-lo para cá para me ajudar a cuidar dos negócios. Eu sei exatamente o que ele está tramando.

Matthias também sabia, e a ideia o irritou.

— Talvez você pudesse se casar com Freddie. Assim, poderia dar alguma opinião sobre como operar a mina.

Kathryn ficou boquiaberta.

— Você não pode estar falando sério! Eu não me casaria com Freddie nem se ele fosse o último homem da face da Terra e o único meio de perpetuar a espécie!

Matthias riu, satisfeito por ouvir isso.

— Pobre Freddie.

— Não é engraçado, Matthias! Eu sei o que ele faria. A mesma coisa que o pai dele fez nas fábricas que possui. Os mineiros não teriam salários decentes, muito menos uma parte dos lucros. Seria sorte se recebessem um pagamento digno para subsistir. Acabariam morando em barracos e comprando suprimentos em uma loja da mina! A Keeweetoss se tornaria pior que a Madera!

Ela estava angustiada, pensando no futuro de seus funcionários; não pensava em suas próprias esperanças e planos arrasados. Ela tinha um coração puro, mas estava pronta para a batalha.

— Publique seu lado da história. Quando os homens lerem, eles não a culparão pelo que acontecer.

— Eles terão todo o direito de me culpar se eu deixar isso acontecer. — Seus olhos verdes estavam pegando fogo. — Mas não vou deixar! — Ela chutou uma pedra e estremeceu. — Ai... — Kathryn voltou pulando e mancando para a toalha.

Estava com seus lindos sapatos de couro, e não com as botas de mineração. Sentando-se, ela apertou o pé.

— Será que as coisas podem piorar? Acho que quebrei o dedo do pé.

Matthias se agachou.

— Posso dar uma olhada?

— Ah, não, melhor não.

— Então, pare de choramingar.

Tirando o sapato, ela massageou os dedos.

— É injusto, Matthias. As mulheres devem ter direitos. — Ela o fitou.

— Infelizmente, os homens fazem as leis.

Matthias tinha plena confiança de que Kathryn mandaria Freddie embora antes que ele tirasse os dois pés da diligência.

— Mulheres como você acabarão nos convencendo a fazer o que é certo.

Kathryn riu.

— Diz o homem que achava que uma mulher não deveria dirigir um jornal.

— Peço desculpas, minha dama. — Ele inclinou a cabeça. — Já me corrigi.

— Você está sempre me surpreendendo, Matthias.

Ela desamarrou as fitas para tirar o chapéu e o jogou de lado. Com olhos brilhantes, sorriu para ele; uma brisa suave agitava os cachos ruivos.

Matthias sentiu um desejo o percorrer.

— Ver você em ação mudou a opinião de um bom número de homens que conheço. Ou acaso não percebeu como se põe a trabalhar quando espalha ordens lá do alto?

Ela sorriu.

— É muito bom estar no comando.

E quando ela não estava?

— Se você se comportar, posso deixá-la conduzir de volta para a cidade.

— Como assim me comportar?

Ela estava flertando com ele? Ele se deitou de lado na toalha.

— O que acha que aconteceria com quem viesse para cá tentar tirar a mina de você?

O olhar dela vagava sobre o corpo dele; ela ficou calada um momento. Quando o olhou nos olhos, ele viu algo nos dela que fez seu pulso acelerar. Ela pestanejou, levemente perturbada, e franziu a testa.

— O que você disse?

Talvez a tarde prometesse, afinal.

— Estávamos falando sobre Freddie e a mina.

— Ah...

— Seus doze não vão deixar ninguém a tirar de você.

— Acho que não. — Ela lhe lançou um rápido olhar e mudou de assunto. — Estou morrendo de fome, você não? Vamos ver que tipo de banquete Ronya preparou para nós?

Ela colocou sobre a toalha pão fresco, presunto fatiado embrulhado em um pano de algodão, um potinho de manteiga, outro de picles, e biscoitos amanteigados açucarados. Ergueu uma garrafa.

— Suco de maçã! Ronya colocou até pratos, copos e uma faca.

A boa e velha Ronya, sempre casamenteira. Kathryn parecia não ter ideia do que mais sua amiga tinha em mente para aquela tarde.

Matthias ficou olhando Kathryn preparar sanduíches. Colocou um na frente dele, como uma oferenda, e encheu os copos. Ele tomou um gole; sabia que não era suco.

— Delicioso — disse Kathryn, depois de um bom gole.

Aquela garota havia sido muito protegida.

— É melhor ir com calma. É sidra forte.

Comeram em um silêncio agradável. Matthias via que a mente dela estava dispersa de novo. Provavelmente pensava em algo sério. Ele esperava que não fosse na mina nem em Freddie. Ela terminou seu sanduíche e limpou as poucas migalhas de sua saia. Respirando fundo, cruzou as mãos e olhou para ele.

— Eu lhe devo um pedido de desculpas, Matthias. Eu o julguei mal. Não que você não tenha me atazanado... acho que às vezes você sente prazer em me provocar.

— E você a mim, não é?

Ele mencionou os vários editoriais. Ela não demonstrava arrependimento. Só distração.

— No que está pensando, Vossa Senhoria?

Além da mina e Freddie... e em tudo que ela acabara de descobrir com Fiona?

— Foi uma surpresa descobrir que temos tantos objetivos em comum.

Por que não ir direto ao ponto?

— Está se referindo às nossas listas? — Era hora de colocar as cartas na mesa. — Eu já havia considerado Calvada uma causa perdida e estava pronto para vender minhas coisas e partir. Mas, então, você desceu da diligência.

— Oh...

Lá estava aquele olhar mais uma vez, derretendo suas entranhas e fazendo seu coração acelerar.

— Eu não joguei limpo na noite em que consegui que você fizesse sua lista, mas não me arrependo.

— Você foi bastante... opressor.

Ela desviou o olhar, como se a intensidade dos sentimentos dele a deixasse nervosa.

— Naquela noite... Você me fez pensar muito.

— Fiz? — disse ele devagar, notando a cor intensificada nas faces dela e seus olhos profundos.

— Nunca tive a intenção de me casar, porque nunca conheci um homem em quem pudesse confiar. — Ela levantou a cabeça devagar. — Eu confio em você, Matthias.

Atordoado, Matthias se sentia como se estivesse jogando pôquer e houvesse acabado de ganhar a maior aposta de sua vida. Mas, então, a conversa anterior voltou à sua cabeça como um soco. Ele estreitou os olhos.

— Espere aí. — Ele se sentou, bravo. — Essa mudança repentina de opinião tem algo a ver com o juiz, Freddie e sua mina?

— O quê? Não! — Ela ficou horrorizada, franziu a testa e pestanejou. — Eu não estava pensando nisso!

E ele havia acabado de plantar essa ideia na cabeça dela! Matthias se levantou e se afastou.

— Eu só quis dizer que... eu...

Voltando-se, ele a observou sentada ali, com as mãos cruzadas firmemente no colo.

— Você o quê?

— Gosto de você.

— *Gosta* de mim?

Irritada, ela se voltou.

— Isso foi um elogio!

— Obrigado.

Kathryn suspirou.

— Estou começando a entender como Freddie se sentiu quando o deixei de joelhos no jardim das roseiras.

Matthias não sabia se havia ouvido corretamente.

— Você está me pedindo em casamento, é isso?

Ele riu.

Ela corou e o fitou com olhos ferozes.

— Eu dei minha palavra quando fiz a lista, e você cumpriu sua parte do acordo.

Ela estava falando sério!

— E esse seria seu único motivo?

— Achei justo que eu mesma tocasse no assunto, considerando tudo que fiz você passar. — Ela sacudiu a cabeça, arrependida. — Por que estou tentando falar com você sobre isso? Bem que minha mãe me avisou.

— Sobre o quê?

— Sobre permitir que a paixão ofusque a mente.

Matthias ficou imaginando se acaso ela sabia o que havia acabado de admitir. E quando ela levantou o queixo, viu que sabia.

— Diga, Kate.

— Dizer o quê?

— Que você me ama.

— Veja só o que isto fez! — disse ela, esvaziando a garrafa de sidra na grama. — Ronya e suas ideias brilhantes...

Matthias sorriu.

— Ah, Vossa Senhoria, você me deu motivos para celebrar.

— Fique à vontade — disse ela, com lágrimas nos olhos. — Ria!

Fazendo Kathryn se levantar, ele levou as mãos ao rosto dela com ternura.

— Vamos rir, querida, até ficarmos velhos e grisalhos e termos uma dúzia de netos. — Ele a beijou com firmeza. — A resposta é sim, vou me casar com você.

Ele sorriu e a beijou mais uma vez. Ela correspondeu, e se beijaram até ficarem sem fôlego e trêmulos. Ele encostou a testa na dela.

— É melhor recolhermos tudo e voltarmos à cidade. — Ela deu um leve gemido, o que quase o fez mudar de ideia. — Não fique desapontada. Vamos voltar e encontrar o reverendo Thacker para marcar uma data.

— O fim do verão...

— Ah, não. Não vamos esperar. Vamos nos casar no primeiro dia que a igreja estiver disponível.

Kathryn corou.

— O reverendo Thacker ficará surpreso com nossa pressa.

— Ele seria o único. Calvada inteira está se perguntando por que estamos demorando tanto.

A cidade inteira compareceu ao casamento de Kathryn e Matthias, e todos conversavam enquanto esperavam a noiva chegar.

Matthias sempre atraiu problemas.

Que Deus Todo-Poderoso permita que essa união aconteça!

Talvez, com Beck controlando essa mulher, todos nós tenhamos um pouco de paz por aqui.

Um homem comentou que Calvada não seria o que era se não fosse a lista que Kathryn Walsh dera a Matthias. Outros lamentavam o fim dos velhos tempos em que havia dezoito saloons, uma dúzia de casas de má reputação e três bordéis na rua Gomorrah, isso sem citar os três salões de fandango onde os homens podiam se divertir até bem depois da meia-noite. Agora, havia apenas onze bares, três casas de má reputação e um salão de dança.

— Se essa mulher conseguir o que quer, a rua Chump ficará lotada de lojas e metade da população será de mulheres!

Charlotte beijou o rosto de Kathryn à porta da igreja.

— Você está uma noiva linda. Estou tão feliz por você!

Ela se dirigiu ao corredor. Ronya, sua dama de honra, estava esperando, majestosa, vestida de azul e com o cabelo louro grisalho trançado de modo a formar uma coroa. Ela tocou o rosto de Kathryn.

— Está pronta, querida?

— Como nunca estive.

Sorrindo, os olhos de Ronya se iluminaram quando apertou a mão dela.

— Matthias terá trabalho com você.

Quando Kathryn apontou no final do corredor, Sally começou a tocar a marcha nupcial de Mendelssohn. Ouviu-se o barulho dos bancos rangendo e um farfalhar encheu a igreja enquanto todos se levantavam. Kathryn viu rostos amigos em ambos os lados do corredor. Tweedie, Ina Bea e Axel, Carl Rudger, Kit Cole, a família Mercer. Seus olhos se encheram de lágrimas ao vê-los sorrindo, encorajadores. Na frente estava Scribe, ao lado de Henry Call. O garoto parecia um homem com seu terno fino.

Reunindo coragem, Kathryn por fim olhou para o noivo. Ele usava um terno escuro e camisa branca e estava devastadoramente bonito. Seu olhar estava fixo nela, com uma expressão que ela não conseguia decifrar. Quando Kathryn chegou perto dele, Matthias lhe ofereceu o braço e ela o pegou com dedos trêmulos. Subiram juntos os dois degraus e pararam diante do reverendo Thacker, de vestes pretas formais.

A cruz assomava na parede atrás do altar — um lembrete de onde ela estava. *Porque, onde dois ou três estão juntos em meu nome, eu estou ali com eles.* Jesus estava dentro daquela igreja.

O coração de Kathryn disparou. *Oh, Deus, oh, Deus! Estou prestes a fazer algo que jurei que nunca faria!* Matthias olhou para Kathryn. Ela se perguntou como havia ido parar ali, ao lado dele. *Estou fazendo isso por Keeweetoss e os mineiros.* Não era verdade? Ela olhou para o homem ao lado dela. Ela o amava. *Como deixei isso acontecer?* Não havia mais saída, a não ser sair correndo e se humilhar. E humilhar Matthias, a quem ela passara a respeitar.

O reverendo Thacker não perdeu tempo e iniciou a cerimônia. Cada palavra que ele falava descrevendo o plano de Deus para o casamento era maravilhosamente romântica, até que ela se lembrou do alerta de sua mãe. *Proteja seu coração, Kathryn.* Mas ela temia que já houvesse sido capturado. Toda garotinha sonhava em se casar com seu príncipe encantado. Kathryn também sonhara, até ter idade suficiente para entender de quanto as mulheres tinham que abrir mão quando diziam *sim,* e como o príncipe de hoje pode facilmente se tornar o tirano de amanhã.

Dúvidas começaram a atormentá-la, mas o que ela poderia fazer naquele momento, que estava diante do altar e da cidade inteira? A atenção de Matthias estava fixa no reverendo Thacker, e ela se viu orando freneticamente. *Oh, Deus, por favor, que Matthias seja o homem que eu espero que seja.* Em meia hora, ela não seria mais Kathryn Walsh; seria Kathryn Beck, e Matthias teria direitos legais sobre tudo que pertencia a ela, e à sua pessoa também.

Quando o reverendo Thacker anunciou os votos, Matthias se voltou para ela. Tremendo, ela o fitou, grata pelo véu. Matthias pegou-lhe a mão esquerda suavemente. Ele não esperou pela orientação do reverendo Thacker e recitou seus votos.

— Eu, Matthias Josiah Beck, aceito você, Kathryn Lenore Walsh, como minha esposa. — Colocou a aliança de ouro no dedo dela. — Prometo amá-la e respeitá-la, na alegria e na tristeza, na riqueza e na pobreza, na saúde e na doença, até que a morte nos separe.

Ele a fitou com olhos brilhantes e o coração de Kathryn disparou.

— E segundo a santa ordenança de Deus, eu lhe prometo minha fidelidade.

Ele levantou a mão dela e a beijou.

A magnitude dos votos a abalou.

A expressão de Matthias ficou mais suave.

— Ah, Kate — disse ele, tão baixinho que ninguém pôde ouvir. — Não se acovarde agora.

As costas de Kathryn endureceram diante dessas palavras.

O reverendo Thacker se voltou para ela para induzi-la a dizer seus votos. Engolindo em seco, Kathryn falou com uma voz suave e trêmula.

— Eu, Kathryn Lenore Walsh, aceito você, Matthias Josiah Beck, como meu marido... prometo amá-lo e respeitá-lo... na alegria e na tristeza, na riqueza e na pobreza, na doença e na saúde...

Ela hesitou, sabendo que teria que manter esses votos pelo resto da vida. Mal conseguia respirar.

— Amá-lo e respeitá-lo... e...

Ela se calou, lançando a Matthias um olhar de preocupação. Ele ficou firme, com um leve sorriso nos lábios.

— E obedecer-lhe — repetiu o reverendo Thacker.

Ela hesitou e sacudiu a cabeça.

— Não posso dizer isso.

Sussurros se espalharam pela congregação.

— Eu disse, não disse? Você me deve dez dólares — disse um homem.

Seu amigo murmurou:

— Ainda não acabou.

As pessoas fizeram os homens se calarem.

Chocado, o reverendo Thacker olhou para Kathryn. Soltou uma tosse nervosa.

— Você precisa dizer isso, Kathryn.

— Não vou dizer isso. — Ela se inclinou, sussurrando com firmeza. — Não posso fazer uma promessa diante de Deus e de todas essas testemunhas sabendo que não a poderei cumprir.

Alguém na primeira fila disse em voz alta.

— Que Deus nos ajude!

Ouviram-se risinhos e gemidos de decepção.

O reverendo Thacker olhou para Matthias em busca de ajuda e orientação. Matthias deu de ombros, nem um pouco surpreso ou desencorajado pela recusa dela.

— Basta omitir a palavra *obedecer*, reverendo. — Matthias sorriu para ela. — Deixe que eu lido com a natureza rebelde dela.

O que ele quisera dizer com aquela ameaça velada? Kathryn sabia que teria direito de bater nela, mas será que ele seria capaz? Ela não podia acreditar nisso, mas a expressão dele lhe dizia que ele já esperava que ela recuasse e já tinha um plano. Ela concluiu seus votos sem levantar mais objeções. O reverendo Thacker deu um sonoro suspiro de alívio.

— Matthias — disse o reverendo, assentindo com a cabeça —, pode beijar a noiva.

Matthias levantou o véu de Kathryn e ela deu um passo para trás, instintivamente. Passando o braço em volta da cintura dela, ele a puxou para si. Quando ela abriu a boca para protestar, ele a segurou pela nuca e a beijou. Não foi o beijo casto habitual, e sim um beijo de paixão.

A congregação inteira suspirou. Ela se debateu debilmente, mas logo desistiu, e seu corpo ficou quente e mole.

Oh, mamãe, foi sobre isso que você me alertou?

Matthias levantou a cabeça e a olhou nos olhos. Os dele brilhavam de alegria e triunfo.

— Essa é uma boa maneira de manter essa mulher quieta, Beck! — gritou um homem no fundo.

Alguns riram. A maioria estava quieta, atordoada.

Matthias a virou para que ela ficasse de frente para a congregação, segurando-a firme pela cintura, prendendo-a no lugar. As mulheres olhavam com os olhos arregalados. Os homens gargalhavam e se cutucavam.

— S-senhoras e senhores — gaguejou o reverendo Thacker —, eu os declaro sr. e sra. Beck.

Todos se levantaram e aplaudiram. Homens riram; mulheres suspiraram. A notícia de que a ação estava consumada foi se espalhando, e assobios e gritos foram ouvidos do lado de fora da igreja. Alguém deu tiros no ar. Axel foi até a porta.

Rindo, Matthias segurou a mão dela em seu braço.

— Pronto, Vossa Senhoria. Nada de recuar nem correr agora.

Ele a conduziu escada abaixo e pelo corredor.

— Hora de cumprimentar a multidão.

Ronya havia feito um bolo de casamento de três andares. As mulheres da igreja cobriram com tecido as longas mesas feitas de cavaletes e tábuas e as encheram de ensopados, biscoitos, maçãs, uvas dos mercados de Sacramento, feijões cozidos e presunto. Emocionada com a generosidade da cidade, Kathryn sentiu as lágrimas brotarem, mas não tinha apetite. Mordiscou uma coisa ou outra e ficou remexendo a comida no prato, torcendo para que ninguém notasse.

Matthias pegou a mão dela por baixo da mesa.

— Tente não se preocupar, Kate. Você vai sobreviver.

Sobreviver a quê? Ela odiava se sentir tão vulnerável.

— Ficaremos no hotel esta noite?

Matthias lhe deu um olhar de compreensão.

— Passaremos a noite de núpcias em casa.

— Em casa? — Isso fez seu estômago vibrar. — Na redação do jornal?

— Aproveite a festa, Kathryn. Depois conversaremos.

Apareceu a banda de fandango, com violino, gaita, banjo e tambor. Matthias pegou Kathryn pela cintura e a puxou para dançar. Ela nunca havia visto aquele lado dele e ficou encantada. Quanto tempo fazia que ela não dançava!

Horas depois, Matthias estava com ela nos degraus da igreja agradecendo a todos pelo grande casamento e recepção, especialmente por ter sido preparado em tão pouco tempo. Charlotte abraçou Kathryn ao pé da escada.

— Tente disfarçar, parece que está indo para a guilhotina — disse a amiga, e riu.

Ronya foi a próxima da fila a lhe desejar boa sorte.

— O casamento é aquilo que você faz dele, Kathryn. Matthias é um bom homem, e você vai torná-lo melhor ainda. — Ronya pegou o rosto de Kathryn, em um gesto maternal. — Seja corajosa.

Alguns os seguiram pela estrada até a cidade. Em vez de ir para o *Voice* e o pequeno quarto dela, Matthias virou à direita. Caminharam vários quarteirões e subiram uma ladeira onde novas casas haviam sido construídas, todas com um bom espaço ao redor. Ele a levou escada acima, até a varanda de uma casinha amarela e branca recém-pintada.

— Sua nova casa, Vossa Senhoria.

Ele abriu a porta. Então a pegou no colo e entraram. Ele a colocou de pé no meio do hall de entrada.

Uma larga porta à direita dava para uma sala mobiliada com um sofá, duas cadeiras estofadas e uma mesa baixa em frente a uma lareira de pedra.

Havia uma biblioteca nos fundos, com a estante e os livros de City Walsh. Cortinas de renda branca cobriam as janelas da frente. À esquerda ficava uma sala de jantar com uma despensa nos fundos, que dava para uma cozinha com um fogão a lenha novo e uma caixa de gelo. Os armários recém-polidos cheiravam a óleo de linhaça. As prateleiras estavam vazias.

Recostando-se na porta, Matthias a observou.

— Pode pegar tudo de que precisar no Walker's.

Ela olhou para ele, perplexa.

— Você não poderia ter feito tudo isto em uma semana! Nem com duas boas equipes.

— Já está pronta há algum tempo.

— O que quer dizer com *há algum tempo*?

Matthias apenas sorriu. Ela sentiu as lágrimas brotando.

— É muito mais do que eu esperava...

— Eu sei. Você pensou que ficaríamos no hotel.

Ela se emocionou com todo o cuidado que ele havia tido em fazer uma casa só para eles.

Matthias deu um passo para trás.

— Você ainda não viu os quartos lá em cima.

Reunindo a pouca coragem que lhe restava depois de um dia tão importante, que mudaria sua vida, ela o seguiu. Havia dois quartos pequenos sem mobília e outro grande, que acomodava uma cama de casal com cabeceira e pés esculpidos, uma cômoda com um grande espelho, o armário de seu pai e o baú Saratoga.

— Quando minhas coisas vieram para cá? — perguntou ela, envergonhada pelo tremor em sua voz.

— Logo depois do casamento. Eu queria ter certeza de que você não fugiria para o estábulo, roubaria uma charrete e correria para Sacramento. — Ele se aproximou. — Eu nunca a subestimei, Kathryn, e não vou começar agora.

Ele falou como se suas palavras fossem outra promessa. Quando passou a mão sobre o ombro dela, Kathryn sentiu um choque de emoções intensas.

— Ah, Kate. — Matthias pousou as mãos no rosto dela. — Você está tão assustada... Por favor, confie em mim. Não será tão ruim quanto você deve ter ouvido falar.

Esse era o problema.

— Eu não ouvi falar nada.

Ninguém lhe havia contado nada sobre o que acontecia dali em diante. Matthias franziu a testa.

— Nada?

— Certos assuntos nunca são discutidos. Minha mãe disse...

— Esqueça o que sua mãe disse. — Ele a fitou com suavidade. — Lembre-se, Deus criou Adão e Eva, e o que vem a seguir é plano Dele, não só para a procriação, mas também para nosso prazer.

Ele a beijou mais uma vez, sem pressa. Quando ele levantou a cabeça, ela mal conseguia respirar. Os olhos de Matthias estavam escuros, sensuais; ele retirou os grampos do cabelo de Kathryn. Ela sentiu o cabelo afrouxar e escorrer pelas costas. Ele deu um passo para trás e desabotoou a gola alta do vestido de noiva.

— O que acha que Adão pensou na primeira vez que viu Eva em toda sua glória? — ele perguntou, e sorriu ironicamente. — Claro que ele não teve que lidar com todos esses botões.

Kathryn não sabia o que esperar, mas sua ansiedade foi desaparecendo enquanto Matthias lhe apresentava ternamente as intimidades da vida de casados. Quando acabou, Matthias se deitou de lado, relaxado, passando a mão pelo corpo dela, explorando cada curva.

— Você é maravilhosa, Kathryn Beck.

Kathryn Beck! Seu novo nome lhe provocou um leve sobressalto, mas o medo do que ela poderia perder não parecia mais tão importante. Isso lhe deu tranquilidade para se perguntar que grande mudança havia ocorrido dentro dela. Suspirando, olhou para seu marido e sentiu que aquilo era só o começo de novas descobertas.

— No dia em que fizemos aquele piquenique, vi você passando a mão no cavalo que nos levou e me perguntei se me trataria com tanta gentileza.

— Como a um cavalo? — Ele riu.
— Ora, homens domam cavalos, não é?
— É verdade. — Ele pensou um pouco. — Imagino que alguns homens tratam as mulheres dessa maneira.
Ela gemeu de prazer e rolou em direção a ele.
— Estou feliz por você não ser um deles.
— Estou feliz por você ter aprendido tanto sobre mim.
— Andei sendo bastante crítica, não é?
— Já que estamos confessando nossos pecados, pensei que você fosse uma riquinha mimada que se achava melhor que todo mundo. Mesmo assim, eu sabia que ficaríamos juntos.
— É mesmo?
Ela sentira a atração magnética dele naquele primeiro dia também, mas, em comparação com o que se tornara, tinha sido fraca.
— Prometo que não vou reprimir seu espírito, Kate. Por que eu faria isso, se é o que mais amo em você?
Ele a beijou na testa como se ela fosse uma criança.
Ah, sim, ela o amava. Ela já o amava, mesmo quando ele era irritante e a provocava e atormentava. Ela o evitara porque sabia que estava perdendo seu coração para ele. Pois bem, que assim seja. Ter perdido o coração não significava que havia perdido a cabeça. Ou significava?
— Não fique chateada — disse Matthias, com a cabeça apoiada na mão, gentilmente enxugando as lágrimas do rosto dela. — Você não tem ideia do poder que uma boa mulher tem sobre um homem. Você me fez pensar na fé que achava ter perdido. — Ele riu baixinho. — Você me levou de volta a uma igreja. E, se tudo isso não for suficiente... — Ele pegou a mão dela, beijou-a e a apertou contra o peito nu, e ela pôde sentir as batidas fortes do coração dele. — Isto faz você se sentir mais segura?
Ela abriu os dedos sobre os músculos cheios e rígidos dele.
— Um pouco.
Ela adorava sentir a pele de Matthias. Passou a mão sobre o peito dele, e ele prendeu a respiração. As mulheres tinham certo poder, mas ela não

podia deixar de se perguntar quanto tempo esse tipo de fome e desejo duravam depois dos votos de casamento.

Matthias a beijou.

— Amo você, Kathryn. Você tem sua prensa, tem sua mina, e ninguém, nem mesmo seu marido, vai tirar nada de você. Mas espero que essas não sejam as únicas razões pelas quais você se casou comigo.

Ela se acalmou vendo o jeito como ele a olhava. Um homem forte também podia ser vulnerável. Ele a havia manipulado, mas não teria sido bem-sucedido sem a cooperação dela.

— Outras razões? — Ela fingiu refletir. — Bem, suponho que existam algumas.

Ela passou os dedos pelo cabelo de Matthias e puxou a cabeça dele para baixo, levantando a sua para beijá-lo.

Matthias levantou a cabeça, ofegante.

— O que acha de fazermos uma nova lista? — Ele a fez rolar para cima dele. — Uma na qual gostemos de trabalhar juntos.

✤ 25 ✤

Aqueles que achavam que Matthias Beck manteria lady Kathryn em casa, cozinhando e limpando, logo viram novas edições do *Voice*. Na verdade, ela demonstrou uma paixão renovada por melhorias cívicas para *fazer de Calvada uma cidade onde as pessoas podem encontrar trabalho, casar, ter filhos e viver uma boa vida*. Os homens resmungavam enquanto liam. Por que as mulheres não podiam ficar em seu lugar, sem causar problemas?

Com o sucesso da mina Keeweetoss, muitos homens chegaram à cidade, trazendo problemas consigo. Kathryn defendeu a contratação de mais assistentes para ajudar o xerife Borgeson a manter a paz. *Um xerife e um assistente não são suficientes para lidar com as travessuras de uma crescente população de homens solteiros. Seriam úteis mais alguns contratados para manter os homens na linha.*

Rapazes alarmados conversavam no bar.

— O que ela quer dizer com manter os homens na linha?

Certamente, dois homens da lei eram suficientes para uma cidade de dois mil habitantes! A maioria gostava dessa proporção. Por que não deixar os homens acertarem suas diferenças na rua?

As reuniões do Conselho Municipal começaram a atrair multidões. Os homens sabiam que a dama estaria lá, e apostavam quem venceria a batalha: Beck ou Kathryn. A consternação foi considerável quando os membros do conselho chegaram a um acordo: um novo assistente seria contratado e multas mais pesadas e penas de serviço comunitário seriam aplicadas a quem perturbasse a paz.

Scribe sugeriu a manchete: BECK E KATHRYN MUDAM A MARÉ. O primeiro editorial dele lhe rendeu um nariz quebrado e uma visita ao consultório do dr. Blackstone, onde conheceu a bonita e atrevida Millicent.

Quando Doc não estava, sua filha, de dezesseis anos, endireitava os ossos, e foi o que ela fez com um estalo firme. Scribe estava tão encantado que mal soltou um uivo. Ela lhe entregou um pano para estancar o sangue e lhe deu um sorriso que fez Scribe querer segui-la como Bandit seguia Kathryn.

— É Millie isso, é Millie aquilo — disse Kathryn a Matthias, rindo e sacudindo a cabeça. — Ele está tão encantado que teve que corrigir duas linhas de tipos ontem.

— O pobre rapaz está apaixonado.

— Pobre rapaz? Por acaso você sofreu? — brincou ela.

— O que você acha?

Matthias sorriu de um jeito que a fez desejar estar com ele em casa, e não no Ronya's Café. Nas últimas semanas, ela aprendera muito sobre como o casamento podia ser agradável. Chegara até a pensar em cozinhar e lavar a roupa dele, mas logo recuperara o bom senso.

Matthias olhou para o prato dela, ainda com o bacon e os ovos intocados.

— Não está comendo de novo?

Ela deu de ombros; estava um pouco enjoada.

— Não precisa se preocupar, sr. Beck, como sempre, quando der meio-dia, estarei faminta.

Matthias lhe deu um beijo no rosto antes de saírem, ele para o escritório no hotel e Kathryn para o *Voice* e depois à Keeweetoss.

Kathryn acordou na escuridão, desorientada e grogue. Alguém estava batendo à porta? Ouviu gritos. Praguejando, Matthias vestiu as calças e foi descalço para a sala da frente.

— Calma aí!

Kathryn ouviu Axel falando rápido, mas não conseguiu entender o que ele dizia. Estava cansada demais para se importar, e quase voltando a dormir quando Matthias apareceu apressado. Tirando as cobertas de cima dela, ele a puxou da cama.

— Vista-se, depressa!

Com os olhos turvos e confusos, Kathryn se recostou na cabeceira da cama.

— O que aconteceu?

— O lado sudeste da cidade está pegando fogo! E está vindo para cá!

Reinava um pandemônio do lado de fora. Os olhos de Kathryn ardiam por causa da fumaça. Tossindo, ela teve que virar para outro lado para recuperar o fôlego. E toda aquela gritaria só exacerbava a situação.

— O fogo está vindo rápido!

— Encham baldes!

— Depressa!

— Saiam enquanto podem!

— Aonde vamos? Oh, que Deus nos ajude!

As pessoas gritavam entre si, entravam e saíam de suas casas, arrastando e carregando quantos pertences podiam de cada vez e jogando tudo no meio da rua.

— Vejam! Estou vendo as chamas!

— O fogo está vindo para cá!

Uma casa perto da de Matthias e Kathryn pegou fogo; as brasas iam flutuando até o telhado da próxima. A brisa noturna, que geralmente era agradável e bem-vinda, agora atiçava o fogo. A seca do verão fazia de tudo um barril de pólvora.

Matthias fechou e trancou o baú Saratoga de Kathryn.

— Deixe isso aí!

Kathryn vestiu uma camisa e uma saia azul; não tinha tempo para amarrar um espartilho ou uma anquinha. Enfiou um pé em uma de suas botas.

— Os diários e cadernos de meu pai são mais importantes!

Matthias pegou duas caixas e foi para a porta da frente.

— Vamos, Kate! Vamos lá!

Quando largou as caixas no meio da rua, percebeu que Kathryn não o havia seguido. Assustado e furioso, voltou.

— *Kathryn!*

A casa ao lado estava pegando fogo, e não demoraria muito para chegar à deles também. Correndo de volta para dentro, Matthias a encontrou enchendo de livros um cesto de roupa suja.

— O que pensa que está fazendo? Temos que sair daqui!

— Quero levar os livros.

— Deixe aí!

Ela não saiu, então Matthias a agarrou. Ela se soltou.

— Não posso!

Sem nem pensar em discutir, ele a pegou no colo. Apesar dos protestos e esperneios, Matthias a carregou para fora de casa. Quando a deixou na rua, ela tentou voltar. Agarrando-lhe o braço, ele a girou e a envolveu para que ela visse que o teto já estava pegando fogo. A resistência dela morreu.

— Todos os livros de meu pai... — Ela se afastou do calor quando a lateral de sua casa pegou fogo. — Ah, Matthias, nossa linda casa... — chorou Kathryn. — Todo o trabalho que você teve...

Abraçando-a, Matthias descansou o queixo no topo da cabeça de Kathryn.

— Livros podem ser comprados, uma casa pode ser reconstruída, querida. Mas você não pode ser substituída.

Ela se virou e o abraçou forte; os soluços sacudiam seu corpo.

Brasas flutuavam por toda parte no ar noturno. Em breve, todo o quarteirão e suas casinhas estariam em chamas. Do outro lado, as pessoas ainda estavam transportando tudo que podiam salvar.

— Fique aqui. Quero me assegurar de que todos saíram.

Matthias deixou Kathryn e seguiu pela rua.

Ao primeiro grito de "Fogo!", muitas pessoas conseguiram transportar móveis, panelas e frigideiras, cadeiras e suprimentos. Uma pessoa disse a Matthias que o vizinho do lado bebia até o estupor toda sexta-feira à noite.

— Não o vimos por aqui.

Matthias entrou e encontrou o homem esparramado em sua cama, roncando. Como não conseguiu acordá-lo, jogou o homem por cima do ombro e o carregou para fora. Deitando o bêbado no meio da rua, Matthias foi ajudar os outros a retirar coisas das casas.

Kathryn não estava onde Matthias a havia deixado. Praguejando, ele olhou ao redor.

— Alguém viu minha esposa?

As pessoas apontaram para o centro da cidade. Ele deveria ter pensado melhor antes de deixá-la sozinha! O céu a leste estava iluminado pelas chamas laranja e amarelas, o que indicava que metade da cidade já havia desaparecido. Onde quer que o fogo houvesse começado, Calvada logo seria apenas cinzas. Um incêndio desse tamanho não poderia ser apagado com baldes de água. Seria preciso que Deus mandasse uma tempestade!

Matthias sabia o primeiro lugar a que Kathryn iria e desceu a colina em direção à rua Chump. Chegou quase sem fôlego, mas lá estava ela. Pela graça de Deus, a casa de City não havia pegado fogo.

Os comerciantes estavam tirando o que podiam de suas lojas antes que as chamas consumissem tudo. O telhado do armazém de Aday estava em chamas. Nabor carregava um caixote de laranjas, gritando por cima do ombro para Abbie se apressar. Ela apareceu carregando o peso de meia dúzia de rolos de tecido, mas caiu de joelhos.

— De pé, sua vaca preguiçosa! — Nabor lhe deu um chute no flanco. — Volte para a loja e encha o carrinho de mão!

Deixando o caixote no chão, ele a puxou para levantá-la e a empurrou em direção à porta, onde a fumaça já subia.

— Depressa!

Furioso, Matthias largou o que estava fazendo, mas Kathryn já estava correndo em direção à loja.

— Abbie! Não entre!

Bandit latiu e ficou grudado nela, pressentindo problemas.

Matthias passou por Kathryn.

— Vá ver os outros.

Como ela não parou, Matthias bloqueou seu caminho.

— Eu cuido disso!

Bandit se encolheu ao ouvir o tom de Matthias, enfiou o rabo entre as pernas e recuou. Mas Kathryn não.

— Aonde você for, eu vou, e não vamos perder tempo discutindo porque ela voltou para a loja! Oh, Senhor...

Levantando as saias, Kathryn correu.

— *Abbie!*

Nabor pegou o caixote de laranjas e gritou para sua esposa pegar os macacões nos fundos da loja. Só notou Matthias quando já era tarde demais. Chutando as laranjas, Matthias agarrou Nabor pela nuca, puxou-o para o calçadão e o mandou voando para dentro da loja.

— Encha você mesmo seu carrinho de mão! — Ele o seguiu para dentro. — Kathryn!

Ela saiu com um braço em volta de Abbie.

— Vocês duas fiquem aqui fora! Vou ajudar aquele verme a pegar seus preciosos macacões.

Nabor tentou escapar, mas Matthias o fez virar e o empurrou.

— Macacões, não é? Vá buscá-los! Estou bem atrás de você.

Com os olhos arregalados de medo, fosse do fogo invasor ou da fúria que queimava em Matthias, Nabor jogou uma pilha de jeans Levi Strauss em um carrinho de mão. Conseguiram encher e retirar dois carrinhos cheios de mercadorias antes que ficasse perigoso demais voltar para a loja.

Matthias agarrou Nabor pela frente da camisa.

— Se eu o vir ou souber que você maltratou sua esposa de novo, vou mandá-lo para o além!

— Matthias! — A voz de Kathryn era desesperada. — O hotel está pegando fogo!

— Eu vi. Não podemos fazer nada.

Matthias sabia, antes de ir até Nabor, que o hotel seria perda total. O Brady's Saloon já havia desmoronado; chamas e pedaços carbonizados explodiam. Mais adiante, Ronya e Ina Bea estavam em frente ao café, vendo-o queimar. Ele foi na direção delas; Kathryn o alcançou e pegou sua mão. Quando chegaram, Kathryn a soltou e abraçou Ronya, que parecia bastante calma apesar da cena desesperadora que tinha à sua frente. Ina Bea e Tweedie estavam com ela.

— Graças a Deus você está bem — disse Kathryn.

Matthias pegou a mão dela de novo e a segurou com firmeza, querendo se certificar de que ela não sairia correndo para ver outra pessoa e o encheria de preocupação.

— Que bom que estão seguras e ilesas. Lamento por seu café, Ronya.

— Senti cheiro de fumaça e vi o brilho vindo do Buraco da Escória. Vinha uma brisa nesta direção, eu sabia que não demoraria muito a chegar à cidade. Consegui tirar algumas coisas.

Ela indicou uma pilha de potes, panelas e caixas de mantimentos. Deu de ombros.

— É a terceira vez que passo por um incêndio. — Ela puxou o xale com força sobre os ombros e sacudiu a cabeça. — Não há nada a fazer além de começar tudo de novo.

— Nossa casa se foi. — Matthias suspirou. — Às vezes se ganha, às vezes se perde.

Quase todo mundo que estava no meio da rua Chump havia perdido alguma coisa naquela noite.

— Vamos nos reerguer.

O vento mudou, o que fez Chinatown queimar até os alicerces, incluindo a casa nova de Jian Lin Gong, construída com o que ganhara na Keeweetoss; ele era um dos parceiros originais, especialista em explosivos. Havia deixado a lavanderia a cargo da esposa e do filho. Uma parte do centro da cidade foi poupada, incluindo a casinha de City e o Barrera's Fandango Hall. Levariam horas para saber quanto restara da cidade e quantos teriam morrido.

Matthias se viu rezando por chuva, mesmo sabendo que se ela chegasse seria tarde demais para salvar Calvada.

O fogo varreu a encosta da montanha em direção à mina Keeweetoss. Como as árvores haviam sido cortadas e usadas para escorar os túneis subterrâneos, arbustos e árvores menores foram retirados para extinguir o fogo. Homens formaram uma fileira e jogaram pás de terra, fazendo um aceiro entre os escritórios e as cabanas de Amos Stearns, Wyn Reese e vários outros. O fogo mudou de direção de novo, e as choupanas foram poupadas. Assolou o mato, chegando a um declive rochoso. Finalmente se aplacou, deixando para trás uma paisagem devastada.

Milagrosamente, ninguém morreu em Calvada. As pessoas começaram a se perguntar como o fogo havia começado. Não houve nenhuma tempestade de raios. Alguns achavam que havia começado no Buraco da Escória.

O Barrera's Fandango Hall, a Casa de Bonecas de Fiona Hawthorne e o Walker's General Store sobreviveram, além de dois saloons e a maioria das casas grandes de Riverview, incluindo a de Morgan Sanders, que foi rapidamente transformada em abrigo para os desabrigados. A suíte master foi oferecida a Matthias e Kathryn, uma honra devida ao prefeito, mas ela se recusou a entrar.

— Prefiro morar em um saloon a entrar naquela casa de novo!

— E o salão de fandango?

Matthias disse a ela que José Barrera havia se oferecido para abrigar tanta gente quanto coubesse.

— Só você e eu e cinquenta homens no chão de madeira; ou sessenta, dependendo de quanto possamos nos espremer. — Matthias riu da expressão de horror dela. — Eu agradeci a gentileza da oferta e disse que já temos acomodações.

— Temos? Onde?

— Scribe ofereceu a casa de City.

Bandit também seria bem-vindo, a não ser que preferisse o ar livre, onde poderia procurar saborosos guaxinins ou gambás grelhados, cortesia do fogo de Calvada.

O cômodo dos fundos estava impecável, com tudo no lugar, lençóis e cobertores limpos, a cama feita. Kathryn sorriu.

— Ou você mudou seus hábitos, Scribe, ou Millicent Blackstone assumiu o comando.

Ele deu um leve sorriso.

— Foi Millie.

Matthias riu.

— Você deveria se casar com essa garota antes que alguém veja o valor dela.

Scribe corou. Aparentemente, essa ideia já lhe ocorrera.

— Sim... estamos pensando em casar neste inverno. Ela fará dezessete anos em dezembro e acha que é um bom mês para um casamento.

Kathryn se surpreendeu.

— Mas ela é tão jovem!

— Ela sabe o que quer, sem dúvida — disse Scribe, dando de ombros.

Matthias sorriu para Kathryn.

— Parece uma pessoa que conheço. — Estendeu a mão para Scribe. — Parabéns. Muito bom, garoto. A melhor decisão que um homem pode tomar é se casar com uma mulher inteligente — disse ele, e piscou para Kathryn.

Axel Borgeson entrou no escritório do *Voice* no dia seguinte.

— Kathryn, preciso falar com você.

Ela o acompanhou até a rua.

— Fiona mandou avisar que uma de suas garotas está doente e está perguntando por você.

Kathryn estava confusa.

— Por que ela simplesmente não mandou um mensageiro?

— Ela me pediu para ir também.

— Ela disse por quê?

— Disse que Monique fica perguntando por você; está delirando em francês. Disse algo sobre um assassinato em São Francisco. — Ele deu de ombros.

Kathryn voltou para o escritório para dizer a Matthias que havia sido chamada e não sabia quanto tempo ficaria fora. Em seguida, ela e Axel foram para a Casa de Bonecas de Fiona Hawthorne.

Elvira Haines abriu a porta. Manteve a cabeça baixa e deu um passo para trás para que eles entrassem. Kathryn lamentava não ter encontrado uma maneira de poupar Elvira daquela vida. A mulher vivia oprimida pela vergonha.

— Fiona está com Monique; estão lá em cima, segunda porta à esquerda. — Ela deu meia-volta sem levantar a cabeça. — Estarei na cozinha.

Monique estava com uma aparência horrível, de olhos fundos, lábios secos e rachados. Havia uma garrafa de láudano pela metade na mesa de cabeceira.

Fiona olhou para Kathryn, aflita. Sacudiu a cabeça.

— Doc Blackstone disse que é uma malignidade. Não há nada que se possa fazer além de lhe dar láudano.

Monique gemia e se remexia, inquieta. A outrora bela jovem estava toda enrugada, envelhecida, com o rosto contorcido. Ela olhou para Kathryn com um olhar feroz. Falou em francês; Kathryn recuou ao entender o que ela dizia.

Axel a fitou.

— Você entende francês? O que ela disse?

— "Eu o matei. Eu bati na cabeça dele, e faria tudo de novo."

Monique levantou a cabeça, com olhos enlouquecidos, desabafando em francês para Kathryn.

— "Eu mataria todos eles, se pudesse..." — traduziu Kathryn, enquanto Fiona tentava oferecer um copo d'água a Monique.

Jogando-se para trás, Monique sacudiu a cabeça, chorando como uma criança.

— Pensei que ele me amava... — Seu peito arfava, tomado de soluços. — Ele me amava! — Furiosa, ela olhou para Fiona. — Ele teria se casado comigo se você não tivesse interferido.

Chamou Fiona de um nome que Kathryn não conseguiu traduzir, mas que parecia vil.

Fiona se levantou e fitou a garota moribunda.

Axel se aproximou, olhando atentamente para Fiona.

— Ela está falando sobre você e Morgan Sanders, Kathryn?

— Creio que não — disse Fiona, inclinando-se sobre Monique por um momento, e recuou quando compreendeu. — Ah, não, Monique. Você não...

— Ele sempre me quis. Eu não suportava vê-lo entrar em seu quarto. — A respiração de Monique estava irregular. Ela começou a chorar como uma criança. — Eu só fui com Morgan para deixá-lo com ciúmes. Eu o procurei e contei isso; e prometi que nunca mais o faria.

Confusa, Kathryn olhou para Fiona. De quem Monique estava falando? Teve um horrível pressentimento.

Os ombros de Monique se agitavam enquanto ela chorava.

— Ele disse que estava tudo bem, que não tinha nenhum direito sobre mim.

Encarando Fiona com olhos vidrados, ela prosseguiu.

— Fui eu. Eu o ataquei.

Axel deu um passo à frente, mas Fiona se colocou entre ele e a moribunda.

— Você matou City...

O rosto de Monique se contorcia de ódio.

— Sim, fui eu.

— Por quê? — gritou Fiona.

— Ele me deu as costas, como todos fazem. — Ela levantou a cabeça. — Bati nele com o cabo da prensa que ele tanto amava. — Ela jogou-se para trás, tremendo. — Eu o amava! Mas depois o odiei, queria que morresse! Quero todos eles mortos! Todos me viraram as costas...

Fiona saiu correndo do quarto, chorando. Lágrimas inundaram os olhos de Kathryn diante da confissão de Monique.

Axel se aproximou da cama.

— Você matou Morgan Sanders, srta. Beaulieu?

Monique o fitou, confusa. Seus lábios rachados formaram um sorriso sedutor que se transformou em um ricto de satisfação retorcido pela loucura. A terrível transformação fez Kathryn recuar.

— Monique? — disse Axel de novo. — E Morgan Sanders?

Monique olhou para Kathryn.

— Ele disse que ia se casar com você, mas que ainda mandaria me buscar sempre que quisesse minha companhia. Então, ele se virou e se serviu de uma taça de vinho. Peguei o atiçador e bati nele. *Il avait l'air tellement si surpris.* — Monique riu e seu corpo relaxou.

— O que ela está dizendo? — perguntou Axel. — Kathryn!

— Ela matou Morgan Sanders.

Axel franziu a testa.

— E quanto a Wyn Reese? Ele mentiu por você? Ele disse que estiveram juntos a noite toda.

— Ele pensou que eu estava. — Ela riu. — Coloquei láudano no uísque dele. Ele não me viu sair. — O rosto de Monique estava branco, vazio. — Ele nem se mexeu quando voltei para a cama.

A respiração de Monique foi ficando mais lenta; ela parecia encolher na cama.

Axel pegou Kathryn pelo braço.

— É melhor irmos.

— Não posso deixá-la sozinha.

— Ela assassinou seu pai! Ela assassinou Morgan Sanders, e talvez outros homens, se a confissão for verdadeira.

— Independentemente do que tenha feito, Axel, ela ainda é um ser humano.

Kathryn sentia uma compaixão que estava além de sua compreensão. Sem dúvida, mesmo naquele momento, havia esperança para a alma torturada de Monique.

— Matthias vai me matar por tê-la trazido aqui. Não posso deixar você...

— Você não me trouxe, Axel. Fui chamada.
— Você não pode salvar todo mundo, Kathryn.
Ele saiu calado do quarto. Nem Fiona nem Elvira voltaram. Monique virou a cabeça e olhou para Kathryn.
— Todo mundo me deixa...
— Não farei isso.

Kathryn torceu um pano, ocupou a cadeira que Fiona havia deixado e enxugou a testa de Monique. O láudano surtiu efeito. Será que seria possível alcançar Monique naquele estado? Independentemente do que acontecesse, Kathryn sabia o que devia fazer. Inclinando-se para a frente, falou sobre a Verdade no ouvido de Monique, com ternura, e rezou para que a esperança e a graça salvadora que oferecia chegassem à moribunda a tempo.

Kathryn orou baixinho em francês até que Monique rosnou amargamente que odiava Deus e não suportava ouvir mais uma palavra. Foram momentos longos e difíceis; Monique murmurava incoerências, chorava de dor e lutava para viver. Em seus últimos momentos, surgiu um olhar de terror em seus olhos. Ela soltou um leve grito antes de morrer, encolhendo enquanto seus pulmões expeliam o ar. Tomada de pena, Kathryn fechou os olhos da garota, cobriu-a com um lençol e soprou a lamparina.

Matthias estava virando a esquina da Gomorrah quando viu Kathryn saindo da casa de Fiona Hawthorne.
— Kate! — Ele correu até ela e a abraçou quando a alcançou.
— Axel me contou sobre Monique.
— Ela se foi.
— Misericórdia divina! — Ele suspirou, aliviado por ter sua esposa em seus braços. — Se estivesse viva, ela teria sido julgada por dois assassinatos e enforcada.

Ele sentiu Kathryn tremendo, sem dúvida pelo que Monique havia confessado sobre City Walsh. Afastou-a um pouco e a observou.

— Você está um trapo.

Ela deu uma risadinha.

— Muito obrigada. — Kathryn estava exausta. — Ela estava tão perdida, Matthias. Eu não podia simplesmente me retirar.

Ele colocou uma mecha de cabelo solta atrás da orelha dela.

— Axel disse que você estava falando com ela quando ele saiu.

— Não sei se ela ouviu alguma coisa que eu disse.

— Você fez o que podia, querida.

❖ 26 ❖

A CAMA DE CITY não servia para dois. Matthias estava deitado de lado, com a cabeça apoiada em um braço e o outro em volta da cintura de Kathryn. De costas, ela se mexeu, pensativa.

— Fico me perguntando o que teria feito Monique ser como era.

Ele desceu a mão para o quadril dela, segurando-a firme. Se não tivessem cuidado, poderiam acabar no chão.

— Algumas pessoas estão inclinadas para o mal, Kate. — Ele soltou um suspiro pesado. — Eu vi isso na guerra. Alguns homens adoravam a batalha, dava para ver em seus olhos. Falta algo neles, ou foi corrompido, quase além da redenção.

Como Morgan Sanders.

— Seus últimos momentos... — Kathryn estremeceu. — Ela odiava Deus.

— Provavelmente o culpava. Muitas vezes ele é o bode expiatório das pessoas que se perdem.

Ele mesmo não havia dado as costas ao Senhor?

Kathryn olhou para ele.

— Mas ela tinha uma alma ferida ou uma consciência cauterizada?

Essa era uma das muitas coisas que Matthias amava em Kathryn. Ela se importava profundamente com as pessoas, até mesmo com as degeneradas que apreciavam o mal.

— Só Deus sabe.

Suspirando, ela olhou para o teto. Quando fechou os olhos, Matthias pensou que ela ia dormir. Mas então Kathryn falou de novo:

— Acho que umas cem pessoas fizeram as malas e saíram da cidade hoje.

— Não podemos culpá-las. Isso significa que a reconstrução será mais difícil.

Ela não parecia feliz com isso. A reconstrução seria um trabalho monumental.

— Alguns preferem começar de novo em outro lugar.

Kathryn olhou para ele.

— Lamento por seu hotel, Matthias.

Os olhos dela eram como um prado na primavera, sua pele como seda.

— *Nosso* hotel — ele a corrigiu. — O Walker's ainda está de pé, e possuo metade de uma próspera companhia de transporte.

Ele não queria contabilizar as perdas, uma vez que tinha sua maior bênção ao seu lado.

— Não está pensando em se mudar para Sacramento, não é?

— Meu mandato de prefeito ainda não acabou.

— Você fala como se isso fosse uma sentença, não um privilégio.

Matthias riu.

— Depende do ponto de vista.

Ele adorava sentir sua esposa encaixada nele. Ela estaria melhor em uma cidade grande. Mais segura também. Com bons homens comandando a Keeweetoss, a operação continuaria sem problemas mesmo sem ela por perto. Amos Stearns e Wyn Reese já haviam mostrado ser totalmente capazes e confiáveis.

A cidade teria que ser reconstruída do zero. Levaria tempo para reformar comércios e residências. Muito provavelmente, Calvada voltaria a ser o que era antes de Kathryn chegar. Axel dissera que ficaria, mas os dois assistentes tinham deixado a cidade no meio da caravana de outros, e um homem só não seria capaz de impedir que Calvada voltasse a ser a cidade selvagem que havia sido. Mas, naquele momento, Matthias tinha outras coisas na cabeça além do que seria necessário para se recuperarem do incêndio.

Kathryn segurou a mão errante dele.

— Você é o prefeito, Matthias, e pode fazer muitas coisas boas. Quanto antes começarmos, melhor.

Matthias gemeu por dentro. Conhecendo sua esposa, já esperava grandes ideias.

— Não há muito para ser administrado, e até mesmo um prefeito pode ter uma noite de folga — disse ele, mordiscando a orelha dela.

Tremendo, Kathryn se afastou o suficiente para fitá-lo.

— Há mais coisas a fazer agora que nunca. Não são os edifícios que fazem uma cidade. São as pessoas!

Levantando o queixo dela, ele lhe beijou o pescoço.

— Querida, eu sei, mas Roma não foi construída em um dia.

— Não estamos falando de Roma. — Ela se afastou de novo. — Estamos falando de uma cidade mineira onde as pessoas viverão em barracas até que as casas sejam reconstruídas. Você é o homem que pode garantir que Calvada sairá desta crise melhor que antes.

Kathryn estava obcecada, mas Matthias sabia bem o que queria naquele momento.

— Há alguns meses, você não elogiava tanto minhas habilidades — disse ele, e passou a mão pela coxa dela.

Ela deu uma gemidinha e a pulsação dele disparou. O sucesso estava próximo.

— Matthias... — Kathryn colocou a mão no peito nu dele. — Isso foi antes de eu ver o que você é capaz de realizar... — ele levou os lábios à jugular dela — ...quando está motivado...

Resmungando, ele riu.

— Mulher... — Ele a pegou pela cintura e a puxou com força. — Agradeço a confiança que você tem em mim, mas...

Ela afastou a cabeça e o fitou mais uma vez; então ele entendeu que a mente dela não estava seguindo o mesmo caminho que a dele. As engrenagens dentro daquele cérebro fértil estavam girando de novo. Provavelmente ela já tinha um plano para o futuro, se Deus quisesse e o rio não subisse. Uma cheia! Era só o que faltava depois dos desastres recentes, e não era uma possibilidade irreal. Passando a mão sobre o quadril dela, ele tentou uma última vez.

— Você vai negar meus direitos de marido se eu não organizar a reconstrução da cidade?

Ela piscou.

— Acho que eu poderia fazer esse sacrifício se soubesse que será para o bem de nossos vizinhos.

— Você joga sujo! — Testando sua determinação, ele a beijou. — Eu poderia vencer essa batalha, não acha?

Sem fôlego, Kathryn colocou a mão firmemente no peito dele.

— Comporte-se, Matthias.

— Estou me comportando.

Ela riu e respirou fundo.

— Pare com isso! Agora escute...

— Sou todo ouvidos.

— A Keeweetoss ainda está em operação. Vamos precisar de mais homens, que trarão suas famílias.

— Se tiverem família.

Ela não podia esquecer que poucos homens tinham esposa, muito menos filhos.

Mas Kathryn prosseguiu.

— Nem todos os homens que vierem serão mineiros. Alguns serão carpinteiros, carroceiros, lenhadores, banqueiros, comerciantes. Vamos colocar anúncios...

Matthias concordou, mas só a ouvia parcialmente. Ela afastou as cobertas e se levantou.

— Concentre-se, sr. Beck! — Fazendo cara feia para ele, ela se enrolou em um cobertor. — Precisamos de algumas regras!

Levantando a cabeça, Matthias sorriu, impenitente. Ela estava corada, linda.

— Ah, não, querida. No amor e na guerra não há regras.

— Pode parar de me olhar assim.

— O que há de errado com a maneira como eu olho para minha esposa? — Ele deu um tapinha no espaço vazio ao lado dele. — Podemos conversar amanhã de manhã.

Kathryn se sentou na velha cadeira de City perto do fogão Potbelly. Antes, na parede atrás dela, ficava uma estante, aquela que ele levara para a casa nova. Ele se lembrou de Kathryn desesperada tentando salvar os livros e quase se arrependeu de não ter voltado para resgatá-los das chamas. Pelo menos os diários e cadernos de City estavam seguros.

Kathryn se sentou com as pernas unidas e o cobertor em volta dos ombros, séria.

— Precisamos de um plano, Matthias. O incêndio foi um desastre terrível, mas também pode ser uma oportunidade. As montanhas são tão bonitas aqui, e toda aquela água fresca do rio que sai delas... Temos só alguns meses antes de o inverno chegar. Poderíamos construir uma nova Calvada.

— Uma nova Calvada?

— Podemos apresentar um plano para todos. Pense nisso! Uma praça, uma rede de estradas com valas de drenagem de cada lado para direcionar a água da chuva e a neve derretida. Poderíamos projetar um sistema de água para que não haja nenhuma possibilidade de contaminação dos banheiros. A mina vai atrair muita gente. Quando as pessoas chegarem, queremos que olhem a cidade e decidam que este é um bom lugar para fincar raízes, formar famílias...

Ela era uma sonhadora. Essa era uma das coisas que Matthias amava em sua esposa: o espírito otimista. Mas ela precisava encarar os fatos.

— Quando o cobre e a prata acabarem, essas mesmas pessoas irão embora. Calvada fica no fim da estrada, Kate. A Madera era próspera e agora está fechada por falta de administração. A Jackrabbit secou. A Twin Peaks foi fechada. Calvada vai começar a definhar nos próximos anos.

— Não tem como ter certeza.

— É a natureza deste tipo de cidade. As pessoas vão embora. Quem tinha pouco para começar não quer começar de novo com ainda menos. Quer ir para Truckee, Reno, Placerville, Sacramento, onde possam arrumar emprego. Muitos outros voltariam para casa se tivessem dinheiro para chegar lá. Quando esta cidade morrer, tudo será demolido e o material que ainda prestar será levado para outro lugar.

— Você está esquecendo a Keeweetoss. Amos disse que há cobre suficiente para anos.

— Essa é a opinião de um jovem inexperiente.

— Ele é geólogo e se refere à qualidade do cobre que está sendo extraído nos últimos meses.

— E os mineiros podem dar de cara com uma parede de granito amanhã. As minas são ricas uma semana e um fracasso na seguinte.

Kathryn olhava para ele com aqueles olhos verdes confiantes.

— Granito também é bom. É usado para construir coisas que duram.

— Como lápides.

— Ah, Matthias!

Frustrada, ela se levantou e ficou andando de um lado para o outro, com o cobertor firmemente enrolado em volta do corpo.

— Você está aqui há mais tempo que eu, deve ter algum carinho por este lugar!

— Sacramento é um centro de distribuição, Henry e eu traçamos rotas de lá. A Califórnia continuará crescendo e as mercadorias precisarão ser transportadas. Nunca foi meu plano ficar aqui para sempre.

Ela sentou na cadeira de City, desanimada.

— Mas certamente você sente alguma lealdade para com o povo daqui.

— Sim, sinto, mas isso não significa que quero que fiquemos aqui para sempre.

Ao ver os olhos de sua esposa se encherem de lágrimas, Matthias ficou preocupado. Aquela editora cabeça-dura estava toda sensível ultimamente.

— Diga-me com sinceridade: quando você chegou, olhou em volta e disse a si mesma: "Este é o lugar onde quero passar o resto de minha vida"?

Ela deu uma risadinha.

— Não.

— Pois então!

— Mas durante o ano passado, vi o que esta cidade poderia se tornar.

— Querida, não estou dizendo que vamos pegar a diligência e ir embora assim que meu mandato terminar.

Kathryn deu um suspiro trêmulo e enxugou uma lágrima. Estava com aquele olhar distante de novo.

— São pessoas que eu aprendi a amar, Matthias. Não posso pensar em deixar Ronya. Ela é a melhor amiga que eu já tive. E Ina Bea vai se casar com Axel nos próximos meses. Scribe é próximo de mim como um irmão. Ele se casará com Millicent no Natal e provavelmente haverá um bebê a caminho em janeiro! Quero ver os filhos deles crescerem. E depois há Wiley, Carl, Kit, Herr, o reverendo e sra. Thacker, e mais uma dúzia de outros que são nossos amigos. E Fiona... — Ela o fitou com lágrimas nos olhos. — E Wyn e Elvira...

Matthias notou que ela estava relaxando. Bocejando, foi se encolhendo. Ela estava pálida, tinha olheiras e parecia cansada. Suspirando, ela se levantou e voltou para a cama. Deslizando sob as cobertas, ficou de frente para ele.

— Você me faz muito feliz, sr. Beck.

Ela o abraçou, provocando um calor pelo corpo de Matthias. Mas Scribe havia dito a ele que encontrara Kathryn enroscada no sofá no meio do dia. Ela andava exausta, e isso o preocupava, pois, em geral, Kathryn era cheia de vida.

Matthias teve que conter seu desejo; ela precisava dormir.

— Vire para lá, querida.

Ela rolou e se encaixou nele, como duas colheres dentro de uma gaveta.

— Acho que você deveria consultar Doc. Peça só para ele se certificar de que você está bem. O que acha?

Como Kathryn não respondeu, Matthias se levantou ligeiramente e olhou para ela. Já estava dormindo!

Mas ele demorou muito para conseguir dormir.

Dias depois, o Ronya's Café renascia das cinzas; passou a ser uma grande tenda com mesas e bancos de tábuas para os clientes. Kathryn e Matthias se juntaram a outros que haviam perdido suas casas. Ela estava preocupada com Fiona.

— Não a vejo desde o dia em que Monique Beaulieu morreu. Quero ter certeza de que ela está bem. — Kathryn sabia que Matthias valorizava a lealdade tanto quanto ela. — E Elvira também, claro.

Ele franziu a testa ao ver o prato intocado dela.

— Por que não está comendo?

— Não estou com fome.

Na verdade, ela se sentia enjoada só de olhar para a comida.

— Está se sentindo mal? Você foi ver Doc Blackstone?

— Não, estou bem. Tenho certeza de que é só cansaço.

— E não é à toa. — Os olhos dele se iluminaram. — Você estava se sentindo muito bem ontem à noite. — Ele sorriu. — Eu é que estou cansado hoje.

Corando, ela olhou para ele com severidade.

— Ora, cale-se, sr. Beck — sussurrou ela, mas ele apenas riu.

Kathryn dobrou o guardanapo e o colocou em cima da mesa, se preparando para sair.

Matthias pegou seu pulso.

— Um beijo antes de ir.

— Não em público, pelo amor de Deus!

— Está vazio aqui, e não vou permitir que vá enquanto não me obedecer — disse ele, dando um sorriso brincalhão.

— Muito bem.

Ela se inclinou na direção dele. Matthias fechou os olhos, ela lhe deu um beijo na testa e saiu correndo, rindo, olhando para ele por cima do ombro.

Quando Kathryn virou a esquina, viu Wyn Reese à porta de Fiona.

— Wyn! O que está fazendo na cidade?

Ele se voltou, vermelho.

— Sra. Beck, não esperava vê-la aqui. Eu só queria ver se...

— Fiona e Elvira são minhas amigas.

— É mesmo? — Ele ergueu as sobrancelhas ligeiramente. — Que bom.

— Meus sentimentos, Wyn.

Ele ficou confuso, mas ela prosseguiu, um tanto incerta.

— Sei que você e Monique eram... amigos.

Ela corou, sentindo que havia cometido um erro. Ele não parecia muito à vontade.

— De certa forma — disse ele, sombrio. — Ela era um problema. Na verdade, eu tinha esperanças de que ela voltasse sua afeição para outra pessoa, porque... — Ele sacudiu a cabeça e deu de ombros. — Não importa. — Olhou para a janela, desanimado. — Eu... é melhor eu ir. Eu deveria estar na mina. — Deu um leve sorriso. — A chefe pode me demitir. Tenha um bom dia, sra. Beck.

Ele acenou, deu um passo para trás, colocou o chapéu e foi embora.

A porta se abriu e Elvira espiou.

— Ah, sra. Beck. Pensei ter ouvido alguém bater.

Ela viu Wyn Reese se afastando e ficou desapontada.

— Posso entrar?

— Ah, não. Fiona disse para não a deixar entrar.

— Mesmo assim, vou entrar. — Kathryn cruzou a soleira. — Como está Fiona?

— Está muito triste. — Elvira parecia uma criança esperando levar uma bronca. — Ela se culpa pela morte de City.

— Vou falar com ela.

Kathryn foi indo para o quarto de Fiona, mas estava com outro assunto na cabeça.

— Conhece Wyn Reese, Elvira?

Elvira desviou o olhar.

— Por que pergunta?

— Ele estava ali fora.

— Ah... ele aparece de vez em quando. Monique disse às meninas que Wyn era namorado dela.

Kathryn sentiu um calafrio ao ouvir essas palavras.

— Você conheceu Wyn aqui?

— Oh, não! Eu o conhecia antes de vir para cá. Ele e meu marido eram amigos. — Elvira deu de ombros, sem entusiasmo. — Posso imaginar o que ele pensa de mim agora, trabalhando em um lugar como este. — Seus olhos se umedeceram. — Nunca vou esquecer o olhar dele da primeira vez que me viu aqui. — Ela levou as pontas dos dedos aos lábios. — Nunca senti tanta vergonha. — Elvira fez uma pausa e pestanejou. — Wyn trabalha em sua mina, não é?

Kathryn viu algo nos olhos da jovem que sugeria sentimentos por aquele homem que iam além da amizade.

— Ele é meu capataz.

Ela pretendia ir até a Keeweetoss logo depois de falar com Fiona. Pousou a mão no braço de Elvira.

— A vida pode mudar em...

— É tarde demais, sra. Beck. Sou grata por você falar comigo. Ninguém mais fala. — A mulher já se dirigia à porta. — Você sabe onde fica o quarto de Fiona.

Fiona estava abatida. Kathryn tinha chegado havia menos de dois minutos e Fiona começou a chorar.

— Seu pai está morto por minha culpa, Kathryn.

Kathryn se sentou e pegou a mão de Fiona.

— Não tinha como você saber.

— Quando ela chegou, percebi que era um problema. Ela estava com medo, mas depois se acomodou e notei um lado sombrio nela, uma arrogância, uma possessividade. Andei pensando e relembrando como o comportamento dela mudou depois que City passou aquela primeira noite comigo. Ficou furiosa, disse algumas coisas dolorosas. Mas nunca pensei que... — Ela levou os dedos trêmulos às têmporas. — E depois Sanders. Os sinais estavam lá, eu simplesmente não os vi. — Recostou-se, cansada e deprimida. — Para mim, chega. Vou vender a casa e sair de Calvada. Este lugar está cheio de lembranças.

— Aonde você vai, Fiona?

— Para outra cidade mineira. — Ela sorriu friamente. — E quem sabe eu poderia até tentar outro ramo.

— Espero que sim, e que encontre felicidade no novo caminho. E as outras mulheres?

— Elas irão comigo.

— Você ficaria chateada se Elvira ficasse?

Fiona deu uma risadinha.

— Eu até gostaria que ficasse; ela não é muito boa nesse trabalho. Está tão infeliz que faz os clientes se sentirem culpados.

Fiona inclinou a cabeça, observando Kathryn.

— Por que pergunta?

— Acabei de ter uma ideia, mas não quero fazer suposições nem dar falsas esperanças a Elvira.

— Eu me sinto responsável por ela. — Fiona acompanhou Kathryn até a porta. — Calvada não é mais a mesma desde que você chegou, Kathryn. — Seu sorriso era terno. — É como se você tivesse continuado de onde City parou. Ele teria muito orgulho de você.

Kathryn sentiu lágrimas quentes brotando em seus olhos.

— Tem certeza de que não poderia ficar e recomeçar aqui?

Fiona deu um longo suspiro.

— Mulheres como eu não conseguem se livrar do passado se ficam no mesmo lugar.

Kathryn a abraçou.

— Obrigada.

— Por quê?

— Por amar meu pai.

— Isso foi fácil. O difícil foi perdê-lo.

Assim que Kathryn saiu da casa de Fiona, foi direto ao estábulo e alugou uma carroça. Quando chegou à mina, Amos começou a falar de negócios. Ela o interrompeu e pediu para falar com Wyn Reese sobre um assunto pessoal. Curioso, mas sem fazer perguntas, Amos mandou um dos homens ao túnel para buscá-lo.

Coberto de poeira, com o rosto sujo de terra, Wyn entrou no escritório. Amos pediu licença e os deixou a sós. Wyn olhava para Kathryn como se ela segurasse um rifle apontado para o peito dele.

— Mandou me chamar, sra. Beck?

Kathryn sabia que estava metendo o nariz na vida dele, mas, às vezes, esperar que um homem se decidisse podia fazer uma oportunidade dada por Deus se perder.

— Você gosta o suficiente de Elvira Haines a ponto de se casar com ela?

Ele não falou por um momento, até que suspirou.

— Eu a vi no salão de Fiona uma vez e ela me olhou como se eu fosse... não sei. — Ele esfregou a nuca. — Duvido que ela queira alguma coisa comigo.

Kathryn não conseguia conter sua impaciência.

— Wyn! Você gosta dela?

— Sim, eu gosto. Bastante. — Havia tormento em seu rosto rígido. — Já gostava quando Walter estava vivo e a tratava mal. Eu dava um jeito de manter aquele homem longe de casa quando ele estava bêbado, e...

— Você está de folga a partir deste momento. Pegue roupas limpas, vá até a casa de banhos e lave-se. Apare o cabelo e a barba. Depois, vá tirar Elvira da casa de Fiona.

— Não sei se...

— Eu sei. E isso é uma ordem, sr. Reese.

Ao vê-lo indeciso, ela deu um suspiro exasperado.

— Agora!

Wyn se surpreendeu, mas depois riu.

— Sim, senhora. É isso que Matthias tem que aguentar diariamente?

Kathryn sorriu.

— O sr. Beck faz o melhor que pode, sr. Reese. Agora, vá atrás da sua dama.

— Pelo jeito, seja lá o que estava incomodando seu estômago esta manhã, já passou.

Matthias riu, olhando para o prato vazio de Kathryn. Ela havia comido um bife, purê de batatas, abobrinha e uma grande fatia de torta de maçã.

— Você comeu mais que eu.

— Eu estava com fome!

Ela terminou de beber o copo de leite antes de contar a ele o que fizera o dia todo. Matthias se reclinou, orgulhoso e feliz por ouvi-la falar sobre Wyn Reese e Elvira. Ficou imaginando se, por acaso, ela via a ironia no fato de que uma mulher outrora tão contrária ao casamento agora bancava a casamenteira. Encerrando, ela contou sobre os planos de Fiona Hawthorne de deixar Calvada.

— Você gosta dela, não é?

— Sim, gosto. Quando cheguei, ela não quis falar comigo porque se preocupava que minha reputação ficasse prejudicada; como se eu não conseguisse fazer isso sozinha. Ela é gentil e generosa, se tivesse habilidades como as de Ronya, sua vida teria sido muito diferente.

— Você parece prestes a chorar.

— Não quero que ela vá embora, mas entendo por que tem que ir.

Kathryn engoliu o nó na garganta, perguntando-se por que suas emoções estavam tão à flor da pele. Devia ser por todas as perdas no incêndio, claro.

— Ela está sofrendo por meu pai, Matthias, culpando-se por algo que não foi culpa dela.

Matthias pousou a mão sobre a de Kathryn.

— Eles eram bons amigos.

— Ah, eles eram muito mais que amigos. — Ela conseguiu controlar as lágrimas. — Eu não saberia nada sobre meu pai se não fosse por ela. — Uma lágrima escapou, e ela a enxugou depressa. — Não sei o que há de errado comigo ultimamente.

— Tem sido um período difícil, Kate. Você está trabalhando da manhã até a noite.

— Você também, e não vejo seus olhos ficarem marejados.

— Tenho meus momentos, mas sou homem e não posso demonstrar.

As pessoas haviam dito que ele era o homem certo para o cargo de prefeito, mas somente a crise lhe abrira os olhos para como se preocupava com o povo de Calvada.

— Está se entregando, querido? — disse ela em tom provocador, mas ele continuava sério. — Estou tão cansada! Talvez você tenha que me carregar — continuou ela, ainda tentando provocá-lo.

— Quero que vá ver Doc amanhã cedo.

Kathryn concordou, toda manhosa.

— Estou falando sério, Kate. Amanhã de manhã.

Ele pegou a mão dela e foram caminhando para casa, ao ritmo dela.

Doc Blackstone falou brevemente com Kathryn e depois chamou sua filha, explicando que, embora ela não tivesse feito faculdade de medicina por causa da distância e das despesas, já sabia muito, e o que aprendera em Sacramento seria útil para Kathryn. Perplexa, Kathryn cumprimentou Millie quando a garota se sentou na outra cadeira em frente à mesa de Doc.

Kathryn já sabia que Millie era brilhante e apaixonada pela profissão do pai. Assim como Kathryn, a garota lia tudo que podia, e Doc tinha uma biblioteca considerável de livros de medicina.

Millie olhou para o pai.

— Quais são os sintomas?

Ele leu as anotações que fizera sobre os sintomas de Kathryn: náuseas nas últimas duas semanas, frequentemente exausta e tirando sonecas, coisa que nunca havia feito; e uma sensibilidade incomum.

— Onde?

Ele corou.

— Ela não disse, e eu não perguntei.

— Bem, acho que já sei. — Millicent sorriu para Kathryn. — Não precisa ficar preocupada, sra. Beck. Não há nada de errado com você que o tempo não resolva.

Seu pai pigarreou, mas a garota estava com a atenção voltada para Kathryn.

— Você está grávida! Não é maravilhoso?

Doc Blackstone fez cara feia.

— Millie, nós não usamos essa palavra.

— Por que não? Por acaso um fazendeiro diz que sua vaca prenhe está em estado de família?

Kathryn abriu a boca e logo a fechou.

— Não precisa se envergonhar, Kathryn. Você e Matthias não transgrediram os mandamentos. Vocês são casados e saudáveis, terem um bebê não é uma surpresa.

O rosto de Kathryn estava pegando fogo; ela estava atordoada, tentando absorver a informação, enquanto Millie resmungava diante da reprimenda silente de seu pai por ela ter falado do que se tratava cedo demais. Revirando os olhos, Millicent se aproximou mais de Kathryn.

— Esse é um dos assuntos que as faculdades de medicina negligenciam por uma questão ridícula de sensibilidade moral. Deus do céu, eu pergunto: o que é mais natural que uma mulher ter um filho? É o fato mais abençoado de sua vida. Espero que Scribe e eu tenhamos uma dúzia.

Tossindo, Doc Blackstone se levantou.

— Vou deixar minha filha conversando com você, Kathryn. Ela é jovem, mas sabe muito mais sobre sua condição que a maioria dos homens no campo da medicina. Ela me ajudou a trazer ao mundo vários bebês quando eu praticava medicina em Sacramento.

— O que é uma das razões pelas quais viemos para cá — comentou Millicent secamente. — As mães não se opunham, mas certas pessoas achavam que eu não deveria saber *nada* sobre como os bebês são feitos, muito menos ser parteira em minha idade. Fui considerada um escândalo em Sacramento.

— Você e eu temos muito em comum, Millie.

Kathryn aprendeu mais sobre os fatos da vida em uma hora de conversa com Millicent do que Matthias lhe havia ensinado desde que se casaram. Quando Millicent terminou de explicar o que sabia sobre o desenvolvimento de um bebê, Kathryn estava sem fala, maravilhada.

— Não é maravilhoso o plano de Deus? — Millicent pegou a mão de Kathryn e a apertou. — As mulheres têm o privilégio de trazer vida ao mundo. Claro, os homens fazem sua pequena parte — riu —, temos que ser gratas. Eles assumem mais responsabilidades à medida que a criança cresce. Ou é o que se espera.

— Por que não desde o início? — perguntou Kathryn.

— Você consegue imaginar um homem se oferecendo para trocar fraldas? — Millicent riu da ideia. — E eles não têm o equipamento para amamentar o bebê, não é?

Ela deu um tapinha na mão de Kathryn, do jeito que uma mulher mais velha faria com uma muito mais jovem.

— Tente não se preocupar.

Millicent era muito confiante, mas dizer para Kathryn não se preocupar só a fez se preocupar mais.

— Apenas reze para não ter gêmeos de primeira!

Essa observação apavorou o coração de Kathryn. Ela ainda estava se adaptando à notícia de que carregava um filho! O que as pessoas diriam sobre isso, sendo que ela havia alardeado sua intenção de permanecer solteira? Ela contraiu os lábios.

Na caminhada de volta ao escritório do *Voice*, Kathryn oscilava entre a euforia e o terror. Apesar do entusiasmo de Millicent, Kathryn sabia que mulheres morriam no parto. E não se sentia preparada para ser uma boa mãe. O que Matthias diria? Acaso ia querer escondê-la da mesma maneira que Lawrence Pershing escondera sua mãe até o nascimento de seu irmãozinho? Kathryn tinha muito trabalho a fazer, e precisava sair de casa para isso!

Matthias e três homens estavam no escritório do *Voice* examinando esboços. Seu marido ergueu os olhos e deu uma piscadinha.

— Quer dar uma olhada no que você provocou?

Distraída, ela deu de ombros.

— Acho que preciso me deitar.

ESSA DAMA É MINHA

Bandit saiu do sofá e a seguiu até o outro cômodo. Ela fechou a porta e se jogou na cama. O cachorro pulou ao lado dela e pousou a cabeça em seu colo, revirando os olhos para poder olhar para ela com sua empatia canina. Será que ele sentia que ela esperava um filho? Kathryn acariciou a cabeça de Bandit.

— Você sente?

Ele levantou a cabeça, com as orelhas em pé, sem entender nada.

Os homens falavam baixinho. Matthias entrou no quarto.

— O que Doc disse?

— É melhor você se sentar.

Matthias empalideceu e ela viu o medo nos olhos dele. Quis acalmá-lo.

— Não estou doente.

— Então, o que há de errado com você?

— Nada. — Ela corou. — Estou esperando um filho.

Matthias ficou paralisado, olhando para ela. Até que suspirou de alívio.

— Graças a Deus!

Aparentemente, Matthias andara pensando que ela tinha alguma doença terrível e um tempo limitado na Terra. Ela esperou até ele absorver melhor a notícia.

— Um bebê... — Ele sorria como se houvesse encontrado ouro. Tomando as mãos de Kathryn, ele a puxou e a abraçou, enterrando o rosto no pescoço dela.

— Louvado seja Deus!

Afastando-se, ele pegou o rosto dela com as duas mãos. Seus olhos transbordavam de alegria e de um saudável orgulho masculino.

— Precisamos escolher um nome.

— É um pouco cedo, acho. Não sabemos se será menino ou menina.

Kathryn não podia deixar de notar o entusiasmo de Matthias.

— Um nome forte para um menino. Daniel é um bom nome. E um doce para uma menina...

Kathryn ergueu o queixo.

— Débora — Uma profetisa bíblica, juíza e comandante militar. — Mas se tivermos outros...

— Se Deus quiser. — Matthias colocou uma mecha de cabelo solta atrás da orelha dela. — Vamos nos empenhar para isso.

— Mas vamos lhes dar nomes com D também? Davi, Dalila...

— Podemos começar no início do alfabeto. Abigail, Adam...

Ela franziu a testa.

— Quantos filhos você quer?

— Tantos quantos Deus nos der. — Ele sorriu. — Os sábios dizem que a melhor maneira de lidar com uma mulher é mantendo-a descalça e grávida.

Ela deu um passo para trás, mas ele a puxou de volta.

— Não se preocupe. Vou garantir que você tenha chinelos, sapatos e botas, e farei o meu melhor para...

— Ora, cale-se! — Kathryn se inclinou para trás e fincou o dedo no meio do peito de Matthias. — Não pense que isso vai me manter presa em casa e subserviente.

Ele pegou o dedo dela e mordeu a ponta.

— Vai pôr a notícia no *Voice* ou posso gritar no meio da Chump e contar ao mundo?

Ela ainda estava incrédula. Um bebê!

— Creio que podemos fazer as duas coisas.

No início, o povo apostava se o bebê seria menino ou menina. Agora, com o tamanho da barriga, os homens apostavam se ela teria gêmeos. Até os mineiros apostaram em datas e criaram um pote com dinheiro para o vencedor. Carregar um bebê não impediu Kathryn de ir até a mina Keeweetoss uma vez por semana para se encontrar com Amos Stearns, Wyn Reese, Jian Lin Gong e outros chefes de operações.

Naquela manhã, Kathryn havia visto um homem subindo a encosta íngreme além dos escritórios da mina. Quando Wyn fora ajudá-la a subir as escadas, ela perguntou sobre o visitante.

— É "Crazy Klaus" Johannson. Ele pulou do navio em São Francisco e veio trabalhar aqui. Diz que nossas montanhas o fazem lembrar a Suécia. Começou a trabalhar no turno da noite para ter os dias livres. Ele leva duas horas para subir e menos de dez minutos para descer. Já vi homens fazendo coisas malucas por diversão, mas vê-lo descer aquela montanha me parece uma corrida de encontro com a morte.

— Eu gostaria de ver o que ele faz.

Kathryn havia acabado de adiar a reunião quando um dos trabalhadores entrou. O sueco havia chegado ao topo.

— Arranjei uma cadeira e um cobertor para você, sra. Beck, para que possa ficar confortável e aquecida enquanto assiste.

Ela não ficou sentada por muito tempo. Respirando fundo, apoiou-se no parapeito enquanto Crazy Klaus ziguezagueava pela encosta branca, levantando leques de neve a cada curva acentuada. No meio do caminho, ele dobrou o corpo, enfiou os bastões debaixo dos braços e desceu a uma velocidade vertiginosa na parte mais íngreme, mirando um monte. Voou para cima e, com um grito de pura emoção, deu uma cambalhota para trás e caiu de pé, para alegria de uma dúzia de homens que assistiam ao espetáculo. Virando o corpo de lado, ele deslizou os últimos trinta metros e parou. Retirando as tábuas presas a seus pés, ele as colocou ao ombro e voltou para cima.

— Hora de mais uma corrida — disse Wyn. — Ele chama essas coisas de esquis.

O coração de Kathryn estava disparado.

— Estou surpresa por não ver os homens em fila para aprender a fazer isso!

Ela estaria, se não estivesse esperando um bebê.

— Mas tem alguns. Meia dúzia de tolos estão esculpindo e alisando tábuas...

A caminho de casa, Kathryn teve tempo de pensar no futuro de Keeweetoss, Calvada e Crazy Klaus descendo a montanha de esqui. Matthias estava conduzindo uma reunião na sala da casa deles, recém-reconstruída. Todos os homens se levantaram quando Kathryn entrou. Matthias ergueu ligeiramente as sobrancelhas.

— Boas notícias?

— Ah, sim!

Ela riu, tirou as luvas e foi para a cozinha, onde guardava um pouco de seu material de escrita. Jogando o casaco sobre uma cadeira, começou a trabalhar, anotando listas do que teria que ser feito para colocar seu plano em ação.

Minutos depois, Matthias estava encostado no batente da porta, observando-a.

— Você parecia prestes a explodir quando chegou.

— Eu me sinto prestes a explodir, mas Millie diz que vai demorar mais algumas semanas.

— Os homens andam apostando muito dinheiro em possíveis datas.

— Ouvi falar. — Ela revirou os olhos. — Eles precisam de coisas melhores para fazer com o dinheiro do que apostar. — Sorriu.

— Opa! Que tipo de plano você está bolando desta vez?

— É só uma ideia. — Ela riu. — Um futuro alternativo para Calvada, se a mina fechar.

EPÍLOGO

MATTHIAS E KATHRYN BECK continuaram morando e trabalhando felizes para a melhoria de Calvada, e também faziam visitas frequentes a Sacramento. Os Beck tiveram oito filhos, cinco meninos e três meninas. Matthias e Henry Call continuaram sócios na Beck and Call Drayage. A empresa fazia entregas por todo o estado da Califórnia, e mais tarde desenvolveu vagões refrigerados que levavam produtos da Califórnia para o Leste de trem. Matthias foi reeleito prefeito para um segundo mandato, mas se recusou a concorrer de novo depois disso.

Wyn Reese se casou com Elvira Haines e tiveram quatro filhos. Scribe e Millie tiveram sete filhos, quatro meninos e três meninas. Kathryn continuou escrevendo editoriais e matérias, mas entregou o jornal a Scribe após o nascimento do quarto Beck. Os irmãos Mercer se formaram na Mother Lode School e trabalhavam como repórteres no *Voice*. Ambos aprenderam a esquiar, casaram-se com moças locais e se estabeleceram em Calvada, onde criaram suas famílias.

A Keeweetoss continuou produzindo prata e cobre de alta qualidade durante mais duas décadas. O grupo dos Doze, os primeiros trabalhadores a participar do experimento de Kathryn, tornaram-se homens ricos.

Alguns continuaram na mina; outros usaram seus ganhos para abrir outros negócios. Jian Lin Gong se tornou banqueiro na comunidade chinesa.

Determinada a não deixar que Calvada morresse como tantas outras cidades mineiras quando a mina se esgotasse, Kathryn trabalhou com Crazy Klaus Johannson para desenvolver uma fonte alternativa de renda para a cidade. Quando a Keeweetoss fechou, o Keeweetoss Mountain Ski Resort já atraía centenas de turistas a cada inverno.

Kathryn doou dinheiro para a construção da praça da cidade. Expôs seu plano: passarelas que se cruzavam até o centro, onde ficaria um grande mirante. Plantaram pinheiros para oferecer sombra às famílias que se reuniam para espetáculos e peças ao ar livre durante as noites quentes de verão. O gazebo era decorado para a Páscoa, o 4 de julho, Ação de Graças e Natal. A praça se tornou um ponto de encontro dos habitantes de Calvada. Havia várias empresas ao redor dela. O Ronya Vanderstrom's Café and Boardinghouse ocupava um espaço considerável no meio de um quarteirão.

O Aday's General Store ocupava o centro de outro quarteirão da praça. Nabor escorregara em uma casca de laranja e quebrara o pescoço ao cair dentro de um barril cheio de feijão. Poucos lamentaram sua morte, fora a doce Abbie, que contratou dois funcionários e continuou administrando a loja com sucesso. Ela comprou um piano, algo de que sentia falta de seus tempos de menina no Leste.

Quando a Décima Nona Emenda foi aprovada e houve a eleição presidencial em novembro de 1920, Kathryn Walsh Beck fez um discurso do mirante de Calvada. Quando as urnas foram abertas, ela e suas três filhas foram levadas à frente da fila; foram as primeiras mulheres a votar na cidade. Depois que Matthias e seus filhos votaram, Kathryn e ele ficaram em um banco na praça da cidade, ouvindo a banda tocar canções patrióticas.

— Que vida boa, não? — disse Kathryn, observando as pessoas vagando pela praça, crianças rindo e correndo pelas calçadas.

Um garoto havia subido em um pinheiro e sua mãe implorava para que ele descesse. As famílias se sentavam sobre mantas, desfrutando piqueniques.

— É sim — disse Matthias, passando o braço ao redor dela.

Kathryn descansou a cabeça no ombro dele.
— Belo discurso, querida.
Ela suspirou.
— Imaginei que as pessoas não iriam querer me ouvir por mais de trinta minutos, mas eu queria ter dito muito mais coisas.
— É sempre sábio fazer um discurso curto. — Rindo, ele a beijou na testa. — Por isso Deus a fez escritora.

NOTA DA AUTORA

Caro leitor,

A covid-19 chegou logo depois que meu marido e eu voltamos da África do Sul e das filmagens de *Amor de redenção*. Todas as viagens que tínhamos programadas foram canceladas e nos somamos às massas de cidadãos que tiveram que se recolher em casa. As semanas dentro de casa foram se transformando em meses, e me pareceu o momento perfeito para reimaginar e reescrever uma história que me acompanhava havia décadas, na qual queria abordar questões sérias com humor e graça. A vida já estava sombria demais para lhe acrescentar mais peso. Todos nós precisamos rir, mesmo nos dias difíceis — talvez ainda mais nesses dias. E todos nós queremos mudanças para melhor e um final feliz.

Minhas histórias sempre começam com perguntas, e eu tinha várias. Elas foram feitas em uma cidade mineira, extratora de prata, da década de 1870, com aplicação para os dias de hoje. Acaso uma pessoa pode impactar uma comunidade inteira? Todo mundo conhece pessoas que inspiram outras, que seguem sua consciência, independentemente do custo. O que podemos fazer para tornar a vida melhor para quem vive em situação de rua? Vemos essas pessoas vivendo em tendas e barracos por todo o país. Existe uma maneira melhor e mais equitativa de "espalhar a riqueza" sem roubar de um grupo para dar a outro? O apóstolo Tiago disse: *"Para Deus, o Pai, a religião pura e verdadeira é esta: ajudar os órfãos e as viúvas nas suas aflições e não se manchar com as coisas más deste mundo"* (Tiago 1:27). Como seria isso?

Essa dama é minha é meu livro de pandemia. É uma história de amor que remonta às minhas raízes de romancista. Conta a história de uma sufragista que tem que sair de Boston e a de um soldado da União deserdado que se encontram em uma remota cidade mineira da Califórnia. Mas também explora como um indivíduo pode impactar uma comunidade inteira. Você deve ter notado algumas semelhanças com *A megera domada* e *Oklahoma!* ao longo do livro. Eu torci pelo romance de Kathryn e Matthias e me diverti muito escrevendo este livro. Espero que você também tenha se divertido lendo.

AGRADECIMENTOS

Meus sinceros e profundos agradecimentos vão para as seguintes pessoas:

Danielle Egan-Miller, da Browne and Miller Literary Associates — minha agente trabalhadora, multitalentosa e confiável, que me poupa do estresse do mercado e das mídias em constante mudança. Você sempre foi muito mais do que se espera de uma agente.

Kathy Olson — minha editora criativa e perspicaz, que vive me resgatando das correções desnecessárias e da estrutura linear. Adoro trabalhar com você.

Karen Watson — editora, mentora de novos escritores —, você me incentivou desde o início.

Cd'A Brainstormers: Brandilyn Collins, Tammy Alexander, Karen Ball, Gayle DeSalles, Sharon Dunn, Tricia Goyer, Robin Lee Hatcher, Sunni Jeffers, Sandy Sheppard e Janet Ulbright. Todas escritoras talentosas! Vocês compartilham as alegrias e frustrações da vida de escritor. Sempre que eu empacava, vocês estavam no Zoom com ideias e soluções. Vocês arrasam, meninas!

Também faço menção a: Claudia Millerick, Erin Briggs, Kitty Briggs, Christy Hoss, Jackie Tisthammer e Lynette Winters. Vocês me inspiraram e me incentivaram desde o primeiro dia.

A minha primeira leitora e incentivadora constante: Colleen Shine Phillips, por seus conselhos e sabedoria.

A meu melhor amigo e amor da minha vida, Rick Rivers. Obrigada por me ouvir pacientemente enquanto eu falo (e falo) de uma história. E admito: é verdade que eu consigo levar quarenta e cinco minutos para lhe contar sobre um programa de trinta minutos.

Deus abençoe a todos vocês!

Impresso no Brasil pelo Sistema Cameron da Divisão Gráfica da
DISTRIBUIDORA RECORD DE SERVIÇOS DE IMPRENSA S.A.